SEDUZIDA POR UM VISCONDE

SEDAS E SOMBRAS
BOOK DOIS

SOFIE DARLING

Translated by
TANIA NEZIO

1

LONDRES, 4 DE ABRIL DE 1825

Olivia entrou no salão de baile que estava abafado e sentiu como se um tentilhão [1] tivesse sido puxado para cima dela.

O duque lhe garantiu que seria uma pequena sala.

Em vez disso, ela estava em meio à multidão da Temporada Social. O ponche de champanhe fluía sem parar, assim como as fofocas, e o salão de baile estava lotado com todos os membros da *alta sociedade* atualmente em Londres.

Como uma pessoa pode se sentir sozinha no meio de uma multidão de pessoas.

"Lady Percival", chamou a voz perfeitamente culta de uma dama, idêntica à voz perfeitamente culta de todas as outras damas na sala. "Ou é Lady Olivia agora?" Risadas suaves abafadas por leques de seda levantados flutuavam no ar.

Diante de Olivia, um círculo íntimo de quatro casais irradiava excitação, antecipando uma troca digna de fofoca, as damas rindo

---

1. Tentilhão é um pequeno pássaro cantor com um bico curto, largo e pontiagudo.

de alegria, os cavalheiros mudando de um pé para o outro, em um desconforto evidente.

"Lady Olivia serve", ela respondeu, com um tom lacônico em sua voz, e imediatamente se arrependeu. Ela não deveria estar usando esse tom hoje à noite, sua primeira noite de volta à sociedade após uma ausência de seis meses. Isso poderia revelar nervosismo ansioso. Ela acreditava estar preparada para a agitação que sua presença criaria, mas seu corpo contava uma história diferente. Seu coração martelava no peito, e o suor cobria as palmas de suas mãos.

"Estávamos falando de você, e agora você está aqui." O sorriso da jovem se curvou um pouquinho mais largo.

Seu nome era Srta. Fox, e Olivia não sabia nada sobre ela. Ela não acompanhava seu Debrett's [2].

"Seu vestido é deslumbrante. Você deve me dar o endereço de sua modista. Uma francesa escandalosa, com certeza." Sentindo uma oportunidade, a Srta. Fox pressionou: "É tão raro hoje em dia que você agracie a sociedade com sua presença."

Um silêncio tenso se expandia, enquanto o círculo fechado de casais aguardava a resposta de Olivia. Sem escolha a não ser prosseguir como pretendia, ela se endireitou ao máximo e olhou diretamente nos olhos da Srta. Fox. "É preciso ter cuidado com a companhia que se mantém em uma reunião grande e indiscriminada como essa. Não é tão seleta quanto se poderia desejar."

Seu olhar percorreu a Srta. Fox de cima a baixo, e o sorriso malicioso saiu dos lábios da jovem quando a implicação das palavras de Olivia a atingiu. Ninguém podia negar o fato de que,

---

2. Debrett's Society Book é um guia de etiqueta que combina padrões tradicionais de conduta com inovações modernas. Ele cobre tudo, desde maneiras básicas à mesa até a precedência na Abertura Estadual do Parlamento. Além disso, o Debrett's People of Today 2005 contém informações essenciais sobre as 25.000 figuras importantes da sociedade britânica.

embora ela pudesse ser o escândalo desta temporada, Lady Olivia Montfort ainda superava a Srta. Anne Fox. "Agora, se me derem licença."

OLIVIA NÃO ESPEROU uma resposta antes de deslizar pelo piso de mogno polido do salão de baile para buscar o santuário do banheiro feminino. Um único e revigorante momento de paz e tranquilidade deveria fortalecê-la para essa noite.

Ela mal exalou o suspiro que queria libertação a noite toda, quando a porta externa se abriu e fechou com um clique abafado, mas distinto. Ela estava prestes a dar uma espiada pela fresta do biombo quando uma voz firme e matronal soou. "Eu digo, ela tem sorte de ser recebida na sociedade, e você sabe disso, Clarinda. Mas com um benfeitor como Sua Graça à disposição dela, bem, quem pode recusá-la?"

Olivia recuou assustada, com a respiração suspensa no peito, os ouvidos atentos a quaisquer palavras que viriam a seguir.

"Agora, Ernestine, Sua Graça não é seu benfeitor. Ela é sua filha por lei. Além disso, Lady Olivia Montfort é filha do Conde de Surrey. Ela não é o tipo de mulher que precisa de um benfeitor."

"Você quer dizer que *era* filha do duque por lei," reclamou Ernestine bufou.

"No entanto," Clarinda começou em um sussurro conspiratório, "foi o duque que apoiou sua petição de divórcio na Câmara dos Lordes."

"De seu próprio filho." Ernestine baixou sua voz. "Ela pediu o divórcio, Clarinda. A que ponto este mundo está chegando, a ponto de uma esposa poder pedir o divórcio à *Câmara dos Lordes* [3]

____

3. A Câmara dos Lordes (em inglês: *House of Lords*) é a câmara alta do parlamento do Reino Unido. O parlamento também inclui a Coroa britânica (rei ou rainha) e a Câmara dos Comuns. A Câmara dos Lordes não tem um número determinado de membros, mas em julho de 2023 contava com 781 lordes. Ela é um corpo não

? Então ter a audácia de continuar a viver sob o teto do pai do seu ex-marido? Ouso dizer que podemos estar perto do fim dos tempos."

Isso foi para mostrar o que esta mulher agressiva e enérgica entendia dessas questões: a Câmara dos Lordes não tinha o poder legal ou eclesiástico para conceder a Olivia um divórcio verdadeiro. O que eles tinham era o poder de anular o casamento. Era chamado de *divorce a vinculo matrimonii* (divórcio do vínculo matrimonial), e ela foi apenas a quarta mulher na Inglaterra a receber um por motivo de deserção.

Ainda assim, a dupla fofoqueira estava certa sobre um ponto: o duque tinha dado seu apoio a ela no esforço. Na verdade, foi ele quem sugeriu isso, prometendo garantir que sua filha Lucy permanecesse se não legítima de acordo com a lei, um membro de pleno direito da poderosa família Bretagne. Ela era neta de um duque, e ninguém ousaria esquecer isso.

Filha de um conde, Olivia entendia poder e privilégio, ou achava que compreendia, até que o duque decidiu usar sua força ducal em seu favor e o poder do ducado foi revelado a ela em toda a sua glória e abrangência. Era algo magnífico e inspirador, esse tipo de poder, e ela nunca se sentiu tão humilde em sua vida como quando ele atuou em seu favor. Sem nenhum sinal de contradição, a Câmara dos Lordes havia acatado a diretriz dele sobre o assunto. Ainda assim, ela entendeu que se Percy não fosse um filho mais novo, ou se a filha deles fosse do sexo masculino, o resultado não teria sido tão satisfatório a seu favor.

"Mas, Ernestine", a voz de Clarinda baixou num tom conspiratório, "Lorde Percival Bretagne estava vivo nos últimos doze

---

eleito, formado por 2 arcebispos e 24 bispos da Igreja Anglicana (*Lordes Espirituais*), e 766 membros da nobreza britânica (*Lordes Temporais*). Os Lordes Espirituais mantêm-se no cargo enquanto ocuparem suas funções eclesiásticas, enquanto os Lordes Temporais são vitalícios. Os membros da Casa dos Lordes são às vezes chamados *Lordes do Parlamento*.

anos. Você acredita? Não devemos ser muito duras com a pobrezinha."

"A mulher passou uma década andando por aí com aqueles tipos artísticos e boêmios enquanto o marido dela estava morto na Espanha."

"Mas ele não *estava* morto na Espanha", Clarinda insistiu.

"Que tipo de viúva *decente* passa seu tempo nesses círculos? Eu ouso dizer", Ernestine continuou como se Clarinda não tivesse falado. Olivia imaginou as sobrancelhas erguidas em direção ao teto, em um gesto de altivez condenável.

"Mas a garota não era viúva."

"Garota?" Ernestine cuspiu.

"Bem, não é mais uma garota, eu suponho." Clarinda fez uma pausa enquanto outro "humpf!" soou de Ernestine. "Mas quando ela perdeu aquele garoto—"

"Você quer dizer o marido dela, Lorde Percival?" Ernestine interrompeu.

"Que doce união de amor eles fizeram na primeira temporada dela. Há rumores de que ela quase enlouqueceu de tristeza, pobrezinha."

Os dedos de Olivia se fecharam em punhos apertados, as unhas cravando em suas palmas. Elas a discutiam como se ela fosse uma espécie de revolucionária empenhada em dividir significativamente a sociedade.

Talvez ela fosse. Só que essa não era sua intenção.

Quando sua irmã Mariana voltou de Paris seis meses atrás e revelou que tinha visto — e falado com! — Percy, uma avalanche de pavor quase esmagou Olivia, dificultando a entrada de ar em seus pulmões, sufocando-a.

Percy estava vivo.

"Ele era o favorito de Sua Graça, dizem", disse Clarinda.

OLIVIA NÃO PODIA NEGAR a verdade daquelas palavras. Percy era o favorito de todos.

Exceto dela. Pelo menos, até o momento em que ele morreu. E, com certeza, quando ele voltou à terra dos vivos como, um espião, todo o peso da verdade se abateu sobre ela: Percy tinha *escolhido* ficar longe — dela, e da filha deles — durante os últimos doze anos.

Ele estava melhor morto, no que lhe dizia respeito, e era por isso que ela precisava seguir em frente com seu plano de se mudar de casa. Um dia, ele chegaria à cidade e, quando chegasse, não a encontraria ainda alojada sob o teto de seu pai. Ela preferia comer vidro.

Um bufo de frustração nada feminino escapou dela. Esta manhã, seu plano havia batido em um obstáculo. Os advogados do duque se recusaram a ajudá-la sem o consentimento expresso dele. Ele a ajudaria, disso ela tinha certeza, mas ela queria comprar uma casa em Mayfair e apresentá-la a ele como um *fato consumado*. Esse passo final em direção à independência era só dela.

No entanto, sem nenhuma outra opção aberta para ela, ela teve que pedir os serviços dos advogados de seu pai, mesmo que seu pai e sua mãe permanecessem na Itália por mais uma temporada e não tivessem condições de apoiar seu pedido em nenhum momento no futuro próximo. Quando ela decidiu anular seu casamento seis meses atrás, ela não tinha ideia de quanta assistência masculina uma mulher precisava para se tornar livre e independente. Irritante.

"Falando de Sua Graça", Ernestine começou, uma fita de empolgação feminina se desenrolando em suas palavras. A porta se abriu, e um rugido de alegria entrou. A dupla fofoqueira estava saindo do banheiro. "Você o viu hoje à noite? Ele é um solteiro elegível."

"Aos sessenta e cinco anos?"

"Um Duque de Arundel solteiro é elegível em qualquer idade, Clarinda."

A porta se fechou atrás das duas, e o mundo exterior novamente diminuiu seu tom para um abafamento silencioso. Olivia saiu de trás do biombo e parou diante de um espelho barroco dourado. Mesmo seu brilho quente e reflexivo não conseguia disfarçar o fato de que seu rosto falava de devastação, como se tivesse sido esfregado em uma tábua de lavar. Isso não daria certo.

Ela se inclinou sobre o lavatório e esfregou o rosto com a água fria. Com as mãos em ambos os lados da pia, ela fechou os olhos e inalou profundamente, limpando sua mente em uma longa expiração. Este salão não era lugar para seu passado.

OUTRA OLHADA no espelho revelou que as manchas vermelhas tinham desaparecido quase por completo. Restava apenas um toque de rosa, o que poderia ser confundido com muito calor em uma aglomeração como a de hoje à noite. A emoção podia escurecer o azul-celeste de seus olhos em um cinza tempestuoso em um instante. Ela os abriu um pouco mais para que se parecessem com o que eram normalmente. As nuvens recuaram.

Com a armadura social intacta, ela se dirigiu à porta, abriu-a em uma rajada de cacofonia festiva, e seu eu de dezessete anos dançou diante dela nas notas alegres das cordas do violino, sob o som do violoncelo e do baixo; o riso estridente esporádico aqui e ali, pontuando um comentário espirituoso como um ponto de exclamação; o farfalhar da seda enquanto os convidados entravam e saíam, buscando uma boa conversa, uma boa fofoca e um bom champanhe. Tudo isso era ressaltado pelo barulho monótono e enfadonho da multidão, enquanto a luz de mil velas brilhava no alto, com pequenos prismas de cristais do lustre dançando ao ritmo sutil do quarteto de cordas.

Como seu eu de dezessete anos havia adorado o caos controlado de uma festa. Embora houvesse dor em um lado dessa lembrança, ela experimentou o prazer do outro lado dela.

Seus lábios se curvaram em seu primeiro sorriso genuíno, embora discreto, da noite. O passado não precisava ser só culpa e mágoa.

Como aquela garota ficaria tonta com a visão deste salão de baile lotado, com as possibilidades escondidas nele. Um pouco de fofoca. Uma chance de vagar por uma sala sem acompanhante. Um vislumbre roubado de um garoto bonito além de qualquer comparação com os olhos castanhos mais profundos do mundo...

Oh, como Ernestine e Clarinda evocaram o passado esta noite. Ela ansiava por correr para casa e deitar-se com Lucy, a respiração suave e regular da filha na cadência do sono. Então ela iria furtivamente para seu estúdio para preparar os esboços que apresentaria ao seu mestre de arte no dia seguinte.

Mas o presente acenava, e ela tinha que fingir que estava se divertindo, com um sorriso estampado no rosto. Ela levantou o queixo um pouco e fingiu indiferença. Ela seria uma rainha do gelo, não a garota suave e alegre que esta sala tinha visto há mais de uma década.

Era muito cedo. Quase quinze dias se passaram desde que o Parlamento anulou seu casamento.

Para as pessoas que povoavam esta sala, a vida mantinha uma trajetória suave e inabalável do nascimento à morte. Eles não conseguiam compreender como o destino dela havia divergido tão dramaticamente do deles. Seis meses atrás, ela era uma viúva comum, embora um pouco excêntrica devido ao seu envolvimento com as artes. Mas eles a entendiam.

Agora? Ela era uma divorciada real e viva, pouco mais do que uma nova espécie em exibição no zoológico.

Do outro lado da multidão, ela avistou o cabelo prateado

característico do duque e começou a ir em direção a ele em meio ao labirinto em constante mudança de pessoas da *alta sociedade*. Ela mal conseguia se lembrar de uma época em que tivesse visto mais personalidades da sociedade reunidas em um só lugar.

Quem era o homenageado desta noite? Ela não havia prestado atenção aos detalhes quando o duque solicitou sua presença nessa noite.

"Olivia!"

Ela se virou para a primeira voz bem-vinda da noite, a de sua irmã. "Oh, Mariana, que alívio ver você."

Após sua apresentação na corte, "Milk and Honey (Leite e Mel)" foi o apelido que o Regente concedeu às filhas gêmeas do Conde de Surrey, Lady Olivia e Lady Mariana, em referência às suas respectivas aparências nada gêmeas. A pele clara e leitosa de Olivia era o complemento perfeito para os cabelos e olhos castanhos de Mariana.

"Lady Olivia," Mariana ronronou, não muito diferente da entonação de um gato selvagem se preparando para um banquete de rato picado. Ela indicou o homem de aparência um tanto belicosa ao seu lado. "Sir Edwin estava perguntando sobre a Escola Progressista para Moças e a Educação de Suas Mentes."

"Ah?" Olivia sorriu e começou a recuar. Nada de bom acontecia em contrariar Mariana quando seu ronronar de leoa se juntava a esse brilho particular em seus olhos.

A maioria dos cavalheiros da *alta sociedade* considerava a Escola Progressista para Moças e a Educação de Suas Mentes uma completa perda de tempo e recursos para a educação desnecessária de filhas que deveriam se casar o mais rápido possível.

Estava claro como o dia que Mariana estava se preparando para uma briga.

"Não tenho certeza de como posso ser mais útil do que minha irmã. Se você me perdoar—"

Mariana deslizou a mão na curva do braço de Olivia, prendendo-a ao seu lado. Olivia estava presa. "Sir Edwin", Mariana começou, dando um sorriso deslumbrante para sua presa, "tem dificuldade em acreditar que os fracos cérebros femininos de nossas filhas sejam capazes de progredir matematicamente além de contar o número de pontos em um bordado"

Olivia ouviu no tom de Mariana as agitações familiares de um debate justo e unilateral. Sir Edwin não teria nenhuma esperança de conseguir uma palavra uma vez que Mariana estava interessada pelo assunto.

Aqui estava a diferença entre ela e Mariana: Olivia não era defensora de uma causa. Embora acreditasse que sua filha precisava de uma educação *masculina* — a razão pela qual ela e Mariana haviam fundado a escola — ela não tinha interesse em converter os Sir Edwins da *alta sociedade* à sua maneira de pensar.

A *alta sociedade* simplesmente não estava pronta para a Escola Progressista para Moças e a Educação de Suas Mentes. E a missão de Olivia na vida não era fazer com que se interessassem.

"Sir Edwin", Olivia admitiu, "sugiro que traga sua filha para uma visita para matar sua curiosidade."

O nariz de Sir Edwin escureceu em um tom nada atraente de berinjela. "Posso garantir que a curiosidade sobre tal escola não supera de forma alguma meu bom senso. Curiosidade, de fato." O homem bufou. "É mais como transformar minha filha em uma curiosidade com essas coisas estranhas —"

Olivia foi poupada do restante da repreensão de Sir Edwin

quando sua voz morreu e o volume da sala se acalmou em um murmúrio monótono. Seus olhos se desviaram do rosto corado de Sir Edwin e seguiram o olhar coletivo.

À PRIMEIRA VISTA, parecia nada mais do que o anúncio de mais um casal parado no topo da grande escadaria do salão de baile. Um exame mais atento revelou que o par não era um casal, mas sim um homem e uma garota alguns anos antes de sua apresentação para a sociedade.

A GAROTA ERA ao mesmo tempo o oposto e o igual do homem. Onde ela era escura, ele era claro. Enquanto ele se erguia impressionantemente, ela era modesta. A conexão entre eles, no entanto, era aparente nos aspectos intangíveis: uma semelhança em sua compostura e na maneira silenciosa com que observavam a cena diante deles.

Mariana puxou Olivia para perto de si. "Parece que o trunfo da fofoca da noite está sendo jogado. Você, querida irmã, é notícia velha."

Olivia desviou o olhar dos recém-chegados e deu ouvidos atentos à irmã.

"O recém-nomeado Honorável Jakob Radclyffe, Quinto Visconde St. Alban," Mariana sussurrou. "Rico como Creso e convidado de honra dessa noite. Um herdeiro de uma empresa de transporte, se a fofoca for verdade."

Olivia não conseguiu resistir a outro olhar. Eles eram um par impossivelmente lindo e cativante. Sua cabeleira dourada era a melhor mistura de ruivo e loiro beijado pelo sol que ela já tinha visto, o que contrastava fortemente com o cabelo da garota, o preto profundo e complexo da asa de um corvo. Seria um desafio para qualquer pintor acertar as cores, especialmente uma novata como ela, mas ela adoraria tentar.

Ela ouviu alguém dizer: "Ela é filha dele. Você não ouviu?"

Mariana apertou o braço de Olivia. "Oh, as fofocas vão ter um dia de ação com essa aparição."

Olivia assentiu uma vez, entendendo o que Mariana quis dizer. A ascendência da garota, especificamente do lado materno.

A semelhança com suas ascendências asiática e europeia era clara, as feições da garota se uniram em uma síntese impecável: um rosto em formato de coração, uma boca carnuda em forma de botão de rosa e os olhos mais lindos que Olivia já vira, ovais, mas angulados exatamente na mesma linha das maçãs do rosto altas, parecendo não ser castanhas, mas o cinza mutável de uma pérola negra. Era como se a Natureza tivesse tirado o melhor de ambas as linhas de descendência para ilustrar ao mundo sua capacidade de perfeição.

As mulheres formaram um círculo fechado e exclusivo, e trechos sussurrados de conversas circulavam em torno de Olivia.

"Dizem que a mãe é japonesa", ela ouviu.

"Uma empregada, você acha?" veio a resposta escandalizada.

"E ele a reconheceu?"

"Mulheres orientais têm segredos, você não sabe?" veio um sussurro risonho da esquerda dela.

"Quais elas ensinaram a ele?"

"Não me importaria de descobrir", veio uma resposta maliciosa.

As risadas se tornaram mais ousadas, e a multidão voltou à vida quando o quarteto de cordas tocou com vigor renovado. O clamor para fofocar sobre esse novo e intrigante acontecimento escapou de Olivia, mesmo que isso tenha possuído todos ao seu redor.

Incapaz de tirar os olhos do rosto do visconde composto inteiramente de ângulos e sombras, ela sentiu uma pontada de algo que não conseguia identificar e rapidamente descartou o sentimento como nada mais do que simples curiosidade.

Por que diabos ela sentiria algo mais? O homem não era nada para ela.

"Você já viu um par assim?" veio o sussurro de Mariana em seu ouvido.

"Acho que não", foi tudo o que Olivia conseguiu falar com os lábios ressecados.

"Venha, vamos nos apresentar à duquesa."

Enquanto Mariana puxava em uma direção, Olivia se inclinou na outra e deslizou seu braço livre. "Receio que não esta noite. Estou com uma dor de cabeça terrível." Diante da expressão perplexa de Mariana, ela continuou: "Você pode me dar todos os detalhes na minha festa em alguns dias."

"Promete?"

"Sim, irmã."

Sem mais hesitação, Mariana partiu em sua missão, deixando Olivia sozinha, um estranho alívio pela partida de sua irmã a invadindo. Recentemente reunida com seu marido, a felicidade irradiava de Mariana. Olivia não sobrecarregaria a alegria recém-descoberta de Mariana com seus problemas e ansiedades. Dessa forma, ela sabia que não estava sozinha, pois tinha uma vida plena e uma família que a apoiava, mas estava sozinha em suas escolhas e no caminho que queria trilhar. Era simultaneamente emocionante e assustador.

Seu olhar novamente se desviou para a escada onde Lorde St. Alban estava parado em silêncio, examinando a sala. Exceto que seus olhos não estavam quietos. Eles eram absolutamente ferozes, apenas suavizando quando ele abaixou a cabeça para fazer um comentário para sua filha. A garota assentiu uma vez enquanto olhava para frente e puxava sua bolsa de seda bordada para perto do peito. Deliberada e protetoramente, ele colocou a mão no cotovelo dela. Sua mensagem era clara: sua filha podia frequentar esta sala tanto quanto ele.

A temível demonstração de amor provocou uma confusão de emoções em Olivia, estranha e alarmante. Ela não conseguia deixar de pensar em Lucy e Percy, em como ele não tinha sido aquele pai para ela, e um nó duro se contorceu dentro de seu peito, mesmo enquanto um arrepio quente percorria sua coluna.

O instinto a incitou a correr o mais rápido e o mais longe que seus pés pudessem levá-la para longe dessa cena. Após os escandalosos seis meses de fofocas que ela havia proporcionado à *alta sociedade*, era melhor não explorar as confusões emocionais e evitá-las a todo custo.

ELA DARIA SUAS DESCULPAS, daria um beijo de despedida e esqueceria tudo sobre o perturbador Honorável Jakob Radclyffe, Quinto Visconde St. Alban. Amanhã de manhã, ela já estaria estabelecida e pronta para começar seu futuro independente, decididamente livre de todas as confusões de emoções.

2

Jake não se lembrava de uma ocasião em sua vida em que tivesse sido tão completamente observado por uma sala cheia de estranhos. Ele poderia muito bem ter entrado no salão de baile vestindo apenas cuecas e uma tiara para toda a atenção ficar concentrada nele.

E em Mina.

O orgulho cresceu dentro dele pela maneira como ela estava encarando uma multidão visivelmente curiosa. "Pronta para embarcar no primeiro navio de volta para Cingapura?"

Seus lábios se contraíram, e seu olhar cortou em direção ao dele antes de retornar para a multidão. Eles estavam aqui para ficar. Qualquer sugestão do contrário era pura fantasia. A realidade estava refletida em cem pares de olhos abaixo deles.

Ele ficou apreensivo enquanto olhava para aquele mar uniforme de rostos. Essas pessoas fariam de Mina um espetáculo. Eles nunca a aceitariam, não completamente.

Embora ela fosse filha de um visconde, o direito de primogenitura de seu pai seria a condição de sua posição. Não sua beleza... Ou seu intelecto... Ou mesmo a riqueza de seu pai. Para sempre ela seria reduzida a uma novidade.

Esse era o medo dele e às vezes, como agora, ameaçava explodir em pânico total. No entanto, ele não tinha escolha. Essa era a vida que lhes foi dada e que eles aceitaram.

As línguas fofoqueiras de Londres não saberiam mais do que a verdade lhes apresentava. Ele e Mina estavam seguros aqui, a meio mundo de distância do Japão, da verdade de seu nascimento. Se as pessoas que povoavam esta sala descobrissem essa verdade em particular, fariam mais do que observá-la com curiosidade ociosa, eles a evitariam completamente, para sempre.

Bem, isso não aconteceria. O passado estava trancado, e somente ele tinha a chave.

Abaixo dele, uma mulher completamente enfeitada com joias começou a subir a escada com uma tenacidade alarmante para uma mulher de meia-idade. Esta deve ser a Duquesa Viúva de Dalrymple.

"St. Alban, meu querido", ela bufou, colocando a mão no braço dele para se apoiar, "já faz muito tempo."

Muito tempo? Ele não sabia se já tinha visto essa mulher em sua vida. Ainda assim, ele inclinou a cabeça em concordância. "Sua Graça."

"Você era um rapazinho tão pequeno quando o vi pela última vez." Ela estalou os dedos. "E agora você é um homem adulto. Não dá para dizer o quão alta uma pessoa pode ficar no futuro. E você foi um marinheiro todos esses anos nos mares do Leste?"

Ele assentiu. "Toda a minha vida de uma forma ou de outra."

Até agora, ele se impediu de acrescentar. Até se tornar um visconde de terra firme preso em um país encharcado que se desenrolava da mesma forma que o clima: invariável e previsível.

A duquesa se virou para Mina. "E você deve ser a Srta. Radclyffe? Tem quase a altura do seu pai, eu ouso dizer. Deve ser o sangue holandês."

Jake entendeu isso como uma deixa. "Vossa Graça, posso lhe apresentar minha filha, Srta. Radclyffe?"

"Alban, não há necessidade de fazer cerimônia com a família.

Afinal de contas, seu bisavô paterno, o primeiro Visconde St. Alban era meu avô paterno. Meu pai era o segundo visconde. Meu irmão, o terceiro. E meu sobrinho, o quarto. Que tragédia sobre seu primo distante Georgie, mas o homem não tinha nada que pisar em um barco. Ele não conseguia manter os pés em terra firme." Ela fez uma pausa em respeito aos mortos antes de continuar, "No que diz respeito ao título de St. Alban, nada jamais foi esperado de seu ramo em particular. Suponho que seja por isso que você sabe tão pouco de sua família inglesa. Mas, agora, aqui está você. Vamos tirar o melhor proveito disso. Você, pelo menos, tem a aparência certa."

Seus olhos se estreitaram e ela começou a fazer o que parecia ser um cálculo complexo, que exigia o uso de seus dedos. Jake sorriu e piscou para Mina, que lhe deu um sorriso sério em troca.

"Ah, aqui estamos nós St. Alban", disse a duquesa. "Você e eu somos primos de primeiro grau. Eu sou prima de segundo grau para você, Srta. Radclyffe, mas eu gostaria que vocês dois me chamassem de Tia Lucretia. Agora, sobre a Srta. Radclyffe." Ela fez uma pausa para respirar fundo. "St. Alban, eu entendo que você ainda não aprendeu as regras da sociedade, mas você cometeu uma gafe grave ao trazê-la aqui esta noite. Ela ainda não foi apresentada a sociedade. Eu a escoltarei para minha suíte privada, onde ela permanecerá até que você esteja pronto para ir embora."

Ela ergueu a mão para evitar que Jake abrisse a boca para dar sua opinião sobre o assunto. "Eu convivi com homens a vida inteira, e conheço esse olhar. Você pode salvá-la. A reputação da Srta. Radclyffe está em jogo." Ela se virou para Mina. "Por acaso você tem um livro na sua bolsa?"

"Tenho uma cópia de Newton's *Opticks* [1] na minha bolsa",

---

1. Newton's Opticks é uma coleção de três livros de Isaac Newton que apresenta uma pesquisa abrangente do conhecimento da luz no século XVIII. Os livros descrevem experimentos com espectroscopia, cores, lentes, reflexão, refração e muito mais em uma linguagem que leitores leigos podem entender facilmente.

respondeu Mina.

As sobrancelhas da duquesa se ergueram. "É mesmo?"

"A Srta. Radclyffe", Jake inseriu, "tem um grande interesse em astronomia e pretende construir seu próprio telescópio."

"Ah?", exclamou a duquesa. Ela franziu, depois abriu os lábios e, finalmente, se recompôs. "Que original da sua parte, minha querida. Agora, se você vier comigo."

Jake fez contato visual com Mina para garantir que ela concordasse com o plano. Mina assentiu, e isso resolveu o problema.

A duquesa estava levando Mina embora quando lançou um último comando de despedida por cima do ombro. "St. Alban sinta-se em casa."

Jake começou a resmungar quando a duquesa e Mina desapareceram no meio da multidão. Casa? Vários dedos de um uísque escocês poderiam convencê-lo de que esta sala parecia um lar.

Ele se esgueirou pela multidão, ignorando o raio de silêncio que o cercava. Mais cedo ou mais tarde, ele tropeçaria em um carrinho abastecido com uísque.

Um ano atrás, a primeira intimação real chegou até ele em Cingapura, informando que um primo inglês distante, que por acaso era um visconde, havia morrido sem ter produzido um herdeiro. Ele ignorou a carta. A aristocracia inglesa não tinha nada a ver com sua vida.

Seu pai era o filho mais novo de um ramo menor de uma família nobre. Com poucas opções de carreira abertas para ele, ele comprou uma comissão [2] na Marinha Real e subiu ao posto

---

2. Entre os séculos XVII e XIX, comissões de oficiais em unidades de infantaria e cavalaria dos exércitos inglês e britânico podiam ser compradas. Isso evitava a necessidade de esperar para ser promovido por mérito ou antiguidade, e era a maneira usual de obter uma patente em ambos os exércitos. A prática começou em 1683 durante o reinado de Carlos II da Inglaterra, e continuou a existir até ser abolida em 1º de novembro de 1871 como parte das Reformas de Cardwell. Formalmente, o preço de compra de uma comissão era um título em dinheiro por

de almirante antes de sua morte prematura no mar, quando Jake ainda era uma criança. Como resultado, Jake foi criado por sua mãe viúva e pela família holandesa que ela deixou quando se apaixonou por um almirante inglês, apenas para retornar após a morte dele. Os Van Rijn eram comerciantes bem-sucedidos no Extremo Oriente, e Jake havia passado os primeiros trinta e cinco anos de sua vida seguro de seu lugar naquele mundo imprevisível e sempre fascinante.

Os ingleses, no entanto, tinham uma opinião diferente sobre seu lugar no mundo. Um mês após a primeira intimação, chegou uma segunda intimação. Ele ignorou essa carta também.

Quando as cartas da duquesa começaram a chegar, implacavelmente uma após a outra, ele começou a prestar atenção. Sua mensagem era clara e cada vez mais frenética: se ele não aceitasse o título, ele voltaria para a Coroa. Não havia outros herdeiros homens.

Ele não podia mais ignorar seus parentes ingleses. Ele nunca se esquivou de suas obrigações familiares um dia em sua vida. Ele aceitou seu destino. Um destino que o levou a Londres, a ser possuidor de um título de visconde inglês e uma montanha de dívidas deixadas pelos viscondes anteriores, George e Georgie.

Embora essa multidão não refletisse o tipo de companhia que ele estava acostumado a ter, ela oferecia uma distração, ainda que temporária, do triste equilíbrio dos livros de Georgie. A ideia que o homem tinha de "empreendimentos comerciais" envolvia a entrega cega de grandes somas de dinheiro a "cavalheiros" capitalistas. Para Jake, estava claro que esses "cavalheiros" haviam especulado o dinheiro em seus próprios interesses condenados e desinformados.

Por fim, seus pés encontraram o oásis que ele procurava: um carrinho de latão reluzente abastecido com garrafas de cristal de

---

bom comportamento, passível de ser perdido se o oficial em questão fosse considerado culpado de covardia, deserção ou má conduta grave.

várias formas e tamanhos. Ele fez uma reverência a um senhor de cabelos prateados que buscava o mesmo antes de se servir de dois dedos de um uísque âmbar e tomar um longo gole. Era isso. Este salão de baile cavernoso não era como sua casa, mas a luz parecia mais quente mesmo assim.

O velho cavalheiro deu a ele um sorriso conhecedor e um brinde silencioso enquanto se viravam em uníssono para apreciar a multidão. Jake estava prestes a praticar suas habilidades sociais enferrujadas se apresentando — a vida a bordo de um navio das Índias Orientais não preparava ninguém para um "pequeno" salão de Londres — quando dois lordes se aproximaram do carrinho de uísque atrás dele.

"Viúva por uma década?" perguntou uma voz negligente. "E agora uma divorciada? Isso a tornaria uma seguidora da Sra. Wollstonecraft [3] ou uma vagabunda e —"

"E", uma voz igualmente negligente entrou na conversa, "ela é bonita demais para ser uma intelectual."

Uma gargalhada estridente e repulsiva foi ouvida. O senhor idoso se enrijeceu e esfaqueou a dupla desagradável com seu olhar azul penetrante. Jake se virou a tempo de ver o sangue sumir de seus rostos, olhos tão redondos como moedas.

"Será que existe", o velho cavalheiro começou, "um amplo espectro de possibilidades para o sexo frágil entre intelectual e vadia? Talvez eu conheça um exemplo feminino?"

"Oh, não, Vossa Graça", um dos idiotas *gaguejou*, "você não conhece esse exemplo em particular."

A dupla murmurou algumas futilidades indecifráveis e dimi-

---

3. Mary Wollstonecraft foi escritora, filósofa, e defensora dos direitos da mulher inglesa. Até finais do século XX, a vida de Wollstonecraft e suas várias relações pessoais não convencionais àquela altura, receberam mais atenção do que a sua a escrita. Hoje em dia, Wollstonecraft é considerada uma das fundadoras da filosofia feminista (muitos a consideram a primeira escritora feminista), sendo frequentemente citada como uma importante influência aos movimentos feministas.

nuiu de tamanho enquanto se afastavam, completamente sóbrios, Jake suspeitou.

Vossa Graça. Um duque. A companhia que se devia ter em Londres.

Sua Graça engoliu o restante de seu uísque, pousou o copo e se virou para Jake. "Não acredite em tudo que ouvir sobre Lady Olivia. Eles", ele disse, gesticulando em direção à sala, "conhecem o lado inverso do assunto."

O homem se afastou, e Jake não conseguiu deixar de se perguntar quem seria essa Lady Olivia. Então uma voz muito próxima gritou: "St. Alban!" e sua curiosidade morreu instantaneamente.

Ele tentou não se encolher. Era um nome que ele tinha dificuldade em aceitar como seu. Os Viscondes St. Alban eram parentes distantes em praias distantes. E agora ele era um deles. Inacreditável.

"Você já pensou em se casar?" perguntou a duquesa sem hesitar.

A testa de Jake franziu, partes iguais de choque e perplexidade. "Na verdade", ele começou, "estou tentando me reconciliar com a ideia."

"Oh, meu querido, não é tão sombrio assim."

Talvez não fosse. Mas ele não esperava se casar por motivos que não fossem a verdadeira afinidade, nem mesmo amor. A mudança para Londres havia mudado essa expectativa, e sua obrigação para com Mina exigia prioridade. Ele encontraria para ela uma madrasta de reputação e linhagem impecáveis, alguém que pudesse guiá-la e consolidar seu lugar na sociedade.

Ele não falharia com Mina, não do jeito que falhou com sua mãe.

"St. Alban," continuou a duquesa, com um brilho casamenteiro nos olhos, "sua noiva está nesta sala, eu posso sentir."

Jake examinou o espaço cavernoso, certamente lotado com

todos os membros da *alta sociedade*, e temeu que ela pudesse estar certa.

Seus olhos se estreitaram em uma figura indeterminada à distância. "Na verdade, eu posso ter a candidata perfeita."

O medo, puro e irrestrito, disparou por suas veias, transformando-se em gelo. Sua vida poderia estar escapando de seus pés.

"Agora, o Duque de Arundel concordou com meu pedido," ela declarou, novamente sem preâmbulos. Suas mãos e dedos voavam, deslizando anéis, embaralhando pulseiras, brincando com colares ou qualquer coisa que pudesse ser movida em seu corpo.

Jake hesitou. "E que pedido seria esse?"

"Para orientá-lo nos deveres de um visconde, é claro. Você parece um jovem capaz o suficiente, mas meu querido papai era um Visconde St. Alban, e eu não vou ficar de braços cruzados e ver o título ser destruído por ignorância."

Jake piscou uma vez, mas manteve a calma e o sorriso que queria ser liberado. Ele apreciava a honestidade em todas as suas formas. Além disso, ele não era obrigado a aceitar ou recusar a orientação do duque naquele momento, embora recusasse. Se a perspicácia financeira do Duque de Arundel espelhasse a do falecido Visconde St. Alban, ele estaria mais bem servido buscando o conselho de estranhos na rua.

"Entendo, *Tia* Lucretia," ele respondeu finalmente. "Se eu devo chamá-la de Tia, então você deve me chamar de Radclyffe, ou até mesmo Jake servirá."

Seus dedos ativos congelaram no ar, um dedo enlaçado em um longo colar de pérolas rosa como se as exibisse para a sala. Seu olhar afiado segurou o dele por um...dois...três segundos antes que ela cedesse. "Você é St. Alban. É melhor você aceitar esse fato agora e seguir em frente." Seus dedos voltaram a enrolar as pérolas como se não tivessem perdido o ritmo. "Agora, você deve conhecer o Duque de Arundel. Conexões, meu querido. É preciso delas em ambientes como esses."

Jake resistiu à vontade de procurar assassinos armados na sala, mesmo suspeitando que assassinatos viessem de formas mais sutis em ambientes como esses. "Depois de você, *Tia*."

Ela lançou um *sorriso de bom menino* e partiu, confiando que ele a seguiria. A densidade da multidão pressionava Jake enquanto a duquesa — ele não conseguia pensar nela como *Tia* — o guiava, parando todos os poucos metros para apresentá-lo a quem tivesse o azar de cruzar seu caminho, geralmente outro lorde e sua dama coquete.

Ele estava bem familiarizado com certo piscar de cílios que insinuava um tipo específico de interesse, que não tinha nada a ver com salões de baile e maridos. Um jovem navegando por colônias costeiras aprendia rapidamente sobre as esposas de outros homens e os problemas que elas podiam causar.

"St. Alban!" a duquesa gritou por cima do ombro. "Lá está ele."

À distância, o duque de cabelos prateados do carrinho de uísque estava envolvido em uma discussão com uma senhora com metade de sua idade. Ela era o tipo de senhora típica de reuniões inglesas: pequena, loira e invariavelmente sem graça.

Então seu cérebro alcançou seus olhos. O fato era este: embora ela não fosse nem um pouco o tipo dele, a senhora era notavelmente bonita.

Havia os detalhes óbvios, é claro: rosto delicado e redondo; nariz estreito e empinado; boca com um lábio inferior carnudo. Mas era outro detalhe que o intrigava mais do que sua perfeição física.

Quando ela sorriu para o duque, um dente de cima apareceu e se sobrepôs ligeiramente ao vizinho, a única imperfeição em seu rosto inglês ideal. E, no entanto, de alguma forma, essa falha tornava seu rosto ainda mais perfeito.

A duquesa diminuiu o ritmo e apertou seu antebraço, tirando-o de reflexões atípicas e desconcertantes. O duque se iluminou com a aproximação deles e deu um passo à frente. Embora Jake pudesse considerar o gesto como bem-vindo, ele sentiu que era menos um passo amigável e mais um passo defensivo. Era possível que o homem estivesse protegendo a dama com o intrigante dente torto.

"Vossa Graça, o Duque de Arundel", a duquesa entoou formalmente, "posso lhe apresentar Lorde St. Alban?"

"Ah", começou o duque, prendendo Jake com seus penetrantes olhos azuis, diversão enrugando seus cantos, "então você é o mais novo Visconde St. Alban."

"A seu serviço, Vossa Graça." Ele fez sua reverência ao duque, mesmo enquanto a dama ao seu lado permanecia cativada pelo quarteto de cordas a cerca de nove metros de distância. Viscondes devem custar dois centavos em seu mundo.

"Pelo que entendi, Lucretia tem planos para nós."

"Oh, Nathaniel", a duquesa bateu no duque com seu leque, "já chega."

Então Jake sentiu: a atenção *dela* se fixou nele. Seu olhar deslizou em direção a ela. Sua primeira impressão de sua particularidade era verdadeira, mas certos detalhes a subverteram.

Platina riscava seu cabelo como se ela passasse seus dias sob o céu aberto, em vez de dentro de salas de estar fechadas que um tom mais opaco de loiro sugeriria. E seu rosto estava bronzeado fora de moda, alguns tons mais escuros que seu decote, sem dúvida causados pela mesma fonte. Falando de seu decote...

Sua boca ficou seca. Era a maneira como seu vestido, um tom sugestivo de pele recém-ruborizada grudava em seu corpo.

Seus olhos se ergueram para encontrar os dela, e ele detectou conhecimento ali. Ela sabia o que ele estava pensando, e ela não estava nem um pouco impressionada. Além disso, ele não pôde deixar de notar uma luz cautelosa dentro daqueles olhos do azul de um céu polinésio, determinada a não revelar nada de si mesma. Que irônico, então, que eles revelassem o oposto.

Por trás do jeito reservado dela, ele sentiu seus nervos crus e vulneráveis. Uma qualidade incomum em uma reunião onde o único propósito da maioria das pessoas era parecer o mais grandioso e invulnerável possível.

Um desejo, imediato e estranho, o compeliu a proteger essa mulher com quem ele nunca havia falado uma palavra. Ele fez um movimento automático para frente, e ela respondeu com um passo nervoso para trás. Uma imagem chocante de predador e presa veio à mente, em desacordo com a proteção que ele sentia. Uma parte dele adorava a ideia de brincar de tubarão e ela como peixinho, mesmo que isso o tornasse um canalha.

O duque deve ter notado o assunto de sua atenção, pois ele habilmente se esquivou e gesticulou em direção à dama, cujo olhar circunspecto nunca se desviou de Jake. "Lorde St. Alban", disse o duque, "posso apresentar minha filha, Lady Olivia, a você?"

Essa era Lady Olivia? A mulher que a dupla de idiotas estava menosprezando no carrinho de uísque? E ela era filha de um duque? *Esse* duque?

Pelo que ele conseguiu entender, a mulher era um escândalo ambulante. Impossível que ela fosse a candidata da duquesa para sua noiva.

Ele se sacudiu mentalmente. *Sua noiva?* De onde veio essa última parte? Mesmo assim, a decepção, distinta e inconfundível, ergueu sua cabeça e rapidamente abaixou. Ele não precisava de um escândalo ambulante como esposa.

Ao dar um passo à frente, Lady Olivia estendeu a mão para ele. No instante em que ele tocou seus dedos nos dela, ocorreu um fato inesperado e desconcertante: um pequeno choque de eletricidade se desencadeou entre eles.

Um chilrear assustado escapou de seus lábios rosados, e ela puxou a mão de volta, um sorriso surpreso brilhando em sua boca. O sorriso desapareceu em um instante, como se ela se lembrasse de que não sorria para estranhos.

Outro puxão de decepção o atingiu. Lady Olivia tinha o tipo

de sorriso que chegava até os olhos. Uma visão rara em ambientes como esses, ele suspeitava.

"Essa é a nora de Sua Graça", a duquesa estava dizendo, inconsciente ou indiferente a quaisquer faíscas que pudessem estar voando entre ele e Lady Olivia. "E ex-esposa de seu filho, além disso."

As sobrancelhas de Jake se franziram. Uma conversa inteira parecia estar acontecendo abaixo da superfície da conversa atual. E ele não havia sido convidado.

Lady Olivia inclinou seu corpo em direção ao duque e colocou sua mão enluvada de seda em seu antebraço. Não havia como confundir o afeto que os dois tinham um pelo outro. "Eu o chamarei de pai enquanto você desejar."

"Para sempre, minha querida", ele respondeu, com um brilho amoroso nos olhos. Ele gesticulou em direção a Jake. "St. Alban é meu novo protegido."

"Seu protegido?" Lady Olivia perguntou. Ela lançou um olhar furioso para Jake, misturando confusão e horror. Ele gostou bastante do tom de voz dela. "Você não parece ser o tipo de homem incapaz de administrar seus próprios negócios."

A duquesa engasgou, e as espessas sobrancelhas prateadas do duque se ergueram, mas Jake aceitou sua explosão com calma. "Muitas vezes as aparências enganam", ele disse. "Nunca se sabe que tipo de homem eu posso ser. Isto é, até que você o conheça por tempo suficiente para avaliá-lo. Você não concorda minha senhora?"

A boca de Lady Olivia se fechou e um rubor subiu por seu decote. Ela não deixou de perceber o duplo sentido localizado em suas palavras. Ele conteve uma onda de satisfação. Pela primeira vez desde que pisou em solo inglês, Jake se sentiu interessado, engajado e vivo.

Mesmo que ele não fosse se casar com esse escândalo ambulante, a contenção dela o fez querer cutucá-la e provocá-la até que ele a despojasse de seu controle requintado. Lady Olivia era pequena e loira, mas chata e sem graça ela não era.

3

Oh, por que ela disse aquelas palavras absurdas para Lorde St. Alban?

Qualquer pessoa com olhos poderia ver que, além do duque, ele era o homem mais capaz na sala. Em toda Londres, talvez.

Mas seu motivo para falar de forma tão rude era claro, mesmo que apenas para ela. Ela precisava se distanciar desse visconde, que havia enfrentado toda essa reunião e silenciosamente os desafiou a dizer uma palavra contra a filha dele. Ela não podia deixar de admirar qualquer um que enfrentasse essas pessoas. Era uma qualidade muito atraente, que era a direção absolutamente oposta que seus pensamentos deveriam estar tomando.

Não seria bom para ela admirar nenhum homem ou achá-lo atraente. Essa parte de sua vida havia acabado. Seu eu futuro desfrutaria de um tipo diferente de vida. Uma vida que não envolvesse viscondes atraentes e admiráveis.

Ela limpou a garganta e encontrou o duque observando-a, com um canto especulativo na cabeça. "Receio que tenha que lhes dar uma boa noite", ela disse. "Tenho uma reunião de manhã cedo na escola."

"Lady Olivia, sobre aquela escola *progressista*," começou a duquesa. Olivia sentiu a outra mulher se preparando para uma bronca. "Por que você precisa criar ainda mais escan—"

"Claro, minha querida," o duque interrompeu, efetivamente silenciando a duquesa.

Com uma inclinação determinada no queixo, Olivia não arriscaria outro olhar para Lorde St. Alban nem se contorceria sob o olhar firme e sério dele. Era possível que ele enxergasse até a alma dela. "Vossa Graça, esse salão será declarado o *auge* da temporada."

Eram as palavras exatas e corretas para falar com sua anfitriã, o que era mais um motivo para ela ficar longe de Lorde St. Alban. As palavras corretas pareciam desaparecer em sua presença.

Ela se virou para fugir quando dois homens, com não mais de quarenta anos de idade entre eles, correu para frente como se a casa estivesse pegando fogo. "Duquesa Dallie!" eles gritaram em uníssono.

"Sim? Sim?" O rosto da duquesa ficou tenso em alarme. "O que foi?"

A fuga foi interrompida por essa repentina explosão de atividade, Olivia parou no meio do caminho. A atenção *dele* ainda estava fixada nela. Ela sentiu o gelo descer até os ossos. Como ela desejava livrar seu corpo de seu rubor traiçoeiro.

"Vossa Graça" começou um dos homens em um tom cuidadosamente medido, "precisamos dançar esta noite." O jovem havia bebido um pouco demais de ponche de champanhe.

"Dançar?" A tensão no rosto da duquesa se aliviou. "Meus queridos, isso não é um baile."

"Mas é um salão de baile, duquesa", apontou o outro homem. "Um glorioso salão."

"Sua magnificência é inigualável por qualquer outro em Londres", acrescentou seu companheiro.

Olivia suspeitou que os dois estivessem bebendo algo um pouco mais forte do que ponche de champanhe. Ela arriscou um rápido olhar para Lorde St. Alban, seu olhar sério absorvendo a cena frívola. Ela tinha a sensação de que todos eram seres frívolos aos olhos dele.

No entanto, sua proximidade deixou seu corpo mais tenso do que uma corda de piano, e ela suspeitou que tudo o que ele precisaria fazer era tocar uma única tecla para fazê-la vibrar e cantar...

Ela pressionou os dedos frios contra as bochechas ardentes e inalou uma respiração fortificante. Ela preferia que ele não notasse, mas se notasse.

Ela precisava de ar.

"Que tipo de aposta?" a duquesa perguntou, chamando a atenção de Olivia de volta para a conversa ao seu redor.

Um jovem cutucou o outro. "Para ver se certa dama dançaria com Bletham."

Um sorriso, partes iguais de prazer e travessura, oscilou nos cantos dos lábios da duquesa. "Para uma dança, você disse?" Ela olhou para o duque. "Não vejo por que não?"

"Uma valsa?" um deles pressionou a ousadia vencendo o dia.

"Bem, chegamos até aqui, não é?" a duquesa afirmou mais do que perguntou.

Antes que Olivia pudesse piscar, os jovens e a duquesa correram para informar o quarteto de cordas sobre suas novas funções. O duque hesitou, seu olhar encontrou o de Olivia e o manteve. Ela assentiu uma vez, sutilmente, decisivamente, e o duque caminhou preguiçosamente no encalço da duquesa.

Agora, no meio de um oceano de lordes e damas, ela estava sozinha com Lorde St. Alban. Ela deveria reconhecê-lo. Afinal, ele estava parado bem na frente dela. Ela possuía perspicácia social suficiente para lidar com esse visconde. Ele era um mero homem e, se ela escolhesse, depois daquela noite, o protocolo social permitia que ela nunca mais tivesse que reconhecer sua existência. Além disso, ela já havia se despedido.

Então aconteceu: o quarteto de cordas tocou as notas iniciais de uma valsa, a multidão levantou a voz em uma saudação unificada e Lorde St. Alban estendeu a mão para ela. "Posso ter a honra desta dança?"

Ela deveria dizer não. Ela *precisava* dizer não.

Ela não podia. Não sem provocar mais escândalos dos olhares curiosos que poderiam estar observando-os. Ela suportou escândalos suficientes nos últimos seis meses para durar uma vida inteira.

Ela deu um passo hesitante para frente e estendeu a mão, forçando-se a olhar para ele. O mais extraordinário eram os olhos de Lorde St. Alban: azul ártico com bordas azul-marinho. Eles deveriam ser gelados, mas não eram. Eles queimavam com o calor mais branco de uma chama azul.

Ela nunca tinha pensado na ideia de que alguém poderia ser incinerado por uma valsa. Mas quando ele pegou sua mão e seu pulso disparou, ela suspeitou que tivesse sorte se escapasse dessa dança completamente ilesa.

Ela se preparou e perguntou: "Vamos começar?"

Com um aceno de cabeça, ele a puxou para si e colocou seus corpos em movimento. O olhar dela permaneceu resolutamente fixo sobre seu ombro na esperança de frustrar qualquer tentativa de conversa fiada da parte dele. Sua esperança foi imediatamente frustrada.

"É uma sensação estranha", ele começou, "ter seu corpo tão completamente sob controle e, ainda assim, sua essência tão distante."

Uma risada chocada escapou dela. Palavras como corpo e essência poderiam deixar uma dama sem palavras. Não eram palavras usadas em círculos educados, particularmente na forma como cruzaram seus lábios, como se uma promessa estivesse localizada em algum lugar lá dentro.

Desesperada para invocar um ancestral honesto ou dois, ela disse, "Você não sabe nada sobre meu corpo ou minha essência."

"Você prefere que eu pergunte como está o tempo?"

Sim! Ela teve vontade de gritar para o maldito homem. Ela queria algo simples, e ele não estava querendo.

Para complicar ainda mais a questão, havia um desejo incontrolável de ter a mão firme piedosamente fixada no meio de sua caixa torácica deslizando para baixo e se acomodando na curva de seu quadril. Uma simples contração muscular fecharia a lacuna restante entre eles, e ele poderia... *O quê?*

Isso não daria certo. Era possível que suas palavras — *corpo, essência* — tivessem despertado um desejo adormecido dentro dela. Um desejo a tanto tempo não utilizado que ela pensou que havia desaparecido completamente. Seu corpo rebelde ansiava por ouvir tais palavras novamente.

"Qual é o seu cheiro, Lady Olivia? Eu detecto lavanda e... isso é sândalo?" Ela assentiu, e ele continuou, "Na minha experiência, as mulheres inglesas não cheiram a especiarias exóticas. Em vez disso, elas cheiram a —"

"Água de rosas velha?" ela terminou para ele.

Um olhar muito charmoso de constrangimento cruzou suas feições. "Minhas desculpas, foi pretendido como um elogio. Você é uma inglesa muito inesperada."

Uma onda surpreendente de prazer a desequilibrou, e ela tropeçou em seus próprios pés. Os dedos dele apertaram protetoramente em volta de sua cintura, segurando-a firme enquanto ela se recuperava. Lorde St. Alban não era o tipo de homem que deixava uma mulher cair.

Ela se sacudiu mentalmente e procurou as palavras que endireitariam essa dança antes que ela ficasse completamente de cabeça para baixo. "Você nunca ouviu falar de bate-papo fútil, meu senhor?"

"Eu nunca tive muita utilidade para isso", ele respondeu, a inclinação da boca mais irônica do que arrependida.

"Certamente você pode encontrar um meio termo em algum lugar. Aqui, deixe-me ajudar. Vou lhe fazer uma pergunta perfeitamente inócua que não diz respeito a nada pessoal em sua vida, e você responderá na mesma moeda." Oh, por que ela estava fazendo isso? Toda essa conversa sobre o impessoal parecia estranhamente pessoal. "Esta é sua primeira incursão na *alta sociedade*?"

Ele assentiu. "Meus novos deveres como visconde me impediram de aproveitar as frivolidades da sociedade até agora."

"Não somos nada se não formos frívolos, meu senhor." Isso era melhor, *corpos, essências e aromas* foram banidos da conversa. Ela não sentiu uma pontada de arrependimento pela perda dessas palavras. Nem um pouco. Ela quase acreditou nisso.

Lorde St. Alban inclinou a cabeça. "Eu detecto ironia em seu tom?"

"Ironia? Cuidado, você está beirando o pessoal de novo." Ela apontou o olhar por cima do ombro dele. Quanto mais cedo essa dança terminasse, melhor.

"Você poderia me falar sobre a escola da qual a duquesa falou? Acontece que minha filha precisa de uma boa escola."

"Minha irmã e eu fundamos uma escola para meninas alguns anos atrás. A Escola Progressista para Jovens Moças e a Educação de Suas Mentes."

"Um grande título."

"Sim, bem, nossa diretora, Sra. Bloomquist, foi inflexível que a missão da escola fosse evidente em seu nome."

"Então você não está envolvida na administração diária da escola?"

"Não, mas estou no conselho de diretores."

"Ah, isso faz mais sentido."

"E o que quer dizer isso?" Olivia perguntou em sua melhor imitação da Sra. Bloomquist. Algo em seu tom lhe disse que ela não iria apreciar a direção dessa conversa.

"Você não me parece exatamente o tipo de professora típica."

"E por que isso?" ela retrucou.

Lentamente, com o calor de mil sóis, seu olhar percorreu a

curva do braço dela, através de sua clavícula, descendo em direção aos montes suavemente arredondados de seu decote. Um rubor se espalhou por sua pele como um incêndio. Ela tentou dizer a si mesma que o fogo ardia tanto devido a uma indignação justificável, mas suspeitava de uma causa diferente em sua raiz, que não faria bem desenterrar e examinar.

Do último reduto de sua compostura, ela convocou uma medida fraca de indignação justa. "E aqui eu pensei", ela resmungou. Ela limpou a garganta e começou de novo. "Achei que você fosse menos idiota do que os outros que ocupam essa sala. As aparências podem, de fato, enganar."

Ele a puxou para perto, e seus lábios tocaram sua orelha. "Minhas desculpas, se dei a entender que sua beleza física e perspicácia mental são entidades mutuamente exclusivas. Você pode ser a rara dama que possui ambas."

Sua respiração ficou suspensa no peito. Ela poderia nunca mais respirar.

Ela se afastou dele, na esperança de encorajar uma medida de razão fria. Mas não adiantou. Seu foco estava inteiramente concentrado nos pontos de contato entre as mãos dele e o corpo dela.

Finalmente, um resquício de bom senso veio em seu socorro, e ela conseguiu dizer: "Vamos terminar esta valsa e seguir nossos caminhos separados."

Ele deu um breve aceno de assentimento, e o frio ártico retornou aos seus olhos. Um suspiro pode ter escapado dele, mesmo enquanto eles continuavam valsando, evitando por pouco outro casal.

O que estava acontecendo com ela? Há menos de uma hora, ela era uma rainha do gelo, intocável. Agora o pensamento racional a estava abandonando, e tudo o que ela podia fazer era *sentir*. A pressão dos dedos dele contra sua carne, mesmo através de várias camadas de tecido... O estrondo das palavras dele vindas do fundo do peito, mesmo com seu suave sotaque holandês dando a elas uma qualidade cortada... E, oh, o conteúdo dessas palavras...

Isso não daria certo. Ela não sabia quase nada sobre esse homem. O que não importava, nem um pouco. Ela se conhecia. Ela não precisava, ou desejava, um envolvimento com um homem, particularmente não com um homem que conheceu em um salão de baile. Ela já tinha feito isso uma vez, e não tinha terminado bem.

Ela não tinha se divorciado de um marido apenas para encontrar outro.

Suas sobrancelhas franziram. Por que essa conclusão lhe ocorreu? Ela mal teve dez minutos de conversa com esse homem.

Mas ela sabia o motivo. O Honorável Jakob Radclyffe, Quinto Visconde St. Alban era o tipo de homem com o qual uma mulher poderia se casar.

Mas ela não era o tipo de mulher com quem um cavalheiro se casava, não mais. Não que ela quisesse se casar; isso era um simples fato. Além disso, ela nunca mais seria esposa de nenhum homem. O desabrochar daquela rosa em particular já não existia mais.

Com uma contração repentina de músculos endurecidos, ele puxou o corpo dela para perto dele para evitar outro casal. O toque de sua respiração ao longo da linha exposta de sua clavícula enviou pequenos raios de luz através dela. Seu olhar voou para encontrar o dele, para ver se ele também os sentia. Mas seu semblante permanecia indiferente e estoico, não revelando nada.

Lorde St. Alban despertou nela uma reação diferente de todas as que ela já havia experimentado, até mesmo com Percy. Esse sentimento era sombrio, complexo e misterioso como uma caverna subterrânea que dava voltas e girava bem abaixo da superfície. Talvez somente ele pudesse iluminar suas profundezas escuras e satisfazer essa dor nascente...

Ela plantou os pés, interrompendo seu ímpeto giratório e

provocando alguns murmúrios de descontentamento dos casais que tiveram que desviar para evitá-los. Que se dane o escândalo, ela precisava sair desta sala. "Amanhã. meu dia começa bem cedo, meu senhor", ela disse, seus olhos se recusando a encontrar os dele.

Suas mãos caíram de seu corpo como se estivessem chamuscadas, mas ele não fez nenhum outro movimento. Nenhum movimento para mantê-la no lugar ou insistir que ela terminasse esta valsa com ele.

Ela inalou o suspiro de decepção que queria liberação e se virou. Seus pés acompanharam o ritmo rápido do seu coração, levando-a para longe dele... Para longe desta sala... Para longe desta noite. Ultimamente, parecia que ela estava fugindo de uma coisa ou outra.

Bem, neste caso, não havia como evitar. Era absolutamente imperativo que ela fugisse de Lorde St. Alban. O homem a fazia sentir...

Bem, ele a fazia *sentir*.

E ela não tinha utilidade para sentimentos provocados por nenhum homem.

A determinação a fortaleceu enquanto um par de palavras girava em sua cabeça: *liberdade, independência*. Nenhum homem jamais a faria esquecê-las novamente.

Ela precisava encontrar uma casa em Mayfair o mais rápido possível. Ela não conseguia suportar a possibilidade de Lorde St. Alban chegar à mansão do duque para suas *aulas de como ser um visconde*. Era tudo muito exagerado, muito rápido.

Seus passos trinavam pela porta da frente da duquesa e o ar fresco da noite atingiu seus pulmões. Ela ajustou seu xale firmemente sobre seus ombros e permitiu que um criado a ajudasse a subir em sua carruagem que a esperava.

Esta noite, ela deitaria sua cabeça em seu travesseiro e sonharia a noite toda.

Amanhã, ela acordaria lúcida e sua vida real prosseguiria.

Aquele homem casadouro e as confusões perturbadoras de emoções que ele provocava fariam parte de um futuro deixado para trás e melhor ainda, não iniciado.

4

———

NO DIA SEGUINTE

Alguns dias nasceram perfeitos.

Na ponte de comando de um navio das Índias Orientais, com o mar aberto sob seus pés, o céu limpo acima de sua cabeça e uma tripulação para comandar, o mundo exterior não tinha chance de tocar Jake.

Sua cabeça virou e outra ordem foi dada. "Você aí, puxe aquela caixa para o convés superior." Uma brisa refrescante levantou da água e acariciou sua nuca. "E você, cuide para que a vela mestra esteja bem presa."

Em um navio mercante tão bem administrado quanto o *Fortuyn*, cada homem entendia sua tarefa e a realizava com a máxima eficiência. Havia momentos em que o convés de um navio parecia nada mais do que uma colmeia de abelhas na primavera. Era uma alegria de se ver.

Em seu íntimo, havia um sentimento de paz. Era a esse lugar que ele pertencia. Esse era o seu lar.

Um par de olhos atentos chamou sua atenção. Neles, ele viu a verdade da situação atual refletida de volta para ele. Eles o lembraram de que hoje não era um dia perfeito.

O mar aberto não se agitava sob seus pés, apenas uma fina camada de lama do Tâmisa mantinha o navio atracado flutuando.

O céu acima não estava claro. Na verdade, acima de sua cabeça pairava um céu opressivo com a neblina de Londres.

E esta não era sua tripulação para comandar. Não mais.

Nylander, o homem que o observava e seu companheiro de infância mais próximo, era agora o capitão do *Fortuyn*. Esta era sua tripulação para comandar.

Jake estava prestes a cruzar a linha, se já não o havia feito. Sua função hoje era puramente administrativa em nome dos interesses de transporte de sua família. "Você está programado para descarregá-la no Pool antes do anoitecer?" O Pool de Londres era uma bagunça burocrática, mas um destino necessário para todos os navios comerciais que subiam o Tâmisa.

Nylander assentiu bruscamente antes de responder: "Os homens estão ansiosos para voltar para casa."

Embora o navio navegasse sob a proteção das cores da Inglaterra graças à linhagem masculina de Jake, o lar de muitos dos tripulantes era a Holanda. Era óbvio na eficiência de seus movimentos que tanto o capitão quanto a tripulação estavam ansiosos para partir. Eles estavam separados de suas famílias por mais de um ano.

A decepção tomou conta de Jake. "Ah, bem, na próxima viagem eu pago uma cerveja para você, e você pode me contar uma ou duas histórias marítimas."

"Próxima viagem." Nylander fez uma pausa, evitando o olhar de Jake, antes de acrescentar, "*meu senhor.*" Os holandeses não eram conhecidos por medir palavras.

A vida passada de Jake havia escapado por entre seus dedos. Não era mais um marinheiro. Não era mais um deles, os olhos de Nylander, desviados com tato, lhe disseram. Um visconde não arriscava sua pele preciosa e nobre para comandar navios ou participar de qualquer ocupação que sugerisse comércio. Ele dividia obedientemente seu tempo entre Londres e suas propriedades rurais.

A amargura disso obstruía sua garganta. Cristo, como ele sentia falta do mar aberto. De repente, ele não queria nada mais do que terminar com esta reunião e sair deste navio. "Tudo em ordem." Ele passou a papelada para seu criado, Payne. "Capitão, boa sorte."

Ele estendeu a mão para apertar a de Nylander. Calos ásperos cobriam a palma do capitão, e Jake percebeu com um sobressalto que os seus calos estavam desaparecendo. Mãos macias, um dos muitos privilégios da vida suave de um cavalheiro. Ele passou muito tempo sentado, tentando equilibrar os livros de um homem morto que se recusava a se equilibrar. Um pedaço de madeira deve estar precisando ser cortado em algum lugar em Belgravia.

Outro aceno curto e a cabeça desbotada pelo sol de Nylander virou-se enquanto ele dava ordens à tripulação, sua atenção concentrada na tarefa monumental de contabilizar a carga acumulada ao longo de vários meses de uma miríade de portos ao longo dos oceanos Pacífico e Índico.

Jake saiu da passarela e foi para terra firme, Payne, como um mosquito, correndo para alcançá-lo. Payne também tinha sido criado do visconde anterior. "Devo chamar sua carruagem, meu senhor?" A ponta do nariz fino e afiado do criado se movia em uníssono com cada palavra que ele falava. Um nariz, Jake não pôde deixar de refletir, que era um contraponto perfeito ao resto do corpo roliço, mas compacto, do homem.

"Isso não será necessário." Jake apressou o passo. "Você pega a carruagem, e eu vou a pé."

"Você vai andar, meu senhor?" Payne gritou, sem fôlego tentando acompanhá-lo.

Jake parou de repente e apontou o rosto para um céu cinza que refletia precisamente seu humor. "Colocarei um pé na frente do outro até chegar ao meu destino."

"Através de Limehouse?" Payne lutou para acompanhá-lo. "E do East End, meu senhor?"

"Revisaremos a contabilidade do navio antes do chá", Jake gritou por cima do ombro, cada passo o separando de Payne, impulsionando-o em direção à liberdade enquanto ele partia para ruas estreitas e úmidas.

"Meu Lorde St. Alban", Payne concordou, a derrota evidente em sua voz sumindo.

St. Alban.

A duquesa estava certa: ele era St. Alban. Era hora de seguir em frente.

No entanto, ela estava errada em um aspecto. Ele não bancaria o protegido do Duque de Arundel. Ele não confiava no conselho de nenhum homem de uma classe social cujo único propósito era levar uma vida o mais improdutiva possível. Ele não conseguia entender um homem que não queria sujar as mãos de vez em quando ou aproveitar uma cerveja espumosa no final de um dia honesto de trabalho.

Para ser justo, o duque parecia ter um cérebro astuto na cabeça. Mas Jake estava determinado a ficar longe do homem por um motivo adicional e totalmente diferente: Lady Olivia.

Ele não tinha certeza do que estava no ar na noite passada, mas à luz do dia, ele via as coisas mais claramente. E o fato era este: Lady Olivia pode estar conectada a todos os lordes e damas de Londres, mas a mulher era um escândalo ambulante.

Ele pararia de pensar nela e se concentraria em qualquer uma das damas que a duquesa lhe apresentou na noite passada depois que Lady Olivia foi embora. Como a Srta. Fox, a única filha de um barão e um par ideal, de acordo com a duquesa. A dama tinha uma reputação imaculada, sem um pingo de escândalo pairando sobre ela. E se ela fosse um pouco comum, bem, ele não podia usar isso contra ela. Toda mulher era um pouco comum comparada a...

Lady Olivia.

Lá estava ela, surgindo em sua cabeça — *de novo*.

A mulher o intrigava demais era excessivamente confiante em sua inteligência. Talvez fosse por isso que ele a provocara implacavelmente.

Era possível que ele lhe devesse um pedido de desculpas, exceto que ele não se sentia arrependido. Não quando ela segurava a língua com tanta reserva controlada, mas seus olhos brilhavam com ardor e um lindo rubor surgia das profundezas cremosas de seu decote.

Ele estaria disposto a apostar que não era o único interessado, envolvido e animado por suas brincadeiras.

Não importava. Ele precisava bani-la de sua mente. Ela não era certa para ele. Mais importante, ela não era certa para Mina. Mina precisava de uma guia na sociedade que fosse íntegra e imaculada, que nunca falasse uma palavra errada e nunca desse um passo errado. E Lady Olivia, bem, ela não exemplificava nenhuma dessas qualidades.

"Senhor! Senhor!", ele ouviu atrás dele. Um rápido olhar para trás revelou um moleque de rua em seu encalço, um grito lamentoso em seus lábios. "Milorde! Milorde! Um centavo, senhor? Uma moeda, senhor?"

Jake parou e tirou uma coroa do bolso do colete. Ele observou os olhos do garoto ficarem arregalados enquanto a moeda brilhava prateada em um raio de sol fugaz. Antes que ele pudesse reconsiderar sua oferta, o moleque a arrancou de seus dedos estendidos e correu por um beco rançoso tão rápido quanto suas pernas magras podiam levá-lo.

O fato de ele carregar moedas provavelmente chocou o garoto sem palavras. Cavalheiros ingleses estavam acima de assuntos tão triviais quanto dinheiro, com os bolsos honestamente vazios de lucro sujo. E a julgar pelos papéis do primo, assim também eram suas contas bancárias. Um cavalheiro completo até o fim, o falecido Quarto Visconde St. Alban.

Jake olhou ao redor antes de retomar sua jornada para o oeste.

Ele não tinha a menor ideia de seu paradeiro, exceto que ele deveria continuar indo em direção à Catedral de St. Paul. Ele definitivamente ainda estava no East End, a julgar pelos cheiros pútridos que vinham de todas as direções: do rio imundo, da calçada imunda, dos penicos imundos. A sujeira era o fio condutor que ligava uma favela a todas as outras favelas ao redor do mundo.

Ele inspirou, deixou que cobrisse suas narinas. O ar tinha um cheiro real e de casa. Ele nunca tinha morado em uma favela, mas não era exagero dizer que os alojamentos em um navio com capacidade máxima poderiam se assemelhar com uma favela.

Aqui no East End, cercado por assassinos, ladrões, vendedores, mendigos e prostitutas, ele pôde experimentar aquela vida selvagem que faltava nas salas de estar domesticadas de Mayfair e St. James. Ele era um pato fora d'água naquelas salas.

E Mina?

Seu corpo ficou tenso, pronto para a batalha, á medida que o zumbido das pessoas da *alta sociedade*, suas especulações, seus murmúrios indelicados voltavam a ele. Em seus quatorze anos nesta terra, que grande quantidade de tumulto Mina havia suportado.

Desde o começo.

Um rosto apareceu na mente de Jake: um rosto úmido e exausto pelo trabalho, a luz desaparecendo rapidamente, contente na morte com a promessa que ela havia exigido dele. *"Proteja-a, Jakob... ela terá apenas você..."* Seu aperto fraco em seu braço assumiu uma tenacidade inesperada. *"Só você pode fazer isso... por Minako, minha pequena Mina."*

Uma dor familiar o atingiu, e Jake baniu o rosto angustiado para o passado, onde ele pertencia. Seu foco se aguçou no presente.

A estreita vista de Londres ainda estava cinza, ainda imunda e sempre lotada conforme a manhã avançava. Ele deu uma olhada em seu relógio de bolso e acelerou o ritmo de seus passos. Ele não queria se atrasar para seu compromisso com mais uma escola para meninas.

Ele já havia entrevistado três candidatas sem sorte. Mina precisava de mais do que aulas de piano, aulas de desenho, aulas de francês e aulas de como servir chá. Seu cérebro tendia para a filosofia natural e matemática. Os escritos de Sir Isaac Newton a excitavam de uma forma que o mais novo passo de dança poderia excitar outras meninas.

O problema era que ele ainda não havia encontrado uma escola disposta a ensinar de acordo com o intelecto de Mina, e ele resistia à ideia de instrutores particulares. Ela precisa formar relacionamentos com seus colegas se quiser ter uma chance de entrar na sociedade com certo grau de sucesso.

Qual era o nome da escola à qual Lady Olivia estava conectada? A Escola Progressista para Moças e algo mais?

Isso não importava, pois ele não iria buscar essa escola em particular. Ele precisava ficar o mais longe possível de Lady Olivia Montfort, propensa a escândalos e, portanto, impossível de se casar.

Casamento. Essa era outra maneira de garantir o sucesso de Mina. Uma madrasta de reputação e linhagem impecáveis forneceria conexões e assistência inestimáveis no empreendimento. Ele precisava de uma parceira em uma esposa. O fato de ela fazer com que ele se sentisse interessado, engajado e vivo era de pouca importância.

Ele balançou a cabeça, como se pudesse facilmente se livrar de Lady Olivia, e fez menção de atravessar uma rua quando uma carruagem passou zunindo, espirrando água fétida com sujeira da rua em suas botas. Ele se recuperou. Ele seria atropelado e morto se não tomasse cuidado. Uma rápida olhada da esquerda para a direita confirmou que o cruzamento estava livre, e ele correu por paralelepípedos irregulares até que seus pés tocaram a calçada mais uma vez.

Uma voz gritou: "Ei, chefe, você não vai passar sem provar um dos meus pãezinhos, vai?"

Jake se virou um pouco para encontrar um homem corpulento coberto por uma fina camada de farinha que o olhava de cima a baixo. O homem era uma caricatura de um padeiro. "O que você tem aí?" ele perguntou aproximando-se da janela aberta com a barriga avantajada do homem pendurada nela.

"Temos pão doce", disse o padeiro em um tom envergonhado, claramente não antecipando o interesse de Jake em seus produtos. Ele esticou a cabeça para trás e gritou: "Fanny! Você tirou seus doces quentes do forno?"

"Vão estar prontos em dois minutos", foi a resposta gritada de Fanny.

"Ah, vamos lá, mulher. Tenho um cliente, um cavalheiro de verdade aqui." O padeiro fez uma cara de aflição como se dissesse: *Não é típico de uma mulher?*

"Um o quê?" A mulher dobrou a esquina dos fundos da loja e parou no meio do caminho, ajeitando o avental enquanto estufava o peito caído. "Ah, um cavalheiro de verdade está certo." Ela sorriu o que Jake chamaria de um sorriso largo, se não estivesse sem os dois dentes da frente. "Nunca vi ninguém como você por aqui. É novo na área?"

"Algo assim", ele disse, com os lábios fazendo um tique para o lado.

Fanny respirou fundo, realçando ainda mais seus seios. Em uma voz sussurrada, ela perguntou: "O que você pode conseguir?"

"Um pãozinho açucarado?"

"Eu posso lhe dar mais do que isso, senhor".

"Muito bem, Fanny, vou esperar." O padeiro mandou Fanny embora, mas não antes de ela mostrar a Jake um último sorriso desdentado. O padeiro balançou a cabeça de forma pesarosa. "Desculpe-me por isso, chefe. Ela fica assim perto de vocês.

Lembranças de dias passados na esquina da rua, se é que você me entende."

Jake colocou uma moeda no parapeito da janela. "Isso paga?"

"E mais um pouco, se você puder esperar por alguns pães quentes", disse o padeiro, guardando a moeda no bolso e colocando um pão doce na mão de Jake. "A patroa não vai se importar de vê-lo novamente, isso é certo!"

As palavras de despedida do padeiro foram perdidas pelas costas de Jake, que agora tinha toda a sua atenção voltada para a tarefa nada modesta de manusear o pão doce. Fazendo jus ao nome, ele ficou grudado em seus dedos, um pouco na lapela de seu sobretudo cinza, uma gota na parte superior de sua bota direita. Assim que saiu da frente da loja do padeiro, ele jogou a coisa em um beco e avaliou os dedos brilhantes de açúcar caramelizado.

Bem, não havia mais nada para fazer: ele começou a lamber. Ele não tinha a intenção de se grudar a tudo o que tocasse o dia todo. Quando chegou ao terceiro dedo, ele estava distraído com a sensação de dedos cobertos de açúcar de uma forma que não acontecia desde que era uma criança.

Seus passos ficaram mais lentos e ele sentiu...

Prazer.

O tipo de prazer simples que ele não sentia há anos. Aqui, em uma rua onde ninguém o conhecia, ele podia se deleitar com a liberdade de um simples prazer.

Um sorriso, largo e desordenado, brincou em seus lábios, e seus olhos se abriram. Quando foi que eles se fecharam?

A pergunta estava destinada a ficar para sempre sem resposta quando seu cérebro registrou uma visão que ele não tinha como prever. Uma mulher indefinida, de cabeça baixa, sem se preocupar com nada além de sua própria trajetória, prestes a atacar diretamente contra ele. Entre o tique-taque de seu relógio de bolso, o tempo fez uma coisa engraçada e se alongou, ao mesmo tempo em que se comprimia e se intensificava. Ele teve apenas um piscar de olhos para se preparar para o impacto.

No instante em que seus corpos se chocaram, os olhos azuis e redondos da mulher encontraram os seus e se agarraram a ele em um choque sem palavras. Um instante depois, o calor do reconhecimento percorreu Jake.

Esse pequeno tufão era nada menos que Lady Olivia Montfort.

Sua mão direita disparou quando ficou evidente que Lady Olivia não estava apenas saltando para trás, mas para uma rua cheia de tráfego no final da manhã, na forma de carruagens e carrinhos de entrega em movimento rápido. A mão dele agarrou o antebraço dela e a puxou, colocando-a em segurança.

Um alto "Oof!" saiu do "O" entreaberto de seus lábios quando um maço de papéis voou de suas mãos e se espalhou pela calçada fétida do East End. Seguiu-se um momento confuso, quando seus corpos se pressionaram totalmente um contra o outro — peitos pesando, respirações se misturando — por um batimento cardíaco longo demais. A cabeça dela se inclinou para trás e seus olhos encontraram os dele.

A reserva comedida da noite passada já não existia mais. Agora, a emoção primitiva de ter enganado a morte brilhava em suas profundezas azuis. Uma centelha de luxúria o atravessou e sua mão caiu do braço dela como se estivesse queimada.

As sobrancelhas dela se uniram e sua cabeça se inclinou para o lado. "Por que diabos você está...", ela começou antes de parar. Seu rosto se animou em um pânico de olhos arregalados. "Meus desenhos!" Ela se afastou e começou a passar por entre os transeuntes irritados em uma tentativa desesperada de recuperar as folhas de papel espalhadas ao acaso pela calçada. Ela lhe dirigiu um olhar agudo. "Você vai ficar aí parado o dia todo ou vai me ajudar?"

Jake se viu seguindo o exemplo dela enquanto se agachava cegamente em meio a uma floresta de pernas irritadas e pés impacientes. Alguns minutos depois, todos os papéis estavam recuperados.

Com os olhos lançando flechas em sua direção, Lady Olivia fechou a distância entre eles e arrancou os papéis das mãos dele. "Um conselho?" ela começou. "Você deveria ter cuidado por onde anda."

Um ar de expectativa pairava sobre ela, como se ela estivesse tentando lhe dizer algo sem dizer.

E o atingiu.

A mulher esperava um pedido de desculpas.

"Eu deveria tomar cuidado por onde *ando*?" ele perguntou surpreso com a cara de pau dela.

"Você não deve sair por aí derrubando mulheres na rua. Ou isso é mais uma gentileza social negligenciada na sua educação?" Ela se endireitou em uma demonstração de indignação justa. "Eu poderia ter morrido."

"Você quase foi", ele respondeu. "Mas é você quem deve ter cuidado. Uma rua estreita de Londres no East End pode não ser o local mais convidativo para o passeio diário de uma dama."

"Você não sabe nada sobre mim."

O comportamento dela voltou ao seu estado familiar de calma estudada. Ele sentiu uma pontada de perda pela outra Lady Olivia que ele havia vislumbrado aquela que transbordava de emoção, feroz e aberta.

"Ou por onde eu deveria estar *passeando*."

Ela olhou para ele de baixo, sua altura máxima não mais do que alguns centímetros acima de um metro e meio, seu cabelo penteado em um coque severo. Se não tivessem colidido, ele teria passado direto por ela sem olhar duas vezes. Impossível que as curvas que ele vislumbrou na noite passada estivessem escondidas sob o sobretudo monótono e útil que a camuflava como uma espécie de camaleão de favela. Ele não conseguia decidir se o sobretudo merecia uma pira funerária ou uma medalha de honra.

Enquanto ele a observava vasculhar os esboços, examinando-os um por um, um fio de memória fez cócegas no fundo de seu cérebro. Ele já tinha visto esses esboços antes ou, pelo menos, esse material. O material em si era tipicamente representativo de motivos japoneses — uma representação serena da natureza, tanto botânica quanto animal — mas uma especificidade estava dentro desses esboços que se estendia além de seu assunto familiar.

Estava nas pinceladas. Uma qualidade delicada e emplumada caracterizava grande parte da arte japonesa. Mas não essas peças. Eram pinceladas densas e ousadas, singulares demais para serem comuns ou esquecidas. De fato, ele já havia visto essas peças antes, mas o contexto o iludiu.

Ele percebeu que Lady Olivia e estava observando. Como ela, dentre todas as pessoas, havia se deparado com um assunto como esse por tempo suficiente para desenhá-lo?

A mulher desconcertante estreitou os olhos. "Eu agradeceria, Lorde St. Alban, mas pelo quê, não tenho certeza."

"Por salvar sua vida?"

"Quando você também é o mesmo que introduziu o perigo nisso?" ela rebateu com aquela voz suave, mas firme, dela.

Ele assentiu uma vez e permitiu que ela dissesse a última palavra. Com os lábios pressionados em uma linha firme, ela enrolou os esboços sujos e chamou uma carruagem de aluguel com um assobio curto e agudo. Lady Olivia surpreendia a todo o momento.

Assim que a carruagem parou, ele inclinou o chapéu e se apressou para cumprir seu compromisso, resistindo à insistência de seu corpo por um único olhar para trás. Ele havia dado apenas alguns passos quando, pelo canto do olho, viu uma mancha branca em meio ao mar de sujeira da calçada. Em três passos rápidos, ele parou sobre a folha de papel e a pegou do chão. Ela havia contado errado, e esquecido um esboço.

Ele começou a ir em direção à carruagem para devolvê-la quando um detalhe no canto inferior esquerdo chamou sua atenção. Uma garota alta, de pé, separada de um pequeno grupo de outras garotas.

Ele parou em seu caminho. O contexto se abateu sobre ele com a força violenta de um furacão, as lembranças de quando e onde ele havia visto as pinturas originais o atingiram em cheio.

Quinze anos atrás. O complexo Kimura em Nagasaki. *Ela*, capturada lendo um livro, uma lasca de luz capturando as linhas e ângulos de seu rosto, imortalizada em um conjunto inestimável de pinturas japonesas Kanō [1].

Na época, ele mal havia se perguntado como ela havia se tornado parte daquela pintura, naquela sala em particular. Seis meses depois, ele soube exatamente o motivo. Mas, a essa altura, já era tarde demais.

Outra memória se afirmou: este conjunto de pinturas tinha sido roubado na calada da noite, logo após sua partida de Dejima com Mina. A família Kimura tentou abafar os detalhes para garantir que elas não deixassem a Baía de Nagasaki, mas a notícia vazou de qualquer maneira.

Como as pinturas surgiram aqui em Londres? Como era possível que esse pedaço de um passado há muito enterrado tivesse seguido ele e Mina até a Inglaterra? Que outra pessoa tivesse a chave que desvendaria os segredos de Mina?

Com a certeza e eficiência de um capitão de navio, a mente de Jake elaborou um curso de ação. Ele devia localizar as pinturas originais e determinar o quanto seu "dono" sabia sobre Mina. Ele não sabia ao certo se a pessoa agora em posse das pinturas as roubou, mas sabia que essa pessoa, em virtude de possuí-las,

---

1. A Escola de Kanō é uma das mais célebres escolas da pintura japonesa. Foi fundada por Kano Masanobu (1434-1530). Alguns estudiosos escrevem que apesar de Masanobu dominar os elementos da pintura chinesa e do estilo Shubun, ele foi, em geral um pintor medíocre e com falta de originalidade e criatividade em comparação com os seus professores. No entanto, Masanobu tornou-se um pintor oficial na corte do Shogun, e foi essa posição elevada que concedeu a influência e fama da Escola Kanō. Os artistas que o seguiram aprimoraram o seu estilo e métodos, e dentro de uma década a escola acabou por florescer.

estava conectada ao roubo. Era mais seguro considerar essa pessoa perigosa e uma ameaça para Mina. Era possível que essa pessoa — o ladrão, por uma questão de conveniência — pretendesse negociar sua conexão com as pinturas e sua verdadeira herança. Sua ascendência japonesa era óbvia, mas isso apenas arranhava a superfície da história.

Além disso, ela não era apenas filha de Jakob Radclyffe, mas do Visconde St. Alban, nobre do reino. Com algumas palavras bem escolhidas nos ouvidos errados, o ladrão dessas pinturas poderia destruir a nova vida que Jake estava construindo para sua filha.

Ele não falharia com Mina do jeito que falhou com sua mãe. A verdade nunca deveria chegar à superfície — ou às línguas agitadas da sociedade. Ele devia silenciar o ladrão.

Sua cabeça girou rapidamente. *Lady Olivia...* Ela estava conectada ao ladrão de alguma forma.

E ele simplesmente a deixara ir.

Ele se virou e correu pela calçada contra o fluxo do tráfego de pedestres, ignorando os gritos de protestos. Na corrida, ele examinou as carruagens alinhadas na rua, todas pretas e ameaçadoramente iguais. Ele devia alcançá-la antes que ela escapasse.

Ele teve um vislumbre de cabelos loiros esvoaçantes aparecendo através de uma janela traseira da carruagem, subindo Ludgate Hill e entrando na Fleet Street. Seus pés diminuíram a velocidade antes de parar derrotado, seu coração um martelo implacável em seu peito.

O que Lady Olivia sabia sobre as pinturas roubadas de Kanō? Sua mente correu enquanto a importância total da descoberta o atingiu.

Mesmo que ela fosse um escândalo ambulante, Lady Olivia continuava sendo uma joia brilhante da sociedade. Uma dama que não tem porque andar pelas ruas de Londres como uma balconista. Ela tinha o poder de um ducado atrás dela, bem o oposto de uma balconista que poderia ser enganada com uma bugiganga ou uma noite na cidade. Uma fortaleza literal cercava a maldita mulher, provavelmente um fosso também.

Como ele poderia chegar perto o suficiente de uma mulher como ela para desvendar seus segredos? Assim que a pergunta se formou, duas respostas se revelaram: o Duque de Arundel e a Escola Progressista para Moças e a Educação de Suas Mentes.

Imediatamente, ele descartou a ideia da escola. Ao longo desse caminho havia muitas incógnitas.

Mas o duque era uma questão completamente diferente. O ducado não era o obstáculo, mas sim a chave. Ele o colocaria diretamente dentro da casa dela como protegido do Duque de Arundel, permitindo-lhe acesso a ela. O acesso às pinturas e ao ladrão estava a apenas um passo de distância.

O futuro incerto e escandaloso que ele temia para Mina começou a recuar para um estado mais administrável.

Lady Olivia lhe daria as informações de que ele precisava.

Não era uma questão de se, *mas quando*.

5

O livia sentou-se à mesa do café da manhã e considerou a carta que estava ao lado de seu café e croissant. Parecia oficial.

Outra manhã, ela poderia deixar esta carta sem abrir até que considerasse todas as suas possíveis consequências. Esta manhã, ela não teve tempo para ser paciente. Lucy e o duque se juntariam a ela em alguns minutos. Sem mais delongas, ela pegou sua faca de manteiga e cortou a carta.

6 de abril de 1825

Para a Estimada Lady Olivia Montfort:

Gostaríamos de agradecer por considerar nossos serviços para suas necessidades de aquisição de propriedade. No entanto, lamentamos profundamente informar que nossa equipe não poderá ajudá-la neste empreendimento. Como antigos servidores da Família Montfort, seria um conflito de interesses agir de *qualquer forma contrária e/ou sem as instruções explícitas do Conde de Surrey.*

Além disso, gostaríamos de alertá-la para reconsiderar seguir qualquer linha de ação que não envolva o consentimento expresso de seu gracioso pai. Como você provavelmente sabe, ele e a Condessa não devem voltar da Itália antes do outono. Até lá, recomendamos fortemente que você permaneça sob a proteção do Duque de Arundel.

Seus fiéis servos em tudo, menos nisso,
Wortham, Netheram e Howell

Olivia bateu com a carta na mesa. Que cara de pau! Que direito tinham esses... Homens!... De colocá-la em seu lugar? Ela era a possuidora de uma fortuna significativa por direito próprio, o duque tendo devolvido seu dote após a "morte" de Percy. Como eles ousavam insinuar que ela precisava da assinatura de um homem para comprar sua casa?

Ela não precisava da "proteção" de nenhum homem, ou de qualquer outra pessoa. Mariana a ajudaria, assim como certamente seus pais, mas não era assim que ela desejava atingir esse objetivo. Ela queria fazer isso sozinha, só então a vida que ela alcançaria seria inteiramente sua.

Ela mordeu o croissant com mais força que o necessário. Isso não daria certo. Ela não tinha a menor ideia de quando Percy retornaria do Continente, mas ele retornaria, algum dia. E ela estaria firmemente estabelecida em sua própria casa antes que essa eventualidade ocorresse. Ela havia se agarrado ao porto seguro do duque por muitos anos. Era hora de ela se aventurar por conta própria. Por que esses... *Idiotas!*... Não a deixavam?

Ela pegou o *London Diary* à sua esquerda e começou a folhear suas páginas na esperança de que elas a acalmassem. Ela não tinha ido muito longe quando Lucy entrou na sala, seguida pelo passo mais calmo do duque.

"Bom dia, mãe." Lucy deu um beijo na bochecha de Olivia e se sentou em seu lugar habitual à direita de Olivia.

Pelo canto do olho, Olivia observou Lucy pegar a carta fechada que estava ao lado de seu lugar. Sua boca se apertou e se soltou antes que ela a deslizasse para baixo do prato, o selo intacto.

Era outra carta de Percy. E, como todas as outras cartas que ele havia enviado à filha nos últimos seis meses, ela havia sofrido o mesmo destino de total desconsideração. Pelo menos, externamente. Por dentro, Lucy devia se sentir magoada e confusa. Mas Olivia devia esperar Lucy abordar o assunto quando estivesse pronta.

Do outro lado da mesa, o duque assumiu seu lugar habitual. "Espero que esteja tudo bem com você esta manhã?"

"Obrigada, Vossa Graça, está tudo bem", ela respondeu, aliviada pela distração bem-vinda da rotina.

Lucy, o brilho travesso familiar retornando aos seus olhos, estendeu a mão e pegou o *London Diary* das mãos de Olivia. "Vamos fofocar um pouco no café da manhã, ok?"

Olivia não conseguia resistir a um sorriso indulgente para sua filha. E a julgar pelo sorriso que surgiu nos lábios do duque enquanto ele lia seu sério *Morning Chronicle*, ele também não conseguia.

A dúvida, sutil e astuta, infiltrou-se em seus objetivos para sua futura independência. O duque adorava sua neta. Não seria mais fácil ficar?

Não. Ela não podia permitir que a incerteza minasse sua determinação.

"O que temos aqui?" Lucy começou, folheando as páginas.

"Algumas mudanças no Almack's [1]... Lady Jersey disse... chato, muito chato... Ah, essa é uma novidade", ela disse, seu tom ficando mais alegre. "É um haicai [2]." Ela limpou a garganta antes de ler em voz alta:

Retornou a Albion
Oriente arrojado?
Respiração suspensa, as senhoras conspiram.

"Quem poderia ser?" Lucy olhou para longe, os olhos semi-cerrados.

O Honorável Jakob Radclyffe, Visconde St. Alban.

Olivia soube disso instantaneamente e com uma certeza que ela preferiria não considerar. Não demorou muito para que enigmas velados sobre ele começassem a aparecer nos jornais de fofocas agora que ele havia entrado oficialmente na sociedade.

Dois dias, ao que parece.

"Ah, eu sei", Lucy gritou. "Este deve ser o novo visconde arrojado de quem todos estão falando."

"Todos?" Olivia perguntou, incapaz de resistir.

"Ah, sim, todos", Lucy confirmou, mas uma nota distante soou em sua voz, indicando que ela havia perdido o interesse no assunto.

---

1. Almack's era o nome de vários estabelecimentos e clubes sociais em Londres entre os séculos XVIII e XX. O estabelecimento mais famoso do Almack era baseado em salas de reunião na King Street, St James's, e era um dos poucos locais sociais públicos mistos da classe alta na capital britânica em uma época em que os locais mais importantes para a agitada temporada social eram as grandes casas da aristocracia.

2. O Haicai, também chamado de "Haiku" ou "Haikai", é um poema curto de origem japonesa. A palavra haicai é formada por dois termos *"hai"* (brincadeira, gracejo) e *"kai"* (harmonia, realização), ou seja, representa um poema humorístico. Essa forma poética foi criada no século XVI e acabou se popularizando pelo mundo. Apesar de serem poemas concisos e objetivos, os haicais possuem grande carga poética.

A dança deles com sua conversa sobre *corpos, essências e aromas* se enfiou na mente de Olivia, insinuando suavemente que, de fato, todos achavam o Visconde St. Alban irresistível.

Ela se deu uma sacudida mental. O haicai era simplesmente algumas linhas escritas em um pequeno espaço do jornal. Ele não era nada para ela.

Um pouco mais do que nada.

A lembrança que ela vinha suprimindo desde ontem se recusou a ser subjugada por mais tempo: sua colisão com ele em Ludgate Hill quando ela voltava do estúdio de Jiro. Enquanto ela tentava descartar isso como mera curiosidade — o que o maldito homem estava fazendo no East End, afinal? — seu corpo anulou todas as considerações intelectuais que ela lançou sobre ele.

Talvez o grande drama do momento tenha explicado sua reação. Afinal de contas, no instante em que seus pés se soltaram e seu corpo começou a cair para trás na rua, passou por sua mente o pensamento de que aquele poderia ser o seu fim.

Em vez do impacto inevitável do casco de um cavalo contra seu crânio, ela foi erguida em pleno — não havia outra palavra para isso — contato carnal contra Lorde St. Alban, a pressão insistente de seu corpo contra o dela. Ela só queria amolecer contra o comprimento longo e rígido dele.

Oh. Essa não era bem a maneira correta de colocar a questão.

Era simplesmente porque, na última década, ela havia se esquecido da pressão específica do corpo de um homem apertado contra o seu. E o corpo de Lorde St. Alban...

Melhor ela não considerar os detalhes do corpo dele.

Ela engoliu em seco. Qual deveria ser a reação adequada de uma dama depois de ter sido arrancada das garras da morte? Livros de etiqueta não ofereciam diretrizes para esse cenário em particular.

A voz de um criado interrompeu seus pensamentos. "Lorde St. Alban chegou, Vossa Graça."

"Por favor, traga-o até aqui", disse o duque sem tirar os olhos do jornal.

O rosto de Lucy se iluminou e ela gritou. A faca de manteiga de Olivia caiu em seu prato. Seus pensamentos tinham o poder de conjurar o maldito homem do nada? Ela firmou a voz antes de perguntar: "Por que Lorde St. Alban..." Ela considerou suas próximas palavras. "Seu protegido?"

Um movimento chamou a atenção dela, e seu olhar se voltou para encontrar Lorde St. Alban entrando pela porta, parecendo um nobre em cada centímetro, desde seu casaco verde-escuro até suas botas Wellington que brilhavam como um espelho. Ele era o visconde das fantasias de uma jovem dama.

Claro, dado o clamor em torno de sua chegada ao salão da duquesa, não eram apenas as jovens que fantasiavam sobre esse lorde em particular. Todo mundo fantasiava.

Por que o pensamento a perturbava tanto?

"Falando no diabo", disse o duque por cima do jornal, com uma torção irônica na boca. "Se não é o visconde mais elegante de Londres."

A sobrancelha de Lorde St. Alban se ergueu. Era possível que ele tivesse o rosto mais bonito que ela já tinha visto. De uma perspectiva artística, é claro.

"Talvez eu esteja interrompendo", ele começou.

"Bobagem", o duque falou, "eu instruí o criado a trazê-lo." Ele se afastou da mesa e se levantou. "St. Alban, esta é minha neta a muito boba, Srta. Bretagne." Lucy riu. "E você conheceu Lady Olivia."

St. Alban se virou e encontrou os olhos de Olivia. "Minha senhora."

Do outro lado da mesa coberta com vários e diversos itens de café da manhã, seus olhares se encontraram, e o coração de Olivia acelerou quando ela respondeu com um simples, "Meu senhor." Foi tudo o que ela conseguiu dizer. Para um conhecimento tão curto, eles certamente acumulavam uma boa quantidade de história entre eles.

"Agora", disse o duque, "se você me seguir até meu escritório, podemos conversar sobre os únicos cinco assuntos que um cavalheiro de posses precisa atender." Ele levantou a mão e marcou os itens, dedo por dedo. "Senhores para fazer amizade. Senhores para evitar. O alfaiate certo. O clube certo. E o cavalo certo."

O duque saiu da sala, e St. Alban se virou para seguir seu anfitrião, mas não antes de lançar mais um olhar na direção de Olivia. O olhar era, em parte, de zombaria, e totalmente familiar. Ela percebeu que estava começando a conseguir ler o arrojado visconde. Que desconcertante.

Então ele se foi. Em seguida, Lucy estava pressionando um beijo de despedida contra a bochecha de Olivia. "Drummond trouxe a carruagem."

Drummond era um antigo criado do duque, quase aposentado, que via como seu dever sagrado escoltar Lucy para a escola todas as manhãs.

"Vejo você mais tarde, meu amor", disse Olivia para Lucy que já se afastava. Assim, ela estava sozinha na sala. A vida tendia a acontecer rápido em torno de Lorde St. Alban.

Ela jurou deixar aquele homem no passado, o que era, claro, uma impossibilidade quando ele colidiu com ela nas fétidas ruas secundárias do East End e chegou durante o café da manhã para as aulas de visconde no dia seguinte. Ele não fazia parte de um passado deixado para trás e não iniciado. Na verdade, a cada dia que passava, suas vidas ficavam cada vez mais entrelaçadas. Que curioso.

Ela se afastou da mesa e se levantou, decidida a prosseguir com seu dia. Seu plano era passar a manhã salvando seus esboços, *se* eles pudessem ser recuperados. Se não, ela retornaria ao estúdio de Jiro amanhã para começar um novo conjunto das pinturas originais. Outro exemplo da maneira estranha como esse novo visconde continuava influenciando e se envolvendo na vida dela.

Quando ela chegou à porta, sua determinação vacilou. À sua esquerda, havia uma curta série de corredores que levavam ao seu estúdio e ao resto do seu dia. À sua direita, ela captou um murmúrio baixo de vozes vindo do escritório do duque. Ela supôs que eles estavam discutindo um dos cinco tópicos.

Por vontade própria, seus pés viraram para a direita. Seria apenas um pequeno desvio.

Quando ela chegou ao nível do escritório, a voz dele soou: "Lady Olivia, minha querida, você pode nos responder uma pergunta?"

Ela hesitou. Eles não deveriam tê-la notado. Isso não fazia parte do plano. Ela deveria dar uma desculpa e continuar seu caminho. No entanto, seu corpo continuou se movendo para frente, e ela estava dentro da sala em três passos.

O duque se virou para St. Alban. "Você está em Cleveland Row, você disse?"

"Sim", Lorde St. Alban respondeu da maneira curta de um marinheiro, trazendo à mente de Olivia o boato de que ele tinha sido capitão de navio.

"Então está tudo pronto com os cavalos. O Russell Court Mews fica logo acima de sua rua. Mencione meu nome e você se tornará proprietário de um belo cavalo de raça. Agora, Olivia," o duque disse enquanto se voltava para ela, "quantos criados seriam suficientes para compor o quadro de funcionários de uma propriedade fechada?"

"Depende da propriedade, Vossa Graça." Ela entrou mais fundo no escritório, que cheirava a couro velho, mogno rico e tabaco terroso. "É uma propriedade agrícola com inquilinos e gado? Ou uma propriedade ornamental com uma casa grande e nada mais?" A consciência aguçada do olhar firme de Lorde St. Alban impregnou seu corpo, célula por célula. Por que ela não virou à esquerda e continuou com seu dia? "A Sra. Landry pode ser uma fonte melhor para as informações que você procura."

"Excelente ponto, minha querida," disse o duque, já se movendo em direção à porta. "Ainda não consertei a campainha desta sala. Faça companhia ao arrojado visconde enquanto procuro a Sra. Landry, ok?"

Ela respondeu com um gracioso, "claro".

Não se recusava o pedido de um duque levianamente.

Só que agora apenas ela e Lorde St. Alban ocupavam esta sala.

O escritório, imenso e arejado com suas janelas do chão ao teto e vastas faixas de espaço organizado, sempre foi um lugar de refúgio e segurança onde a mente podia vagar sem restrições por preocupações fora de suas quatro paredes. Mas agora ele se contraía em um casulo apertado, denso e fechado, enquanto suas ricas madeiras e cheiro de terra se tornavam sufocantes e perigosamente íntimos.

Desesperada por distração, ela contornou uma chaise longue [3] de couro e foi até a estante que se estendia por uma parede adjacente. Ela pegou o primeiro livro e começou a fingir interesse em uma coleção de poesias de Alexander Pope. Ela abominava Alexander Pope.

"Você pode me responder uma pergunta?" Lorde St. Alban perguntou.

"Possivelmente." Ela manteve o olhar fixo no Pape como se estivesse presa. Nada poderia estar mais longe da verdade.

"Por que o duque continua me chamando de *visconde arrojado*?"

---

3. *Chaise longue* é um sofá estofado em forma de poltrona com uma extensão onde se podem estender as pernas. Pensa-se que as primeiras *chaise longues*, que combinavam uma vulgar cadeira com um divã, surgiram no Antigo Egito. Os primeiros modelos conhecidos eram feitos com folhas de palmeira entrelaçada com corda ou couro. Mais tarde, os egípcios introduziram a construção por encaixes e pinos e estruturas de madeira folheadas a marfim e ébano, dos quais muitos exemplos foram encontrados em túmulos da 1.ª dinastia (3100–2890 AC).

Seus olhos voaram para cima para encontrar seu olhar confuso, e uma risada surpresa escapou dela. "Imagino que você não leia o *London Diary*."

"Nunca ouvi falar dele."

"Você pode querer se familiarizar com suas páginas. De acordo com o *London Diary*, você é o visconde mais arrojado de toda Londres nesta temporada. Suspeito que seus leitores concordem."

"E você está entre seus leitores?" ele perguntou, seu foco afiado prendendo-a no lugar.

"Para minha vergonha eterna, sim", Olivia disse e parou de repente. Ela havia tropeçado de cabeça nessa situação. Suas bochechas arderam com um calor repentino.

Ele inclinou a cabeça, e a diversão aqueceu seus olhos azuis pálidos como geleira. "Devo admitir que você me fascina mais a cada dia que passa. No entanto, sei tão pouco sobre você ou seu passado."

"Meu passado não tem nada a ver com você."

Ele se aproximou um pouco mais, e ela instintivamente se pressionou contra a estante. Ela inalou o suspiro de irritação que queria liberar. Essa reação era muito tola da parte dela. O homem estava do outro lado da sala.

"Talvez," ele começou, prolongando a palavra, "mas não consigo deixar de me perguntar o que é verdade e o que é falso. Ou devo olhar para as páginas do *London Diary* para ter uma resposta?"

"Você não encontrará nenhuma verdade nessas páginas."

"Então me diga a verdade de seus próprios lábios."

Ele a estava pressionando. *Por quê?*

Ela limpou a garganta. "Meu passado é apenas isso. *O passado.*" Foi uma resposta fraca, mas teria que servir. Uma defesa mais forte poderia provocar ainda mais sua curiosidade.

Ele assentiu em aceitação, embora ela sentisse que ele não estava satisfeito com sua resposta. Ele deu um passo à frente, e o coração dela batia forte no peito. Ele estava vindo para se juntar a ela na estante. Ele se movia com uma fluidez incomum para um homem de tão grande altura, seu corpo uma linha vertical de poder e graça, talvez um produto de seus anos passados no mar.

"Pelo que entendi", ele disse, parando uma fileira de estantes afastada dela, "você teve dois casamentos?"

Ele havia se aproximado, perto demais, e a estava distraindo de seu objetivo, que era fingir indiferença a ele "Posso entender como você chegou a essa conclusão, mas, não, eu tive apenas um casamento."

Suas sobrancelhas se franziram enquanto ele certamente somava um e um e calculava dois. "Como isso é possível? Você é viúva e divorciada."

"Eu me divorciei do homem que me deixou viúva", ela respondeu em um tom prático, completamente indiferente à observação de que a voz dele tinha se tornado muito parecida com a consistência de veludo amassado.

"Isso parece improvável."

"De fato."

O silêncio que se seguiu ficou tenso, e ele começou a escanear os títulos dos livros na altura dos olhos antes de levantar e passar as pontas dos dedos pelas lombadas de couro em relevo. Ela seguiu o progresso sem pressa, e sua boca ficou seca como areia do Saara.

As mãos dele eram lindas... E grandes. Mas não era só o tamanho delas, era a capacidade delas. Elas salvaram a vida dela. Do que mais elas eram capazes?

Seu corpo se aqueceu em um grau.

Seus dedos hesitaram em um título, inclinaram-no e o deslizaram para fora. Ela observou, paralisada, enquanto o indicador dele se aproximava dos lábios e ele tocava a língua em sua ponta calejada. Ele pegou o livro e começou a folhear suas páginas. Quando ela havia piscado os olhos pela última vez?

Por pura força de vontade, ela desviou o olhar dele e se virou em uma inspiração profunda. Quanto tempo havia se passado desde a última vez que ela respirou?

Ela permitiu que ele chegasse muito perto dela. Perto o suficiente para que ela notasse seu cheiro de cravo se misturando ao aroma de charuto e terra do escritório. Eles se combinavam para adicionar uma doçura ao ar. Era agradável, se ela estivesse sendo honesta.

Honestidade era uma virtude superestimada.

Ela fingiu indiferença e se afastou dele, com os batimentos cardíacos presentes e insistentes. Ela nunca havia realmente notado seus batimentos cardíacos. Uma função simples que ela considerava natural todos os dias, todos os momentos de sua vida. No entanto, agora, ela estava muito ciente de sua batida incessante.

Por causa dele.

E suas mãos.

E seu cheiro adocicado.

E a ponta de sua língua rosa.

O que estava segurando o duque?

"No salão da duquesa", ela ouviu atrás dela, "algumas palavras foram trocadas sobre você. *Não convencional. Boêmia.*"

Ela colocou a mão firme sobre a elegante curva do pianoforte [4] e colocou o terrível Pope em sua superfície polida. O olhar sério e implacável de Lorde St. Alban fez com que pontadas de calor percorressem sua coluna.

Isso a enervou. Acelerou seu pulso.

"Eles usariam essas palavras sobre mim."

"Por que isso?"

"Para desenvolver um ponto de vista diferente."

---

4. O pianoforte é um instrumento musical de teclas, antecessor do piano atual. Foi inventado pelo italiano fabricante de instrumentos musicais Bartolomeo Cristofori por volta de 1700, e foi construído e vendido por toda a Europa até o século XIX, quando inovações técnicas levaram ao desenvolvimento do instrumento moderno.

"Essa resposta só pretende ser uma resposta."

Ela merecia isso. Ela poderia permanecer em silêncio e não lhe dar mais nada. Ele mereceria o mesmo. Mas ela sentia um estranho desejo de revelar mais.

Ela se preparou e o encarou, com as costas apoiadas no piano. "Nos anos entre minha viuvez e meu divórcio, desenvolvi um interesse escandaloso pelas artes."

"Como patrona?" ele perguntou. "Ou como artista?"

"Ambos."

Ele avançou, novamente cortando a distância entre eles pela metade, um alerta concentrado sobre ele. Ele estava realmente e intensamente interessado nessa conversa. Que estranho.

"Sobre os esboços que você deixou cair ontem—"

"Ah? Não me lembro de ter *deixado cair* nenhum esboço, meu senhor," ela interrompeu, erguendo-se em sua altura máxima. Seus pés, finalmente, encontraram um solo mais firme enquanto ela se refugiava na presunção, possivelmente sua única escapatória para não ser engolida pela areia movediça. "Se bem me lembro, eles foram arrancados das minhas mãos."

"Eles estão arruinados?"

"Eu saberei mais tarde."

"Se estiverem, você ainda terá acesso aos originais?"

"Sim."

Ele limpou a garganta. "Deve ser incomum ver esse tipo de assunto em Londres, muito menos espalhado por uma calçada fedorenta."

"Acredito que sim, meu senhor."

"Posso ver os originais algum dia?"

Ela detectou uma estranha hesitação não apenas em sua voz, mas em todo o seu comportamento, enquanto uma intrigante faixa de tensão se espalhava pelo ar entre eles. "Esse não é um pedido que eu possa atender."

"Mas você sabe quem pode?" ele insistiu. Será que havia um tom de frustração em sua voz?

Mesmo através da extensão colorida de um tapete Aubusson intrincado, ela detectou em seu comportamento um desejo ardente de ter sua resposta. Ela abriu a boca e fechou. Ela nunca teria tomado Lorde St. Alban por um amante da arte. Os esboços eram parte de um mundo que era só dela, e ela não estava disposta a compartilhá-lo com esse homem que não era mais um estranho, mas também não era um amigo. Uma mudança de assunto era necessária. "Imagino que você não esteja familiarizado com a administração de propriedades inglesas."

Um sutil, mas distinto, lampejo de insatisfação cruzou suas feições. Ela poderia estar desenvolvendo uma sensibilidade muito aguçada do visconde, se fosse capaz de avaliar seu humor por suas expressões faciais.

Por fim, ele respondeu: "Está certo. A vida a bordo de um navio mercante é simples. Compra, venda, troca, transporte. Terras na Inglaterra, ao que parece, não têm nenhuma dessas qualidades."

"Então os rumores são verdadeiros?" ela perguntou, incapaz de resistir a ser atraída para essa linha de conversa, para conhecê-lo melhor. "Você comandou um navio?"

Ele assentiu. "Minha mãe descendia de uma longa linhagem de comerciantes holandeses, e meus tios ficaram muito felizes em me mostrar tudo sobre navegação. Eu me acostumei como um pato na água."

Uma nota inegável de amargura subjazia à sua admissão. Uma amargura que falava de uma vida perdida, não de uma ganha. Ela entendeu algo essencial para este homem: ele não tinha desejo de ser um visconde. Ele estaria navegando em um navio neste exato momento, experimentando a aventura que tal vida oferecia, se dependesse dele.

Em vez disso, ele estava em Londres, uma espécie de vida cinzenta. Enquanto ela experimentava a vibração de Londres, ela conseguia entender que um homem acostumado a navegar pelos Sete Mares se sentiria encurralado pelos muros da cidade. A simpatia por ele a apunhalou. Ela sabia o que era ter uma vida terminando de repente e outra começando sem pedir permissão.

"Eu posso ver como a atração da liberdade e da aventura deve ser impossível de resistir", ela disse.

"Não é impossível."

Um sorriso irônico se curvou em seus lábios, e ela intuiu o que ele queria dizer. Ele estava aqui, um visconde, na Inglaterra. Não é impossível.

Ela seguiu sua liderança e tentou aliviar o clima. "E agora você está aprendendo a ser um visconde bem convencional?"

"Ah, sim, *bastante*. Completo com filiação a clubes, um bom cavalo e uma esposa adequada."

Esposa. A palavra, como a picada de uma agulha, chocou Olivia. "Uma esposa?"

"Na verdade, uma madrasta para minha filha."

"Uma madrasta para sua filha é uma esposa para você." A semente de uma emoção indesejada brotou dentro de Olivia, e ela a reprimiu. Ela não lhe daria água ou luz para crescer. Quão totalmente inapropriado, até mesmo tolo, sentir ciúmes de um homem que não era e nunca seria dela.

"Eu não pensei muito sobre essa parte, para ser honesta. Pode ser uma questão de semântica."

"Dificilmente."

"Bem, a duquesa tem um grande número de candidatas adequadas."

Havia outra palavra. *Adequada*. "Tenho certeza que sim."

Olivia concentrou sua atenção em uma impressão digital, provavelmente sua, no acabamento brilhante do pianoforte. Por que o tom dela tinha que soar tão mesquinho? O que a esposa adequada de Lorde St. Alban significava para ela, afinal?

O duque entrou na sala com a governanta, que parecia perturbada, lisonjeada e encantada ao mesmo tempo, e poupou Olivia de ter que considerar uma resposta. "A extremamente capaz Sra. Landry tem as respostas para todas as nossas perguntas," o duque anunciou. Como se tivesse acabado de registrar o posicionamento de Olivia e Lorde St. Alban, seu olhar disparou de um lado para o outro entre eles. "Eu interrompi alguma coisa?"

"Seu timing não poderia ser melhor," Olivia disse, talvez muito rápida em uma onda de alívio. "Eu preciso continuar com meu dia antes que ele fuja de mim."

Ela se empurrou para fora do pianoforte e se esquivou cuidadosamente do imponente Lorde St. Alban — e suas mãos lindas e capazes. Ela atravessou a sala para dar um beijo rápido na bochecha do duque. Sem outro olhar para Lorde St. Alban, ela fugiu da sala em uma saída desajeitada, se é que alguma vez ela foi desajeitada.

Os saltos de seus sapatos estalaram no mármore branco reluzente, e ela sacudiu a cabeça levemente. O santuário de seu estúdio estava à frente. Ela prendeu o arrojado e problemático Lorde St. Alban nos confins de sua mente.

Onde ele pertencia.

6

NO DIA SEGUINTE

Jake se mexeu no assento de madeira construído para as proporções de uma criança em idade escolar e tentou encontrar um pouco de alívio.

No curso normal dos eventos, ele suspeitava que os viscondes não se submetessem a tal tratamento. No entanto, a formidável diretora, Sra. Bloomquist, o havia deixado ali, e ele não ousou arriscar incorrer em sua ira — ou, pelo menos, mais do que já havia feito.

O encontro deles havia começado de forma bastante promissora. A pedido dele, a duquesa havia organizado um passeio com a Sra. Bloomquist pela Escola Progressista para Jovens Senhoras e a Educação de Suas Mentes. Após o encontro de ontem no escritório do Duque de Arundel, ele percebeu que seu plano preferido de obter acesso a Lady Olivia por meio dessa orientação estava fadado ao fracasso. A maldita mulher era tão escorregadia quanto água correndo em uma pedra lisa. Então, hoje, ele havia prosseguido com sua outra possibilidade: procurá-la por meio da escola. E, milagrosamente, a escola havia se mostrado ideal para Mina.

Meia hora depois do início do passeio, no entanto, a Sra. Bloomquist fez a pergunta fatídica: "E a idade da Srta. Radclyffe?"

Jake não hesitou. "Quinze anos no mês que vem."

"Lorde St. Alban." Uma carranca amarga torceu a boca da mulher. "A Srta. Radclyffe está bem avançada além da idade de admissão de alunos em potencial. Receio que você tenha que procurar outro lugar para atender às necessidades educacionais de sua filha. Uma escola de ensino médio de boa reputação seria mais adequada."

Alguns segundos de espanto se passaram antes que Jake engasgasse: "Você está recusando minha filha?"

A Sra. Bloomquist olhou para o teto como se estivesse reunindo sua paciência para prosseguir com uma sala de alunos desatentos. "Gostamos de moldar nossas meninas desde a mais jovem idade possível. Ou seja, desde o momento em que elas são capazes de agir como seres humanos adequados. Ou seja, a partir dos dez anos." Seu olhar baixou para encontrar o dele. "Veja, aos quinze anos, o barro está bem firme. Inabalável, se preferir."

"Dez? Esse número é derivado de uma análise científica?"

"Por favor, sente-se, meu senhor. Você parece agitado."

Ele procurou na sala por uma cadeira adequada, mas viu apenas cinco ou mais carteiras escolares vazias dispostas em semicírculo. "Em uma dessas?"

"Por favor."

Seu erro se tornou aparente no momento em que ele se espremeu em uma carteira. Primeiro, ele teria um tempo enorme para tirar seu corpo de 1,90 m de suas garras. Segundo, ele cedeu a posição de poder para a Sra. Bloomquist. Era a sugestão de um sorriso curvando dos lábios dela?

Ela olhou para seu relógio de bolso e foi até a porta. "Meu senhor, se você puder, por favor, esperar aqui, devo atender a um assunto de alguma importância."

"Precisa atender a um de seus seres humanos adequados?" ele

perguntou. Ele se arrependeu do tom ácido quando a mulher lhe lançou uma carranca repressiva antes de sair da sala.

Dez minutos depois, ele ainda estava sentado. Se algum dia ele conseguisse se desvencilhar dessa carteira, talvez ele pensasse em se chutar por ter provocado a mulher. Esta escola era uma combinação impecável para Mina. Sua ênfase em matemática — *"Não apenas em organizar livros de contabilidade domésticas"*, de acordo com a Sra. Bloomquist — e filosofia natural, incluindo física e astronomia, o levaram à conclusão de que ali era um lugar onde Mina não apenas se encaixaria, mas onde ela prosperaria.

Além disso, os alunos aprendiam francês, piano, etiqueta do chá, dança e bordado. "Afinal, esse é o mundo em que elas vivem", a Sra. Bloomquist acrescentou em uma nota resignada.

Em suma, dentro dessas quatro paredes ficava a escola exata que ele estava procurando desde que ele e Mina chegaram à Inglaterra. E ele irritou sua diretora.

Ele começou a formular uma estratégia sobre a melhor forma de lidar com a mulher. Ele tentaria encantá-la. Se isso não funcionasse, ele a bajularia. Se isso não funcionasse, ele tentaria suborná-la.

A Sra. Bloomquist tinha seu preço. Seus dias no comércio marítimo lhe ensinaram que todos tinham. Qual seria o preço da Sra. Bloomquist?

Um corpo passou voando pela porta, e ele se preparou para o retorno da mulher. Sua expectativa se transformou em choque quando uma cabeça loira espiou pelo batente da porta e grandes olhos azuis piscaram uma vez. Um segundo depois, o resto dela apareceu. Ali, emoldurada pela porta, estava uma perturbada Lady Olivia Montfort, olhando fixamente para ele como se pudesse esquecer sua presença com o calor de seu olhar.

Sua boca se abriu, depois fechou. Abriu novamente, depois fechou novamente, seu desconforto evidente por sua imitação perfeita de um peixe ofegando. Por fim, ela disse: "Lorde St.

Alban? Como é que você continua aparecendo em todos os lugares que estou?"

OLIVIA HAVIA TERMINADO a reunião com o conselho de diretores e estava prestes a continuar seu dia quando viu de relance uma grande forma sentada dentro do que deveria ser uma sala de aula vazia.

Sua mente estava pregando peças nela? Ou aquela forma era um homem?

Um rápido primeiro olhar confirmou que o único ocupante da sala era, de fato, um homem. Um segundo olhar revelou que o homem era ninguém menos que Lorde St. Alban espremido na menor carteira imaginável para um homem do seu tamanho, com as pernas estendidas para o corredor como um aluno rebelde que precisa de uma boa palmada.

Oh. De onde isso veio? Ela nem acreditava em castigo corporal para crianças.

Seus olhos traçaram as longas coxas musculosas, delineadas por calças justas de pele de veado apertadas que davam a ilusão de pele nua. Este homem não era um garoto.

Ela deu um tapa mental em si mesma. O que foi que ela disse por último?

Oh, sim... "Minha pergunta permanece, Lorde St. Alban." Suas entranhas deram um tombo ao usar seu nome. Ela precisava se recompor. As coxas poderosas do homem não tinham importância. "Qual é o seu objetivo aqui? Pensei que você fosse um ladrão. Não temos muitos homens na escola."

A linha horizontal de sua boca se firmou. "Estou aqui para discutir com a Sra. Bloomquist a possibilidade de uma vaga para minha filha."

Olivia assentiu. "Imagino que nossa escola se beneficiaria ao adicionar a Srta. Radclyffe às suas fileiras. Ela me parece muito impressionante." Ela distraidamente pegou um pedaço de giz do quadro ao lado dela e girou em direção a ele. O olhar ardente de Lorde St. Alban ameaçou incendiá-la.

"A Srta. Bretagne está aqui há muito tempo?"

"Ela foi a primeira aluna da escola há dois anos." Um rosto começou a emergir da mão de Olivia.

"Isso a faria ter doze anos de idade?"

A mão de Olivia parou, e ela se virou um pouco para ele. "Não tenho certeza se isso é da sua conta, mas sim."

"Sua filha deve ser um ser humano adequado então."

"Bem", Olivia começou, largando o giz e limpando o pó dos dedos enquanto se virava, "ela tem seus momentos, mas eu não iria tão longe. A palavra *selvagem* escapou dos lábios da professora de Lucy, Srta. Scace, em mais de uma ocasião em referência a Lucy."

O olhar dele se desviou para a esquerda. "Sua semelhança com Mina é extraordinariamente realista para tão poucos traços."

As bochechas de Olivia arderam em chamas gêmeas, e seu coração bateu forte. Ela tinha, de fato desenhado a semelhança da Srta. Radclyffe. Como era incômodo o fato de o elogio dele ter provocado a onda indisciplinada de gratificação que agora a percorria.

Ele se sentou para frente em sua carteira ridícula e seu olhar, intenso e penetrante, a prendeu no lugar. "Tal domínio deve levar anos de prática."

"Eu dificilmente me chamaria de mestre." Ela se mexeu em seus pés. O movimento era um indicador óbvio de seu desconforto, mas não havia como evitar. "Essa denominação pertence a Jiro."

Ele inclinou a cabeça. "Um nome incomum para Londres. Na verdade, não ouvi o nome *Jiro* desde a última vez que estive no Japão."

Ela deveria se desculpar. Não queria discutir os detalhes de sua vida com esse homem. Ele já sabia muito sobre ela. Na verdade, era possível que ele soubesse mais sobre ela do que noventa e nove por cento de seus conhecidos. "Este desenho não tem a ver com nada além do fato de que eu desenho quando estou—"

"Nervosa?"

Preparada para fugir, ela congelou. Agora ele estava terminando suas frases?

Não foi sua presunção que a perturbou, mas sim sua precisão e familiaridade. Ele não só terminou sua frase corretamente, mas o fez sem hesitação.

"Por que você estaria nervosa, Lady Olivia?" ele insistiu. "Não quando nos tornamos velhos amigos nos últimos dias."

Como um velho casal.

Oh. Por que *essa* frase veio a ela?

Bem, não daria certo. Ela deveria sair desta sala e encontrar uma maneira de evitar esse homem. Quando ela viu seu futuro diante dela, não incluía nenhum homem, particularmente esse. "Desejo-lhe um bom dia, Lorde St. Al—"

"Você tem alguma ideia?"

A poucos metros da porta e da liberdade, ela parou, curiosa. "Sobre o quê?"

"Sobre como obter a admissão de Mina nesta escola."

As sobrancelhas de Olivia se juntaram. "Algum problema? Tenho quase certeza de que, se esta escola tivesse uma aluna exemplo, a Srta. Radclyffe seria ela."

"Ela é velha demais."

"Ah," Olivia suspirou. "Você falou com a Sra. Bloomquist. Ela tem ideias firmes sobre moças e sua maleabilidade, ou falta dela, em certas idades de desenvolvimento."

Olivia se viu de pé a uma mesa de distância de Lorde St. Alban e só agora viu que a conversa a havia atraído para frente. Separados por não mais do que cinco pés, uma lembrança veio a ela, sem ser convidada: na noite do salão da duquesa, quando dançaram a valsa, a respiração dele fez cócegas nos pelos finos do pescoço dela. Seu impacto no ritmo de sua respiração não foi insignificante

"Esta escola é a melhor que encontrei para ela."

"É mesmo? A maioria de Londres considera nossa pequena escola desnecessária e inapropriada." Ela não conseguiu resistir a desafiá-lo. As mulheres provavelmente nunca o faziam.

Ele se mexeu na cadeira e cruzou as pernas poderosas. O olhar dele nunca se desviou do dela, irradiando uma seriedade e confiança que ela não conseguia deixar de invejar. Ela queria um pouco disso para si mesma.

"Você já ouviu falar do *Principia* de Sir Isaac Newton [1]?" ele perguntou.

"A escola tem uma cópia na biblioteca."

"Mina decorou todos os três volumes da primeira a última página."

"Impressionante."

E era impressionante, de verdade, mas sua proximidade com Lorde St. Alban tornava difícil apreciar o intelecto da Srta. Radclyffe. De alguma forma, ela estava tão perto dele que, se ele quisesse, poderia ter levantado o pé dele e o vestido dela em um único e rápido movimento.

"É mais do que impressionante, Lady Olivia. Mina tem o tipo de mente brilhante que poderia torná-la uma das grandes pensadoras de sua geração. É isso que está em jogo."

Olivia colocou uma mão equilibrada no parapeito da janela à sua direita e olhou através do painel de vidro transparente em uma tentativa de desacelerar a conversa, para reafirmar a racionalidade sobre si mesma. Abaixo, um grupo de meninas estava podando roseiras no jardim dos fundos, preparando-as para a

---

1. *Princípios Matemáticos da Filosofia Natural* é uma obra de três volumes escrita por Isaac Newton, publicada em 5 de julho de 1687. Newton publicou outras duas edições, em 1713 e 1726. Este trabalho é considerado uma das obras fundamentais mais importantes realizados em mecânica no século XVII.

primeira floração da primavera, mas ela as observava quase sem enxergar.

Em questão era o problema não insignificante de que seu cérebro e seu corpo estavam se recusando a pensar em Lorde St. Alban como um visconde neste espaço íntimo. Despojados estavam as restrições e ditames da sociedade sobre quem ele era, quem ela era e quem eles eram em relação um ao outro. No pequeno pedaço de ar que eles compartilhavam apenas um com o outro, era simples, até mesmo elementar: ele era um homem, e ela uma mulher.

No entanto, as regras da sociedade se reafirmariam, e ela se lembrava de quem era exatamente: uma *mera* mulher.

"O que eu não daria", ela começou, uma retidão crescente aumentando a cada palavra que ela falava, "para navegar pela vida com seu privilégio absoluto. A você nunca foi negado nada um dia em sua vida?" Um silencioso suspiro escapou dela. "Não é de se admirar que a recusa da Sra. Bloomquist tenha te frustrado. Mas não se preocupe, você prevalecerá. Sua espécie sempre prevalece."

"Minha espécie?" ele perguntou, sua voz baixa e profunda, cautelosa.

Ela estava sendo injusta, mas não se importava. A vida era injusta.

"Você me toma por nada mais do que um visconde privilegiado que precisa fazer o que quer?"

"Minha caracterização de você tende mais para o general. Um *homem* privilegiado? Completamente." Ela apoiou o quadril em uma mesa vizinha. Uma fera adormecida havia despertado dentro dela e queria, e exigia ser libertada. "Não é só que você pode fazer o que quiser; você pode fazer o *que lhe agrada*. Que sensação inebriante deve ser ter o mundo na ponta dos dedos."

Ele não respondeu imediatamente, permitindo que o momento se estendesse e a importância de suas palavras desaparecesse no ar. O tempo todo, ele continuou a encará-la com olhos frios e penetrantes. Por fim, ele falou, sua voz um estrondo aveludado em seu peito. "E o que neste mundo uma mulher sob a proteção de um duque não tem na ponta dos dedos?"

Sua própria casa em Mayfair, ela não respondeu. Em vez disso, ela apertou os lábios e segurou seu olhar penetrante.

Uma possibilidade surgiu. Ele não era apenas um homem. Ele era uma oportunidade.

Ela e ele tinham algo que o outro queria. E cada um tinha o poder de dar isso ao outro. Era simples.

A dúvida tomou conta dela. Este era Lorde St. Alban. Nada permaneceria simples com ele por muito tempo. Ela sentia isso em seus ossos. Mas o quanto ela queria sua independência?

Parecia uma pergunta de teste. E Lorde St. Alban era a resposta correta.

Ela limpou a garganta e falou as palavras antes de pensar melhor. "Como uma das fundadoras da escola, eu poderia solicitar uma reavaliação de sua política de admissão."

Ele se sentou mais ereto em seu assento. "É mesmo?"

Ela hesitou. Cada *não, não, não* ressoando em sua cabeça era contrariado por um *sim, sim, sim*, que esta era sua oportunidade, e ela não ousaria perdê-la. "Eu poderia até mesmo falar bem da Srta. Radclyffe. Que ela poderia ser a primeira aluna admitida sob esta nova política."

"Falar bem?"

"Ser persuasiva", ela respondeu, sem saber como tinha chegado tão longe. Ela estaria entrelaçando ainda mais sua vida com esse homem que mal conhecia. O quanto ela precisava de sua independência? "Com uma condição", ela acrescentou.

"Qual é?"

"Por um favor em troca."

"Sim?" Ele a estava estimulando, percebendo corretamente sua ambivalência.

Ela criou coragem e finalmente disse o que precisava dizer. "Compre-me uma casa em Mayfair."

───────

UM RELÂMPAGO de antecipação percorreu Jake e acelerou seu pulso. Lady Olivia estava tensa diante dele, cada grama de seu corpo aguardando seu contra-ataque. Ele viu isso na tensão em seus lábios, no aperto de suas mãos, na crueza de seu olhar. Cada célula em seu corpo queria que ele dissesse *sim*.

E ele diria. Mas ele sentiu que poderia tirar mais dela se ele esperasse.

Afinal, no intervalo de dez minutos ela confirmou sua conexão com um artista japonês, até mesmo revelou o nome do homem. *Jiro*. O que mais dez minutos renderiam?

Ainda assim, ele não podia permitir que a oportunidade de provocá-la ainda mais passasse por ele. "Um cavalheiro não presenteia uma dama com uma propriedade." Ele estava sendo um canalha, sem dúvida. "A menos que ela concordasse em ser sua—"

Ela levantou uma mão preventiva. "*Não* termine essa frase."

Seu cérebro racional, finalmente, se afirmou. O que ele estava pensando? Entre outras coisas, essa mulher era uma aristocrata. Ninguém se oferecia para fazer de uma dama sua amante em troca de uma casa, mesmo uma localizada em Mayfair. "Você se importaria em elaborar sua proposta então?"

"É simples", ela disse. "Estou precisando de uma nova residência, e esgotei todas as opções aceitáveis para obter uma."

Seus olhos lhe disseram o que seus lábios não disseram: havia mais nessa história.

E ela não revelaria isso a ele hoje.

Ela sabia o quão perto seu corpo estava do dele? Quão facilmente ele poderia alcançar, segurar a parte de trás da cabeça dela na palma da mão e puxar seu rosto em direção ao seu...

Ele limpou a garganta, como se sua mente pudesse ser limpa com o mesmo esforço. Foco. "Sem dúvida o duque—"

"Eu gostaria de realizar esta transação sem o conhecimento do duque."

"Pelas costas dele?"

"O duque não deve saber até que a compra seja finalizada."

"O homem claramente adora você." Jake não gostou da ideia de ir contra o Duque de Arundel. "Ele lhe daria tudo o que você desejasse."

"Preciso fazer isso sozinha." Ela hesitou. "Com sua ajuda, é claro."

Ele não gostou da dureza que acompanhava as palavras dela, mas esse era o mundo em que viviam. Assim, ele entendeu algo central para essa mulher: ela queria construir uma vida em seus próprios termos.

"E em troca...", ela começou.

"Você ajudará Mina a entrar nesta escola", ele concluiu por ela.

Ela assentiu. "Tudo deve ser feito em seu nome e por meio de seus advogados. Exijo discrição absoluta de você. E, claro, isso não será um presente. Vou reembolsá-lo com meus próprios fundos. Na verdade, não consigo imaginar que haja necessidade de envolvê-lo além do uso de seus advogados e, claro, seu nobre nome."

"Pelo contrário, minha senhora", ele persistiu, "eu não poderia, em sã consciência, permitir que você navegasse pelos caprichos da caça à casa sem escolta. Seria pouco cavalheiresco."

"Lorde St. Alban devo recusar sua generosa oferta", ela rebateu. "Eu preciso apenas de seus advogados e seu nome, não de sua... *pessoa*." Sua boca se fechou com essa última palavra, e ela se mexeu, um hábito dela. "O segredo serviria melhor a nós dois. Sua busca por uma madrasta adequada para sua filha não precisa ser comprometida se ninguém souber de suas relações com a escandalosa Lady Olivia Montfort."

O que era aquela nota estranha e cortante que ele detectou em seu tom? Se ele a conhecesse melhor, ele poderia suspeitar de ressentimento. Mas ele realmente não a conhecia. Ainda não, de qualquer forma.

Ele segurou a língua e esperou. Não faria bem à sua causa continuar discutindo seu ponto. Mas isso não significava que ele havia cedido.

Essa barganha era exatamente o que ele precisava. Ali estava ela diante dele, oferecendo-lhe essa oportunidade como se fosse ideia dela: *tempo*. Seu tempo, embora ela ainda não tivesse aceitado esse fato. Ela o levaria a esse Jiro, e o futuro de Mina estaria seguro. Tudo o que ele tinha que fazer era passar um tempo com ela.

Agora, era se livrar dessa carteira e selar adequadamente o acordo antes que ela reconsiderasse sua proposta. Outra chance como essa não cairia em seu colo novamente. Se ele se contorcesse para a esquerda —

"Você está ridículo nessa carteira." O canto da boca dela se inclinou para cima em um pequeno sorriso maldoso. Era mais charmoso do que tinha o direito de ser.

Ele parou de repente. "Acho que essa era a ideia."

"Você não seria o primeiro homem a se arrepender de subestimar a Sra. Bloomquist."

Novamente, ele começou a se esforçar para se libertar, e a boca dela se abriu mais em um sorriso que revelou a ponta do dente torto. Ele viu com uma quantidade considerável de satisfação que, quando ele se levantou, o pequeno sorriso maldoso desapareceu.

Quão pequena e vulnerável ela podia parecer em um piscar de olhos. Aquele instinto curioso de protegê-la pulsou através dele, e ele o reprimiu. Em vez disso, ele estendeu a mão. "Lady Olivia, você tem um acordo."

Intencionalmente, seu olhar abaixou e encontrou o dele. "Cavalheiros não apertam as mãos."

"Marinheiros apertam."

Seus dedos avançaram até tocarem os dele tão gentilmente

quanto uma borboleta pousando em uma pétala. Ele apertou a mão enluvada de seda dela e deu uma rápida sacudida. Uma risada surpresa escapou dela, e seus olhos se encontraram, segurando por um tempo longo demais. Seu sorriso desapareceu.

Ela largou a mão dele como um carvão em brasa e deu um passo para trás até que suas saias tocaram a parede. Com medo de se mover e quebrar o feitiço, ele ficou parado. Em questão de segundos, ele poderia fechar a lacuna e tê-la pressionada contra o quadro-negro, pernas enroladas em volta de sua cintura.

Mas de que adiantaria isso? Não adiantaria nada. Profundezas incalculáveis residiam dentro dessa mulher. Se suas profundezas pudessem ser alcançadas, até onde ele teria que cair?

Ela piscou uma, duas vezes, engoliu em seco e o momento se foi. "Espero ouvir de seus advogados nos próximos dias", ela murmurou, seu olhar se recusando a encontrar o dele uma última vez. Ela habilmente virou no corredor e saiu de vista.

Sozinho na sala com seus pensamentos como companhia, uma possibilidade lhe ocorreu. Uma possibilidade indigna de um cavalheiro. Mas ele era um homem que apertava mãos, então que tipo de cavalheiro ele era, afinal?

Ele caminhou até a porta e colocou a cabeça para fora assim que a porta da frente se fechou atrás dela.

Ela não iria escapar tão facilmente.

7

Jake correu pelo corredor e entrou pela porta da frente. A conclusão de sua conversa com a Sra. Bloomquist teria que esperar por outro dia.

Uma rápida olhada nas calçadas captou apenas o farfalhar familiar das saias de Lady Olivia dobrando uma esquina. Um piscar de olhos, e ela estava fora de vista. O que a mulher estava fazendo?

Antes que ele percebesse o que estava fazendo, já estava dobrando a mesma esquina. A dura verdade não poderia ser negada: ele a estava seguindo. Com esse pensamento em mente, ele teve o cuidado de ficar a uma distância generosa atrás dela. Se ela olhasse para trás em um impulso, ele não se destacaria na multidão.

Não demorou muito para que o ar começasse a amadurecer em um *odor* distinto. Um cheiro que poderia ser corretamente caracterizado como um fedor. Ela os levou para longe de Mayfair e diretamente para o coração de uma favela. Ele não tinha certeza de qual, mas esse detalhe dificilmente importava. Por que Lady Olivia insistia em passar seu tempo vagando por favelas?

Como se tivesse intuído a pergunta dele, ela começou a

respondê-la. O passo diminuiu, o ritmo diminuiu, ela se aproximou de uma mulher esfregando um pedaço de linho grosso em uma tábua de lavar. Jake atravessou a rua e manteve a cabeça baixa para não atrair atenção indevida.

No entanto, ele não precisava ter se preocupado com isso. Todo o olhar de Lady Olivia estava fixo na lavadeira. Ele não pôde deixar de notar as mãos vermelhas e rachadas da outra mulher e sua expressão de pedra.

As duas mulheres trocaram algumas palavras antes de Lady Olivia enfiar a mão dentro de seu sobretudo opaco e tirar uma moeda para a mulher. A lavadeira a colocou entre seu considerável decote e se recostou na parede, os braços cruzados na frente dela em uma postura combativa.

Um bloco de papel e lápis emergiu do estojo preto de Lady Olivia, e ela começou a riscar carvão na superfície em branco. O rosto da lavadeira nunca alterou sua expressão. Esta mulher tinha visto de tudo, e não havia mais surpresas neste mundo, nem mesmo uma dama elegante oferecendo uma moeda para retratá-la.

Jake entrou em um nicho escuro e observou, sentindo-se o voyeur que ele sem dúvida era. Enquanto ele estava ostensivamente seguindo Lady Olivia para encontrar o ladrão de arte, ele não podia negar que estava se divertindo muito e experimentando o mesmo conjunto de emoções que sentiu na primeira noite em que a conheceu: interessado, envolvido e vivo.

Seu rosto tinha assumido um aspecto beatífico rivalizando com o de uma Madona da Renascença italiana, tão profundo era seu contentamento com uma lavadeira. Ele nunca teria pensado em combinar uma dama da sociedade — nora de um duque, nada menos — no mesmo corpo com um artista que se deliciava em desenhar lavadeiras humildes. Até onde ele sabia, tais ocorrências eram tão raras quanto unicórnios saltitando por prados enevoados.

No entanto, aqui estava um desses unicórnios.

Ela possuía profundidades incalculáveis, de fato. Como essas profundezas se relacionavam com as pinturas roubadas?

Estava ficando claro para que ela, uma mulher que ele mal conhecia, era capaz de qualquer coisa. Somente um tolo a consideraria incapaz de ter conexões com o submundo. Afinal, aqui estava ela à vontade em uma favela, um lugar onde ele tinha certeza de que nenhuma outra mulher da *alta sociedade* jamais havia posto os pés.

Ela o levaria até o ladrão. Ele estava mais certo disso do que nunca.

Sob seu olhar fixo, ela deslizou o bloco de desenho de volta para o estojo, entregou outra moeda à lavadeira e seguiu pela rua. Vários minutos e ruas sinuosas depois, ela quase tropeçou em um mendigo encostado em um muro sujo, com as pernas estendidas na calçada.

Nada de novo nessa cena. Jake dava moedas demais para esse tipo de homem, mulher e criança todos os dias. Ele a viu colocar algumas moedas no copo estendido do mendigo a mesma rotina com o mendigo e com a lavadeira.

Ela tinha um jeito com as pessoas que as deixava à vontade, que tornava a diferença de posição insignificante. Ela não era uma dama comum. Ele faria bem em se lembrar disso.

Uma comoção repentina rasgou o ar, chamando a atenção de Jake para a rua. A um quarteirão de distância, um grande cavalo de tração, atrelado à sua pesada carroça superior, estava empinando nas patas traseiras, obscurecendo sua visão de Lady Olivia. A cada movimento, o cavalo ameaçava virar a carroça ou correr pela rua com ela.

O cocheiro pulou no chão, gritando para os passantes saírem da área, antes de começar a repetir o nome do cavalo várias vezes na tentativa de acalmar o animal assustado. O cavalo não estava gostando nada disso, relinchando e criando uma confusão geral.

Jake estava prestes a ignorar toda a cena quando uma criança pequena, com não mais de dois anos, caminhou para frente, com a mão estendida, um sorriso com covinhas nas bochechas rechonchudas e gordinhas de bebê. Antes que pudesse pensar racionalmente na situação, ele pulou e levou a criança para trás de si. O menino foi até sua mãe.

Agora eram apenas Jake e o cavalo. A enorme fera balançou a cabeça de um lado para o outro como se quisesse dizer a ele que isso não seria fácil.

O que diabos ele estava pensando? Só esta manhã ele conheceu o mestre do Russell Court Mews, que lhe deu uma quantidade considerável de conselhos sobre como acalmar um cavalo assustado. Jake vasculhou seu cérebro em busca das instruções exatas do homem e lembrou-se de algumas.

Ele se aproximou do cavalo aflito, em passos suaves. Um silêncio paralisante tomou conta da multidão quando ele chegou a menos de um metro do animal angustiado. Depois de alguns minutos, o cavalo relaxou relutantemente e abaixou as orelhas piscando em resposta aos estalidos e arrulhos. Era como se eles falassem a mesma língua secreta, e Jake fosse o único ser vivo sintonizado com sua angústia.

Coloque uma mão nele, confiante, sem medo em seus olhos.

Sua mão encontrou o focinho do cavalo e acariciou a curva do pescoço brilhante do animal. O cavalo bufou um hálito úmido que atingiu Jake em cheio no peito, mas ele percebeu uma confiança crescente no gesto.

Certifique-se de que não é uma pedra no casco. Na maioria das vezes, ela será a culpada.

A mão de Jake percorreu o peito orgulhoso do cavalo, desceu pela perna esquerda até que seus dedos ousaram alcançar a parte inferior de um casco levantado e arrancar um pedaço de detrito visível apenas para ele. O cavalo deu um último relincho e um movimento de sua crina preta brilhante antes de pousar seu casco firmemente no chão, drama encerrado.

A multidão soltou um suspiro coletivo e, assim, a Cannon

Street voltou ao seu estado agitado habitual. A multidão se dispersou e continuou com seus problemas individuais.

Jake deu um último tapinha no cavalo enquanto olhava para o lugar onde vira Lady Olivia pela última vez. O mendigo permanecia em seu lugar, mas ela havia sumido. Jake correu para frente, esticando o pescoço para ter uma visão melhor. Nada. A mulher frustrante havia escapado dele mais uma vez. Inesperadamente mais perto de seu objetivo, ele se irritou ao vê-lo arrancado de seu alcance.

No entanto, ele também experimentou uma vaga sensação de incerteza em relação a esse meio dissimulado de localizar o ladrão de arte. Tinha a ver com as profundezas que ele sentia dentro dela. No salão da duquesa, ele presumiu que ela era o tipo de inglesa que o entediaria em duas frases de conversa. Mas os últimos dias lhe mostraram que Lady Olivia Montfort não era a pessoa que seu exterior sugeria.

Ela não era um tipo. Ela era, de fato, uma pessoa muito especial.

E muito parecida com o mar em constante mudança. Era preciso ganhar experiência com o mar para lê-lo corretamente. Caso contrário, suas correntes levariam um navio para longe do curso antes que um marinheiro percebesse seu erro.

Ele, pelo menos, tinha alguma experiência com o mar.

Seria o suficiente?

Olivia rolou a língua contra o céu da boca e tentou livrar-se do gosto de cobre, do gosto amargo.

Por que aquela nota ácida soou em sua voz quando ela falou da futura esposa *adequada* de Lorde St. Alban?

Mesmo em sua cabeça, soou amargo. Ele também percebeu. Ela percebeu pelo estreitamento dos olhos dele sobre ela.

Por que ela deveria ser amarga de qualquer maneira? Foi

escolha dela não ser uma esposa adequada. Ela já foi uma esposa adequada, e uma vez foi o suficiente.

Ela aumentou o passo, seus saltos um clique-claque proposital contra a calçada. Não seria bom ficar pensando em tais reflexões. Elas poderiam ser resolvidas mais tarde pela Olivia que morava no West End. A Olivia que tinha acabado de fechar um acordo — e apertar as mãos! — com Lorde St. Alban.

Um cavalheiro não presenteia uma dama com propriedade, a menos que ela concorde em ser sua —

Ela o impediu ali mesmo, ela teve que fazer isso. Ele estava se oferecendo para fazê-la *sua —*

Ela exalou um suspiro forte, esperando livrar sua mente do maldito homem. Ela estava caminhando em direção ao East End, um mundo impressionante que aumentava em vibração e vivacidade a cada passo. Esses arredores nunca deixavam de oferecer um descanso, ainda que temporário, de sua pequena vida no West End.

Ao longo dos anos, ela passou a esperar uma série de situações de uma manhã passada vagando pelo East End em seu eventual caminho para o estúdio de Jiro: sujeira, pobreza, ranço, o estranho momento de susto, o estranho momento de gentileza, mas, acima de tudo, ela passou a esperar o inesperado.

Seu propósito era fazer esboços rápidos de assuntos de rua. Jiro insistiu que esse exercício era essencial para seu desenvolvimento como artista. Ela precisava entender todas as esferas da vida para pintá-la em toda a sua profundidade e complexidade completas. Como era possível que uma década tivesse se passado entre o momento atual e aquele?

Tudo começou com um simples rabisco com a aquarela de Lucy. Ela se viu revigorada de uma forma que não sentia desde a suposta morte de Percy. Pintar, criar algo do nada, conectava-se a algo profundo dentro dela: era só dela. Ela nunca havia experimentado uma busca tão dependente de sua própria habilidade e motivação.

Na semana, ela colocou um anúncio discreto no jornal e encontrou um mestre da arte, o recém-imigrado Jiro de Nagasaki, e começou a pintar: Lucy, o duque, a equipe doméstica, o velho cachorro da família Poochie, tigelas de frutas... qualquer pessoa ou coisa que ficasse parada por meia hora.

Com o incentivo de Jiro, ela explorou outras partes de Londres também. Foi durante esse período que ela começou a evoluir para a mulher que era hoje. Pelo menos, era assim que ela via em retrospecto.

Em vez de Jiro ir até ela na St. James's Square, ela começou a ir até ele em Limehouse para suas aulas. Ela contratou uma babá para passar as manhãs com Lucy e começou a pintar como uma louca, pagando seus modelos de rua — como a lavadeira que ela tinha acabado de esboçar — para sentar por cinco, dez, quinze minutos... Qualquer tempo que pudessem dispensar.

Pela primeira vez na vida, ela experimentou o mundo real, e isso a fascinou. Era uma aventura solitária, mas ela nunca se sentiu sozinha. Ela viu o lado sujo, empobrecido e fétido de Londres sugerido nas ruas de St. James. Mas ela também viu as várias maneiras pelas quais as pessoas viviam com dignidade em circunstâncias reduzidas. Os pobres não eram mais um conceito abstrato para ela.

Essa experiência não apenas aprofundou e expandiu sua paleta como artista, mas também a aprofundou e expandiu como pessoa. Ela se transformou em uma mulher completa, e não apenas uma garota improvisada, a garota que ela tinha sido.

Com o rosto inclinado para o céu sem nuvens, a primeira em semanas, ela quase tropeçou em um par de pernas, uma das quais estava sem o pé na extremidade. "Agradeça ao velho Boney por isso", o dono das pernas falou.

Olivia desviou o olhar. Ela o estava encarando. "Peço desculpas, senhor." Ela colocou algumas moedas na xícara do mendigo. "Qual campanha, senhor?"

"A Península [1], milady."

O ar ficou preso em seus pulmões. Por uma década, ela acreditou que o corpo de Percy estava enterrado em um túmulo de soldado na Península. Ela respirou fundo o suficiente para perguntar: "Qual divisão?"

"Segunda, milady." Uma tosse sacudiu o peito do velho soldado. "Alistei-me em 1809 e não parei até 14. Quase tive minha perna inteira estourada. O sortudo Boney acabou de me dar um pé."

Ela limpou a garganta, que estava apertada. "Você se importa se eu desenhar sua imagem?"

"Tudo bem comigo. Não vou a lugar nenhum", ele brincou e se acomodou na parede às suas costas.

Ela abriu sua maleta, removeu carvão e papel e rapidamente começou a esboçar o velho soldado. Primeiro veio o formato de seu rosto, encovado e coberto de sujeira da rua. Então, ela passou para os olhos avermelhados afundados nas órbitas, lábios ressecados e enrugados, pele marcada por varíolas com a textura de couro velho. No geral, um rosto tão devastado pela guerra e pobreza quanto alguém poderia ver.

Assim que seu lápis encontrou seu ritmo no papel, ela começou: "Meu...", ela se interrompeu. Ela quase disse *meu marido*. Ela começou de novo: "Eu conheci um homem que serviu na Segunda Divisão. Capitão Lorde Percival Bretagne. Talvez você o tenha conhecido?"

"Eu o conheci, milady, com certeza. Vi-o sentar-se em seu

---

1. A Guerra Peninsular (1807–1814) foi um conflito militar entre o Primeiro Império Francês e a aliança do Reino Unido da Grã-Bretanha e Irlanda, do Império Espanhol e do Reino de Portugal e Algarves pelo domínio da Península Ibérica durante as Guerras Napoleónicas. O conflito teve início quando os exércitos franceses e espanhóis invadiram e ocuparam Portugal em 1807, tendo voltado em 1808 após a França se ter voltado contra a Espanha, sua aliada até então. A guerra prolongou-se até à derrota de Napoleão pela Sexta Coligação em 1814.

cavalo de forma muito bonita." O velho soldado balançou seu peso na calçada implacável. "Mas nós não andávamos nos mesmos círculos. A menos que o cavalo precisasse de uma ferradura ou algo do gênero. Nesse caso, Jem é o seu homem." O homem enfiou o polegar no peito. "Disseram-me mais de uma vez que eu era o melhor cavalariço da Península."

Ela sentiu o calor da vergonha incipiente iluminar suas bochechas. Claro, esse velho soldado e Percy não pertenciam aos mesmos círculos. Percy não teria a menor noção da existência desse homem.

Mais uma lição que as ruas de Londres haviam lhe ensinado: lugares como St. James e Mayfair existiam em sua própria camada social, isolados e impenetráveis. O resto de Londres era o interior, no que dizia respeito a grande parte da *alta sociedade*. As massas deveriam ser usadas para a guerra e o serviço e esquecidas. Ela reprimiu a ascensão da raiva que ameaçava, canalizando-a para seu desenho, que estava ocorrendo em um ritmo irregular.

"Parece lembrar", o velho soldado continuou, sem se deixar abater, "que ele teve um fim ruim, se você não se importa que eu mencione isso. Morto por um dos nossos na Batalha de Maya, não foi?"

O lápis de Olivia riscou uma marca escura e incongruente no papel. "Acontece que ele não estava nessa batalha." Este velho soldado deve ser a última pessoa em Londres que não sabia que o Capitão Lorde Percival Bretagne estava vivo. "Na verdade, ele apareceu em Paris no ano passado, muito vivo. Os jornais de fofocas fizeram sucesso quando sua esposa pediu o divórcio à Câmara dos Lordes."

"Não me diga?" o velho soldado disse com um assobio. "Se você não se importa que eu diga, a esposa deve ser uma mulher egoísta e anormal para fazer uma coisa dessas."

Sua mão parou abruptamente. "Algo assim", ela murmurou. Ela começou a enfiar seus materiais de volta em seu portfólio.

Ela olhou para o velho soldado, sua tagarelice preenchendo os espaços em branco da conversa ausente. "Tratando um guerreiro desse jeito. O que aconteceu com uma recepção calorosa?"

Uma confusão repentina envolvendo uma carroça puxada por cavalos no lado oposto da rua a meio quarteirão de distância incitou uma confusão de atividades ao redor deles, mas Olivia não deu muita importância. Seu corpo estava dormente. Ela procurou outra moeda no bolso do peito. "Obrigada pelo seu tempo, senhor."

Ela deixou a coroa cair na xícara do velho soldado. Ele a pescou e testou com os poucos dentes bons que lhe restavam. Ela se foi antes que a moeda saísse de sua boca.

Sem se importar com a direção, ela fugiu o mais rápido que suas pernas a levaram e seu vestido permitiu. Era imperativo que ela se movesse o mais rápido e o mais longe possível daquele homem e daquele passado.

Ela estava ciente de como o mundo deveria vê-la, mas esta era a primeira vez que ouvia as palavras ditas em voz alta.

Egoísta. Anormal.

Ela deve ser uma mulher egoísta e anormal para se divorciar de seu marido, herói de guerra ressuscitado. Ela deve ser uma mãe egoísta e anormal para negar o pai à filha.

Talvez fosse tudo verdade, e ela era, de fato, egoísta e anormal. Só que ninguém que fez essas afirmações tinha estado em seu casamento. Só ela e Percy tinham estado em seu casamento, e só ela e Percy sabiam a verdade sobre isso.

Bem, isso não era bem verdade. Ela tinha quase certeza de que Percy também não sabia a verdade sobre o casamento deles, pois isso não o havia afetado nem um pouco.

Ela olhou ao redor, reconheceu a rua transversal e virou à esquerda. Seu passo diminuiu e sua respiração a alcançou. Esse negócio com Percy não a deixaria em paz. E eles não estavam na mesma cidade. Nem mesmo no mesmo país.

Ela se viu a uma única rua do estúdio de Jiro e entrou em um beco deserto, apenas ligeiramente fétido, e parou. Ela não poderia chegar parecendo preocupada e aflita. Com os olhos fechados, ela se lembrou de uma imagem que a havia confortado e acalmado nos últimos seis meses tumultuados desde que soube que Percy estava vivo: uma única coluna independente de mármore branco brilhante se erguia para o céu, firme e inatacável, sem depender de nada e de ninguém para se apoiar.

Desde o instante em que decidiu fazer uma petição à Câmara dos Lordes para anular seu casamento, ela soube que devia ser ela. Ela faria qualquer coisa para preservar a integridade desta coluna. Ela dependia apenas de si mesma.

Decentemente composta, ela saiu do beco úmido, correu pela rua e desceu por outra antes de chegar à porta de Jiro. Depois de uma rápida batida dupla na porta da frente, um velho servo a abriu e silenciosamente a fez entrar. Ela parou para tirar suas botas antes de seguir o criado até os fundos da casa. Uma vez sentada à grande mesa central quadrada do estúdio branco, ela tirou os desenhos do dia de sua pasta e esperou pacientemente a chegada de Jiro.

Seu olhar pousou nas pinturas penduradas nas paredes adjacentes, seu fundo luminoso de folha de ouro em um contraste requintado com o branco puro da sala. Uma claraboia e uma parede voltada para o norte forneciam ao estúdio luz perfeita e iluminavam as pinturas, mesmo nos dias mais cinzentos de Londres.

À medida que o olho avançava da direita para a esquerda, primeiro encontrava um par de jovens aves sendo cuidadas por sua mãe. Em seguida, um grupo de lírios de verão e uma floresta de bambu ao fundo, habitada por um par de velhas aves majestosamente acomodadas sobre um pinheiro coberto de neve.

Embora a pintura final mostrasse um grupo de jovens mulheres envolvidas em uma atividade ou outra, cozinhando, costurando, fofocando e até lendo, Olivia gravitou em direção às cenas serenas da natureza e à técnica meticulosa envolvida na representação geral da pintura.

A maneira como as cores das cenas estilizadas vibravam positivamente contra o papel dourado era diferente de tudo que ela já tinha visto. Algum dia, Jiro lhe ensinaria essa técnica aperfeiçoada por seus mestres de arte no Japão, a escola Kanō, se ela continuasse no caminho. Por enquanto, ela aceitaria humildemente o privilégio de reproduzi-los em papel branco simples com carvão.

Um sentimento de culpa e dúvida surgiu. Seu acesso a essa obra-prima era um privilégio. No entanto, quando ela começou a trabalhar nela em seu estúdio ontem, sua mente vagou e seu foco se aguçou em uma imagem totalmente diferente: Lorde St. Alban.

O homem invadiu seus pensamentos, sua casa e agora sua escola em questão de dias. Se ela fosse paranoica, pensaria que isso fazia parte de uma trama nefasta. Mas, claro, não era. Tramas nefastas eram melhor deixadas para os romances góticos que Lucy devorava em um ritmo alarmante.

Um movimento ágil na porta anunciou a chegada de Jiro. Alto e esbelto, ele era uma figura bonita na túnica branca larga e nas calças que usava em seu estúdio. Quando se aventurava nas ruas de Londres, ele trocava essas roupas pelo traje de estilo ocidental de um cavalheiro inglês. Olivia suspeitava que fosse uma escolha projetada para ajudá-lo a desaparecer em segundo plano, para observar e não ser observado.

Com seu passo enérgico e direto, ele tomou seu lugar na mesa baixa em frente a ela. Olivia viu um homem entrando em seus melhores anos. Seus dedos longos alcançaram seus desenhos e os deslizaram pela mesa. Ele folheou as páginas, preferindo o silêncio completo enquanto organizava o trabalho do dia dela.

Primeiro, ele examinou a lavadeira, sua rebeldia e vulnerabilidade em desacordo uma com a outra. Em seguida, ele encontrou o velho soldado e ficou imóvel, estudando e absorvendo as feições endurecidas pela batalha e pela pobreza do velho soldado. Então ele foi para o próximo esboço.

Exceto que ela não tinha feito nenhum outro esboço hoje.

Ela se inclinou para dar uma olhada no que agora prendia a atenção de Jiro e quase caiu do assento quando viu o assunto.

Lorde St. Alban.

Ela resistiu ao impulso de arrancar o papel da mão de Jiro. Era simplesmente um desenho feito no meio de uma noite de insônia. Isso era tudo. De um ponto de vista inteiramente artístico, o homem tinha o tipo de rosto que deve ter inspirado a primeira silhueta. Era tudo ângulos e planos. Um estudo de geometria, na verdade.

Ela deveria ter lido o *London Diary* para resolver a inquietação da noite passada. Em vez disso, ela foi produtiva. E o que isso lhe rendeu? O retrato de Lorde St. Alban agora descansando na mão de Jiro.

Jiro encontrou seu olhar, uma pergunta em seus olhos. "Este não é o tipo de homem comum que você desenha."

Antes que ela pudesse responder, ele novamente abaixou a cabeça para estudar o perfil de Lorde St. Alban. Seus olhos em constante movimento através do papel, era como se ele estivesse gravando na memória.

Incapaz de se conter por mais tempo, ela perguntou: "Há algo mais que você queira saber sobre o homem?"

Oh, que sua resposta seja *não*. Às vezes Jiro queria mais informações sobre um objeto, geralmente relacionadas à coloração ou à hora do dia em que a imagem foi tirada. Se ele perguntasse sobre o cheiro da pessoa, por exemplo, ela poderia dizer. Cravo-da-índia. E algo mais, também. Uma qualidade quente e terrosa, exclusivamente masculina, exclusivamente Lorde St. Alban.

Ela guardaria essa última parte para si mesma, mesmo no caso improvável de ser perguntada.

O olhar de Jiro se assustou para encontrar o dela, como se ele tivesse esquecido que ela estava sentada na frente dele. "Como você diz isso em inglês?" Seus olhos se fecharam. "Um fantasma cruzou meu caminho?"

"Um fantasma caminhou sobre seu túmulo?"

Ele inspirou longa e profundamente e disse. "Um túmulo de muito tempo atrás."

8

NO DIA SEGUINTE

U m cavalheiro não presenteia uma dama com uma propriedade, a menos que ela concorde em ser para ele —

Bem, ela o havia desiludido dessa noção em particular.

Mas que noção em particular? Uma vozinha não parava de importuná-la. Como ele estava prestes a terminar essa frase?

A menos que ela concordasse em ser sua...

Esposa?

Ou outra coisa?

Oh, como seu coração havia disparado, como ele disparou hoje, mais rápido que seus pés enquanto ela caminhava pela Curzon Street em direção ao seu destino, Queen Street. Com tantas partes da conversa em que ela poderia se concentrar, eram essas palavras irritantes que se recusavam a deixá-la em paz. Como más companhias, elas apareciam inesperadamente, disputando sua atenção com suas maneiras grosseiras.

Ela balançou a cabeça imperceptivelmente, como se isso pudesse soltá-las e libertá-la delas. Livrá-la *dele*. Só que ela não havia se libertado dele de forma alguma. Ela havia feito o oposto.

Pela centésima vez, ela repassou os eventos do dia anterior. Ela encontrou Lord St. Alban espremido na menor carteira de colégio imaginável para um homem do seu tamanho. Eles começaram a conversar. A Srta. Radclyffe precisava de uma escola. Olivia precisava do nome de um homem poderoso. Uma ideia floresceu — e um acordo foi fechado.

O pânico a percorreu. Não era tarde demais, nenhum papel foi assinado. Ela poderia cancelar o acordo e permitir que sua família cuidasse dela pelo resto da vida. Era o que qualquer mulher de sua classe faria.

Não. Não seria bom para ela. Ela apertou a mão dele para selar o acordo.

Era um acordo fechado.

Seu passo acelerou, seus saltos um clique-claque determinado em paralelepípedos cinza, seus arredores familiares — afinal, ela passou quase toda a sua vida no West End — mas também novos. Agora que ela poderia se tornar uma proprietária neste bairro, ela olhou com novos olhos a rua movimentada à sua frente, fileiras uniformes de casas geminadas de cada lado, o Shepherd's Market [1] uma rua à sua esquerda. Embora o acordo tivesse sido fechado ontem, os advogados de Lord St. Alban agiram rapidamente, informando-a logo de manhã sobre uma propriedade disponível e uma visita marcada.

A expectativa substituiu o pânico. Poderia ser isso. Esta casa poderia ser o ponto de partida perfeito para ela e Lucy começarem uma nova era em suas vidas.

Mas talvez não fosse, esse pensamento do tamanho de um monte de sementes espinhosas. Apaixonar-se e comprar a primeira casa que ela visitasse seria um pouco como se apaixonar e se casar com o primeiro homem que conheceu. Ela fez isso com Percy. E essa aventura não deu certo como planejado.

---

1. Shepherd Market é um pequeno distrito em Mayfair, no West End de Londres. Com duas praças comerciais, fica entre Piccadilly e Curzon Street e tem uma atmosfera de vila. Foi construído entre 1735 e 1746 por Edward Shepherd no terreno aberto então usado para a feira anual da qual Mayfair deriva seu nome.

Uma ponta de culpa forçou seu caminho. Ela não se arrependia de ter se casado com Percy. Nunca. Seria equivalente a se arrepender de Lucy e isso não poderia acontecer em nenhuma circunstância. O que ela se arrependia era de algo em si mesma quando se tratava de Percy. Sua ânsia. Uma ânsia de que ele fosse perfeito... Que ela fosse perfeita... Que eles fossem perfeitos juntos. Um conto de fadas perfeito que se tornaria realidade era o que ela esperava de seu futuro com Percy.

E isso não aconteceu.

Nem de perto.

Seria melhor se ela diminuísse suas expectativas para a primeira casa que visse. Ela precisava visitar algumas outras também. A segunda, ou até mesmo a terceira casa, poderia ser mais adequada.

Um cavalheiro não presenteia uma dama com uma propriedade, a menos que —

Por quê? Por que essas palavras tolas não iam embora? Por que ela não as deixava?

Ela soltou um suspiro forte. Ela sabia o porquê.

Lorde St. Alban havia atirado uma flecha direto no coração de suas inseguranças em relação ao método que ela estava usando para construir essa nova vida para si mesma. Ao envolvê-lo em sua busca por uma casa e sua independência, ela não estava realmente deixando os homens no passado.

Naquele momento, ela viu uma oportunidade que deveria aproveitar. Hoje, ela via isso de uma forma mais alinhada com a realidade: ela havia novamente envolvido sua vida com um homem. Um homem que a intrigava. Um homem em busca de uma esposa, uma *esposa adequada.*

Ela não tinha interesse em se abrir para tudo o que poderia acontecer com um homem intrigante em busca de uma esposa adequada. Flores. Reuniões familiares. Noivados. Proclamas de casamento. Complicações.

No entanto, havia uma exceção que lhe permitia ignorar todas as regras usuais que cercavam o namoro. Afinal ela era uma divorciada escandalosa. Sua irmandade particular era tão rara que não havia regras.

Poderia haver outro acordo entre ela e um homem intrigante, menos formal. Um que não envolvesse flores ou reuniões familiares ou noivados ou proclamas de casamento. Um que permanecesse descomplicado.

Um cavalheiro não presenteia uma dama com propriedade, a menos que ela concorde em ser sua...

Amante.

Como o canto de uma sereia, aquelas palavras, a própria ideia delas, a chamavam. Isso certamente terminaria com ela sendo atirada contra as rochas. Nenhuma negociação com Lorde St. Alban permaneceria descomplicada por muito tempo.

À frente, a Queen Street surgiu e, em uma série de passos, ela estava dobrando a esquina, examinando a fileira de casas geminadas até encontrar a que ficava no final. Sua casa geminada, ela não conseguia deixar de pensar. Ela baniu completamente todos os pensamentos de *assuntos* descomplicados para a periferia de sua mente.

Como a casa vizinha, essa casa foi construída no estilo simples, mas clássico, do século passado. Ela se aproximou da varanda da frente, arrumada e discreta, e, em vez de subir os degraus até a porta da frente carmesim, ela abaixou a cabeça e desceu os degraus laterais até a entrada dos criados. A chave deveria estar à direita da porta preta brilhante, abaixo de um vaso de flores.

Ela concordou com esse arranjo com os advogados de Lorde St. Alban para evitar fofocas. Se os jornais soubessem de suas atividades em nome dela, haveria complicações. Tudo o que ela queria era uma casa e um novo começo. Não um escândalo e um potencial casamento forçado.

Ela não seria forçada a outro casamento.

Ela inclinou o vaso de flores para o lado e colocou a chave na palma da mão. Ao colocá-la na fechadura, ela percebeu como uma casa vazia podia ser silenciosa. Ela nunca havia experimentado uma casa que não contivesse, pelo menos, cinco outras almas. Essa era a vida de uma mulher nascida de um conde e casada com o filho de um duque. Não era uma vida ruim, mas talvez fosse uma vida inibidora.

Enquanto ela caminhava pela cozinha vazia, subia as escadas dos criados e descia o longo corredor escuro em direção ao saguão, a liberdade de uma casa verdadeira e completamente vazia a animava mais a cada passo. Ela podia fazer o que quisesse sem sentir um sopro de constrangimento. Em um impulso, seus pés a giraram, as saias balançando em torno de seus tornozelos quando ela parou após uma única rotação. Uma espécie de risada escapou dela.

Como adulta, ela nunca havia girado pelos corredores de sua casa, nem mesmo quando criança. Foi emocionante. Ela fechou os olhos e fez isso de novo e de novo até ficar tonta com a sensação.

A imagem de uma pintura flamenga do século passado veio à sua mente. *Whirling Dervishes in Mevlevihane in Pera*. O sorriso em seu rosto ficava cada vez mais largo a cada volta. Uma luz cada vez mais forte filtrava rosa através de suas pálpebras fechadas, e ela sentiu que devia ter entrado no saguão.

Seus olhos se abriram e seu estômago deu um pulo. Um pequeno grito saiu de sua garganta e seu coração bateu forte em seu peito. Seu sorriso congelou no lugar, uma sombra cinza de seu antigo eu.

Um homem estava na sombra da porta da frente, de frente para ela. Em menos de um piscar de olhos, ela o reconheceu.

Lorde St. Alban. Aqui. *Observando-a.*

Seu olhar azul-ártico a mantinha prisioneira, ele levantou as mãos e começou a bater palmas lentamente, a linha firme de seus lábios em desacordo com a leviandade do gesto.

Chamas dispararam em suas bochechas. Os pés de repente se

transformaram em barro, ela abriu a boca para falar antes de fechá-la. Ela começou de novo, "Lorde St. Alban, que..." *Agradável?* Não. *Desagradável?* Isso também não funcionaria. "*Surpresa.*"

Nem toda frase precisava de adjetivos, advérbios ou mesmo verbos.

O levantar de uma única sobrancelha foi a única resposta do maldito homem.

Bochechas macias rosa e peito arfando, o rosto de Lady Olivia parecia impossivelmente aberto e fresco.

Bem, seu rosto antes aberto. Agora estava completamente fechado para ele. As palmas podem ter sido além do que era sensato, mas ele não conseguiu se conter. Ela fez uma entrada realmente espetacular com os braços bem abertos e o rosto inclinado para o teto. *Sem amarras* foi a palavra que lhe veio à mente. Ele nunca tinha visto uma mulher inglesa tão livre.

Suas viagens o levaram a locais que permitiam às mulheres certas liberdades de vestimenta e movimento, mas a velha e séria Inglaterra não era um deles, nem de longe. No entanto, Lady Olivia desafiava suas noções sobre quem ela deveria ser a cada momento. A caminhada de ontem por Londres apenas reforçou essa ideia.

Sua garganta graciosa ondulou em um movimento de deglutição, e seus olhos brilharam. "Seus advogados me informaram que eu teria a casa só para mim", ela disse, cada palavra emergindo em uma nota de crescente irritação virtuosa.

"Meus planos para o dia mudaram, e eu estava curioso", ele disse do seu lugar do outro lado da sala. Ele tinha aprendido nos últimos dias que a proximidade física dela com sua pessoa tinha uma relação inversa com o funcionamento racional de seu cérebro. Melhor ele ficar aqui e gritar à distância, se necessário.

Ela mordeu o lábio inferior carnudo entre os dentes e o soltou. "É sua intenção inspecionar esta casa comigo?"

"Não tenho nada melhor planejado para a tarde."

A incredulidade se espalhou por seu rosto. "Isso pode ser verdade, *Lorde St. Alban*?"

Uma onda de prazer se expandiu dentro dele. Ele não conseguia evitar, gostava quando ela o desafiava. "O senhor sabe da propensão do visconde anterior para gastos indiscriminados?"

Ele captou uma centelha passageira de humor nos olhos dela. "Eu devo ter notado sua afinidade por anéis de mindinho cravejados de joias em mais de uma ocasião."

"Ah, sim, os anéis de mindinho." Ele limpou a garganta. "No processo de acumular sua vasta coleção de anéis, o falecido visconde também adquiriu uma montanha de dívidas que podem ser comparadas à altura e à largura do Matterhorn [2]. No entanto, esta manhã recebi minha primeira boa notícia sobre os negócios do falecido visconde. Parece que a Viscondessa Viúva St. Alban, viúva de Georgie, tem administrado uma propriedade em Devonshire com lucro e está contente em continuar fazendo isso pelo resto de seus dias. Palavras dela, não minhas. Você deveria ver seu plano agrícola de cinco anos para a propriedade."

Os olhos de Lady Olivia se arregalaram, e ele sabia que havia ultrapassado os limites e usado um tom excessivamente familiar. "Não consigo imaginar um cenário em que isso seria necessário."

Mais uma vez, ele limpou a garganta, mesmo que apenas para mascarar o gemido que queria sair. "Tudo isso é uma longa maneira de dizer que não tenho nada além de tempo para você, Lady Olivia. Até a noite, se necessário."

O pé direito dela batia tap-tap no mármore branco, transmi-

---

2. O Matterhorn é uma montanha dos Alpes, abrangendo a principal bacia hidrográfica e fronteira entre a Itália e a Suíça. É um grande pico piramidal quase simétrico na área estendida do Monte Rosa dos Alpes, cujo cume está a 4.478 metros acima do nível do mar, tornando-o um dos picos mais altos dos Alpes e da Europa.

tindo efetivamente uma irritação latente. Talvez ele tivesse ido longe demais. Exceto que o que ele disse não parecia falso. Na verdade, ele gostava de passar tempo com a mulher. Mas essa verdade em particular não tinha lugar nesta sala. Era uma verdade diferente que ele deveria estar buscando.

Intencionalmente, ele olhou ao redor da sala e começou a usar seu tempo com Lady Olivia para esse fim. "Você deve ver um imenso potencial nessas paredes em branco. Como telas em branco para os olhos de um artista."

"Você é um artista, Lorde St. Alban?" Sua cabeça se inclinou para o lado em avaliação. "O assunto frequentemente surge em nossas conversas."

"Você entendeu errado o que eu quis dizer. É você quem é a artista." Agora que ele tinha a atenção dela, aqui estava sua oportunidade. "Por exemplo, os esboços da cena japonesa que você—" Ele apenas se conteve para não dizer *caiu*. A conversa recente deles no escritório do duque garantiu a ele que nada de bom viria do uso dessa palavra. "Os *desenhos* foram muito bem feitos."

"Alguns desenhos feitos não fazem um artista", ela disse, com uma irritação inconfundível em seu tom. "Eu não quero ser tratada com condescendência."

Jake engoliu outro gemido de frustração. Ele continuou com uma configuração diferente. "Eu sempre me interessei por arte", ele disse, soando nada melhor do que um pretendente vacilante. "Mas nunca tive tempo para aprender muito sobre isso."

"Hmm" foi toda a resposta que ela deu.

Ela não o queria ali. Isso estava claro. Qualquer alegria que ela estivesse sentindo ao entrar na sala foi efetivamente anulada pela visão dele. Mas ela não se livraria dele ainda. Não até que ele tivesse conseguido alguma informação útil dela.

"Grande parte da arte oriental à venda no mercado de Londres vai e vem em navios de longo curso como os que a família da minha mãe opera."

"Sem dúvida", respondeu Lady Olivia, seu tom transitando de

aborrecimento para desinteresse. Ele não tinha certeza do que era pior.

"Algumas pinturas são obtidas por comerciantes honestos. Outras têm procedências menos transparentes, obscuras na melhor das hipóteses."

Ele esperou por um vislumbre de reconhecimento, mesmo a mais escassa dica de que ela conhecia uma dessas pinturas. Um conjunto de pinturas, na verdade. Mas tal admissão não surgiu. "Com certeza", foi tudo o que ela respondeu, seu rosto agora inclinado para a claraboia.

"Na verdade", ele continuou, "só vi esse tipo de arte no Japão, em uma residência japonesa para ser exato."

O olhar dela se voltou para encontrar o dele, a curiosidade acendendo uma luz em seus olhos. "Você era convidado para casas japonesas com frequência?"

"Uma vez. Europeus não são permitidos no continente japonês, apenas na ilha comercial de Dejima, na Baía de Nagasaki."

"Mesmo assim, você teve permissão?"

"Uma permissão especial. Meus tios estavam há um ano negociando um acordo comercial com uma poderosa família de Nagasaki, e eles me levaram para observar a assinatura final." Ele se mexeu, se preparando para o cerne da conversa. "Na sala, havia um conjunto de pinturas—"

"Como eram?"

Finalmente, ele estava chegando a algum lugar. "As pinturas? Havia mais de uma de—"

"A residência."

Um bufo descontente queria liberação. Ele o suprimiu. *Paciência*. "Simples, suntuoso. Madeiras ricas em creme, vermelho e marrom. De alguma forma, era mais do que a soma de suas partes."

Ela assentiu, lentamente, como se confirmasse algo para si mesma. "Você mencionou um conjunto de pinturas?"

"Sim, as pinturas eram muito parecidas com seus esboços."

"É uma pintura tão incomum?"

"De jeito nenhum. Mas o que é incomum sobre essas pinturas é que elas foram roubadas um ano depois."

Seu ombro deu uma pequena encolhida. "Arte não é como terra inglesa. Pode ser comprada, vendida, negociada e transportada," ela disse, jogando as palavras que ele havia falado no escritório do duque de volta para ele. "Pode ser roubada também."

"Mas você é uma amante da arte. Não te incomoda que alguém a tome de seu legítimo dono?"

"Quem realmente é dono da arte? Ou tem o direito de ser?" ela perguntou, sua paixão pelo assunto evidente em sua voz, seus olhos, todo seu comportamento. "O que importa é que seja apreciado e amado. Além disso, é raro que a arte fique nas mesmas mãos por muito tempo. Considere quantas pinturas do continente chegaram à Inglaterra depois das guerras com Napoleão. Não faz tanto tempo."

"Quem sabe onde as pinturas japonesas foram parar. É isso que você está dizendo?"

"De fato", ela respondeu, despreocupada, indiferente.

A questão era esta: *ela* era exatamente quem sabia. Mas será que ela *sabia*?

Seu instinto lhe disse que *não*, mas ele não podia continuar com o assunto agora ou ela poderia sentir que ele estava pescando informações. Ele se recostou na porta da frente e esperou que ela fizesse o próximo movimento, mas ela parecia incrivelmente interessada nas nervuras cinzentas que se retorciam pelo chão do mármore branco a seus pés.

A ponta da língua dela começou a morder distraidamente seu dente torto, e ele se pegou olhando para sua boca, cativado. Ele tinha que fazê-la falar, mesmo que apenas para que sua língua distraída estivesse ocupada e ele pudesse parar de olhar para ela como um perverso miserável. "Em sua opinião, qual seria o melhor tipo de arte para uma sala como esta?"

"Em um mundo perfeito?"

Ele assentiu. Ela estava lhe dando algo, mesmo que fosse uma migalha. Ele poderia viver com as migalhas dela.

Por enquanto.

Eventualmente, ele teria o bolo inteiro.

"Uma obra de um artista flamengo chamado Vanmour [3]. Suas pinturas da corte otomana causaram um pouco de comoção há um século." Os lábios dela se curvaram em um sorriso secreto. "Particularmente a pintura dos Dervixes [4]. E em um mundo perfeito essa pintura seria perfeita..." Ela olhou para a claraboia e avançou para um ponto específico ao longo da parede antes de bater com o dedo indicador. "*Aqui* na curva da escada."

Encorajado por sua abertura repentina, ele continuou por esse caminho improvisado. "Seus olhos veriam possibilidades em cada parede desta casa."

"Nem toda parede precisa ser preenchida. Há beleza no espaço vazio também, *meu senhor*," ela gritou enquanto saía da sala, o clique-claque dos saltos de suas botas ecoando pela casa vazia. Ele gostou do jeito que meu senhor soou em seus lábios. Quase parecia uma intimidade.

Ele a seguiu até o que seria a sala de estar da frente enquanto ela se dirigia para a janela em arco. Um desejo repentino se desenrolou dentro dele para vê-la abrir os braços e dar uma volta, novamente oferecendo um lampejo de tornozelos finos e um lampejo de seu verdadeiro eu. Aparentemente não havia fim para suas reações, desejos e anseios em torno dessa mulher.

Uma parte dele — uma parte que ele preferia negar — ansiava

---

3. Jean Baptiste Vanmour (1671 – 1737) foi um pintor flamengo-francês, lembrado por seu retrato detalhado da vida no Império Otomano durante a Era das Tulipas e o governo do Sultão Ahmed III.

4. Um dervixe é um praticante aderente ao islamismo sufista, que segue o caminho ascético da Tariqah, conhecidos pela sua extrema pobreza e austeridade. Neste aspecto, os dervixes são similares às ordens mendicantes dos monges cristãos e dos sadhus, budistas e jainistas. Os dervixes mais conhecidos no mundo são os da ordem Mevlevi, célebres pela cerimônia de adoração em que rodopiam num ato devocional denominado "dhikr".

por saber mais sobre ela por baixo da fachada, mais dela além das informações que ela poderia lhe dar.

Mas não podia ser. Ele tinha uma utilidade para ela. Assim como ela tinha para ele, ele se lembrou. Em sua experiência, as mulheres não aceitavam bem serem usadas, e ele não podia arriscar contar a ela o segredo do nascimento de Mina. Ele não sabia o suficiente sobre seu relacionamento com o ladrão e as pinturas. Mina merecia mais do que exposição a riscos desconhecidos.

"E esta sala, minha senhora?" ele perguntou. "Que peças você usaria para preencher suas paredes?"

Ela olhou para ele por cima do ombro, um sorriso sutil brincando em seus lábios. "Eu pintaria as paredes de vermelho e penduraria *Las Meninas* de Velázquez [5]. Nunca vi pessoalmente, mas ouvi dizer que é uma pintura magnífica."

Graciosa como uma andorinha no céu, ela se virou em um giro rápido e eficiente para encará-lo, bochechas coradas e olhos cheios de excitação. Lady Olivia havia se afeiçoado completamente ao seu objeto de estudo, incorporando o ar da juventude, brilhante e fresco. Ele não conseguia desviar o olhar.

"Parece estranho, não é?"

"O que é estranho?" ele perguntou, sua voz um som áspero e desgastado em seu peito.

"Que uma casa de Mayfair adequada pudesse conter algo tão magnífico quanto a obra de um mestre espanhol. Você já foi a um jantar na casa de Wellington, em Apsley House?"

Ele balançou a cabeça.

---

5. Diego Rodríguez de Silva y Velázquez foi um pintor espanhol e principal artista da corte do rei Filipe IV de Espanha. Era um artista individualista do período barroco contemporâneo, importante como um retratista. Além de inúmeras interpretações de cenas de significado histórico e cultural, pintou inúmeros retratos da família real espanhola, outras notáveis figuras europeias e plebeus, culminando na produção de sua obra-prima, *Las Meninas* (1656).

"Basta dizer que nós, ingleses, somos insaciáveis quando se trata de ter o melhor à custa do mundo."

"Os holandeses podem rivalizar com os ingleses quando se trata de insaciabilidade."

Olhos azuis surpresos se arregalaram, e sua garganta de marfim emitiu uma pequena risada autoconsciente. Um tique nervoso de risada. Uma risada inebriante. Ele sentiu vontade de compartilhar isso. Como formar uma conspiração com ela.

"Vamos ver o que mais esta casa tem a oferecer?" ela perguntou.

Com uma leveza em seus passos, ela passou por ele e entrou na sala ao lado, deixando para trás apenas seu cheiro de lavanda e sândalo. O cheiro era muito parecido com o dela: simples e esperado na superfície, mas complicado com o terreno e inesperado logo abaixo. Ele inalou, impotente diante do desejo, sem escolha a não ser segui-lo.

"Aqui dentro", ela disse, sua voz ecoando enquanto ela fazia uma lenta volta de trezentos e sessenta graus, "eu controlaria o drama. Um azul claro calmante para essas paredes." Seus olhos se fecharam como se todo o seu ser estivesse concentrado em absorver a essência do quarto. "Eu traria Sir Joshua Reynolds [6] de volta à vida para pintar uma Lucy de quatro anos no estilo de seu *The Age of Innocence* [7] e colocaria a peça ao lado da lareira."

Olhos brilhando com paixão e vibração encontraram os de

---

6. Joshua Reynolds foi um foi um dos principais retratistas do século XVIII. Sua técnica e habilidade influenciaram as gerações futuras de pintores retratistas. Suas pinturas invocavam os valores morais clássicos. Seu estilo retratava muito as cores em fortes pinceladas e costumava pintar retratos de mulheres e crianças. Deixou sua marca em pinturas ricas que exibiam o luxo. Foi o primeiro presidente da Academia Real Inglesa.

7. The Age of Innocence é um romance da autora americana Edith Wharton, publicado em 25 de outubro de 1920. Foi seu oitavo romance e inicialmente serializado em 1920 em quatro partes, na revista Pictorial Review. Mais tarde naquele ano, foi lançado como um livro pela D. Appleton & Company. Ganhou o Prêmio Pulitzer de Ficção de 1921, tornando Wharton a primeira mulher a ganhar o prêmio.

Jake. E a luz em seu interior não mais se apagou com a visão indesejada dele.

"Talvez até um retrato do primeiro cachorro de Lucy, Poochie, o Primeiro. Agora temos Poochie, o Segundo." Um sorriso, tímido e desamparado, se desenhou em seus lábios, e ela levantou um ombro em um encolher de ombros gaulês.

Jake seguiu, como um cachorrinho em seus calcanhares, enquanto ela os conduzia de volta ao saguão, ocasionalmente enfiando a cabeça em uma sala vazia. Lady Olivia nunca tinha sido a mesma mulher duas vezes perto dele. Ela sempre foi uma adversária de uma forma ou de outra, mas de alguma forma nesta casa vazia ela se tornou mais companheira do que combatente. Neste estado, ela era uma maravilha intrigante de se ver.

"Este vestíbulo... Você já viu algo assim?" Ela não parou para ouvir a resposta. "Observe a maneira como a escada serpenteia ao redor da sala como uma espiral solta até a claraboia." O mesmo sorriso beatífico que ele testemunhou ontem em sua interação com a lavadeira iluminava seu rosto agora.

A glória total de seu olhar radiante pousou nele, e ele se deleitou em seu brilho quente.

"Vamos investigar os quartos lá em cima?"

9

amos investigar os quartos lá em cima?

V O ar saiu da sala no instante em que as palavras cruzaram seus lábios, transformando a camaradagem inesperada de um minuto atrás em um tipo desconfortável de intimidade. Ela poderia explodir em chamas. Era possível.

Tudo estava errado com essa frase.

Nós. Não havia *nós*. *Nós* implicávamos união. E ele e ela definitivamente não estavam *juntos*.

Ele era Lorde St. Alban. Ela era Lady Olivia Montfort. Isso era tudo.

Então havia a questão separada, mas totalmente relacionada, da investigação do quarto lá em cima. Como ele parecia não ter sido afetado por isso, enquanto sua mão percorria a fina madeira do corrimão. As mulheres devem convidá-lo para investigar seus quartos de hora em hora.

O olhar dele manteve o dela, firme e estoico. Ou seria um brilho divertido em seus olhos? "Depois de você, minha senhora."

Sua voz ficou presa na garganta, e ela assentiu. Ombros eretos, ela se afastou dele e foi em direção à escada em espiral.

Era uma linda escada, que lembrava um fóssil de nautilus que ela segurou quando era menina. Esta pode ser *sua* escada.

Sua casa.

Então por que ela disse aquelas palavras? Eram palavras ditas pelos lábios de uma esposa para seu marido. De uma amante para seu amante.

Ela colocou um pé no degrau e começou a subir, o calor do olhar dele deixando suas costas em chamas. Ela tentou imaginar todos os lugares onde seus olhos poderiam descansar, mas sua mente continuava voltando para um: seu traseiro. Exibido na altura dos olhos. O espaço fresco e aberto do saguão se tornou fechado e quente, sufocante.

Para piorar as coisas, parecia que ela não conseguia manter o balanço de seus quadris, por mais que tentasse. Ela era uma mulher. Ela tinha quadris. E, aparentemente, eles balançavam. Que outra indignidade ela deveria sofrer antes que este dia acabasse?

Por fim, ela chegou ao segundo andar, e seus pés a levaram para a primeira porta à direita. Seu erro instantaneamente veio à tona. Esta era a suíte master com seus tetos altos de cornija, ricos painéis de mogno e janelas em arco do chão ao teto com vista para um tranquilo jardim nos fundos. O eco dos passos dele aumentou de volume enquanto ele a seguia para dentro do quarto.

Seu corpo ficou tenso, antecipando a pergunta inevitável. A mesma pergunta que a encantara há poucos minutos. Ele a fizera em todos os outros cômodos. Era natural que ele a fizesse ali. Tal era o estado atual de sua sorte.

"Lady Olivia, que obra-prima você penduraria neste cômodo?"

A última palavra soou como se tivesse sido arrancada com uma mordida. Como se a percepção de qual cômodo eles ocupavam tivesse ocorrido a ele no processo de falar. O olhar dela voou para encontrar o dele, e ela viu confirmação em seus olhos. Era possível que sua suposição de que esse tipo de situação não era novidade para ele fosse prematura.

Ela adorava a ideia de um Lorde St. Alban desconcertado. Ela poderia ser capaz de preservar, ou, mais precisamente, recuperar seu estado de equilíbrio se perturbasse ainda mais o dele. Ela não havia passado os últimos seis meses escandalizando a *alta sociedade* em vão. Talvez fosse hora de tirar proveito de sua reputação de *excêntrica*.

"O que eu penduraria no meu quarto?" Ela vasculhou seu cérebro em busca de uma sequência chocante de palavras. "Uma opção um tanto... *lasciva*... seria..." Ah, ela tinha exatamente o que precisava. "Uma das Majas de Goya [1]."

Ela se preparou para a reação dele. Ele coraria? Arrastaria os pés?

Suas feições permaneceram imóveis. Nem mesmo a mais pálida centelha de reconhecimento.

"Você não conhece as Majas?"

As mãos de Lorde St. Alban — suas mãos lindas e capazes — se abriram em um gesto de rendição, e ele segurou a língua.

"São duas", ela começou, tentando manter a exasperação longe de sua voz. "Primeiro veio *The Nude Maja* na virada do século. Ele retrata uma mulher reclinada sem roupa em uma chaise longue. Alguns chamaram a pintura de obscena, pois o monte púbico de Maja está totalmente exposto ao público."

Mais uma vez, ela fez uma pausa esperando uma reação. Mais uma vez, em vão. Ele simplesmente olhou pela janela em arco em direção ao jardim dos fundos.

Olivia cruzou os braços na frente do peito. "O escândalo

---

1. A Maja Nua (La Maja Desnuda) é uma das mais célebres obras de Francisco de Goya. O quadro foi pintado entre 1790 e 1800, data da primeira referência documentada desta obra. Depois formou par com A Maja Vestida, datada entre 1802 e 1805, provavelmente a pedido de Manuel de Godoy, pois consta que fizeram parte de um gabinete da sua casa. A imagem foi inspirada em uma cubana capitalista do séc. XX.

sobre *The Nude Maja* foi, de fato, tão grande que Goya foi compelido a produzir *The Clothed Maja* três anos depois."

"E qual delas você teria aqui?" ele perguntou tão suavemente que suas palavras só chegaram até ela.

Seu coração não teve escolha a não ser acelerar. "*A Maja Nua* seria a escolha óbvia, mas..." Ela hesitou incerta. Como é que ela estava se revelando? Não era ele quem deveria estar se sentindo desequilibrado? No entanto, ela não podia deixar de lhe responder. "Eu teria *A Maja Vestida*."

No reflexo da janela, suas sobrancelhas se ergueram em uma pergunta silenciosa. Uma vontade inexplicável de se explicar a impulsionou. "São as expressões sutilmente diferentes nos rostos das Majas. Mesmo quando Goya cedeu à pressão pública, ele o fez com um pouco de rebelião. A Maja vestida é a mais atrevida das duas Majas, a que tem mais conhecimento sobre suas proezas sedutoras do que a que está nua."

Ele encontrou o olhar dela no reflexo e o sustentou. "Como costuma ser o caso de uma mulher confiante em sua própria sensualidade," ele falou em uma vibração baixa.

O ar tremeu entre eles. Com o coração trovejando no peito, ela permaneceu imóvel como um cervo assustado, incapaz de piscar, incapaz de respirar. Sob nenhuma circunstância ela deveria ficar com esta casa. Ela permitiu que ele colocasse sua marca em todos os cômodos.

Ela não apenas permitiu, mas também ajudou.

"Nada de nu?" Seus olhos se recusaram a soltá-la.

Ela abriu a boca para contar uma mentira, mas ela se recusou a se formar sob a acuidade do foco dele. Como se puxada por um forte ímã, seus pés a levaram para frente, centímetro por centímetro, até que ela estivesse perto o suficiente para tocar os dedos nas costas dele, largas e fortes, e traçar os músculos tensos sob seu sobretudo impecavelmente cortado.

"Aqui", ela disse, apontando um dedo instrutivo sobre o

ombro dele, "dois ou três pequenos esboços de nus. Ticiano [2]. Ou Botticelli [3]. Sobrepostos um em cima do outro."

"Ali?" Ele tocou o dedo indicador à direita do vidro da janela. "Naquele pedaço íntimo de parede?"

Um arrepio involuntário pulsou na junção de suas pernas. Com a garganta seca, ela murmurou um rouco "Sim", seus olhos fixos em seu perfil impecável.

Ela poderia encará-lo o dia todo, exceto que suspeitava que olhar não fosse o suficiente. Parte dela implorava para tocá-lo, para acariciar seus dedos em sua pele nua e conhecer cada textura. Olhar nunca seria o suficiente.

Ele se virou para encará-la, e ela se deu conta do quanto havia se aproximado. Apenas uma pequena quantidade de ar separava o peito dela do dele. Sua cabeça se inclinou para trás, e seu olhar reivindicou o dela. Ela detectou uma ferocidade latente naquelas profundezas. Do tipo que não a deixaria ir embora com toda a sua determinação.

Ela não tinha certeza se iria querer que ele fizesse isso.

O livre arbítrio a abandonou, e ela se tornou um ser motivado por puro instinto. Palavras como *feroz* e *desejo* giravam em torno de sua cabeça. Nenhuma parte de seus corpos se tocou, mas cada fibra de seu ser vibrava com a possibilidade de onde essas palavras poderiam levá-los.

Sem dúvida, não havia cama nesse quarto ou nessa casa vazia,

---

2. Ticiano Vecellio foi um dos principais representantes da escola veneziana no Renascimento antecipando diversas características do Barroco e até do Modernismo.

3. Alessandro di Mariano di Vanni Filipepi ou Sandro Botticelli foi um pintor italiano que recebeu o apelido de "Botticelli", que significa em italiano "pequeno tonel". Estudou na Escola Florentina do Renascimento e estudou as esculturas da Antiguidade, evoluindo posteriormente para a acentuação das formas decorativas e da atenção dispensada à harmonia linear do traçado e ao vigor e pureza do colorido. Suas obras tardias revelariam ainda um expressionismo trágico, de agitação visionária, fruto certamente da pregação de Savonarola.

mas isso não parecia relevante. Trivialidades, como camas, não importavam com este homem, cujo olhar sozinho incitava uma onda de luxúria dentro dela que tudo o que ela podia fazer era apertar suas coxas. Que mais estragos ele poderia causar nela?

Suas pálpebras baixaram e os calcanhares se ergueram, a distância entre suas bocas diminuindo a cada libra adicional de pressão que ela aplicava nas pontas dos dedos dos pés. Separados por um milímetro, os lábios dele se entreabriram e o hálito dele era uma pluma sedosa nos lábios dela.

"Um Ticiano? Ou um Botticelli?"

Seus olhos se abriram assustados. "Sim?"

"Perdoe-me por dizer", ele falou, com as palavras batendo em sua garganta, "mas parece que você traria o passado de volta à vida no atacado."

Ela piscou os olhos e o feitiço evaporou. A realidade, nítida e precisa, a atravessou. Ela deu um, depois outro passo para trás, obedecendo ao instinto de escapar do ferrão das palavras dele.

De uma distância segura, sua resposta surgiu quente e definitivamente incomodada. "E você terá que me perdoar por dizer, Lorde St. Alban, que você não tem a menor ideia do que fala." Ela deu mais um passo para trás e abriu bem os braços. "Esta casa é um passo na direção do futuro."

"No entanto", ele começou com uma deliberação frustrante. A reputação holandesa de estoicismo era um fato absoluto. Ainda bem que a janela não estava aberta. Ela poderia se sentir tentada a empurrá-lo através dela. "Você decoraria esta casa com pinturas de séculos passados, chegando até mesmo a ressuscitar um ou dois mestres do passado. Um futuro decorado com cores do passado não é exatamente um avanço na direção do futuro."

Ela abriu a boca para emitir uma réplica mordaz antes de fechá-la. Ninguém viria salvá-la. Ela não havia evitado a picada dele. Sua resposta fraca foi recuar mais um passo em direção à porta, em direção à fuga.

"Que tal as obras de pintores vivos hoje?" ele pressionou. O maldito homem era como um terrier com um osso. "Que tal suas próprias peças?"

Uma risada assustada explodiu dela. "Minhas peças? Elas não estão abertas à inspeção pública."

"Mas na privacidade do seu quarto?"

Um esboço dele passou pela mente dela. O detalhe quase obsessivo com que ela desenhou a curva firme dos lábios dele certamente o tornava adequado para um quarto. Ou um bordel. Ou uma pilha de descartes que nunca veriam a luz do dia.

E aqui estava ela agora, encarando seus lábios reais e vivos. Seus olhos se ergueram para encontrar os dele, e ela encontrou ali um grande interesse. Como se cada pedacinho dele estivesse sintonizado com sua resposta.

Bem, que pena. Ela não precisava explicar essa parte de si mesma. Não para ele. Ele não tinha merecido, e ela não estava prestes a revelar. "Você acha que sou obcecada pelo passado?"

"Possivelmente." Seu olhar continuou a penetrar, recusando-se a deixá-la ir.

"Você não sabe nada sobre minhas obsessões."

Uma única sobrancelha se ergueu. "Eu não diria isso."

Um calor radiante se espalhou por ela. A bochecha! Ambos sabiam que suas palavras eram o oposto de seus pensamentos. Ela precisava mudar de assunto antes que se tornasse nada mais do que um rubor humano ambulante. Talvez fosse hora de voltarem ao assunto que os uniu em primeiro lugar. "Você acha que esta é uma casa adequada para entretenimento?"

"Perdão?" Aquela sobrancelha muito sabida caiu. Ótimo. Ela o surpreendeu.

"Eu organizo uma festa de arte mensal onde apresento um artista *atual.* Entre outras coisas, preciso de uma casa que possa acomodar até cem convidados."

Ele se arrastou desconfortavelmente em seus pés. "Eu, uh, talvez não seja a pessoa mais informada para esta pergunta."

"Mas você está aqui para ajudar, não é?" ela perguntou, seus olhos arregalados e dissimulados. Finalmente, seu pé encontrou apoio em solo firme. "Na verdade, minha próxima festa é amanhã à noite."

***

JAKE FICOU imóvel como uma pedra. Será que ele tinha ouvido aquelas palavras corretamente? Ou será que ele queria tanto ouvi-las que sua mente estava lhe pregando peças?

Um convite para a festa de Lady Olivia era a oportunidade de que ele precisava. Exceto que ele era esperado para jantar na mansão da duquesa amanhã à noite. A Srta. Fox também estaria lá. Ela havia sido convidada expressamente com o propósito de promover o conhecimento deles.

Bem, ele teria que se desculpar. Haveria outros jantares. Encontrar o ladrão e garantir o futuro de Mina deve ter prioridade sobre a caçada à madrasta. E uma coisa era certa: suas relações com Lady Olivia Montfort eram uma entidade completamente separada disso. Os esquemas de casamenteira da duquesa podiam esperar.

"Eu estaria interessado em comparecer à sua soirée."

A cabeça de Lady Olivia se inclinou para o lado, e o sorrisinho maldoso que ele havia pegado ontem enquanto se desvencilhava desajeitadamente da pequena cadeira agora se curvava sobre seus lábios. "Mas eu não o convidei."

Ele piscou. Era verdade. Ela não tinha. Ele precisava dizer algo, qualquer coisa, mas ela o pegou. Então ele fez a única coisa sensata e permaneceu em silêncio.

Um segundo tenso passou, depois outro, e outro. Por fim, ela teve pena dele. "Claro, com seu grande interesse em arte, e por meus esboços em particular, você pode gostar. Os convidados começarão a chegar às oito horas."

Ela caminhou em direção à porta e parou. Ele teria jurado que vislumbrou uma arrogância confiante em seus passos. "E traga a

Srta. Radclyffe. Ela e Lucy podem gostar de uma apresentação, principalmente se forem estudar juntas."

"Lucy vai às suas festas? Pelo que entendi as jovens não têm permissão para tais liberdades antes de elas serem apresentadas a sociedade."

A diversão enrugou os cantos dos olhos de Lady Olivia. As palavras saíram erradas. Ele parecia um idiota. Como um desmiolado da *alta sociedade*.

"Claro que ela vai às minhas festas, meu senhor. Eu não achava que você seguisse todas as regras da *alta sociedade*. É um pouco, hmm..." ela parou e se virou antes de caminhar pelo corredor.

Decepcionante, ele terminou por ela silenciosamente enquanto seus ouvidos captavam o eco de seus passos leves descendo as escadas. Uma avaliação que ele provavelmente merecia.

Não importava. Ele havia garantido o que precisava: um convite para o círculo íntimo dela. Um convite para farejar o ladrão. Seu plano estava começando a dar frutos.

Sem dúvida, ele próprio havia se desumanizado um pouco e se mostrado cabeça-dura da sociedade — o sorrisinho maldoso dela o assegurou desse fato —, mas ele não precisava que ela o visse como um homem. E certamente não precisava vê-la como uma mulher composta de carne e osso, vontades e desejos. Ele não precisava vê-la *sem amarras*.

Ele precisava que ela o levasse até o ladrão e ela estava fazendo isso. Hoje foi uma pequena vitória. De forma alguma ele deveria se sentir insatisfeito com a ideia de que a havia decepcionado e que ela talvez o visse como um exibido vaidoso.

Seu sangue não estava fervendo com essa ideia. Ele não tinha nada a provar para ela.

Ele aguçaria seu foco no lado positivo. No último momento, ela havia retornado a ser a mulher que ele precisava que ela fosse. Não aquela que rodopiava por uma casa em uma onda de puro abandono. Não aquela cujo estalar de língua o tentava de maneira que nenhuma outra jamais havia tentado. Não a que revelou as vulnerabilidades de seu passado através de uma casca transparente de sofisticação.

Ele respeitava aquela mulher, ele poderia até mesmo estar impressionado com ela, as escolhas corajosas que ela fez, o caminho que ela estava criando, sozinha. Mas ele não precisava daquela Lady Olivia. Ele precisava que ela fosse dura e difícil, não suave e desprotegida.

Ele precisava que fosse fácil se afastar dela.

———

ELA ESPEROU até que o eco de seus passos desaparecesse pelo saguão e a porta da frente se fechasse. Só então Olivia conseguiu liberar a bravata suspensa em seus pulmões.

Há apenas cinco minutos, o cheiro de cravo dele a havia envolvido, e tudo o que ela conseguia pensar era que não se importaria se seus braços a envolvessem, também.

Não. Nada tão tênue como isso. Na privacidade dessa casa vazia, ela poderia encarar sua verdadeira reação a ele. O corpo ardia de desejo, ansiando pela liberação, e sua mente os colocava horizontalmente sobre o assoalho nu, pressionando, puxando, implorando por mais e mais e mais até que—

Até o quê? Certos poemas e romances obscenos detalhavam intimamente onde tais brincadeiras levavam, mas ela nunca havia descoberto esse lugar por si mesma, não com Percy.

Mas com Lorde St. Alban? Sua intuição lhe disse que ela descobriria bem rápido. E, oh, como ela queria saber.

Com uma respiração trêmula, ela forçou seu corpo a se mover, como se, ao fazê-lo, pudesse facilmente se afastar de curiosidades que a mordiscavam como pequenas pulgas que não a deixavam em paz. Seus pés rastejaram para a parte de trás da cozinha, em direção à escada que levava ao jardim secreto comunitário compartilhado com várias outras casas geminadas. Um passeio refrescante ao ar livre era o que ela precisava.

Ela subiu os degraus e abriu a porta. Seus pés pararam completamente, e a respiração ficou presa em seu peito. As imagens evocadas por um visconde muito atraente fugiram.

Maravilhoso. Nenhuma outra palavra capturou este jardim, maduro com vegetação fresca espreitando após um inverno longo demais e abençoadamente desprovido de outra alma humana. Uma trilha estreita serpenteava pelos primeiros botões de rosas da primavera ainda não floridas: amarelas, rosas, vermelhas, laranjas, lavandas. Logo este jardim seria uma coisa linda. Era o suficiente para inspirar alguém a começar a pintar o tipo de beleza botânica em vez da variedade humana.

Agora, esse era um pensamento. A natureza morta seria muito mais fácil do que as pessoas. Muito mais previsível.

Ela parou ao lado de uma rosa fúcsia vibrante e passou as pontas dos dedos pelas pétalas enroladas em um botão aveludado. Veja o ciclo de vida desta rosa. A partir do momento em que uma abelha polinizou um óvulo para formar uma semente, seu destino foi determinado. Com a quantidade adequada de água, sujeira e luz solar, seu caminho em direção a um resplendor deslumbrante estava garantido.

Humanos eram uma questão completamente diferente, seu ciclo de vida repleto de incertezas e imprevisibilidade. E parecia a ela que eles preferiam assim, sem saber que surpresa espreitava na esquina.

Seja ela agradável ou desagradável, é da natureza humana arrancá-la pela raiz. Poderia ser a glória no campo de batalha, as cores voando alto ou uma morte forjada em uma passagem de montanha marcada pela guerra em uma tarde ensolarada. O custo para si mesmo ou para os outros raramente era levado em conta nesses riscos que se resumiam a um cenário de tudo ou nada, que nunca considerava o vazio negro deixado para os outros quando terminava no lado do nada.

Ela se aproximou de um pequeno banco e se sentou na beirada, com o tapete verde de grama diante dela se estendendo em direção a uma fonte, com seu riacho borbulhante em um silêncio distante e relaxante. Como ela poderia retornar rapidamente a esse lugar sombrio.

Como ousava Lorde St. Alban proclamar que ela trazia o passado por atacado para o presente. Ele não estava lá, em sua mente, quando Mariana deu a notícia de que Percy estava vivo. Como tudo o que ela conseguia pensar era que queria — precisava — ser libertada de um casamento do qual ela acreditava há muito tempo estar livre.

Nunca mais ela colocaria seu destino nas mãos de outro homem. Ou novamente ser enganada pela primeira onda de amor, inebriante, sedutora e não confiável.

Ela escolheria o ciclo de vida de uma rosa inglesa. A visão poderia ser limitada, mas seu futuro seria previsível e só dela. Pois aqui estava o outro ponto sobre uma rosa: ela tinha espinhos. Ela usaria cada um deles para manter sua independência.

No entanto, ao convidar Lorde St. Alban para sua festa mensal, ela não havia minado essa intenção? Será que ela não havia entrado no reino da imprevisibilidade e o convidado a complicar ainda mais a vida dele com a dela?

Amanhã, ela o veria novamente. Ela *queria* vê-lo novamente amanhã? Seu sangue cantava em suas veias com o pensamento? Era inteiramente concebível que ambas as possibilidades fossem verdadeiras.

Ela se esforçou para respirar novamente de forma controlada, mas a respiração se recusou a obedecer, em vez disso, entrando em seus pulmões de forma irregular e superficial. Quaisquer emoções que Lorde St. Alban despertasse dentro dela, ela deveria resolver e silenciar.

Para seu presente.

Para seu futuro.

10

Jake cruzou a soleira de Lady Olivia e sucumbiu ao feitiço que ela havia lançado.

A cada passo, o mundo conhecido se transformava em estranho e misterioso, opaco e encantador. Os fascinados convidados se reuniam em torno dele e de Mina em tons abafados, quase reverentes, à medida que visão se ajustava à fraca luz índigo.

Ao lado dele, Mina estava quieta, observando a sala em silêncio, mas sem sua habitual contenção externa. Um sorriso extasiado se acendeu em seu rosto, e os cantos de seus olhos se enrugaram no que só poderia ser descrito como prazer. Ela também estava encantada. "Pai, olhe para cima."

Ele seguiu a direção do olhar dela em direção ao teto de seis metros. Acima de suas cabeças, centenas de pequenas velas colocadas individualmente dentro de globos de vidro facetados brilhavam como um céu noturno cintilante contra um teto escuro como a noite azul profunda. "Você reconhece as constelações, pai?"

Ele não a via tão encantada por nada desde que deixaram Cingapura. Ela parecia à criança que ainda era, mesmo que apenas em anos. Seu coração ameaçou saltar do peito. Ele estreitou os olhos para inspecionar o teto estrelado mais de perto. Espalhados pelos minúsculos globos de vidro brilhavam outros maiores dispostos no padrão das constelações. "Quais estou vendo?"

"Ali está Orion [1]", ela sussurrou, apontando. "Você pode ver pelas três estrelas maiores de seu cinturão." Com os olhos brilhando mais do que as estrelas acima, ela inclinou o braço para a esquerda. "E lá estão os cães de Orion, Canis Major e Canis Minor."

Enquanto Jake observava Mina se render ao charme da festa, o alívio tomou conta dele por tê-la trazido, suas poucas dúvidas um tanto apaziguadas, se não totalmente apagadas. Afinal, o ladrão continuava solto. O homem poderia estar nesta mesma sala, e era vital que ele cortasse a possibilidade de que o homem tivesse qualquer interação com Mina. Ele não tinha formado uma ideia sólida sobre as intenções do homem, exceto que ladrões tendem a não ser cidadãos íntegros e honrados, e ele não daria ao homem a oportunidade de começar uma campanha de sussurros sobre o passado dela, se essa fosse sua intenção.

E, então, havia seu relacionamento instável com Lady Olivia. Havia uma qualidade específica carregada entre eles que não se sustentaria sob o olhar perspicaz de sua filha.

Ele resistiu à atração de sua mente para ontem, para o quarto vazio e para o quase beijo. Naquele instante louco, ele convocou sua vontade e resistiu à resposta carnal de seu corpo. Essa foi a

---

1. Orion é conhecido como o caçador do céu que enfrenta o touro, com as constelações Cão Maior e Cão Menor servindo como cães de caça e completando a cena da caça. Na mitologia grega, Oríon era filho de Poseidon e um caçador forte e presunçoso. As constelações Cão Maior e Cão Menor pertencem à família Órion de constelações. Segundo a lenda, o caçador Orion foi acompanhado por dois cães de caça, representados pelas constelações do Cão Maior e do Cão Menor.

parte importante. Ele também entendeu que não teria tanto sucesso uma segunda vez.

"Oh, pai, olhe ali."

Ele seguiu o puxão do braço de Mina enquanto ela o guiava para uma cena encenada em um canto distante da sala. Parecia um presépio que se pode ver perto do Natal. Um par de cordeiros brancos estava aninhado confortavelmente dentro de uma cama de feno, enrolados um no outro e dormindo profundamente. À medida que se aproximavam, ficou claro que a pintura pendurada acima dos cordeiros era o ponto focal.

Um lobo, não do tipo que caçava em matilha e engordava com sua recompensa, mas sim um que havia deixado sua matilha há muito tempo, olhava malevolamente nos olhos de Jake. A pintura era tão realista que ele meio que esperava que o predador pulasse da tela e viesse direto para sua garganta. Ele olhou para Mina. "O que você acha?"

"Enervante", ela disse, subjugada e pensativa. "Eu prefiro as estrelas."

"Devemos persegui-las até a próxima sala?"

Eles não tinham dado mais do que três passos quando seu progresso foi interrompido por um feixe loiro de cachos e energia. A filha de Lady Olivia certamente sabia como fazer uma entrada.

"Você deve ser a Srta. Radclyffe", disse a garota, suas palavras tropeçando em uma corrida ofegante.

Mina assentiu. "E você é a Srta. Bretagne?"

Os lábios da garota se puxaram para o lado em um sorriso torto. "Puxa, finalmente nos conhecemos. Eu ouvi tudo sobre você."

Jake detectou um rubor iluminando as bochechas de Mina e começou a dizer alguma coisa, mas decidiu que seria quase impossível com a efervescente Srta. Bretagne. Um traço de personalidade que ela não compartilhava nem um pouco com sua mãe fria e controlada.

"Mas ninguém mencionou que você pode ser a garota mais bonita de toda Londres." A Srta. Bretagne se virou para Jake. "Se você não se importa, meu senhor," ela entoou em uma voz estudada e educada, diferente daquela de momentos atrás, "eu gostaria de resgatar a Srta. Radclyffe dessa festa chata e antiga."

Ele chamou a atenção de Mina. "Com o consentimento da Srta. Radclyffe, é claro."

"Eu ficaria encantada com o prazer da sua companhia, Srta. Bretagne," Mina disse. "Você pode me guiar pelo resto dos cômodos? Eu gostaria de ver seu céu noturno em sua totalidade."

"Oh, que bom!" A Srta. Bretagne exclamou enquanto deslizava seu braço pelo de Mina para melhor conduzi-la em meio a multidão. "Ah, e Lorde St. Alban?" ela falou por cima do ombro. "Minha mãe disse para você se misturar à vontade. É um evento informal."

Elas se afastaram, e Jake captou um último trecho da conversa. "E, Srta. Radclyffe, pode parar com essa história de *Srta.* Bretagne. É muito elegante, e não tenho certeza se algum dia serei uma dama. De fato, tecnicamente, eu sou uma bastarda. Você pode me chamar de Lucy."

"E eu sou Mina."

Lucy agarrou a mão de Mina, e as duas garotas se misturaram à multidão, deixando Jake sozinho na sala de recepção. A Srta. Bretagne, uma *bastarda*? Ele supôs, no sentido mais rigoroso, que era verdade. Ainda assim, ninguém nesta sala, em toda a sociedade, ousaria dizer essa verdade em particular, não sob o próprio teto do Duque de Arundel.

A bandeja de um criado esbarrou no cotovelo de Jake. E foi uma grande confusão. Não numa escala grande, mas a sala estava cheia o suficiente para que fosse preciso tomar cuidado onde se pisava. Esta reunião tinha uma sensação estranhamente seletiva, o que não fazia muito sentido, considerando que os convidados pareciam ser uma mistura da alta e da baixa sociedade.

Alguns rostos pareceram familiares a Jake, na forma vaga de

conhecidos sociais formados em apresentações de trinta segundos em um salão ou uma soirée. Outros apresentavam aspectos do tipo boêmio que não deveriam frequentar a *alta sociedade*. Seus tons brilhavam um pouco mais; suas risadas soavam um pouco mais ousadas; e seus sotaques variavam um pouco mais. No total, muitos dos reunidos eram pessoas totalmente vulgares aos olhos refinados da *alta sociedade*.

No entanto, em sua ala da mansão do duque, os apartamentos de Lady Olivia ofereciam a essas duas camadas díspares da sociedade a liberdade de desfrutar da companhia uma da outra. Na rua amanhã, seria uma história diferente. Mas, esta noite, essas salas forneciam um santuário onde as duas classes podiam socializar sem restrições.

E foi Lady Olivia quem criou esse espaço onde a arte poderia preencher a lacuna. Ela era mais fascinante do que tinha o direito de ser. Não era de se admirar que ela despertasse tantas fofocas.

Ao passar pela porta que conectava ao conjunto principal de salas, Jake passou por uma pequena placa:

Cenas Sob um Céu Noturno

Esta sala era muito maior, mas não menos lotada que a anterior. Ele contornou a multidão, examinando o espaço em busca de sua presa. Sua altura de dez centímetros acima de um metro e oitenta tornava mais fácil determinar que o ladrão não estivesse aqui.

Mesmo que ele nunca tivesse conhecido o homem, ele sabia de um fato sobre ele: ele era japonês. *Jiro*. Em uma sociedade fechada como a de Londres, um estrangeiro — particularmente um cujas feições eram inconfundivelmente *não inglesas* — não passaria despercebido. Embora fosse possível que outro artista de origem japonesa pudesse estar aqui, não era provável. Se o homem estivesse na sala, ele criaria um rebuliço sem abrir a boca uma vez.

"Champanhe, meu senhor?" entoou a voz de um criado.

Jake levantou uma taça de cristal da bandeja oferecida pelo criado e bebeu de um só gole antes de se aventurar na multidão e seguir em direção ao ponto focal da sala, outra cena encenada como a da sala de recepção.

Essa cena era totalmente diferente da anterior. Onde a outra possuía uma paleta suave de cores e temas, essa aumentava o drama dez vezes mais. Centenas de papoulas totalmente desabrochadas preenchiam cada centímetro quadrado do quadro que não era ocupado pela pintura no centro. Elas até pareciam crescer das tábuas do assoalho para se assemelharem a um campo exuberante com flores carmesim resplandecentes.

No entanto, a alegria gerada pelas papoulas espetaculares foi substituída por desconforto quando o tema da pintura entrou em foco: um antro de ópio, e não o tipo dos românticos. Não havia senhores indulgentes espreguiçando-se em sofás estofados, satisfeitos e alheios ao mundo ao seu redor. Em seu lugar, viciados emaciados, a um sopro de distância da inanição e da morte deitavam-se em ângulos estranhos, com seus olhares sombrios.

Dizer que as papoulas alegres realçavam o realismo terrível da pintura seria um eufemismo grosseiro. A ironia era inegável: sob a superfície de um objeto de beleza poderiam estar as sementes da ruína de alguém.

Uma imagem da anfitriã desta noite lhe veio à mente.

Em sua superfície...

Seus olhos se fechando, cílios escuros contra sua pele pálida, lábios entreabertos se estendiam para cima, para cima, para cima...

E suas profundezas...

A qualidade que o fez querer esquecer seu lugar, seu propósito, a si mesmo, e abaixar a cabeça e reivindicar aqueles lábios até que estivessem satisfeitos, saciados.

Como se um mero beijo pudesse realizar satisfação e saciedade entre eles.

Um suave farfalhar de saias sussurrou atrás dele, e uma voz soou em seu ouvido. "Isso decepciona? A decepção pode fazer com que a pessoa se sinta decididamente *insatisfeita*."

Jake olhou para a direita, e a sala desapareceu. Lá estava ela, jogando aquela palavra para ele novamente. *Decepção*. A ideia de que ele a havia decepcionado o atormentava desde ontem. E agora ela estava lançando outra palavra na mistura. *Insatisfeita*.

Embora ele não tivesse desejo de deixar essa mulher decepcionada, ele certamente não queria deixá-la insatisfeita. Na verdade, sob um conjunto diferente de circunstâncias para seu conhecimento, ele não se afastaria dessa mulher até que ela estivesse completamente — exaustivamente — satisfeita, saciada...

Ele se controlou e limpou a garganta. "Eu nunca vi arte como essa."

Um sorriso sutil curvou os cantos dos lábios dela. "Deixe-me adivinhar. Para você, arte é bonita, fácil e esquecível." Ela gesticulou em direção à pintura. "E isso não é nada disso. É brutal, escuro e inesquecível." O azul dos olhos dela se aprofundou para combinar com a safira do vestido. "É real."

"Talvez eu a tenha julgado mal," ele disse, as palavras saindo da boca antes que ele pudesse contê-las.

"Você não seria o primeiro, meu senhor."

Seus olhares se mantiveram por mais um instante antes que ele rompesse o contato. A franqueza dela tinha um jeito de confundir suas intenções. Era hora de voltar ao foco. Ele estava ali para encontrar um ladrão de arte.

"Devo admitir," ele começou, "seu conhecimento do mundo da arte me fascina."

Ele soava como um hipócrita dissimulado até mesmo para seus próprios ouvidos, mas ele precisava corrigir essa conversa antes que ela saísse do limite e entrasse em território desconhecido.

"Verdade?"

"Sua família ou o duque a apresentaram ao mundo da arte?

Ou, talvez, o filho dele?" Ele não conseguia dizer o *marido* dela, ou quem quer que o maldito homem fosse para ela agora. Ele desprezava o homem sem conhecê-lo. Se alguma vez chegasse perto do homem, ele o acertaria diretamente na boca.

"Percy?" Uma risada incrédula escapou dela. "Meu interesse pelas artes não tem nada a ver com meu casamento. Eu era uma garota tão apaixonada pelo amor que não tinha espaço para outros interesses."

"Apaixonada pelo amor?" Uma pontada inesperada de ciúmes o invadiu, mesmo quando as palavras dela o fizeram ficar totalmente cético. "Você deve ter se apaixonado pelo seu marido durante o namoro para ter se casado com ele."

"Nosso namoro foi o namoro mais romântico que alguém já viu, eu ouso dizer."

"E o casamento?" Por que ele estava empurrando a conversa nessa direção? Ele não tinha desejo de ouvir os detalhes daquele casamento.

"Nem um pouco", ela disse com naturalidade. "E o amor é um requisito para a esposa que você está procurando?"

"Claro que não", ele disse. Um momento depois, o peso de sua confissão o atingiu. Ele não deveria estar falando de amor com essa mulher.

"Então qual é a pressa, meu senhor? Se você acredita no amor, você deveria esperar por ele."

"Minha filha precisa de uma madrasta antes do fim do ano. Ela está em uma idade em que a orientação de uma dama que conhece os meandros da sociedade é necessária."

A cabeça de Lady Olivia se inclinou para o lado. "Você nunca conheceu o amor quando jovem?"

"Eu conheci."

"E você não foi pego em sua teia pegajosa?"

"Eu fui."

"No entanto, aqui está você, negando isso."

"E você?"

"E eu?"

"Preciso perguntar?"

As sobrancelhas dela se uniram e seu olhar se desviou do dele. "Talvez não. Talvez nós dois não acreditemos mais no amor." Um estalo frágil soou em sua voz. "Ele nunca pode viver de acordo com a perfeição de sua promessa."

"No entanto—" ele hesitou, tentando desacelerar a conversa. Ela parecia ter um ímpeto que ele não conseguia controlar. "Acho que a perfeição me aborrece em poucos minutos. Talvez um pouco de bagunça seja —"

O que você precisa?. As palavras ficaram presas em sua garganta. Um rubor se espalhou pelo decote de Lady Olivia e deixou suas bochechas rosadas. Ele gostava bastante daquele rubor. Falava de conhecimento, de conexão.

Ele foi incapaz de prosseguir com essa linha de pensamento tentadora quando uma mulher escultural parou diante deles e fez uma reverência superficial. "Olivia", a mulher disse em uma voz baixa e contralto, "você poderia me apresentar?"

O corpo de Lady Olivia ficou tenso pelo pedido, acendendo uma centelha de intriga. Estava claro que ela não nutria nenhum desejo de fazer tal coisa. No entanto, as regras da sociedade exigiam que uma anfitriã atendesse aos desejos de um convidado. Até ele entendia isso.

"Lorde St. Alban, posso lhe apresentar Lady Nicholas Asquith?" ela disse, seu tom mecânico e repetitivo. "Minha irmã."

Suas sobrancelhas dispararam para o céu. "Sua irmã?"

"Minha gêmea, na verdade."

Os olhos de Lady Nicholas brilharam de forma brincalhona. "Você não vê a semelhança familiar?"

Ficou imediatamente aparente que as irmãs eram, de fato, completamente opostas, mas de tal forma que uma complementava a outra. Elas devem ter causado certo rebuliço quando foram apresentadas a sociedade.

"É verdade que não nos damos muito bem", continuou Lady

Nicholas. "Uma ocorrência nada incomum para gêmeas, ouvi dizer."

"Ninguém tomaria vocês duas por pessoas comuns", ele respondeu, as palavras lisonjeiras, mas genuínas.

Lady Nicholas encontrou o olhar de sua irmã, e sua sobrancelha se ergueu, um mundo de conversa silenciosa acontecendo entre as irmãs. Então seus olhos âmbar se moveram para continuar sua avaliação dele. Ela parecia estar a par de uma piada que ele ainda não tinha percebido.

"Olivia, esta é possivelmente a festa mais mórbida que você já fez."

Um suspiro longo e sofrido escapou de Lady Olivia. Ele não conseguiu evitar se sentir encantado com o impulso e a atração das irmãs. "Eu estava explicando a Lorde St. Alban que arte não é simplesmente sol e arco-íris. Devo explicar o conceito para você também?"

"Bem, eu prefiro o sol e o arco-íris."

Lady Olivia segurou a língua, mas um sorriso relutante para sua irmã descompromissada surgiu nos cantos de sua boca. Essas duas eram opostas, mas também eram próximas.

A mão decidida de Lady Nicholas se enfiou na dobra do braço dele. "Vamos dar uma volta pela sala?"

Jake estendeu seu braço livre para Lady Olivia, e o corpo dela, todo o seu ser, ficou imóvel, seus olhos grudados em sua mão estendida. Ela não queria tocá-lo.

Uma possibilidade surgiu: talvez ela não *pudesse* tocá-lo.

Não sem um pouco de... *Confusão*.

Ela começou a se afastar, parecendo um cervo nervoso na mira de um arco. "Só me lembrei de que preciso atender um convidado com um pedido especial de dieta."

"Leite de cabra para Lady Bede?" Lady Nicholas perguntou.

Lady Olivia deu um passo à frente e deu um beijo rápido na bochecha da irmã antes de desaparecer na multidão, que parecia ter dobrado de volume desde sua chegada.

"Vamos?" Lady Nicholas perguntou.

Jake assentiu, e eles caminharam juntos em silêncio, a multidão criando uma cacofonia estridente que os cercava e estranhamente os isolava de seu barulho.

"Qual você acha que é o verdadeiro propósito desta soirée, meu senhor?"

"Não tenho a menor ideia, minha senhora." Na verdade, ele não havia considerado isso além da utilidade para ele. Novamente, ele examinou a multidão em busca do ladrão. Novamente, ele não encontrou nada. "Você se importaria em me esclarecer?"

"Cerca de um ano atrás", Lady Nicholas começou, "um artista, que era uma parte vital da comunidade artística, morreu de uma longa e dolorosa doença pulmonar causada por desnutrição e falta de medicamentos. Ele tinha apenas vinte e quatro anos. A resposta de Olivia foi começar a organizar uma festa com um artista diferente a cada mês. Cada peça que você vê está à venda, e cada último centavo vai para o artista, com Olivia arcando com o custo da festa." Lady Nicholas deu uma risada curta. "Ela afirma não ser nenhuma cruzada, mas tenho minhas suspeitas."

"Parece ser um empreendimento bastante monumental e meticuloso para não ter nenhum—"

"Retorno?" Lady Nicholas interrompeu. "Cuidado, meu senhor, pode-se sentir um cheiro de comércio em você." Ela lhe lançou um olhar especulativo e deslizou o braço para fora do dele tão facilmente quanto o havia deslizado para dentro. "Agora, se você me der licença, estou vendo um velho e querido amigo a quem preciso simplesmente dar uma opinião."

Jake sentiu pena daquele velho e querido amigo. Ele suspeitava que o exterior curioso e brincalhão de Lady Nicholas mascarava um intelecto e uma grande força intelectual e resiliência física.

Sozinho, ele olhou ao redor desta nova sala. De canto a canto, uma suntuosa variedade de iguarias enfileirava suas quatro paredes, mesas com assados de todas as variedades: cordeiro, presunto, faisão, codorna, até mesmo um porco inteiro assado. Era um banquete digno da realeza. No entanto, não havia mesas de jantar, nem cadeiras, nem talheres, nem criados se oferecendo para encher os pratos, nem convite para alguém se banquetear com essas iguarias.

Ele se deu conta: a própria sala era o palco. Ele girou gradualmente até encontra-lo: acima de uma mesa carregada com a maior quantidade de sobremesas que ele já tinha visto fora de uma confeitaria, estava a pintura no centro deste quadro.

O assunto era um garotinho enrolado em si mesmo durante o sono. Exceto que esta criança não tinha nenhuma semelhança com os aconchegantes cordeiros dormindo profundamente na sala de recepção. Esta criança dormia em uma calçada precária. Seu único abrigo, uma escada de pedra; sua única proteção, ele mesmo. Onde os cordeiros eram brancos como a neve, a pele desta criança estava manchada de sujeira.

Mas esses detalhes eram apenas o pano de fundo para o ponto focal da pintura: o rosto do menino, apontado para um céu vasto e indiferente, uma concha oca que lembrava um homem de oitenta anos, em vez de um menino de oito.

Mais uma vez, Jake examinou a sala. O rugido da multidão não o seguiu até aqui. Em vez disso, a atmosfera era silenciosa e contida. Assim como não era para o menino sem nome, esta festa não era para eles. Ele e seus companheiros convidados faziam parte da apresentação da peça.

Nós, ingleses, somos insaciáveis quando se trata de ter o melhor às custas do mundo.

Ontem, ele não havia pensado muito nas palavras dela, mas esta noite, no contexto desta sala, ele entendeu o que elas diziam sobre Lady Olivia Montfort. Como uma filha amada da *alta sociedade* chegou a abraçar uma perspectiva tão radical do mundo?

De repente, um arrepio percorreu seu corpo, e ele se virou infalivelmente em direção à fonte. Lá estava *ela*, envolvida em uma conversa com um grupo de seus convidados. Ele ficou confuso como ela parecia pequena de perfil. Ela começou a aparecer tão grande em sua imaginação que a realidade dela o pegou de surpresa. A essa distância, ele podia observá-la por inteiro à vontade.

Ela usava um vestido simples e elegante de seda safira, mais profundo do que o azul translúcido de seus olhos, habilmente ajustado ao seu corpo pequeno e apertado na cintura. Ele só podia supor que ela estava vestida na ultima moda francesa. No entanto, qualquer mulher que conseguisse criar essa atmosfera do nada e por pura vontade não seria escrava da moda. Afinal, ela vagava por Londres vestida com um sobretudo da tonalidade da lama da calçada.

Ainda assim, ela possuía um senso de sua posição. Aqui, ela se vestiria para o papel. Lady Olivia entendia os papéis e quando interpretá-los para se adequar ao momento.

O canto da boca dela se curvou em um sorriso para um convidado do sexo masculino, e as entranhas de Jake deram um salto. Então ele notou um detalhe que lhe permitiu relaxar: o sorriso dela para aquele homem era educado, controlado, o tipo de sorriso que se oferece a um convidado por educação. Bem diferente daquele que se espalhou por seus lábios e brilhou para ele ontem. Aquele sorriso tinha sido glorioso, sem qualquer indício de polidez ou controle. Ele não tinha o menor indício de polidez ou controle.

Novamente, essa palavra lhe veio à mente. *Sem amarras.* E, mais uma vez, ele a queria daquele jeito.

Seu rosto se inclinou para o lado, e seus olhos se dirigiram em direção aos dele. A sala encolheu para ele e ela. O tempo tinha o hábito engraçado de ficar parado ao redor dela. O sorriso indulgente desapareceu de seus lábios, e sua expressão se transformou, como se ela o estivesse considerando de alguma forma.

Um convidado se inclinou para frente e falou algumas palavras, chamando sua atenção. Seria rude da parte dela ignorar o convidado, mas ele se recusou a deixar de olhar para ela. Mas, infelizmente, ela não precisava da permissão dele, e voltou sua atenção para seus convidados e seu dever. O tempo retomou seu tique-taque constante.

Ele resistiu ao impulso de ir até ela e recuperá-la para si. Em vez disso, ele forçou seus pés a se moverem em outra direção, para longe dela. Uma estranha inquietação fervia com a fácil rejeição dela. Isso tornava mais simples fazer o que ele precisava fazer. Se o ladrão não estivesse ali, então talvez ele pudesse reunir alguma evidência do homem.

Uma rápida olhada para a direita revelou uma barra lateral abastecida. Ele não tinha certeza qual variedade de líquido cor âmbar ele estava despejando em um copo, mas isso dificilmente importava. Dois, não, três dedos de uísque tornariam a tarefa à frente mais palatável.

Ele caminhou até a próxima sala e localizou uma porta discreta escondida em um canto escuro. Ele girou a maçaneta e passou por ela antes que alguém pudesse notar. A porta se fechou atrás dele, e ele parou, permitindo que seus olhos se ajustassem à escuridão.

Uma faixa de luz por baixo de uma porta a uns seis metros à sua frente revelou que ele estava em um corredor estreito. Ele começou a se mover para frente, seu passo decidido e direto.

Os aposentos de Lady Olivia eram obrigados a abrigar segredos.

11

L orde St. Alban não era exatamente *ameaçador*.
Esse foi o primeiro pensamento que surgiu na mente de Olivia quando ela lançou um olhar discreto em sua direção, seus olhos já sobre ela, observando-a, absortos nela como se ela fosse a única pessoa que importava nesta sala, mesmo até em toda Londres. Ninguém nunca havia olhado para ela daquele jeito.

Seus batimentos queriam sair para galopar por suas veias. Ela inalou para conter o sentimento. Não seria bom deixar que a satisfação a influenciasse a seguir um caminho contrário aos seus objetivos.

Ela mudou sua perspectiva e tentou vê-lo da maneira que o resto de Londres deve vê-lo, como distante e inacessível. Era sua perfeição física impecável e aqueles olhos inescrutáveis que se recusavam a revelar uma pitada de seus pensamentos privados.

No entanto, a percepção que ela tinha dele continuava a diferir da sociedade. O encontro deles em Ludgate Hill, por exemplo, longe dos olhares curiosos da *alta sociedade*, da informalidade e a intimidade do encontro. A maneira como ele a arrebatou da morte certa e a segurou contra seu corpo longo e hábil por um, dois, três batimentos cardíacos a mais. De fato, ele não era o tipo de homem que deixava uma mulher cair.

Ele não era distante e inacessível para ela.

Ela desviou os olhos, determinada a voltar a se juntar à conversa ao seu redor. "Lady Olivia", disse Lady Bede, uma animada senhora da sociedade, embora um pouco excêntrica, "você deve me falar sobre esse artista. Ele é muito bom, eu diria."

"Lady Bede", Olivia começou, "ele é uma mulher que trabalha no Le Marais em Paris."

Algumas risadinhas escandalizadas percorreram o pequeno grupo. Um choque nascido de alegria e não de estreiteza de espírito.

"Uma mulher, Lady Olivia? Uma mulher pintou isso?"

Ela não conseguiu conter um sorriso diante do entusiasmo de Lady Bede. Ela havia fornecido à mulher uma deliciosa frase que a deixaria entusiasmada por dias.

"Mas as pinturas na última sala", Lady Bede disse, parecendo espantada e cativada ao mesmo tempo. "Tanta sensualidade criada pela mão de uma mulher?"

"De fato", respondeu Olivia, aliviada por se sentir envolvida por alguém que não ele, mesmo que apenas por um momento. "Um novo estilo está surgindo nas escolas parisienses. Um realismo na pintura diferente de tudo que já existiu, exceto talvez pela mão de Caravaggio [1]. Emocionante, não é?"

---

1. Michelangelo Merisi, conhecido como Caravaggio em homenagem ao local de origem dos seus pais (Caravaggio na Lombardia), foi um dos mais notáveis pintores italianos no início do Barroco. Durante os últimos quatro anos da sua vida viveu entre Nápoles, Malta e Sicília. A sua obra possante e inovadora revolucionou a pintura do século XVII com o seu carácter naturalista, por vezes brutal, e a forte utilização da técnica do claro-escuro. Caravaggio adquiriu grande fama internacional em vida e influenciou muitos grandes pintores depois dele. Esteve esquecido até entrar na senda crítica do século XX, e é hoje considerado um dos mais famosos representantes da arte ocidental de todos os tempos, fundador da corrente naturalista moderna,= é considerado o precursor da pintura barroca romana.

"Com certeza!" aplaudiu um lorde na periferia do grupo, provocando uma série de risadinhas.

Olivia aproveitou a comoção para se afastar. Eles não sentiriam falta dela. Seu olhar cortou em direção a Lorde St. Alban. Ele tinha *desaparecido*. Impossível que esse peso em seu peito fosse decepção.

Um braço deslizou pelo dela por trás e, antes que ela percebesse, ela estava presa firmemente ao lado de Mariana. "Você ficará encantada por eu ter trazido um cheque, mas nenhum marido." Mariana não era de conversa fiada. "Então estou livre para gastar o cheque exatamente como eu quiser."

Uma risada complicada por nada além de amor puro e familiar borbulhou do fundo de Olivia. "Nick está viajando?"

"Ele e Lavinia foram para o norte do país em busca do garanhão baio perfeito. Aquela garota ama cavalos mais do que qualquer coisa, e aquele homem ama nossa garota mais do que qualquer coisa. Então aí está. Um pai que fará qualquer coisa por sua filha, e uma filha que sabe disso."

A felicidade doméstica irradiava de Mariana em ondas. Olivia ainda não havia se ajustado à felicidade conjugal de sua irmã. Era difícil imaginar agora, mas Nick e Mariana haviam se afastado durante a maior parte do casamento.

Então, seis meses atrás, Paris aconteceu. Como um truque de mágica, em um momento, o casamento deles estava em pedaços, irreconciliável, e no próximo — o aceno de uma mão, o floreio de uma capa, e *voilà!* — eles estavam juntos novamente, se reconciliaram sem nenhum problema. Era como se os dez anos anteriores de distanciamento nunca tivessem acontecido.

Só que não foram apenas Nick e Mariana que foram afetados quando emergiram daquelas sombras parisienses, trazendo consigo um Percy ressuscitado. Olivia não conseguiu respirar quando ouviu a notícia, a vida que ela construiu para si mesma ameaçando entrar em colapso. Ser esposa novamente... perder sua liberdade duramente conquistada...

Impensável.

As palavras do velho soldado voltaram à sua mente. *Uma mulher muito egoísta e antinatural.* Ela poderia aceitar essa descrição se isso significasse manter sua liberdade.

"Mas, Olivia, eu gostaria de mudar de assunto", disse Mariana, com uma faísca de travessura em seu tom. "Você tem me escondido alguma coisa?"

"Perdão?" ela perguntou, ganhando o pouco tempo que lhe restava.

"Vamos lá. Como sua irmã mais velha, posso ver através de você."

"Você nasceu três minutos antes de mim. Dificilmente acho que isso se qualifica como mais velha."

Como um cão farejador, Mariana continuou. "Quando falei com o belo visconde esta noite, tive a nítida impressão de que vocês dois são, digamos, *conhecidos* um do outro."

Olivia se afastou de Mariana com o pretexto de consertar um arranjo de flores. Sua irmã mais *velha* veria a verdade em seus olhos em um segundo.

"Lady Olivia Montfort, você tem escondido algo de mim!" Mariana disse, sua voz um sussurro excitado. Ela se aninhou mais perto. "Conte-me tudo."

"Mariana," Olivia começou no tom mais condescendente que conseguiu reunir, "você faz parecer tão... tão..." Qual seria uma boa palavra para isso? "Cafona." Talvez fosse uma palavra boa demais para isso. "Ele está simplesmente interessado em nossa pequena escola progressista para sua filha. A Duquesa de Dalrymple o enviou para mim, e eu respondi algumas perguntas para ele. Isso é tudo."

Em se tratando de mentiras, não foi ruim.

"Oh, precisamos fazer isso acontecer."

Enquanto Mariana se entusiasmava sobre a possibilidade de ter a filha brilhante de Lorde St. Alban na escola, a mente de Olivia divagava. Ela não gostava de mentir para sua irmã, mas suas relações com Lorde St. Alban existiam em um limbo peculiar que ela ainda não entendia. Ela se sentia estranhamente protetora disso.

E então ontem, ela quase —

Seus olhos se fecharam em mortificação. Oh, o que ela tinha feito? Ou quase feito?

Não foi surpresa que os pensamentos sobre ele na noite passada tivessem tirado seu sono. Frustrada com a agitação e a torção dos lençóis da cama, ela foi até seu estúdio para purgar seu sistema dele da única maneira que sabia: levando sua obsessão à submissão.

Seu carvão atacou de todos os ângulos, até mesmo introduzindo diferentes iluminações para acentuar os pontos fortes de seus lábios firmes, seu maxilar cinzelado, suas maçãs do rosto angulares, seus olhos penetrantes que certamente viam através de sua contrariedade, seus protestos, seus verdadeiros desejos, vontades, *necessidades.*

Quando os primeiros raios de sol entraram por uma janela aberta, ela estava exausta. Com dezenas de desenhos espalhados pelas paredes de seu estúdio, ela sentiu que poderia acabar com ele. Certamente, seu sistema estava completamente purificado.

Hoje à noite, no entanto, essa limpeza pareceu menos do que completa quando ela o espiou de dois cômodos de distância. Ela jurou ficar longe.

Em vez disso, ela falou de amor com ele. E falou de Percy. E eles falaram de perfeição e bagunça.

Que bagunça perfeita ela poderia fazer com ele.

Oh. De onde veio isso?

"Olivia."

Ela podia ouvir o suspiro na voz de Mariana. Não é um feito fácil.

"Você deve me explicar essa série de pinturas."

Eles estavam na última sala, o clímax da exposição. Três retratos enfileirados em uma parede, enquanto de frente para eles na parede oposta havia um mapa enorme da Europa. Ao contrário das cenas nos outros cômodos, essas pinturas não eram apresentadas com uma vinheta contextual extravagante.

"Você acha que elas são demais?"

"Não consigo imaginar do que você está falando", respondeu Mariana, uma provocação em sua voz. "Prostitutas e grandes damas dividem espaço na parede o tempo todo."

Olivia fechou os olhos, respirou fundo e os abriu, esperando ver os retratos sob uma nova luz, como um novo observador poderia absorvê-los.

À esquerda estava o primeiro retrato de uma senhora satisfeita consigo mesma sentada na frente de seu marido igualmente satisfeito, que estava atrás dela, com uma mão de proprietário em seu ombro.

No meio estava o retrato de uma sensual cantora de ópera descansando em um sofá, a cabeça inclinada para trás para ouvir melhor os sussurros coercitivos do jovem rapaz estendido atrás dela, claramente à beira de uma diversão amorosa. O olhar atrevido da mulher permanecia fixo no observador como se compartilhassem um segredo safado.

O último retrato mostrava uma prostituta, seu olhar direto e sombrio, enquanto um homem sombrio segurava seu queixo de forma possessiva e sinistra por trás. A triste resignação em seus olhos fez Olivia desviar o olhar, mesmo quando se sentiu atraída pela situação da mulher.

"O mapa diretamente do outro lado era excessivo? Antes, parecia uma excelente ideia."

"Uma forma de enfatizar a mensagem do show sobre as vítimas do império?" Mariana perguntou. Deixe que Mariana vá direto ao cerne da questão.

"Ele se desviou para o melodrama?"

"Talvez," Mariana respondeu distraidamente, paralisada pela cantora de ópera insolente, "mas algumas pessoas, você simples-

mente tem que bater na cabeça antes que elas entendam as suti-
lezas de uma situação."

Dos três assuntos, foi a cantora de ópera que deixou Olivia
mais desconfortável desde o primeiro momento em que ela a viu
ontem. O olhar franco e sensual da mulher sugeriu não apenas
seu próprio prazer em vir, mas também um convite para assistir.
Ou para participar.

Seu coração acelerou algumas batidas, enviando uma
sensação quente e pulsante ao ápice de suas coxas. Ela se moveu
para estudar o rosto do jovem. Seus olhos pareciam ter acabado
de se fechar, perdidos na antecipação do prazer.

Percy nunca a tinha tomado por trás daquele jeito. Suas inte-
rações amorosas tinham sido, bem, eles tinham sido um marido e
uma esposa respeitosos no quarto. Luzes apagadas, cobertas
puxadas, doméstico, apropriado, típico de sua classe, ela suspeitava, mas nunca poderia saber com certeza, pois nunca se
discutia essas coisas. Nem mesmo com a irmã, especialmente
quando se suspeitava que a irmã tivesse um relacionamento de
quarto completamente diferente com o marido.

Mas quando ela olhou para a pintura com Lorde St. Alban em
mente, bem, ela não teve problemas em imaginá-lo perdido em
tal momento e garantir que sua amante também estivesse.

"Ele foi embora há alguns minutos."

Olivia se assustou. Um fino brilho de suor correu para a
superfície de sua pele, rastejando ao longo de sua nuca, cobrindo
suas palmas. "Como assim?"

"E ele entrou por *aquela* porta."

"Ah?" Olivia respondeu, uma indiferença alegre soprando
através da sílaba, mesmo enquanto seu estômago se revirava em
pânico. O corredor além daquela porta levava a... Os pelos finos na
parte de trás de seu pescoço se arrepiaram. "Mariana, eu não provi-
denciei o leite de cabra de Lady Bede." Ela deu um beijo distraído
na bochecha de sua irmã. "Que adorável de sua parte vir esta noite."

Quando a porta se fechou atrás dela, ela ouviu: "Mas, Olivia, as cozinhas são do outro lado." Ela não precisava ver o rosto da irmã para imaginar o sarcasmo familiar de seus lábios.

Não importava. Não agora. Agora que Lorde St. Alban havia entrado neste corredor.

Talvez ele tivesse saído da soirée. Ou tivesse se perdido. Talvez.

Exceto que ambas eram impossibilidades neste corredor em particular, que tinha apenas duas portas.

Uma levava a um armário de armazenamento.

A outra, ao seu estúdio.

12

H á quanto tempo ela estava ali, olhando para Lorde St. Alban pela fresta estreita entre a porta e a parede? Trinta segundos? Trinta minutos?

A quantidade de tempo dificilmente fazia diferença. Um único segundo era tempo demais para ele estar em seu estúdio. Cercado por desenhos de si mesmo.

Droga, o que ela estava pensando durante o ataque de insônia da noite passada? Ela não estava. O que antes era um meio deliberado de cura havia se tornado instinto. Algo a interessava, ela precisava desenhar.

Mas não parecia terapêutico, ficar ali, com a respiração presa, os dedos cerrados em punhos, o suor escorrendo pela coluna, observando-o por uma fresta na porta como se ela fosse a intrusa. O impulso de empurrar a porta e confrontá-lo ficava mais fraco quanto mais tempo ele ficava dentro de seu estúdio, julgando seu trabalho, violando sua privacidade.

Quantos esboços estavam espalhados pelas paredes? Ela não tinha ideia do número exato, mas dezenas. Algumas tiradas de uma perspectiva de média distância, outras mais íntimas, focadas

em características individuais de uma maneira que beirava o...
Depravante.

Sim, essa era a palavra correta.

Obsessivo era outra palavra correta.

Ela cerrou os olhos em mortificação enquanto ele caminhava até outra imagem de si mesmo e engolia outro gole de uísque. Alguns goles de uísque pareciam uma ideia brilhante agora.

Qual era a expressão em seu rosto? Tudo o que ela conseguia ver era seu perfil ilegível. Ele estava perplexo? Divertido? Ou seu rosto refletiria o que ela sentia por si mesma?

Um constrangimento total.

Ele tomou outro gole de uísque e colocou o copo no chão. Antes que ela pudesse respirar, ele deu de ombros, tirou o paletó e o colocou sobre o encosto de uma cadeira. No piscar de olhos, seu colete estava fora de seu corpo. Ela não moveu um músculo enquanto bebia o comprimento musculoso de seu torso visível através do fino linho de sua camisa. Ela nunca o tinha visto sem paletó e colete. O que ela apenas suspeitava agora estava confirmado.

Em resumo, ele era bem constituído. Não havia como negar a largura de seus ombros ou a elegância de sua cintura fina ou a firmeza de seu traseiro através da calça superfina.

Ela quase deu um pulo quando ele começou a examinar um dos esboços menores, de frente para ela. Mas sua expressão, neutra e sem emoção, não dava nenhum sinal de consciência de que ele estava sendo observado. Na verdade, seus dedos afrouxaram as dobras de sua gravata antes de abrir os dois botões superiores de sua camisa. O uísque encontrou seu caminho para sua mão novamente como se fosse uma extensão natural dele.

Lorde St. Alban se acomodou completamente. Em seu estúdio. Outra camada de suor se espalhou por seu corpo. E ela pensou que o tinha levado à submissão, que tinha limpado seu sistema dele.

Ao vê-lo agora à vontade em seu espaço privado, ela entendeu que a sensação que havia experimentado ao amanhecer não tinha sido de conclusão, mas apenas de completa exaustão. Não havia conclusão no que dizia respeito a Lorde St. Alban. Nem perto disso.

Ele saiu de vista, e ela se pressionou para frente na porta, esforçando-se para manter o olho nele. Vestido com sua camisa engomada desabotoada e calças pretas com aquele copo de uísque descuidadamente na mão, ele parecia cada centímetro da fantasia feminina de desleixo masculino. Ela passou tanto tempo desenhando-o em preto e branco que quase se esqueceu de que ele era um homem de carne e osso. Quase.

Ela inalou profundamente e sentiu cheiro de cravo. Seu cheiro.

Esse limbo não podia continuar por mais tempo. Ela precisava encará-lo essa noite, agora, se quisesse ter um pouco de paz. Se quisesse encará-lo novamente. Se quisesse encarar a si mesma novamente.

Com uma expiração revigorante, ela abriu a porta com dobradiças silenciosas e entrou no estúdio, seu batimento cardíaco era um rugido irregular em seus ouvidos. De costas para ela, ele permanecia inconsciente de sua presença. Ela encontrou a parede mais próxima e se encostou nela, seu corpo tremendo de ansiedade e expectativa.

Ela queria esse homem.

Não foi por acaso que a ideia nebulosa de ter um amante começou a se consolidar quando ela o viu pela primeira vez. Sua única esperança estava na noção pouco confiável de que seria descomplicado.

Poderia ser verdade. Ele não precisava ser tão complicado quanto ela o fazia parecer. Ela poderia ser a única a complicar o clima entre eles.

Os músculos das costas dele ficaram tensos, sugerindo que ele sentia a presença dela na sala. Ele se virou, seu olhar encontrando o dela, inabalável. Uma energia pulsava entre eles, sinuosa e sombria. Uma energia que não seria mais reprimida. Vitoriosa, ela apareceu e o desafiou a ignorá-la.

Seus pés começaram a andar lentamente para frente, diminuindo a distância entre eles, centímetro por centímetro deliberadamente. Ela deveria se sentir em pânico, ou, pelo menos, perturbada, por sua abordagem proposital. Mas esses sentimentos se recusaram a tomar conta. A ansiedade e a antecipação de segundos atrás se transformaram em uma única sensação avassaladora: desejo, ardente e voraz.

Ele se aproximou dela e parou. O único som na sala era o da respiração irregular dela.

Então era isso que era ser uma libertina? Doendo com a proximidade de seu toque, excruciantemente deliciosa e primorosamente torturada ao mesmo tempo.

"Por que você está aqui?" ela murmurou.

"Como devo responder a essa pergunta?" ele respondeu, sua voz um registro baixo e masculino que a fez tremer até o âmago de seu sexo. Sua cabeça abaixou, os lábios pairando logo acima dos dela por um, dois, três batimentos cardíacos rápidos, sua respiração um sussurro em seus lábios. "Assim?"

Ele avançou, fechando o espaço restante entre seus corpos, com todo o comprimento dele empurrando-a contra a parede sólida, e seus corpos ficaram imóveis, seus olhares fixos. Se houvesse um momento para voltar atrás, esse seria o momento.

Ela não tinha certeza se conseguiria sobreviver a outra noite depois de um quase beijo. E ela não tinha intenção de descobrir.

Seus calcanhares levantaram, seu corpo roçando todo o comprimento dele. Um gemido escapou dele, e sua boca abaixou, seus lábios roçando os dela, uma, duas vezes, seus mamilos endurecendo em desejo, em expectativa, antes que outro gemido soasse e o beijo se aprofundasse em uma onda de desejo reprimido por muito tempo mantido sob controle.

A ponta de sua língua girou em torno da dela, brincando com ela, provocando-a. Um gemido animal soou, e ela percebeu que tinha vindo dela. Suas mãos deslizaram para baixo e ao redor da parte inferior de suas costas, percorrendo mais para baixo até que ele tivesse seu traseiro na mão. Seus joelhos dobraram e, de repente, seus corpos se encaixaram como um quebra-cabeça perfeitamente unido.

Bem, quase. Ela deu um rápido impulso de seus quadris e o pé dela se enroscou no tornozelo dele.

Oh, eles poderiam ser unir de forma muito mais perfeita...

Como se intuísse seus pensamentos, seus dedos longos e capazes envolveram seu joelho, e ele se pressionou contra ela até que ela sentiu o comprimento rígido de seu eixo através de camadas finas de seda. Novamente seus quadris empurraram para frente, dessa vez um movimento mais deliberado e lento contra ele. Ela ficou sem sentido com prazer, puro, vivo, clamando por, não, exigindo liberação.

Esse não foi um primeiro beijo incerto. Isso foi loucura.

Ele afastou os lábios dos dela, apenas para passar a língua pela coluna exposta do pescoço dela. Sua garganta emitiu um gemido irregular enquanto sua boca se arrastava mais para baixo até que ele alcançou seus seios e suas mãos se ergueram para segurá-los por baixo. Um puxão experiente liberou a seda, e de repente seus mamilos estavam livres. Ela não usava bandagem nos seios.

Um brilho forte de fome brilhou em seus olhos, persuadindo sua excitação a aumentar. Sua boca cobriu um mamilo, sua língua sacudindo o mamilo tenso, e seus dedos brincaram com o outro até que ela se contraiu sob seu toque. Um grito irrompeu de sua garganta, um apelo primitivo por mais, por tudo.

Ela agarrou as lapelas da camisa dele, com a intenção de rasgar o tecido, se necessário, sua única preocupação era sentir a pele nua dele sobre a dela. Ela mal se conhecia, uma coisa selvagem preocupada apenas com o prazer.

Então, ela percebeu. Ele ficou imóvel. Um gemido de frustração se desenrolou dentro dela.

"Shh. Você ouviu?"

Ela exalou um suspiro áspero e frustrado e acalmou seu eu indisciplinado, ouvindo, esperando. Cada músculo em seu corpo ficou tenso, e seus olhos se abriram. Ela os ouviu. Passos ecoando pelo corredor com apenas um destino realista: este quarto.

Sem dúvida, ela e Lorde St. Alban tinham dez segundos antes da descoberta.

"Olivia?" ele perguntou. "O que você precisa que eu faça?"

"Você pode começar me soltando", ela disse como uma jovem senhorita afetada.

As mãos dele caíram para os lados, e ela podia se odiar.

"Os criados sabem que devem me procurar aqui quando não conseguem me encontrar."

Livre dele, ela deslizou ao longo da parede e para longe dele, para muito longe dele. Seus dedos correram para endireitar seu corpete, alisar seu cabelo, endireitar suas saias de seda amassadas. Durante todo o tempo, seu olhar sério não se desviou dela, mas o calor sensual de momentos atrás desapareceu. Ele a observava de forma desapaixonada, como se estivesse a uma grande distância.

Um grito completo de luxúria não correspondida buscava liberação. Ela não queria seu desapego. Muito pelo contrário.

"Você parece a dama perfeita", ele disse quando ela terminou. "Quase."

Ela lhe lançou um olhar fixo antes de ir até a porta, bloqueando qualquer visão possível do estúdio. Nem mesmo o criado mais leal poderia ser confiável com uma fofoca tão boa quanto essa. "Posso ajudá-la, Sra. Landry?" Olivia gritou. O clique dos saltos da criada parou abruptamente.

Após uma troca rápida e silenciosa, Olivia se virou para Lorde St. Alban, os passos da Sra. Landry recuando pelo corredor. Ela limpou a garganta. "Sua filha estará esperando por você no saguão principal do duque."

Ele parecia que diria algo, mas, não disse. O que ela esperava? Que eles continuassem de onde pararam?

Mais uma vez, ela ansiava por gritar. Ela ainda não tinha terminado com ele.

Ela estava sendo irracional, mas seu corpo não se importava. Ele queria o que queria, e ela queria ele.

Ele pegou uma, depois outra, peça de roupa e se vestiu calmamente como se aquela noite fosse uma ocorrência normal. Uma tempestade se formou dentro dela. O maldito homem era controlado demais para o seu gosto. Uma necessidade de desequilibrá-lo e mantê-lo daquele jeito até que ele saísse daquele quarto surgiu.

"Quem imaginaria que você beijaria daquele jeito?" saiu dos lábios esmagados pelo beijo dela. Surpresa brilhou nos olhos dele, e uma pequena emoção a percorreu. Ótimo. Era uma mentira. Mas era uma que ela deveria contar a si mesma, uma que ela deveria contar a ele, e uma que ambos deveriam acreditar.

Ele inclinou a cabeça. "Quem não imaginaria?" ele perguntou, desafiando-a a continuar com a mentira.

"Você é tão reservado. Eu teria pensado que seus lábios eram tão duros quanto sua camisa." Seus dedos deslizaram para cima e para baixo no batente da porta, como se ela estivesse entediada.

"Lady Olivia, acho que nós dois sabemos o que é tão duro quanto minha camisa engomada."

Ela se obrigou a ficar bem quieta e manter os olhos fixos nos dele. Ela não olharia. Ela também não usaria sua visão periférica.

Ele começou a andar em direção à porta. Em direção a ela, sugeriu seu coração traidor. Sua tentativa de controlar a situação estava se invertendo. Ela ergueu uma mão defensiva. "Acho que isso é suficiente..." Ela parou no meio da frase. Ela quase a completou *por enquanto*.

"Eles são lindos, sabia."

Seus braços cruzados protetoramente sobre o peito.

"Os esboços, minha senhora," ele esclareceu o início de um sorriso brincando em sua boca.

"Você é um narcisista, não é?" ela disse, disfarçando a satisfação que a invadiu ao ouvir o elogio dela.

Ele balançou a cabeça para ela, como se ela fosse uma colegial obstinada. "A beleza não está no tema, mas na representação do artista."

Ele chegou a poucos metros dela. Ela teria que se afastar ou correr o risco de deixar o corpo de ele colidir com o dela. Por uma fração de segundo, ela considerou a segunda opção. Seus riscos. Suas recompensas. Mas, no último segundo, seus pés agiram de forma sensata e deram espaço para ele passar.

Quando ele se nivelou com ela na porta, seu passo encurtou e seu ritmo diminuiu. Por um segundo selvagem, ela pensou que ele hesitaria, que ele pararia. Mas ele não parou. Ele se virou sem olhar para trás.

Com o olhar fixo no cômodo à sua frente, ela se encostou na parede. Dessa vez, ela se permitiu cair no chão em um sopro de saias de seda.

O gosto de uísque permaneceu em seus lábios...

A marca de suas mãos lindas e capazes permaneceu em sua pele...

A demanda não correspondida de luxúria permaneceu em seu sexo.

E ela pensou que havia levado essa obsessão à submissão?

Uma bagunça perfeita, de fato.

MINA TINHA ESTADO em algumas casas grandes em sua vida — a nova mansão de seu pai veio à mente — mas nunca uma tão grande quanto a do Duque de Arundel.

Seu olhar se ergueu em direção ao teto estendido quase ao infinito acima de suas cabeças enquanto ela e Lucy estavam no saguão esperando seu pai. Ela viu pequenos anjos espiando por nuvens fofas pintadas em sua superfície.

"Pena que tetos não podem ser estrelas o tempo todo", disse Lucy.

Mina assentiu. Lucy tinha o jeito mais charmoso de transformar palavras.

A garota estendeu a mão para pegar a dela. "Devemos fazer um plano para nos vermos novamente. Em breve?"

Ela deu um aperto na mão de Lucy, e quando os olhos de Lucy brilharam em um sorriso, Mina soube que tinha sido a ação correta a tomar. Ela nunca teve uma amiga como Lucy. Babás, professoras, criadas e estrelas tinham sido suas amigas. E o pai. Ele também era um amigo.

Mas nunca uma amiga como essa. Uma garota. Uma garota boba, cheia de babados, encantadora, e que usava palavras da mesma forma que os artistas usavam os pincéis.

O som de passos ecoou por um dos vários corredores que davam para o saguão. Mina se virou em direção ao som, esperando ver o pai, mas não foi ele quem apareceu. Era um garoto. Não, não exatamente um garoto — ele parecia er alguns anos mais velho que ela — mas jovem. Ainda não era um homem.

Seu rosto... Seria considerado bonito em uma mulher. Mas em um garoto que ainda não era um homem? Ela não tinha certeza. Angelical, talvez, com seu cabelo loiro salpicado de mechas platinadas e seus olhos âmbar claros. Só que ele não era nada parecido com os bebês gordinhos espalhados pelo teto acima. Ele parecia o herdeiro do sol.

Ele as avistou e seus pés diminuíram o ritmo. Seus olhos encontraram os dela pelo mais breve piscar de um segundo antes de continuar até Lucy. "Lulu," ele gritou na voz mais aristocrática que Mina já tinha ouvido, "o que eu te disse sobre tratar os criados como se fossem um de—"

"Nós?" Mina terminou por ele. Seu coração ameaçou saltar do

peito, e sua pele ficou quente, depois úmida. Ela nunca tinha dito algo tão ousado em sua vida.

Seus olhos cortaram em sua direção, desta vez por um segundo mais longo. Eles continham uma medida de avaliação, curiosidade.

"Hugh!" Lucy gritou, "A Srta. Radclyffe pode não estar vestida na última moda, mas ela é filha do Visconde St. Alban. Você deve se desculpar imediatamente."

Sempre impulsiva, Lucy envolveu Mina com os braços. Em vez de se sentir sufocada como costumava fazer com abraços, ela se sentiu animada pelo gesto. Ela levantou as mãos em reciprocidade e deu alguns tapinhas reconfortantes nas costas de Lucy.

"Mina", Lucy disse, sem se mover para soltar seu aperto, "sinto muito pelo meu primo idiota."

"Minhas desculpas, Srta. Radclyffe", Hugh disse, sem se incomodar em encontrar os olhos de Mina novamente. Ele calçou um par de luvas de pelica e fez uma leve reverência antes de sair pela porta da frente.

Lucy soltou Mina e deu um passo para trás. "Hugh, ou Lorde *Avendon*, como ele insiste em ser chamado ultimamente, é o segundo na linha de sucessão ao ducado, atrás do pai, e temo que isso tenha subido à cabeça dele." Os olhos de Lucy ficaram simpáticos. "Pessoas como ele devem ser terríveis para você."

Mina desviou o olhar. Ela não tinha interesse em continuar essa linha de conversa com Lucy, uma garota que ela mal conhecia e que não conseguia entender o quão terríveis as pessoas podiam ser.

Mais uma vez, passos ecoaram pelo corredor. Dessa vez era o pai dela. Ele se juntou a eles e perguntou: "Você está pronta, *meisje?*"

"Sim", Mina respondeu, o carinho holandês a aquecendo. Ela sempre seria sua garotinha. Quando ela estava prestes a colocar a mão no antebraço dele, ela percebeu que ele parecia um pouco torto. "Pai, sua gravata está torta."

Ele estendeu a mão e puxou a peça para a direita. "Está melhor?"

Ela assentiu e voltou sua atenção para Lucy. "Obrigada por me proporcionar uma noite maravilhosa."

"Talvez eu possa apresentá-la à minha modista, em breve?" Lucy perguntou, com incerteza nos olhos.

"Eu gostaria disso", disse Mina, tentando tranquilizar sua nova amiga, mesmo entendendo que roupas mais elegantes não alterariam a forma como a sociedade londrina a via.

Ela e o pai passaram pela porta e entraram no ar frio da noite. Ela não gostava de deixar Lucy com essa nota amarga, mas não havia como evitar. Havia certos aspectos de sua herança mista que ela deveria enfrentar sozinha. E se fixar no *terrível* não era a maneira que ela escolheria para fazer isso.

13

NO DIA SEGUINTE

Olivia apertou os olhos e contemplou a xícara de café diante dela.

Em uma manhã normal, ela o tomava doce e cremoso. Hoje, preto e amargo por causa da parte dela que precisava de uma limpeza, dos prazeres da vida arrancados. Como uma lição de negação.

Ela arriscou um pequeno gole, depois outro, e tentou, e se não gostasse, pelo menos aceitaria a bebida como sua penitência. Seu rosto se enrugou e sua determinação desapareceu. Ela pegou o creme e o açúcar. Só um pouco.

Qual era a utilidade da negação, afinal? Veja onde isso a levou na noite passada: dentro de seu estúdio, evidências de sua negação espalhadas pelas paredes para ele ver. Essa era uma forma que sua negação havia assumido.

Claro, pode-se dizer que a negação a salvou de si mesma na noite passada, se não de outra noite agitada. As olheiras sob seus olhos atestavam o fato.

E então havia um fato separado, mas relacionado, que a atormentou noite adentro: além do que eles tinham feito, e *não feito*, em seu estúdio, o que o maldito homem estava fazendo lá em primeiro lugar?

Lucy entrou na sala em uma onda de energia brilhante. "Bom dia, mãe." Ela deu um beijo na bochecha de Olivia e se sentou em seu assento habitual. "A noite passada foi um sucesso estrondoso. Definitivamente a melhor soirée que você deu em anos."

"Oh?" Olivia respondeu. Ela não conseguia concordar com a filha. Ela se lembrava da soirée como um exercício de humilhação.

Um pouco mais do que humilhação, uma vozinha a lembrou. Como se ela precisasse ser lembrada.

"Mãe?"

Uma nota particular e hesitante na voz de Lucy soou o alarme maternal de Olivia. "Qual é o problema?"

"Ontem à noite", Lucy começou e parou.

A tensão se acumulou dentro de Olivia. Seria possível que Lucy a tivesse visto com Lorde St. Alban? "Sim?"

"O primo Hugh confundiu a Srta. Radclyffe com uma criada."

Olívia sentiu um alívio, mesmo com o estômago embrulhado. "Oh, não."

"Nunca me senti tão envergonhada na vida."

"Lulu, não é para você se envergonhar, querida." Olivia pegou a mão da filha e apertou.

"Sinto vergonha por Hugh e pessoas como ele," Lucy disse sua reticência se transformando em paixão a cada palavra que falava. "Tenho vergonha de pertencer a essa classe de pessoas."

"Não é possível controlar as atitudes e os preconceitos dos outros, apenas os seus próprios. Tenho certeza de que a Srta. Radclyffe entende isso. Além disso", continuou Olivia, "qualquer pessoa que já a tenha conhecido sabe que você pertence total e unicamente a si mesma".

O início de um sorriso pairava nos lábios de Lucy, mas Olivia podia ver que o coração da filha não estava nele. Então Lucy olhou para um ponto à esquerda do prato, e o sorriso que havia começado desapareceu. Era outra carta de Percy. Lucy a tirou de vista e começou a passar manteiga na torrada com um pouco de força demais, a faca raspando com determinação e delicadeza a superfície marrom.

O duque entrou na sala, com um assobio nos lábios, e tomou seu lugar habitual em frente à Olivia.

"Bom dia, Vossa Graça", disse Olivia. "Hoje não é segunda-feira? Você não deveria estar tomando café da manhã com Lorde Exeter?"

"Michael precisou mudar nosso café da manhã para amanhã." O sorriso do duque chegou até seus olhos. "Infelizmente, você terá que me aturar esta manhã."

Olivia não conseguiu evitar retribuir o sorriso. "Você é sempre bem-vindo à nossa mesa."

Seis dias por semana, o duque tomava café da manhã com Olivia e Lucy em seu apartamento na ala leste. O sétimo dia era reservado para seu herdeiro e irmão mais velho de Percy, Michael, o Marquês de Exeter, e sua família cada vez maior na ala oeste, que eles gradualmente assumiram. Na última contagem, havia cinco meninos, o mais velho dos quais era Hugh, o segundo na linha de sucessão ao ducado, atrás do pai. Era uma mesa barulhenta na ala oeste, que nem mesmo Lucy, em seu momento mais precoce, conseguia igualar.

Normalmente, Olivia gostava de começar o dia em frente ao duque e Lucy, mas não hoje. Hoje, ela se sentiria mais à vontade quebrando o jejum em um buraco no chão.

"Ainda lendo bobagens, pelo que vejo." O duque pegou seu *Morning Chronicle* sério e balançou as sobrancelhas.

Olivia levantou seu exemplar do *London Diary* um pouco mais alto. "De vez em quando, todo mundo precisa de um pouco de bobagem em suas vidas, Vossa Graça."

"Não de acordo com a Srta. Scace," Lucy interrompeu, sua boca abarrotada de geleia de morango e torrada.

Olivia ficou aliviada ao ver sua filha um pouco recuperada e animada como sempre. O mundo pode ser um lugar tão sujo e feio.

"A Srta. Scace diz", Lucy continuou, imitando a sensata Srta. Scace com a boca cheia de torrada, "que cada pedaço de bobagem que colocamos no cérebro força a saída de dez pedaços de bom senso." Ela engoliu sua torrada com um gole de chá. "Ou algo assim."

Olivia reprimiu o impulso de rir abertamente de sua filha impertinente. "Tenho certeza de que ela está absolutamente correta, mas, às vezes, gosto de fazer uma pequena besteira com minha bebida matinal. Agora, coma, Lulu, você sairá em cinco minutos."

"Oh, mamãe, faça dez", Lucy choramingou, segurando um livro, "*preciso* terminar este capítulo antes da escola, ou vou morrer de ansiedade. Drummond vai entender. Ele sempre entende."

"E o que a venerável Srta. Scace tem a dizer sobre essa bobagem que você está lendo?" perguntou o duque, com os olhos brilhando de bom humor.

"Isso?" Ela levantou *O Castelo de Otranto* [1], de Walpole. Olivia também era fascinada por esse romance na idade de Lucy. "Ela diz que é do pior tipo, infelizmente. Um romance gótico." Lucy estremeceu dramaticamente e enfiou o resto da torrada na boca antes de abrir o livro e ficar instantaneamente absorta.

O duque balançou a cabeça em silenciosa indulgência e voltou sua atenção para o jornal da manhã. Olivia reprimiu uma pontada de culpa antes que ela viesse à tona. Ao contrário da crença de Lorde St. Alban, ela não estava agindo pelas costas do duque para garantir sua casa. Ela estava exercendo seu direito de perseguir seu futuro de forma independente. Ela não esperava

---

1. O Castelo de Otranto é um romance de 1764 escrito por Horace Walpole. É o primeiro romance da literatura gótica, tendo inspirado muitos autores posteriores, como Daphne du Maurier e Stephen King

que um visconde entendesse o que ele tomava como certo todos os dias de sua vida privilegiada e masculina.

Falando em Lorde St. Alban...

Seu pulso acelerou. Era inteiramente possível que ele pudesse entrar naquela sala a qualquer momento. Como protegido do duque, é claro. Não como seu...

Um beijo não o tornou *isso*.

Não importava o que ele poderia ter sido se a Sra. Landry não tivesse feito o trabalho de Deus e os interrompido.

A negação veio de muitas formas.

Olivia sufocou o gemido humilhado que queria liberação. Como ela iria encará-lo novamente? O quanto ela queria sua própria casa? O quanto ela queria sua independência?

Ela poderia suportar a vergonha de encará-lo novamente. O que ela não suportaria por uma vida dependente de ninguém para seu bem-estar e felicidade?

Por que seu objetivo não soou tão verdadeiro hoje quanto ontem?

"Mãe?" Uma Lucy interrogativa estava ao lado de Olivia. "Eu disse que estou indo embora agora."

"Oh, sim, querida. Amo você", ela respondeu às costas recuadas de Lucy. Isso a deixou sozinha com o duque. Ela tirou as camadas amanteigadas do croissant até que não passasse de uma bagunça escamosa no prato. "Lorde St. Alban vai se juntar a nós esta manhã?" A pergunta não tinha sido tão indiferente quanto ela esperava.

O duque olhou para ela por cima do jornal. "Ele enviou um bilhete esta manhã dizendo que tinha outros assuntos para resolver."

"Ah", ela respondeu.

"Na verdade", o duque continuou, com o olhar fixo no jornal, "eu ficaria chocado se ele voltasse. Pelo menos, para que eu continue a ser seu mentor. Outros motivos podem trazê-lo de volta."

Seu coração deu um chute forte. "Não consigo imaginar."

"Não?" o duque respondeu, mas permaneceu em silêncio, deixando-a a vontade.

Tinha ido longe demais, e agora o duque sentia algo entre ela e Lorde St. Alban. Ela precisava encontrar uma maneira de acabar com o que quer que fosse, mas como? Ela estava sendo arrastada por uma força completamente fora de seu controle e além de sua experiência: seu desejo.

Ela precisava ficar sozinha. Ela se afastou da mesa e se levantou. "Estarei no meu estúdio se precisar de mim."

Seus pés a carregaram pelo labirinto de corredores que levavam ao seu estúdio. Mas quanto mais perto ela chegava de seu destino, mais pesados, seus pés se tornavam. Ela não estaria sozinha em seu estúdio, não realmente, pois ele havia assumido o controle. De mais de uma maneira depois da noite passada. Mesmo na privacidade de seus apartamentos, seu rosto queimava.

O que ela precisava era de um descanso restaurador. Não é de se admirar que ela estivesse ansiosa. Ela não tinha dormido bem a semana toda. Bem, ela remediaria esse déficit imediatamente. Em vez de apontar para a direita em direção ao seu estúdio, seus pés foram para a esquerda e não pararam até que ela chegasse à cama.

Ela não havia evitado seu estúdio — e a evidência de sua negação — de forma alguma.

O SONHO não vinha a ela há anos.

Era a noite do baile de apresentação de Olivia e Mariana. Olivia nunca tinha visto o salão de baile de seus pais iluminado tão magnificamente: a luz lançando halos sobre as centenas de convidados, e sobre os criados também; bolhas de champanhe efervescendo seu caminho até taças de cristal em uma pequena dança brilhante; e os lustres eram brilhantes demais para palavras. Eles cintilavam. Eles recebiam a luz e a lançavam de um milhão de pequenas maneiras.

No topo da grande escadaria, ela olhou para o salão de baile lotado, nervos excitáveis batendo em seu corpo. Essa grande multidão de pessoas estava lá por *ela*. Ela passou as pontas dos dedos no broche de diamante preso logo abaixo de seu ombro. Centenas de safiras de tamanhos e formas variadas engastadas em platina formavam um botão de rosa fechado perfeito, uma pétala espreitando aberta, à beira de florescer completamente. A mãe e o pai deram a Mariana um broche quase idêntico, o dela em rubis e ouro.

A mão firme da mãe apertou seu ombro. "Você está pronta, querida?"

Ela assentiu. Ela estava cheia de luz e vida demais para falar, para fazer qualquer coisa além de brilhar e sorrir.

A orquestra começou outra valsa. Ela e Mariana pediram que nenhuma música além de valsas fosse tocada esta noite, e seus pais atenderam ao pedido um tanto escandaloso. A noite foi perfeita.

Quase.

Mas pela única pessoa que ela rezou para estar aqui...

"Olivia!" gritou Mariana, subindo correndo a escada, com as bochechas coradas. "Ele está aqui!"

Uma onda de expectativa percorreu as veias de Olivia, aquecendo seu corpo e mente. *Ele* era o garoto, o jovem, que elas tinham visto em Rotten Row, não uma, mas três vezes essa semana. Pequenas conversas aqui e ali revelaram que ele era o filho mais novo do Duque de Arundel, vindo de Cambridge.

A mera visão dele fez com que seu coração perdesse todas as outras batidas. Como seria estar perto dele? Será que seus olhos castanhos escuros eram tão profundos e cheios de alma de perto quanto eram de longe? Ela queria estar perto dele e muito, muito longe dele ao mesmo tempo.

Seu olhar percorreu o topo das cabeças até que ela também o avistou, rindo e brincando com um grupo de amigos reunidos em um círculo. Ela nunca o tinha visto sem um sorriso nos olhos ou uma risada pronta nos lábios. Era possível que ela tivesse luz suficiente dentro dela para iluminar toda esta sala, toda Londres.

Ela deu um passo à frente em sua direção e uma mão firme apertou seu ombro. Uma voz vagamente familiar sussurrou em seu ouvido. "Você não precisa ter tanta pressa."

Mas quando ela se virou para a voz, não viu ninguém lá. Sem mais um segundo de hesitação, ela pegou o braço de Mariana no seu, e as duas voaram pelo chão do salão de baile.

Foi aqui, neste ponto do sonho, que uma Olivia mais velha começou a observar a mais jovem do outro lado da sala. A jovem Olivia olhou diretamente para ela. Ela sempre fez isso, nunca enxergava seu eu mais velho.

Claro, seu eu mais jovem nunca viu ou ouviu nada que se desviasse de seus próprios desejos e vontades. Uma garota tão voluntariosa. Uma garota que nunca conheceu problemas, portanto não podia antecipar nenhum.

Enquanto a Jovem Olivia e Mariana flutuavam em direção ao grupo de Percy, ela falou novamente: "Dance com alguns outros primeiro."

Não adiantou. Olivia observou a Jovem Olivia ousar se apresentar a Lorde Percival Bretagne sob o olhar crítico da *alta sociedade*. Uma garota voluntariosa, espirituosa e até temerária. O olhar crítico da *alta sociedade* logo se tornou adorador enquanto observavam a Jovem Olivia e Percy se apaixonarem instantaneamente e loucamente. Uma união por amor genuína, um testamento ao amor verdadeiro dentro de suas fileiras... O tipo de amor que havia escapado a tantos. Dentro de uma hora, eles seriam os Namorados da Temporada.

Uma onda de melancolia a invadiu. Ela gostaria de acordar agora. Esse sonho sempre terminava do mesmo jeito.

No instante seguinte, seu corpo se mexeu no sono, e uma profusão de sensações conflitantes — quente, fria, ressecada, úmida — a invadiu. Era a emoção da antecipação, e ela se dirigiu a um ponto específico de seu corpo: o ápice de suas coxas. Suas pernas chutaram os lençóis para longe de seu corpo, muito quentes, muito sensíveis. Isso era novo no sonho.

Então ela sentiu. Uma presença, sensual e exigente, pairando atrás dela. Ela não precisava vê-lo. Ela o *conhecia.* Ela deveria sentir vergonha, mas não sentia. Ela sentiu um prazer descarado com a perversidade de vivenciá-lo na frente de toda a *alta sociedade*. Não que eles a vissem. Eles só tinham olhos para a jovem Olivia, sua querida.

Uma mão linda e capaz serpenteou ao redor de sua cintura e a puxou para trás, deixando-a sem escolha a não ser derreter-se em seu corpo duro e implacável. A respiração dele traçou uma trilha quente pela nuca dela, a boca dele provocando, mas nunca tocando, liberando arrepios por toda a extensão de seu corpo. Ela estava a uma expiração da loucura, desejando apenas que os lábios dele tocassem sua pele.

Como ele podia estar tão perto, mas tão longe de seu alcance? Frustração, demanda, necessidade, tudo isso pulsava dentro dela, clamando por liberação. Será que ele nunca lhe daria o que ela precisava?

Por fim, seus lábios encontraram a nuca dela, e suas mãos apertaram sua cintura antes de subirem até seus seios, segurando-os, suas pontas dos dedos pegando seus mamilos entre eles, apertando-os através do tecido de seu vestido. Sua cabeça arqueou para trás em abandono irracional.

Através de uma névoa, filtrada pela luxúria e fome, ela

observou seu eu mais jovem aceitar o braço de Percy enquanto ele a conduzia para a pista de dança.

Então, a boca *dele* encontrou *sua* orelha, e ela ficou perdida, completamente perdida. O rapaz do outro lado da sala nunca a havia feito se sentir assim. Mas, então, ele e a jovem Olivia nunca foram capazes desse nível de sensualidade.

A distância entre eles e ela e *ele* se estendia além do espaço de um salão de baile a uma distância de cem milhas. De repente, Percy e a Jovem Olivia estavam vestidos para o dia do seu casamento. Ela queria gritar, avisar a seu eu mais jovem de que aquele sentimento extraordinário e único logo começaria a se dissolver, momento a momento, dia após dia.

Em seguida *ele* puxou o tecido das saias, chamou a atenção dela para ele, para assuntos mais urgentes, e começou a levantar o tecido, dobra sobre dobra, até que seus tornozelos... Suas panturrilhas... Suas coxas... Seu *monte púbico* estivessem expostos. Ele não operava pela visão, mas por uma perícia movida pelo instinto e pela demanda, seus dedos lindos e capazes percorrendo os quadris dela, marcando-a com seu toque, localizando um botão, tenso, molhado, desejoso, orgástico...

Um gemido alto irrompeu de sua garganta, e seus olhos se abriram...

Para se encontrar sozinha em seu quarto, lençóis enrolados em seus tornozelos, vestido matinal emaranhado acima de sua cintura, mão apertada entre suas coxas.

Ela jogou os braços acima de sua cabeça e soltou um gemido de insatisfação e negação. Ela tinha feito uma bagunça em seus lençóis.

Uma bagunça perfeita e pequena.

De repente, a clareza se iluminou sobre ela.

Seus sentimentos por Lorde St. Alban não tinham nada a ver com amor ou matrimônio. Eles não interferiam em seus objetivos ou intenções. Isso era desejo — puro, simples, vivo... *Implacável.*

Ela tirou as pernas da cama e se levantou em uma onda de alívio e determinação. Ela precisava correr o risco. Poderia ser sua única chance de livrar seu sistema dele.

A negação não estava funcionando. Havia chegado a hora de ela tentar a abordagem oposta.

Antes que esse dia acabasse, ela faria outra bagunça perfeita e pequena.

14

J ake afundou seu corpo machucado e maltratado no banho de sal fumegante e exalou um gemido que era tanto de exaustão quanto de profunda satisfação. Como era possível que ele tivesse passado tanto tempo em Londres antes de descobrir o salão de boxe do Gentleman Jackson [1]?

Havia algo inegável e purificador em pisar no ringue, olhar outro homem nos olhos e concordar tacitamente em fazer o pior um para o outro. Isso unia os homens em uma irmandade em um nível elementar.

E era precisamente a liberação de que ele precisava depois da noite passada. Ele havia enviado suas desculpas ao duque esta manhã e sucumbido à brutalidade irracional do ringue. Qualquer coisa para limpar sua cabeça *dela*, e funcionou. Por um tempo. Até que ele colocou os pés fora do ringue novamente.

Ele inalou uma profunda lufada de ar quente e úmido. Lá estava ela em seu estúdio, o peito subindo e descendo em pequenas rajadas de ar, os olhos arregalados e indagadores. Ele

---

1. John (Gentleman) Jackson foi campeão de boxe sem luvas da Inglaterra em 1795 e se aposentou para abrir um clube de boxe em Londres.

tinha apenas alguns segundos antes que as perguntas dela mudassem de gerais para específicas. Um segundo depois disso, ela exigiria respostas sérias. Respostas que ele não estava preparado para dar.

Com um único segundo para decidir seu curso, ele deu um passo, depois outro, uma maneira de silenciá-la se solidificando a cada centímetro que avançava. Um simples beijo seria o suficiente.

Ele gemeu e afundou mais fundo na água, mesmo quando uma carga, específica dela, se espalhou de suas entranhas para seus lombos. Seu pênis ficou mais grosso, e ele se abaixou para testá-lo. Não havia nada de simples naquele beijo. Seus olhos se fecharam, e a visão dela, a sensação dela, e ele apertou seu pênis, seu corpo buscando outro tipo de liberação.

O murmúrio baixo de vozes no corredor chamou sua atenção. Ele congelou e escutou seus dedos se abrindo. A frustração o invadiu. Será que ele nunca teria permissão para se libertar?

As vozes não ressoavam mais alto do que um zumbido suave, mas ele discerniu uma insistência no tom delas, a entonação profunda e triste de Payne em desacordo com uma distintamente feminina. Uma qualidade obstinada imbuiu a interação, substituindo a frustração pela curiosidade. A porta de sua sala de estar particular girou nas dobradiças e abriu sem bater. O que estava acontecendo?

Ele apoiou as mãos em ambos os lados da banheira e saiu de seu abraço abafado para investigar a situação. Seus dedos encontraram uma toalha e enrolaram o pano macio em volta de seus quadris, gotas de água escorrendo por seu peito exposto e seu pênis parcialmente excitado.

Um surpreso "Oh!" ecoou na outra sala, e um longo silêncio se seguiu, que na realidade não poderia ter durado mais do que alguns segundos.

No entanto, aquela única sílaba foi o suficiente para dar vida à sua pele nua. Ele conhecia aquela voz. Mesmo por uma única sílaba. Seus ouvidos se esforçaram para obter mais, para certeza.

"Este é o quarto do visconde?" A voz dela, embora definitivamente fosse dela, soava diferente, como se houvesse um problema.

"Minha senhora, isso é muito irregular. Se você puder, por favor—"

"*Por favor*, espere aqui por Sua Senhoria."

Sem demora, ele caminhou pelo banheiro molhado sobre tatames e parou na porta de correr de papel de arroz que separava seu quarto de sua sala de estar privada. Ele colocou as mãos nas maçanetas e hesitou por um breve momento. Um momento de autopreservação, talvez. Afinal, ela estava aqui, em seus aposentos privados. Nada de bom poderia resultar disso.

Sua mandíbula se apertou em decisão. Ele era o mestre desses aposentos.

A porta deslizou para abrir em trilhos silenciosos. Emoldurada pela porta retangular, Payne estava de frente para Lady Olivia, sua determinação evidente na postura de seus ombros e na rigidez de seu corpo, geralmente esbelto. Ela não exalava nenhum cheiro de belicosidade, apenas a garantia silenciosa de que conseguiria o que queria.

"Payne", Jake disse, provocando olhares assustados dos adversários. "Isso é tudo."

"Meu senhor, eu tentei —" Payne começou apressadamente.

Jake captou o olhar de Lady Olivia, a dúvida destruindo a segurança que ele ouvira em sua voz segundos atrás. "E feche a porta atrás de você."

"Sim, meu senhor."

Jake levantou a sobrancelha e questionou Lady Olivia com o olhar. A mandíbula dela se fechou, e seus lábios se contraíram em uma linha reta, como se cada músculo em seu rosto estivesse empenhado em manter as palavras trancadas. Como se o fluxo delas fosse lhe custar muito caro. Depois da noite passada, ele não tinha certeza do que esperar dela, mas não era isso, encontrá-la invadindo seus aposentos privados.

Claro, ele entrou nos aposentos privados dela sem ser convidado. Talvez ele devesse ter esperado um contra-ataque desse tipo.

"Posso perguntar por que você está aqui?" ele perguntou por fim, convencido de que eles ficariam envolvidos nessa disputa de se encarar o dia todo se ele não abordasse o assunto.

Ele se abaixou para prender o nó em sua cintura, e o olhar dela seguiu o movimento. Um segundo depois, ela pareceu se recompor, olhos azuis arregalados se assustando para encontrar os dele novamente.

"Eu, uh—" ela começou. Ele a observou lutar para manter o olhar firme no dele, resistindo à atração de roubar vislumbres de seu torso nu. "Eu tenho algo que quero te dizer."

Suas palavras saíram entrecortadas, a frase desconexa. Como se sua mente estivesse vagando em mil direções. Ela não estava agindo como ela mesma, sua compostura fria parecia falhar. Ele gostava bastante dessa Lady Olivia.

"Olivia", ele começou, aproveitando esse momento instável para arriscar e ganhar, "tenho permissão para chamá-la de Olivia?"

Suas sobrancelhas se uniram em questionamento, mesmo enquanto ela assentia com a cabeça em concordância com a familiaridade.

"Na minha experiência com você", ele continuou, uma onda de satisfação alimentando sua resposta, "essas palavras podem nos levar a qualquer lugar."

Olivia se virou e fingiu dar uma olhada no ambiente ao seu redor.

De alguma forma, o momento havia escapado dela, e a lógica e a bravata que a haviam impulsionado já começavam a lhe faltar. Como ela poderia dizer o que tinha vindo dizer com ele parado em sua linha de visão, vestindo quase nada?

Muito perturbador eram os músculos tensos de seus braços e estômago, ondulando sob uma pele surpreendentemente bronzeada. Muito perturbador eram os finos pelos dourados espalhados por seu peito que se estreitavam em uma linha fina abaixo do umbigo enquanto desciam cada vez mais para seu destino inevitável sob sua toalha.

Uma mulher não conseguia pensar com tanta carne à mostra.

E não era sobre a quantidade, também. Esta era carne da melhor qualidade, mesmo que estivesse coberta com uma dispersão de hematomas recém-surgidos. O que este homem fazia com seu tempo?

De costas para ele, ela se concentrou no que primeiro chamou sua atenção quando entrou no quarto: o quarto em si. Ela nunca tinha visto um como aquele.

Apesar da grande quantidade de madeira, a atmosfera era iluminada. Uma grade de bordo simples, cor de caramelo, contornava o teto e as paredes, que, por sua vez, eram preenchidas com papel de arroz em branco. No centro da sala havia uma mesa de mogno afundada e quatro cadeiras sem pernas.

A sala se reunia de uma forma que sugeria ar livre. Podia-se respirar nesta sala, tão escassa e distinta era sua mobília. A cada respiração, uma medida de tensão se dissipava.

Era tudo tão absoluto, simples e totalmente belo. E tudo era tão total, simples e completamente *estrangeiro*.

Até aquele momento, ela não havia considerado o quanto Lorde St. Alban era diferente da sociedade, *dela*. Ele se assemelhava tanto ao visconde ideal e privilegiado que era possível esquecer. Mas quem ele era realmente?

Um homem completamente diferente, ela suspeitava. Um que a intrigava demais. Esse quarto, e ele nele, não estavam ajudando seu problema com Lorde St. Alban.

"Você importou esta sala inteira do Japão?"

"Praticamente."

Seus olhos se arregalaram para inspecionar o trabalho de madeira em treliça no teto. "Eu nunca vi nada parecido."

"Nem mesmo no estúdio do misterioso Jiro?"

O misterioso Jiro. As palavras a atingiram em um ângulo errado. Ou melhor, foi a maneira como ele flexionou as palavras. Algo que seus ouvidos captaram e que ela não conseguiu identificar. E se virar para ver a expressão no rosto dele não ajudaria em nada. Ela ficaria completamente surda ao vê-lo.

"Há algo que você queira saber sobre Jiro?" ela perguntou. "A Srta. Radclyffe precisa de um mestre em arte?"

Um segundo, e depois outro se passou, um silêncio retumbante enchendo o ar. Ela começou a se perguntar se ele responderia quando ele disse: "Não, a Srta. Radclyffe não precisa de um mestre em arte. Isso é um *tansu.*"

Olivia começou a passar as pontas dos dedos pela intrincada ferragem de um baú. "Adorável."

"É um baú de armazenamento usado pelos japoneses."

Ela se virou um pouco para ele e quase não percebeu seu peito nu. Ou os hematomas espalhados aleatoriamente por sua superfície. Quase. "É ousado, mas refinado também."

"A ousadia pode ser encontrada até mesmo nos objetos mais refinados", ele disse. "Inesperadamente, às vezes."

Mais uma vez, ela se afastou dele, incapaz de sustentar seu olhar quando ele falou de uma maneira tão sugestiva. No entanto, ele não estava fazendo parte do plano dela? Ela não tinha vindo aqui para ser ousada?

Sua coragem, ou melhor, sua imprudência, foi falhando a cada momento, seu plano se tornando impossível, um constrangimento, verdade seja dita. *Ousada demais.*

Ela limpou a garganta e se concentrou no *tansu.* Ela precisava sair daquela sala, agora, mas seus pés pareciam atolados em areia movediça.

"Existem *tansu* para todos os usos." Sua voz soou mais distante agora. Ele havia recuado para a porta de correr? Ela não tinha certeza se estava aliviada ou desapontada. "Armazenamento de roupas e alimentos, dinheiro, roupas de cama, até mesmo boticários os usam. Todo navio que faz comércio no Pacífico carrega um a bordo para guardar objetos de valor e como uma espécie de símbolo de status para fins comerciais. Eles são chamados de *Funa-dansu*, o mais ornamentado dos *tansu*."

Seu olhar encontrou o dele por cima do ombro, e seu corpo o seguiu. Quase não importava que este homem, a quem ela beijou com uma paixão que lembrava uma experiência mística, estivesse a não mais de cinco metros de distância, quase completamente nu.

Quase.

"Você carregava um *funa-dansu* em seu navio?" ela perguntou, embora não devesse. Ela tinha uma curiosidade insaciável sobre esse homem.

"Eu carregava."

"Ele ficou no navio?"

"Está no outro quarto."

"O outro quarto?" O significado a alcançou. "Seu quarto?"

Ele assentiu uma vez, uma afirmação curta.

"Seu quarto é igual a este quarto?"

"Muito parecido, sim."

Ela poderia ter deixado por isso mesmo. Mas ela não queria. Uma proximidade com ele que ela não conseguia explicar a invadiu. Este quarto não era apenas um mundo à parte, era o mundo dentro dele, e ela saberia mais sobre ele. O sentimento transcendia a simples curiosidade. Ela se sentia à beira de algo novo. Ela se sentia à beira de conhecer a própria essência do homem.

"Posso ver?"

O coração dela bateu forte em seu peito. Ele não precisava dizer sim. Afinal, seu pedido estava bem fora dos limites da sociedade. Mas o que a sociedade tinha a ver com ela e Lorde St. Alban?

"Certamente, minha senhora", ele disse, seu tom formal, ou tão formal quanto um homem vestido com uma toalha de banho poderia conseguir. Ele conseguiu muito bem, na verdade. "Mas você terá que me dar licença enquanto eu me visto com algo com um pouco mais de... tecido."

<hr>

Jake girou sobre os calcanhares e atravessou a porta aberta, indo direto para seu quarto de vestir. Ele tinha acabado de conduzir uma conversa inteira sobre baús de utilidades japoneses revestidos com nada além de uma tira de algodão. Ele nunca tinha corado um dia em sua vida, mas se o calor que inundava seu corpo da cabeça aos pés era algum indicador, ele estava agora.

O que ele estava pensando? Permitindo que aquela mulher tivesse acesso ao seu quarto?

Ele arrancou a toalha, pegou o primeiro par de calças à mão e as puxou para cima de suas pernas. Em seguida, ele colocou os braços por uma camisa branca de linho e sobre sua cabeça. Ele pularia a gravata, não havia tempo para nós intrincados, pois precisava retornar para sua *convidada*.

Mas a verdadeira questão era esta: o que Lady Olivia Montfort — Olivia — estava fazendo em seus aposentos privados? Ele não deveria deixá-la fugir da pergunta novamente.

No momento em que ele abriu a porta do quarto de vestir, a pergunta fugiu para as Hébridas Exteriores. Palavras conectivas se recusaram a unir as imagens: Quarto. Cama. Chão. Mãos. Joelhos.

Olivia. A própria beleza que certamente o levaria à ruína.

Ao ver o traseiro dela virado para cima, um instinto —

instinto certamente passado de gerações de ancestrais senhores da guerra medievais — de passar as saias dela pelas costas e tomá-la ali mesmo, o invadiu em uma onda de sede não saciada. O que diabos a mulher estava tentando fazer? Sua ruína?

Ele limpou a garganta e, ao fazê-lo, esperava clarear sua mente. Não funcionou. Ele precisava dizer alguma coisa. "Você deixou cair sua bolsa?"

Um riso sincero flutuou no ar, tilintante e alegre, em total desacordo com a semente escura de luxúria que brotava dentro dele. Quando ela se sentou sobre os calcanhares e se virou para responder, o prazer iluminou todo o seu ser, e outra camada do desejo dele se revelou.

"Eu não trouxe uma bolsa comigo."

Sua mente conjurou aquela palavra novamente. Aquela que descrevia o que ele mais gostava nela quando ela permitia.

Livre.

Um cavalheiro não se permitia pensar de maneira tão vil sobre uma dama. O cavalheiro e o senhor da guerra medieval lutavam pelo domínio.

Ela seria libertada, e ele seria desamarrado.

"Eu estava investigando como sua cama é construída. Nunca vi nada parecido", ela disse, alheia à luta travada dentro dele. "Não tenho muita experiência com camas além da minha." Outra risada melódica soou.

O bom humor dela o contagiou, e ele sentiu um sorriso se abrir, mesmo que sua teimosa fome medieval não tivesse diminuído nem um pouco. "É chamada de cama de plataforma. Você as vê nos países escandinavos."

"De cima, parece estar flutuando." O sorriso dela se tornou tímido e charmoso. "Eu tinha que ver se um feitiço havia sido lançado sobre ela."

Ela se levantou, e ele se sentou do outro lado da cama. Oh, como ele gostava da aparência dela naquele momento: chapéu torto; bochechas coradas; sorriso desavisado, sem frescura, curvando os lábios em arco de Cupido. Lábios totalmente beijáveis, ele havia aprendido com a experiência recente. Lábios que ele gostaria de provar novamente. A cama não era a única entidade no quarto que tinha um feitiço lançado sobre ela.

"Embora eu goste da simplicidade do quarto japonês, ele consiste em pouco mais do que um futon espalhado no chão", ele explicou. Por alguma razão, certamente autodestrutiva, ele queria que ela o entendesse. "O marinheiro experiente e sábio que existe em mim, prefere dormir acima do solo."

"Eu dificilmente descreveria você como *sábio*, Lorde St. Alban."

"Jake," ele interrompeu. Ele queria ouvir seu nome, seu nome verdadeiro, nos lábios dela.

"Jake," ela repetiu suavemente. Seu sorriso assumiu uma qualidade de conhecimento. "Não há uma mulher em Londres que descreveria você dessa forma."

Se eles estivessem cercados pelo brilho e pompa de um salão de baile, e ela tivesse falado essas palavras para ele, com aquele sorriso particular levantando os cantos dos lábios, ele teria jurado que ela estava flertando com ele. Mas, dada a história deles, ele não tinha certeza do que fazer com as palavras dela. Apenas isso: elas faziam com que seu interior se sentisse tão leve e variável quanto uma folha de outono solta aos quatro ventos em um dia tempestuoso.

Ele tentou ignorar o sentimento. "Esta cama é uma solução para esse problema."

Uma risada perversa escapou de Lady Olivia... *Olivia.* "E que problema é esse? Que muitas mulheres acham você irresistível? Eu conheço mulheres, meu senhor, e sou da opinião de que sua cama pode apenas agravar o problema."

"Ela é perfeita", ele respondeu, com a voz rouca e fora de seu controle, "para o meu desejo particular de dormir em um nível elevado, minha senhora."

O que ele realmente queria dizer era: *E você, Olivia? Posso contar com você entre essas mulheres que me acham irresistível? Será que minha cama pode agravar esse problema para você?*

Ela se concentrou em um ponto além do ombro dele e engasgou. "Oh, é adorável. Tão complexa, mas sutil."

Ela avistou o *funa-dansu,* e ele ficou encantado, completa e irrevogavelmente, por ela.

Sem considerar a relação de seus corpos um com o outro, ela se moveu entre o lugar dele na cama e o *funa-dansu* para passar as pontas dos dedos em seu intrincado padrão geométrico de ferro sobreposto à madeira lisa de *Keyaki* [2]. Buscando uma visão mais ampla da peça, ela recuou lentamente até que suas saias roçaram nos joelhos dele.

Ela presumiu que estava pressionada contra a cama. Ele sabia disso. Assim como sabia que precisava se livrar dessa situação. Ele deixou as coisas progredirem demais. Estabelecido em um curso de ação direto, ele se levantou, tentando deslizar para fora do caminho dela antes que ela percebesse seu erro. Era o que um cavalheiro faria.

O ponto se tornou discutível quando sua coluna se enrijeceu e seu corpo ficou totalmente reto, realizando nada mais, ou menos, do que pressionar-se totalmente contra a frente do corpo dele. Era inteiramente possível que ela sentisse o contorno de sua ereção teimosa através de suas saias de musselina.

Ele se manteve imóvel e aguardou sua direção. Mas não havia dúvidas em sua mente de como isso terminaria. O senhor da guerra medieval havia vencido a batalha.

Ele só esperou que ela percebesse também.

---

2. Keyaki é a palavra japonesa para a madeira da árvore Zelkova serrata. A madeira é altamente valorizada pelos marceneiros japoneses por sua bela textura e é usada para moldar itens tão pequenos quanto tigelas até grandes peças de mobília.

15

P equenas ondas elétricas de choque percorreram Olivia, com a súbita luxúria lambendo rapidamente seu rastro.

No instante em que ela pisou nesses cômodos, encontrando Lorde St. Alban envolto em nada além de um pedaço de algodão, ela soube como esse dia terminaria. Afinal, não era para *isso* que ela tinha vindo?

Só que ela não esperava que fosse tão imediato, tão real, mas tão fantástico. Como se ela tivesse recebido permissão para confundir a realidade com o sonho dessa manhã.

Ela fechou os olhos e afundou em seu corpo longo e duro com toda a resistência de uma flor silvestre balançando ao ritmo incerto de uma brisa de verão. Os dedos dela se estenderam por cima do ombro, procurando a nuca dele, atraindo os lábios dele para a curva do pescoço dela, para o ponto exato em que os lábios fantasmagóricos dele a haviam tocado nesta manhã, em seu sonho. Uma exalação de sua respiração quente deslizou por sua pele, e seus mamilos se apertaram em botões duros de antecipação.

Seus lábios nunca a tocariam?

Um gemido suave vibrou em seu ouvido e, finalmente, seus lábios encontraram seu pescoço enquanto suas mãos alcançavam sua cintura, seu cheiro a intoxicando com seu toque de exótico e desconhecido. Ela estava irrevogavelmente perdida no feitiço desse quarto. *E desse homem.*

Não era o suficiente senti-lo; ela queria vê-lo. Seus lábios ansiavam por fazer contato com os dele. Ela encontrou as mãos dele e afrouxou seu aperto o suficiente para que ela se virasse em seus braços. De frente para ele, ela enfrentou o momento, inalou e encontrou seus olhos.

Ela não precisava de confirmação do desejo dele. *Ele* estava pressionado contra ela. Ela precisava saber que não era a única perdida nessa insanidade entre eles.

Ele estendeu a mão e colocou uma mecha de cabelo atrás da orelha dela, o gesto íntimo e terno. O tipo de gesto que poderia desfazê-la. Ele estava lhe dando tempo.

Tempo para mudar de ideia.

Bem, isso não seria possível.

Ela levantou até as pontas dos pés, e ainda assim seus lábios não alcançaram os dele. Um sorriso, conhecedor e sensual, curvou-se em sua boca. "Isso é loucura."

As palavras sussurraram em seus lábios, a promessa contida nelas causando arrepios e encorajando-a a dizer: "Não é nem de longe louco o suficiente."

Aquele sorriso consciente e sensual se firmou com intenção enquanto a cabeça dele se inclinava para o lado e os cílios dourados desciam para roçar as maçãs do rosto altas e angulosas. Ele pressionou para frente e tocou a língua no "O" virado para cima dos lábios dela, macios, suaves, escorregadios, deliciosos.

Como ela queria recebê-lo. Como ela queria que ele a deixasse recebê-lo.

Por fim, seus lábios tocaram os dela, um toque fugaz e terno. Tão terno que, por um momento, ela se perguntou por um momento se a paixão que havia sentido era apenas seu próprio desejo. Então, da mesma forma que um dique se rompe devido ao excesso de pressão acumulada atrás dele, seu beijo se aprofundou, e seus dedos se apertaram em volta da cintura dela, puxando seu corpo para o longo comprimento do dele, esmagando-a contra ele. Uma sensação inebriante e sem fôlego cresceu dentro dela. Ela se sentiu...

Reivindicada.

O instinto, repentino e animalesco, tomou conta dela quando seus dedos ávidos entraram na camisa dele e roçaram a extensão de sua barriga lisa. Em uma onda de audácia, ela encontrou os cadarços da calça dele e fez um trabalho rápido. A carne quente e rígida encontrou sua mão, e o desejo a invadiu quando ela deslizou os dedos ao longo da coluna aveludada do pênis dele.

Um gemido selvagem e desenfreado irrompeu dele, interrompendo o beijo. Seus cílios se abriram e seu olhar sério a perfurou. "De novo", ele exigiu.

Ela apertou os dedos ao redor dele e novamente o acariciou, para cima e para baixo em seu comprimento. Sem dizer nada, ele juntou as dobras das saias dela, punhado por punhado de linho, o ar fresco acariciando as panturrilhas expostas... As coxas... Sua vulva...

"Você tem ideia de quão requintada é sua fenda doce e molhada?"

Ela engasgou com a vulgaridade de suas palavras. Com a dor que elas provocavam ao longo de sua fenda vulgar e molhada. Ele pressionou para frente, o comprimento quente e insistente dele roçando-a, seus lábios roçando sua orelha. "O que você quer?"

Um batimento cardíaco depois, ela falou a única palavra que poderia impulsioná-los para um reino que ela entendia apenas em seu nível mais rudimentar. *"Isso."*

Ele caiu de joelhos diante dela como se estivesse em adoração, e ela se transformou em um ser criado puramente para a luxúria. Sua língua tocou sua coxa, e um arrepio a percorreu. "Não tenho certeza se minhas pernas podem—"

Ele passou a língua pela pele dela, e ela ofegou, dolorida e vazia, querendo e precisando *de mais*. Ele encontrou seu olhar na extensão trêmula do corpo dela. "Sustentar você?"

Ele estendeu a mão e segurou seu traseiro, preparando-a contra o ataque que ela desejava, toda a sensação em seu corpo concentrada no ponto onde sua língua tocava sua pele. Era tudo e nem de longe o suficiente, enquanto a boca dele subia mais, mais perto, levando-a ao limite de sua tolerância. Seu corpo gritava pelo que ele oferecia e retinha. Sua língua nela, marcando-a com sua marca ardente, era tudo o que importava. Era tudo o que importaria.

Loucura.

Sua língua passou rapidamente por sua vulva, e o mundo como ela conhecia se dobrou sobre si mesmo um milhão de vezes até deixar de existir. Toda a substância sob seus pés, às suas costas, acima de sua cabeça, tornou-se luz, ar, escuridão e vazio de uma só vez, até que só havia ela e ele no centro do universo.

A dor nascente dentro do sexo dela se transformou em um ataque total de terminações nervosas ávidas, enquanto a língua dele a acariciava languidamente, antes de se transformar em tremulações de borboletas focadas inteiramente no único lugar em que ela existia no universo, despojada até a essência de si mesma. "Jake", sua voz gritou em uma nota baixa e primitiva. Ela não reconheceu o som como seu.

Seus dedos se entrelaçaram, então agarraram o cabelo dele, e o corpo dela ficou tenso, suspenso na borda de uma sensação que a provocava, estimulava, desafiava... Apenas fora de alcance... O sexo dela inchando de uma flor apertada até a beira do esplendor.

Tudo o que ela precisava era de *um*... "Oh", ela gemeu.

Dois... "Por favor", ela implorou.

Três... "Mais", ela exigiu.

Um quarto movimento de sua língua talentosa, e suas costas arquearam enquanto seu corpo se despedaçava e ela gritava. O universo se reverteu e se desdobrou, expandindo-se para um infinito que se estendia além de sua imaginação mais selvagem em uma onda de prazer que atingia o pico repetidamente, transformando-a em nada mais do que um monte de terminações nervosas formigantes.

Seu olhar capturou o dela de seu lugar abaixo e o manteve enquanto ele se levantava, músculos tensos flexionando e relaxando sem esforço. Ele inclinou a cabeça para frente, e os olhos dela se fecharam de prazer quando a boca dele encontrou a concha sensível da orelha dela. "Deite-se de costas. Eu a veria melhor."

O desejo aumentou quando ela deu um passo para trás e fez o que lhe foi pedido. As saias se amontoaram acima da cintura, novamente seu olhar encontrou o dele. Ela não sentiu vergonha dessa exposição, os olhos dele, quase pretos de desejo, observando suas pernas nuas, seu sexo nu. Fome por mais dele era tudo o que ela sentia.

Mesmo depois de o universo ter aberto seus segredos para ela, ela queria mais. E era tudo.

"Você rouba meu fôlego", ele disse, sua voz um sussurro áspero.

Uma onda de confiança feminina a animando, ela se ajoelhou diante dele e afrouxou o corpete, encolhendo os ombros até que ele ficasse frouxamente pendurado sobre seus quadris. As pupilas dele dilataram ao vê-la, aumentando ainda mais seu desejo.

Ela se inclinou para frente, colocando os seios em contato com a parte da frente da camisa dele, enquanto suas mãos desciam até chegarem aos fechos abertos da calça dele. Sua masculinidade se esticou em antecipação ao toque dela. "Isso", ela sussurrou enquanto as pontas dos dedos deslizavam por seu membro pulsante, "é o que eu realmente quero."

Seu sexo estremeceu com o desejo, *a necessidade* absoluta, de levá-lo para dentro dela. Impacientemente, ela pressionou seu corpo em contato total com o dele. Não importava que eles estivessem parcialmente vestidos, reduzida como ela estava a essa necessidade de unir seus corpos.

Com uma mão, ela o puxou para frente antes de empurrá-lo de volta para a cama, seu corpo disposto para ela como um banquete. Uma sensação de poder, inebriante e brilhante, a dominou e a guiou. Ela balançou as pernas para montá-lo, posicionando-se acima dele, seus dedos alcançando e circundando seu eixo longo e duro. Um silvo agudo soou por entre os dentes dele, aumentando o desejo dela, seu olhar fixo no dele, a ponta do seu eixo inchado pronta, na abertura do seu sexo. Ela nunca havia se sentido tão vazia na vida.

Foi lenta e deliberadamente que ela se abaixou sobre ele, centímetro por centímetro divino, até que ela segurou o máximo que podia, mas não tudo o que ele tinha a oferecer. Um gemido a invadiu, e seus olhos se fecharam de felicidade hedonista absoluta. Ela poderia ter ficado assim para sempre, deleitando-se com a deliciosa dor do seu corpo esticado até o limite, mas ele tinha outras ideias.

As mãos dele agarraram a cintura dela e começaram a deslizá-la para cima e para baixo em seu comprimento rígido, liberando outra onda de prazer através dela. Oh, o prazer... Era infinito.

Ela se sentia ilimitada.

Um ritmo para o movimento deles se estabeleceu enquanto seus corpos se moviam em desejo unificado. A tensão agora familiar em seu sexo começou a ficar forte, mas desta vez ela sentiu a mesma tensão enrolando seu corpo a cada estocada e impulso. Ela olhou para baixo e encontrou seus olhos penetrantes fechados, suas belas feições assumindo uma qualidade de abandono, inesperada e estranhamente íntima. Isso fez algo em seu interior completamente diferente da ligação descomplicada que ela buscava hoje.

Ela deixou o pensamento voar enquanto fechava os olhos e sentia. *Ele*. Dentro *dela*.

"Não sei quanto tempo mais..." Ele seguiu, segurando seus

seios e apertando seus mamilos enrugados entre as pontas dos dedos. Suas costas arquearam, empurrando seus seios para frente. O desejo bruto em espiral, as mãos dele voltaram para a cintura dela, e o deslizamento fácil se transformou em um impulso exigente.

Uma gota de suor escorreu entre seus seios. Os músculos de seu estômago se contraíram em segmentos duros e definidos quando ele levantou a cabeça para pegar a gota salgada com a língua em um impulso ascendente de seus quadris, sua masculinidade envolta até o fim no sexo dela.

Mais uma vez, ela gritou. Desta vez com mais ferocidade, sua necessidade mútua aumentando. Suas pernas assumiram o ritmo duro e implacável. Sua mão segurou seu traseiro e estabilizou o movimento enquanto a ganância por mais, novamente a dominava.

"É isso", ele disse, suas palavras um staccato murmurado. "Oh, sim."

Novamente, a tensão gloriosa a encontrou, provocou e lambeu até... Até que brincou com ela o suficiente e permitiu sua liberação, seu sexo uma pulsação vibrante ao redor de seu eixo quente e rígido.

Seus dedos alcançaram abaixo do queixo dela e a puxaram, uma demanda silenciosa. Seus olhos se fixaram nos dela, e ela não conseguia desviar o olhar. Mesmo enquanto ele se empurrava dentro dela, o comprimento escorregadio dele deslizando para dentro e para fora — a dor mais requintada... O prazer mais requintado — seu olhar a manteve presa, em seu cativeiro.

Suas mãos agarraram os quadris dela, e ele os virou, invertendo suas posições, com o corpo dele agora sobre o dela. Seus olhos se fecharam enquanto o impulso de seus quadris, o deslizamento de seu pênis aumentava, mais rápido, com mais força.

· · ·

Seu corpo ficou tenso, seu grito ecoou pelo quarto, e a liberação o pegou em seus dentes implacáveis. No último momento, ele saiu dela e deixou sua semente cair na cama antes de desabar ao lado dela, a respiração irregular era o único som no quarto.

Através da névoa de enervação e saciedade veio o pensamento de que ela tinha sido uma tola em vir aqui. Ela não tinha apagado a chama entre eles.

Ela só tinha atiçado mais.

"Ahem," Jake ouviu como se estivesse a uma grande distância.

Seus olhos rangeram abertos para a visão das costas nuas de uma mulher. As costas nuas de *Olivia.*

"Se você, por favor, puder prender meus fechos, eu voltarei para casa."

Ele rolou para o lado e se empurrou para uma posição sentada, sua languidez nebulosa dando lugar a uma sensação semelhante a alarme. Ele não tinha ideia do que esperar dela, mas não era o caso de apresentar as costas e um tom profissional.

Silenciosamente, ele estendeu a mão e fechou o vestido dela, resistindo ao impulso de passar as pontas dos dedos por sua pele, resistindo à compulsão de influenciá-la a perder aquele tom profissional. Negociações recentes lhe mostraram como.

Tarefa concluída, sua mente racional se afirmou. "Por que você veio aos meus aposentos?"

Ela soltou uma risada curta. "Por isso."

"Por isso?"

"Sim, por isso."

Sua boca se fechou em um silêncio exasperado. A mulher se explicaria mais cedo ou mais tarde.

"Eu esperava falar com você hoje para tratar disso." Ela se levantou e foi para o outro lado do quarto, onde um pequeno jardim de pedras não foi afetado pelo pequeno drama deles. "Para eliminar essa tensão entre nós. Para limpar nossos sistemas um do outro. Simples e sem complicação."

"E funcionou?" Não havia ajuda para o tom irritado em sua voz. "A tensão se foi? Nossos sistemas foram *limpos*?" As palavras saíram mais exigentes do que elas tinham o direito de ser, dadas às circunstâncias de seu... *Tête-à-tête*.

Finalmente, ela o encarou. Ela parecia vulnerável, exausta e em total desacordo consigo mesma. "Não é assim que se tem um caso passageiro?"

"Olivia," ele começou, "isso não é a maneira certa de lidar com isso—"

"E você é especialista em como lidar?" Ela olhou feio para o peito machucado dele. "É assim que você está lidando com ser um visconde? Permitindo ser espancado até ficar roxo?"

Ele abriu bem os braços. "Isso não tem nada a ver com ser um visconde. Até onde isso vai, eu me encontro me acomodando no papel." Ele se surpreendeu com essa última parte. Era verdade.

"Então por quê?" ela sussurrou.

"Você não sabe?"

"Talvez."

Essa única palavra confirmou para ele. Ele se permitiu ser espancado até ficar roxo pelo mesmo motivo que ela havia espalhado o rosto dele nas paredes do estúdio.

Era sua libertação...

Dela.

E ambos sabiam disso.

"Está funcionando?"

"Não." Ele fez uma pausa. "E para você?"

"Veremos."

Ele não acreditou nela. Ela também não acreditou. Além disso, ela estava com medo de não ter funcionado. Ele viu o medo em seus olhos.

"Olivia, não precisa ser assim."

"Você deve voltar a me chamar de Lady Olivia. O decoro importa em nosso pequeno mundo."

"Lady Olivia, você já teve um caso passageiro?" O silêncio se estendeu entre eles enquanto ele deslizava para fora da cama e amarrava os cadarços de suas calças. "O que acabamos de compartilhar foi simples e descomplicado?" Descrença soou em sua voz, e ele queria que ela ouvisse. "E nossos sistemas estão limpos um do outro?"

"É claro que você não tem nenhuma obrigação comigo", ela afirmou, sem se deixar intimidar. "Você é livre para buscar uma esposa adequada, e eu sou livre para continuar sendo uma divorciada escandalosa." Ela começou a deslizar os dedos em uma luva cinza de pelica, metodicamente, determinadamente. "Na verdade, poderíamos continuar fazendo isso até —"

Alarmada, ele se sentou para frente. "Isso não vai funcionar."

O olhar dela, frio, impassível, encontrou o dele. Ele podia vê-la se esforçando para colocar distância entre eles. "Você é um homem do mundo. Certamente, como marinheiro, você tinha uma amante em cada porto."

"Para nós, Olivia," ele interrompeu antes que ela pudesse falar outra palavra. "Isso não vai funcionar para nós."

O olhar dela se recusou a encontrar o dele enquanto ela começava a puxar uma luva para a outra mão. No espaço que seu silêncio criou, ele teve a distância para pensar e permitir que a razão se afirmasse. Ele precisava encontrar uma esposa. Continuar com Olivia dessa maneira não era apenas impensável, era pouco cavalheiresco. Ele organizaria um passeio com a Srta. Fox e não iria se esquivar dessa vez.

No limite de sua visão, ele viu que Olivia... *Lady* Olivia tinha ficado imóvel. Ela ficou em uma postura indiferente e expectante, pronta para fugir. "Vou buscar Lucy na escola."

Sem outra palavra, ela saiu do quarto dele, da mansão e da vida dele, pelo que ele sabia, deixando-o mais sozinho do que talvez ele já tivesse estado na vida.

'Uma série de perguntas passou rapidamente por sua mente. O que ele tinha feito? Com Lady Olivia... *Olivia?* Ele tinha acabado de arruinar sua chance de encontrar o ladrão? De encontrar uma esposa? De garantir o futuro de Mina?

Ele saiu correndo da cama, seus pés batendo no chão em direção ao quarto de vestir. Outra luta no ringue do Gentleman Jackson estava em seu futuro muito próximo.

Dentro de uma coisa bela, de fato, poderiam estar às sementes da ruína de alguém. Na verdade, era onde elas provavelmente estariam.

OLIVIA SENTOU-SE NA CARRUAGEM, seus olhos bem fechados, seus pensamentos correndo mais rápido do que ela conseguia captura-los.

Isso não vai funcionar para nós.

Por um momento, ela não conseguiu respirar. *Nós.* Duas entidades separadas, combinadas, uma.

Ela ficou tonta. Por falta de ar, certamente, não por causa daquela palavra, o convite quente e sedutor dela. Aquela palavra não precisava mudar nada. Este encontro foi uma ocorrência puramente física. Ela era a mesma pessoa. Ela ainda tinha os mesmos objetivos. O que estava à espreita entre ela e Lorde St. Alban — *Jake* — estava exposto agora. Eles poderiam ser livres.

Mas, oh, essa sensação que lhe dava nó em suas entranhas não parecia ser de liberdade. Ele queria mais. Ela queria ficar presa a um vício em formação. Ela podia facilmente imaginar um futuro de dependência escravizada daquele homem, do que o corpo dele poderia proporcionar a ela. Esse pensamento fez com que a carne macia de seu sexo inchasse e se preparasse para ele novamente.

Ela reprimiu um gemido de frustração e desejo. Isso deve acabar aqui. Ela deve imaginar um futuro diferente, aquele que ela passou anos cultivando, um de autoconfiança. Nunca mais ela se abriria para a incerteza e imprevisibilidade da dependência de outro para sua felicidade. A dor inevitável da decepção e do abandono era muito profunda. Não valia a pena o prazer.

Seu pulso acelerado falava uma verdade diferente. Ela iria ignorar.

Com os olhos bem fechados, ela lutou pela clareza. Sua mente evocou a imagem de sua coluna de mármore branco. Ao tentar relaxar nela, não conseguiu. Algo estava errado com sua coluna. Normalmente, ela ficava alta e orgulhosa, inatacável. Hoje, ela se inclinava sutilmente para um lado. Não o suficiente para tombar, mas... *Para fora*. Por mais que tentasse, ela não conseguia mantê-la reta.

A carruagem deu um solavanco para parar, e os olhos de Olivia se abriram. Ela havia chegado à escola de Lucy. Antes que ela pudesse se recompor, Lucy pulou para dentro da carruagem, seu eu efervescente de sempre.

"Olá, mãe." Sua filha se inclinou para seu beijo habitual na bochecha. "Uau, você cheira como... como... como o quê?"

"Cravo?"

"Ah, sim, é isso. Como é isso?"

"Eu estava fora de casa."

Lucy aceitou isso e começou a contar seu dia. Assim que Olivia relaxou nos ritmos excitados da voz feminina de sua filha, Lucy disse: "Mãe?"

"Sim?"

"Você sabe quem mais cheira assim?"

Olivia se preparou, seu batimento cardíaco dobrando de ritmo, e balançou a cabeça.

"Srta. Scace."

Sua respiração se soltou.

"Você deve tomar banho imediatamente quando chegarmos a casa. *Imediatamente*."

Olivia olhou pela janela da carruagem para as ruas de Londres que passavam. Começara a chuviscar. "Eu pretendo, Lulu. Vou lavar cada último vestígio."

Mesmo enquanto falava as palavras, ela sabia que eram uma mentira, que um vestígio dele sempre permaneceria.

Ela realmente havia livrado seu sistema de Lorde St. Alban... Jake?

Ou ela havia se preparado para uma vida inteira sabendo exatamente o que estaria perdendo?

16

NO DIA SEGUINTE

"Devo confessar", a Srta. Fox falou no tom particularmente arrogante que caracterizava sua voz, talvez o som incomodasse menos os ouvidos de Jake com o tempo, "fiquei bastante surpresa por ter recebido seu bilhete ontem."

"Ah?" Ele não confessaria que estava bastante surpreso por tê-lo enviado.

Eles encontraram outra poça de lama no caminho, esta muito larga para uma dama atravessar sem ajuda. Ele saltou a distância rasa e estendeu a mão para ela. Ela colocou os dedos nos dele e o encontrou do outro lado com um pequeno e delicado salto. Ela caminhou à frente enquanto ele ajudava sua acompanhante, Srta. Markley, que aceitou sua mão com uma risadinha e um rubor.

Mais uma vez, eles avançaram, Jake e a Srta. Fox de braços dados, Srta. Markley ficando discretamente para trás. "As trilhas não são tão bem cuidadas aqui no Green Park quanto são nos arredores mais elegantes do Hyde Park."

"Minhas desculpas, se eu me enganei ao sugerir este parque para nosso passeio." A moça não tinha medo de falar o que pensava. Ele deveria achar isso revigorante, mas não conseguia.

Cada palavra que ela falava, e a maneira como falava, era sempre de uma forma de crítica.

"Não precisa se desculpar, meu senhor. Entendo perfeitamente por que você sugeriu este parque."

Ele lançou um olhar de soslaio para ela. Suas feições eram compostas e plácidas, mas ele podia ver que ela entendia perfeitamente. Ele havia escolhido este parque nesta hora fora de moda — dez da manhã — pela simples razão de que não queria os olhos curiosos da sociedade o observassem cortejando a Srta. Fox. Se o que ele estava fazendo pudesse ser chamado de cortejar.

Claro, era cortejar. Ele era um solteiro cobiçado, ela uma jovem solteira, e eles estavam caminhando juntos, sua acompanhante os seguindo a uma distância discreta. Isso era cortejar.

Embora ele não tivesse considerado suficientemente todos os passos que seriam necessários para garantir um casamento na sociedade, ele podia ver que havia oficialmente entrado no caminho para encontrar uma madrasta para Mina.

Todos os objetivos que ele havia estabelecido para si mesmo estavam começando a se encaixar. Ele até marcou um encontro com um agente da Bow Street mais tarde hoje para encontrar Jiro. Um artista japonês que mora em Limehouse não deveria ser muito difícil de encontrar. Ele deveria ter lidado com a situação dessa forma desde o início. Era a abordagem mais civilizada e adequada, ele podia ver isso agora.

Em vez disso, ele se envolveu com uma divorciada que a sociedade considerava escandalosa por sua insistência em conduzir sua vida de acordo com seus próprios princípios. E ainda assim, ontem, ele fez mais do que se envolver com ela em seu quarto.

E não havia nada de civilizado nisso.

"Meu senhor, você está bem?"

Sua mandíbula se abriu o suficiente para dizer: "Claro, por que eu não deveria estar?"

"Bem, você estava olhando para aquele pobre esquilo." Ela apontou para o animal, sua cauda se contraindo a meia distância.

"Talvez você estivesse pensando que poderia incinerá-lo com a intensidade do seu olhar?"

"Peço desculpas se causei alarme. Posso garantir que não nutro tal animosidade em relação àquele esquilo."

Um sorriso tenso surgiu nos cantos da boca da Srta. Fox. Ele nunca a tinha visto sorrir de outra forma. Ela já havia sorrido sem reservas em sua vida? Ela já havia olhado para alguém e derramado todo seu ser em um sorriso apenas para essa pessoa?

Um rosto possuidor de tal sorriso apareceu em sua mente.

"Você fez falta no jantar da Duquesa de Dalrymple," disse a Srta. Fox. "Ela deixou claro que estava muito irritada por ter um número ímpar na mesa."

"Eu tinha me comprometido com outro compromisso que representava um conflito." Não seria bom dizer qual compromisso veio primeiro.

"Duas noites atrás..." Os olhos da Srta. Fox se estreitaram. "Essa foi a noite da soirée mensal de Lady Olivia Montfort, não foi?"

"Foi," ele falou lentamente, certo de que estava admitindo sua culpa. A Srta. Fox possuía uma qualidade astuta específica que ele não tinha certeza se gostava. Uma possibilidade lhe ocorreu. "Você é uma amante da arte? Talvez tenha ido a uma das soirées de Lady Olivia?"

A Srta. Fox balançou a cabeça. "Eu nunca fui convidada. Lady Olivia e eu não figuramos com destaque nas esferas sociais uma da outra."

Outra descrição para o sorriso da Srta. Fox veio à mente. *Difícil.*

"Na verdade", continuou a Srta. Fox. "Não tenho certeza se ela está totalmente ciente da minha existência, o que provavelmente é o melhor."

"E por que isso?"

Ela riu, o som metálico e falso, como se tivesse sido forçado a sair dela. "Lady Olivia cultivou uma reputação bastante escandalosa, e não seria bom para uma senhorita solteira, como eu, ser vista em sua companhia."

"Exatamente", Jake disse. Mesmo enquanto seus pés avançavam, ele se obrigou a ficar muito, muito quieto, lutando contra a vontade de dizer à Srta. Fox, educada e calmamente, que três Srtas. Foxes não equivaleriam a uma Lady Olivia. Mas isso não seria possível. Ficar quieto era a única coisa que ele confiava em si mesmo para fazer, educada e calmamente, sobre o assunto.

Ele abriu as mãos que estavam fechadas em punhos. Não foi a visão da Srta. Fox em particular que o deixou nervoso, mas a visão da sociedade em geral. A sociedade merecia uma boa surra.

Talvez a Srta. Fox tenha sentido a tempestade se formando ao seu lado, pois perguntou: "Este não é um dia perfeito de primavera, meu senhor?"

"Está um dia lindo", ele respondeu, mesmo com uma nota de decepção o percorrendo com essa reviravolta na conversa, o clima. Possivelmente, isso era um presságio do seu futuro com uma esposa adequada. Casamento adequado, esposa adequada, madrasta adequada, vida chata e adequada.

"Você não acreditaria na quantidade de poemas que falam sobre a primavera emergente que a editora recebe nesta época do ano."

"A editora?" Finalmente, algo interessante.

A Srta. Fox andou na ponta dos pés em volta de outra poça rasa. "Meu pai ganhou umas ações em uma pequena editora alguns anos atrás."

"*Ganhou* umas ações?"

"Em um jogo de cartas."

"Seu pai é um barão, correto?"

Ela assentiu. "Um barão, sim, e um editor." Um leve rubor fez suas bochechas ficarem rosadas. "Meu pai tem influência sobre muitas atividades ou projetos diferentes ao mesmo tempo."

"Era meu entendimento que cavalheiros não entram no comércio."

"Como regra geral, não. Mas meu pai não é alguém que se deixa levar pelas regras da sociedade, e eles o toleram, porque ele é, bem, ele é um convidado confiável e divertido para um jantar."

Jake sentiu um conflito silencioso entre pai e filha. No interesse de se manter longe dessas águas turvas, ele perguntou: "Você se interessa pela editora?"

Os olhos dela, de um cinza opaco, dispararam para encontrar os dele. Ela realmente tinha a maneira mais direta de assimilar uma pessoa. "Nosso segredo?"

Ele assentiu.

"Eu adoro. No começo, foi meio brincadeira, mas um dia comecei a separar uma pilha de livros recebidos e não levantei os olhos por três horas. A palavra escrita me interessa, não só pela sua capacidade de comunicar ideias, mas pela sua intersecção de beleza e poder. Veja a poesia, por exemplo, quanto menos palavras — bem escolhidas, é claro — mais poderosamente ela comunica sua mensagem. Fascinante, não?"

Essa foi a sequência mais longa de palavras que ele já ouviu a Srta. Fox produzir. Encorajador. "Posso ler alguma publicação de sua editora?"

"Oh, eu, hum, duvido", ela gaguejou, sua eloquência se foi. "Nós não publicamos para pessoas sérias, como você. O nosso é mais leve."

Seu olhar, antes claro e direto, agora se desviou para estudar o caminho à frente deles. Ele não tinha certeza do que causou a mudança repentina. "Você é uma jovem muito imprevisível."

"Jovem?" Sua sobrancelha se ergueu em direção ao céu azul acima. "A sociedade dificilmente me caracterizaria como *jovem*. Fiz vinte e cinco anos no dia do santo do meu nome."

"O que faz de você uma senhora?"

Ela deu de ombros. "Talvez não, mas isso me coloca solidamente na prateleira, e uma solteirona aos olhos da *alta sociedade*."

"Você se importa com a forma como é vista por eles?"

"Nem um pouco."

Suas sobrancelhas se franziram e, claro, a Srta. Fox percebeu o movimento.

"Isso o choca, meu senhor? Se eu me importasse, seria uma pessoa muito infeliz. Além disso, nem todo mundo pode ser quem aparenta ser na superfície, ou o mundo seria um lugar muito chato."

"Tenho certeza de que você é exatamente quem diz ser."

"Você é?" Outra risada escapou dela. Ela sabia como fazer uma risada soar como uma tarefa. "E quem sou eu?"

"Uma senhorita da sociedade com uma reputação imaculada e um olhar atento e observador."

"À caça de um marido?"

Sua sobrancelha se ergueu em surpresa. "Minhas desculpas—"

"Estou brincando com você, meu senhor", ela interrompeu. "Bem, não totalmente. Estar à espreita de um marido é o destino de uma mulher solteira. Parece não haver como contornar isso."

Ele resistiu ao impulso paternal de dar um tapinha na mão dela para confortá-la. "Posso perguntar seu nome?" Era o tipo de pergunta que um cavalheiro cortejando uma dama faria.

"Anne", ela respondeu simplesmente, o som curto para seus ouvidos.

"Combina com você."

"Combina, não combina? Curto e simples." Ela acenou com a mão livre diante dela, como se fosse uma vendedora exibindo suas mercadorias. "Sou eu."

Frágil. Essa seria outra palavra que ele usaria para descrevê-la. Mas ele guardaria isso para si mesmo.

Ele realmente a mediu pela primeira vez. Era verdade, ela era baixa em estatura. E pequena, até mesmo esguia, sem uma curva nela. Cabelo castanho indistinto e olhos cinzentos. Ela tinha o tipo adorável de pele, translúcida e clara, que as moças provavelmente invejavam, mas ela não era do tipo que chamaria a atenção dele no curso normal dos eventos.

Mas isso importava? Talvez essas mesmas qualidades a

tornassem a combinação perfeita para ele. A Srta. Fox nunca faria fofocas ou provocaria escândalos, ao contrário de—

Ele interrompeu a frase imediatamente. Não seria bom pensar nela no momento em que ele estava se aproximando da Srta. Fox.

"Curto, sim", ele começou, "mas direto ao ponto. Eu estava pensando mais nas linhas do clássico e inglês." Ele poderia parar por aí, mas não pararia. Um pouco de gentileza poderia amenizar sua aspereza. "Acho que outra palavra poderia ser usada para descrevê-la."

"E que palavra seria essa, meu senhor?"

"Bonita."

Um rubor profundo se espalhou de seu modesto decote, e ele intuiu que isso não era um artifício para exibir modéstia virginal. A Srta. Fox não queria corar, mas não conseguiu se conter. Era possível que ela nunca tivesse sido chamada de bonita. Quão jovem ela parecia, quão vulnerável. Provavelmente ninguém nunca notou sua vulnerabilidade, escondida como estava sob seu exterior espinhoso.

Os pássaros cantando nas árvores e o balanço suave da brisa através da copa acima, eles caminharam em silêncio, e o desconforto se dissipou sob a gentil persuasão de um lindo dia de primavera.

Eles contornaram uma curva no caminho, e ela emitiu um estridente e agudo, "Yip!"

"Srta. Fox, você está ferida?"

A mão dela se soltou do braço dele enquanto ela lutava para a direita com um adversário que ele não conseguia distinguir. "Minhas saias foram pegas por um arbusto", ela disse enquanto continuava a lutar com seu adversário verdejante. "O Green Park é bem selvagem."

Jake deu um passo à frente, com a intenção de ajudar a Srta. Fox, quando uma figura familiar capturou o canto de sua visão. À distância, a figura estava curvada sobre um bloco de desenho, carvão zumbindo no papel. Duas semanas atrás, ele não teria dado uma segunda olhada naquela figura. Hoje, ela o parou no meio do caminho.

Olivia. O olhar dele a absorvia como a areia do deserto consumia as primeiras gotas de uma chuva de monção.

"Ela é do tipo que chama a atenção, não é?" uma voz com um fio de aço temperado cortava pensamentos que ele não tinha nada a ver com isso.

Claro. A Srta. Fox tinha notado. "Minhas desculpas, se eu—"

"Não precisa se desculpar, meu senhor", ela disse, as mãos acariciando e alisando seu vestido resgatado, com os belos rubores sendo coisa do passado. "Sou feita de material mais resistente do que isso."

Ele não achava que ela poderia ter dito algo que o fizesse se sentir mais como um canalha. Mas Olivia estava em sua linha de visão, e ele não conseguia desviar o olhar. Ela ainda não os havia notado, imersa como estava no mundo que estava criando naquele pedaço de papel. Ele se viu na estranha posição de invejar um pedaço de papel. Este era o homem ao qual ela o reduziu.

De repente, sua mão parou, no meio do movimento, e ela congelou, seu olhar fixo à sua frente. Suspense prendeu a respiração com força no peito. Um por um, ela deslizou seus materiais em uma maleta de couro preta antes de inesperadamente se virar para encará-lo e à Srta. Fox. O olhar dela se deslocou para frente e para trás entre eles, uma, duas vezes, e ela engoliu, atraindo o olhar dele para a coluna ondulante de sua garganta de marfim. Ele havia lambido uma gota de suor em sua extensão ontem mesmo.

Sua boca ficou seca. Apenas outra lambida satisfaria essa sede em particular.

Conforme ele e a Srta. Fox se aproximavam, ele viu que Olivia entendia o que ele estava fazendo no Green Park com a Srta. Fox. Mãos ao lado do corpo, sorriso brando colado nos lábios, ela aguardou a aproximação deles, todo o seu semblante plácido e imóvel.

"Lady Olivia, que extraordinário encontrá-la aqui", ele disse assim que se aproximaram a uma distância confortável para falar.

"De fato", ela respondeu. Seu sorriso brando e pequeno, a máscara que ela usava para a sociedade, não havia se mexido nem um pouco. Ela não queria revelar nada de si mesma na frente da Srta. Fox. Ou dele.

Quão diferente da Olivia que ele conhecera ontem. Para todo o mundo, ela parecia ter conseguido limpar seu sistema dele. Um buraco se abriu dentro dele, e um turbilhão de náusea virou seu estômago.

Enquanto eles estavam em um triângulo desconfortável, um silêncio constrangedor carregou o ar. Nenhuma das mulheres parecia disposta a falar com a outra, e a julgar pelo fato de que seus olhares pousavam em pontos indistintos à distância, nenhuma parecia disposta a olhar para a outra também. "Vocês se conhecem?" ele perguntou, escolhendo uma abordagem direta.

Os lábios de Olivia se curvaram para o lado, e seu olhar, finalmente, encontrou o dele. O buraco em seu estômago não parecia mais sem fundo, não com os olhos dela encontrando os dele, sua máscara para a sociedade incapaz de chegar lá, não com ele. "Trocamos uma ou duas gentilezas", ela disse, "mas nunca fomos *devidamente* apresentadas."

Outro silêncio, constrangedor e confuso, se expandiu entre eles. A Srta. Fox se mexeu desconfortavelmente ao lado dele, e os olhos de Olivia rolaram para o céu. "Lorde St. Alban," ela começou, sua voz sofrida como se estivesse se dirigindo a um aluno particularmente imbecil, "acredito que é aqui que você me apresenta a Srta. Fox."

O bufo exasperado no tom de Olivia era impossível de ignorar, mas ele também sentiu o prazer dela em lhe dar outra lição de sociedade. "Claro, minhas desculpas." Ele estava sempre se desculpando hoje. "Lady Olivia, posso lhe apresentar a Srta. Fox?"

Olivia inclinou a cabeça, e a Srta. Fox fez uma reverência superficial diante de sua melhor amiga. "Minha senhora."

Mais uma vez, Olivia assentiu, seu sorriso frio, brando e implacável. Então seus olhos se moveram para encontrar os dele, e sua cabeça se inclinou para o lado. Jake sentiu o olhar da Srta. Fox disparando entre os dois. Era imprudente e contrário ao seu objetivo declarado de garantir uma esposa adequada, mas ele não conseguia reunir energia para se importar.

Enquanto ele segurasse o olhar de Olivia, ela não poderia ir embora. Essa era sua única preocupação.

Ele manteria o olhar dela por toda a eternidade, se necessário.

17

E la deveria se afastar do olhar dele. Mas, por meio de uma força estranha e tenebrosa, exclusiva deles, ele a mantinha enraizada no lugar. Será que ele não entendia que os olhos astutos e matreiros da Srta. Fox não deixavam passar nada?

Bem, ele logo entenderia, se eles começassem um namoro.

Começar? Claramente, eles já haviam começado. E ela estava aqui para testemunhar isso. Encantador.

Ela precisava ir embora naquele instante. Não podia assistir Jake cortejando a Srta. Fox. Era demais. Ela deu um passo para trás, deixando sua intenção clara. "Srta. Fox foi bom conhecê-la, mas tenho alguns assuntos a tratar e devo me despedir —"

Jake estendeu o braço, interrompendo o fluxo de suas palavras. "Lady Olivia, gostaria de passear conosco?"

Seu coração batia forte e sua pele formigava de antecipação. Antecipação de quê? Com seu próximo batimento cardíaco veio à resposta. *Seu toque.*

Ela deu um passo hesitante à frente, depois outro, atraída contra toda vontade e razão. Ela colocou a mão no antebraço dele, eletricidade selvagem percorrendo aquele meio centímetro de ar, conectando-os de forma invisível. Ela inalou o suspiro de raiva que queria libertado e abaixou a mão.

Por baixo das camadas de tecido que estavam entre eles, ela conhecia a sensação nua do braço sob sua palma, sua suavidade, sua fina camada de pelos, a flexão e a liberação do músculo que corria em riachos endurecidos para cima e para baixo em seu comprimento. Ela sabia do que aqueles músculos eram capazes. Uma onda de calor atingiu sua pele, e ela se encolheu sob as camadas de musselina e lã leve de sua roupa.

A Srta. Fox limpou a garganta. "Lady Olivia, você passeia frequentemente pelo Green Park?"

"Nunca."

"No entanto, aqui está você. Só posso imaginar o que a trouxe aqui hoje." A Srta. Fox olhou ao redor, provavelmente procurando pelo companheiro de Olivia. "Sozinha."

Olivia teve a nítida sensação de que estava sendo caçada pela Srta. Fox. "Eu estava cortando caminho pelo parque para calcular uma distância quando um par barulhento de wren [1] me distraiu."

O rosto de Jake virou para a esquerda, e seu olhar encontrou o dela. "Que tipo de distância?"

A consciência a atingiu, e ela não conseguiu fazer nada além de contar a verdade. "A distância da St. James's Square até a Queen Street."

Um trio de passos silenciosos ficou atrás deles, e ela sentiu no silêncio que ele entendia por que ela estava calculando aquela distância em particular, a distância do endereço do duque até a casa que ela estava pensando em comprar.

Ótimo. Era bom para ele entender que todos os fios soltos da associação deles seriam amarrados em breve.

---

1. Wren são pássaros pequenos, atarracados e amarronzados que pertencem à família Troglodytidae. Eles são conhecidos por suas canções altas e vibrantes e pela marca branca distinta de "sobrancelha" acima de cada olho. A maioria das espécies de wren são restritas ao Novo Mundo, exceto o wren eurasiano, que é amplamente distribuído no Velho Mundo.

Não que isso importasse. Ele estava a caminho de uma esposa adequada, e ela desejou a ele boa sorte com ela. Ele precisaria.

"St. James's Square, eu entendo", interrompeu a Srta. Fox. "Afinal, esse é o endereço do Duque de Arundel, mas o que, por favor, poderia haver na Queen Street?"

"Era apenas uma ideia", disse Olivia. Ela estava definitivamente sendo caçada pela Srta. Fox.

"Falando do Duque de Arundel," a Srta. Fox começou. Como Olivia estava começando a odiar o tom da mulher, como se cada palavra contivesse um sorriso de escárnio especialmente para ela. "Recebi um convite para um baile que será realizado em dois dias na St. James's Square. Um evento tão improvisado no meio da temporada está criando um rebuliço na cidade. Mas, é claro, todos vão largar tudo pelo baile do Duque de Arundel."

"Eu ouso dizer que sim," Olivia disse na esperança de que o acordo anulasse essa conversa. Miss Fox não extrairia dela nenhuma fofoca.

Ela arriscou um rápido olhar para Jake, mas suas feições não revelavam nada. Provavelmente, ele nunca havia sido mantido prisioneiro entre duas mulheres que discutiam educadamente sobre bailes e parques enquanto travavam uma guerra silenciosa de vontades entre si logo abaixo da superfície. Ele tinha muito a aprender sobre a sociedade.

"Curioso," a Srta. Fox continuou. "Só podemos imaginar o porquê do baile improvisado."

"Vamos descobrir daqui a dois dias, eu suponho."

Após uma sucessão de passos sem pressa, Olivia percebeu que tinha calado a boca da mulher. Ela quase se sentiu mal por ela. Quase. Era terrivelmente difícil se sentir mal pela Srta. Fox.

Era hora de ela se despedir e desejar boa sorte em sua futura união. Bem, talvez não essa última parte.

Quando ela abriu a boca para falar, a Srta. Fox a antecipou. "Se você me perdoar, preciso cuidar da Srta. Markley. Parece que a groselha fez outra vítima."

Com isso, a Srta. Fox se desculpou e deixou Olivia sozinha com Jake.

Jake. Uma sensação revigorante se espalhou por sua pele ao pensar em seu nome. Ele sempre seria Jake para ela. E agora ela estava sozinha com ele.

"Meus advogados me informaram", ele começou, "que você visitou outra casa desde a última vez que eu—" Ele se interrompeu. "Isto é, desde a última vez que nós—" Mais uma vez, ele se interrompeu.

Mas já era tarde demais. O que eles estavam fazendo na última vez que se viram se solidificou em uma presença quase tangível entre eles. Ela engoliu em seco e respondeu à primeira parte da frase dele. "Está correto."

"Foi do seu agrado?" ele perguntou, com a voz calma e ponderada, sem a agitação de momentos atrás.

Para todos os efeitos, eles pareciam estar tendo uma conversa calma e comedida. Como as aparências enganam. "Era bastante útil", ela disse, "mas faltava algo específico."

Seu olhar se fixou nela pelo intervalo de um único segundo antes de retornar ao caminho à frente. "Magia."

Como ela desejou que seu coração não acelerasse com aquela palavra, com o veludo em sua voz quando ele a falou. Ela precisava encontrar um assunto diferente para ocupá-los, um que não tivesse nada a ver com magia. "Parece que sua caça à esposa está progredindo bem."

"Parece que sim."

Outro silêncio, carregado e teimoso, estalou no ar ao redor deles. Ela deveria se desculpar e ir, mas não podia. Nem conseguiu se impedir de dizer: "Sem dúvida, a Srta. Fox é do tipo que será para alguém uma esposa adequada e imaculada."

"Sem dúvida", ele falou de volta para ela.

Ela pode ter detectado uma nota vazia naquela única palavra. Mas pode ser o que ela queria ouvir. Era mesmo? "Bem, desejo-lhe boa sorte."

Sob sua mão, os músculos do antebraço dele, músculos endurecidos por anos de suor e trabalho, flexionaram e relaxaram, e um arrepio incontrolável de excitação subiu por sua coluna. Ela gostava muito dos antebraços dele.

"A sorte não estará envolvida", ele disse. Uma distância soou em sua voz. Uma distância que era boa para ambos. "O casamento é um contrato."

Suas palavras foram o jato de água fria que seu corpo precisava. Talvez ela gostasse demais dos antebraços dele. "Que namoro romântico você e a Srta. Fox terão", ela respondeu. "Como as mulheres a invejarão."

"Qualquer mulher com quem eu me casar entenderá que romance não tem nada a ver com minhas necessidades em uma esposa. Preciso de uma madrasta para Mina e, por extensão, uma parceira para mim."

"Uma parceira? Que maneira estranha de dizer. Como igual nos negócios?"

Um breve aceno de cabeça foi sua resposta.

"Isso faria você diferente de qualquer homem e mulher que já ouvi falar. Mas você pode ter razão. Casamento não é um empreendimento romântico, e ainda assim as mulheres continuam sendo enganadas a pensar assim."

"Enganadas?"

"Definitivamente enganadas. Se as mulheres jovens realmente entendessem o casamento, elas correriam o mais rápido que seus pés pudessem levá-las no instante em que um homem se ajoelhasse. O casamento não muda nada na vida de um homem. Mas para uma mulher? Ele muda tudo."

"E não para melhor?"

"Não na minha experiência."

"E qual foi a sua experiência?"

Estranhamente, um momento que deveria tê-la assustado e a feito fugir se tornou suave e íntimo. Um arrepio de alegria a percorreu com a curiosidade e a preocupação na voz dele, com a própria gravidade daquilo. Era uma seriedade que falava do desejo secreto que ela tinha de revelar seus segredos. A seriedade dele lhe dizia que era seguro fazê-lo.

Possibilidade brotando dentro dela, ela olhou por cima do ombro para ver se havia alguma chance da Srta. Fox retornar. Tudo o que viu foi um caminho vazio atrás deles. A Srta. Fox e sua acompanhante tinham se retirado silenciosamente. Talvez esse não tenha sido o começo mais auspicioso para o namoro de Jake com a moça, mas isso não era da conta de Olivia, nem agora nem nunca.

Era seguro. Esse foi seu único pensamento. Era seguro contar a ele. Ele não era um pretendente para ela, tampouco um amigo, mas era seguro. Ela podia contar qualquer coisa a esse homem.

Até a verdade sobre seu casamento.

Ela inalou, puxando o ar profundamente para dentro de seus pulmões, e permitiu que ele se expandisse e a impulsionasse a falar palavras que ela nunca havia falado em voz alta para ninguém, nem mesmo para Mariana. Ao soltar, ela disse: "Devo lhe contar como é o casamento para uma mulher?" Suas palavras navegaram em uma brisa fresca e alegre, fornecendo a distância que ela precisava para falá-las.

"Gostaria que você fizesse isso", ele disse suas palavras não foram nada frias e alegres.

"Bem, Lorde St. Alban", ela começou, brilhante, alegre e falsa, o tipo de fachada que ela precisava esconder se quisesse contar a ele. "O casal recém-casado sai de St. Paul em um dia claro e ensolarado, um futuro de felicidade doméstica se estendendo diante da noiva otimista. Finalmente, ela tem tudo o que sempre desejou: um marido bonito, sua própria casa, seu próprio cabriolé [2],

---

2. Cabriolé é uma carruagem leve de duas rodas, puxada por um animal, normalmente um cavalo. Pode acolher dois passageiros que ficam virados para frente. O cocheiro fica por trás da carruagem, num apoio próprio, de onde pode facilmente manobrar o *cabriolé*. Foi criado no início do século XIX na França.

tudo o que a sociedade disse que ela precisava ter. Ela nunca se sentiu tão feliz."

"Você fala do marido como se ele fosse um objeto do mesmo valor que o cabriolé."

"É assim que a esposa média da sociedade vê seu marido."

"E é dela que estamos falando? Da esposa média da sociedade?"

"De quem mais estaríamos falando?"

Sua pergunta foi respondida com silêncio, teimosia e não convencida.

"Uma semana depois", ela continuou, "ela acorda e se encontra na cama, sozinha, com o marido saindo para exibir seu mais novo cavalo em Rotten Row. Ela pode se sentir um pouco magoada por ele não tê-la incluído, mas ela tem muito que fazer. Lembre-se, ela é a dona de sua própria casa, mesmo que seja tecnicamente parte da casa de um duque e não a envolva muito. E ela tem visitas sociais a fazer, mesmo que tenha começado a considerá-las exercícios intermináveis de tédio. E, não devemos esquecer que ela tem o cabriolé novo e brilhante. Ela não se permite considerar que pode estar sentindo a palavra que começa com a letra *E*." Ela abaixou a voz para um sussurro conspiratório. *"Entediada."*

"E por que ela não consegue ser honesta consigo mesma?"

"Porque ela pode procurar a raiz do seu tédio, e isso não daria certo. Ela é muito jovem e o casamento é muito novo para tais noções, então ela as esconde. É só quando o marido começa a se desculpar depois do jantar para passar uma noite com os amigos que a noção aparece novamente. Uma noite logo se torna todas as noites, e ela deve admitir que não estivesse apenas entediada, mas solitária também."

"E essa esposa não consegue dizer ao marido como se sente?"

"Quando ela consegue colocar seus sentimentos em palavras, é tarde demais, a distância entre ela e o marido é muito grande. Veja, agora os rumores já começaram."

"Rumores?"

"Dos jogos dele, dos cavalos dele, da... Mais uma vez, sua voz baixou para um sussurro. *"Amante."*

Os músculos se contraíram sob a palma da mão, mas as feições de Jake permaneceram impassíveis. Ela nem saberia da reação dele se não o tocasse.

"É quando ela se deixa abater: o dela não é nada mais nada menos que um casamento de sociedade. O marido dela não é diferente dos homens do seu grupo, e ela não é diferente das mulheres do grupo dela. O amor *extraordinário* deles sempre foi perfeitamente comum."

"Traída por um ideal."

"De fato, meu senhor," ela gorjeou na nota brilhante que soava mais falsa para seus ouvidos a cada palavra que dizia. No entanto, ela parecia não conseguir tampar a fonte. Ela fluiria até que suas reservas se esgotassem. "Ela nunca se sentiu tão traída. Por um ideal. Por seu marido. Pela sociedade. Ela percebe que foi enganada para entrar nesta vida, que a sociedade a prendeu com uma mentira, mas essa é a vida de todas as outras esposas. Ela engole a amargura e segue com sua vida."

"Então, um dia, menos de meio ano depois do casamento, seu marido lhe diz que comprou uma comissão no exército para lutar contra o flagelo francês na Europa. Ele corre para o Continente para se envolver em guerra e glória, e ela nunca mais o vê ou ouve falar dele. Seis meses depois, ela é informada de sua morte."

"Esse marido hipotético," Jake interrompeu, "nunca conheceu sua filha?"

"Nunca. A esposa está com seis meses de gravidez quando recebe a notícia." Ela hesitou, certa de que sua história havia fugido de seu controle. No entanto, ela precisava ir até o fim. "Você deve entender que a dor dela pelo marido é genuína. Ela não se esqueceu de quão bonito e charmoso ele era. Mas depois que a onda inicial de dor diminui, um sentimento inesperado e vergonhoso toma seu lugar. Você consegue adivinhar o que é?"

Com os lábios pressionados em uma linha reta e silenciosa,

Jake continuou a guiá-los pelo caminho pontilhado de poças largas e fundas o suficiente para serem incômodas.

"Liberdade. Pela primeira vez na vida, ela se sente *livre*. O futuro que se estende diante dela não é mais monótono e solitário. É brilhante e dourado com a oportunidade de partir para uma vida inteiramente de sua escolha. No entanto, a vergonha permanece com ela, pois esse futuro não é possível sem Per—" Ela se corrigiu no meio da palavra. "Com a morte do marido. Então, ela o tranca. Tudo o que a sociedade vê é uma viúva em luto com uma filha pequena. Se a viúva é um pouco excêntrica com seu crescente envolvimento nas artes, a sociedade tolera. Afinal, ela é uma viúva."

"Uma viúva alegre, ao que parece," Jake inseriu secamente.

"Dez anos depois", Olivia continuou, "o impensável acontece: o marido ressuscita dos mortos, e tudo o que a esposa consegue sentir são as paredes se fechando sobre ela. Um marido vivo significa o fim de sua liberdade. Significa um retorno ao seu futuro tedioso e solitário. Significa um retorno a ser *esposa*. Ela jura ali mesmo que nunca mais será esposa de nenhum homem. Ela solicita à Câmara dos Lordes que anule seu casamento e prevalece graças ao poder combinado de suas famílias nobres e à aquiescência de um marido Lázaro que deve ter seus próprios motivos para atender ao seu pedido. Claro, sua reputação não sai ilesa, mas ela não se importa. Qual é o sentido de uma reputação imaculada quando a liberdade está ao seu alcance? O custo é alto demais?" Ela respirou fundo. "E essa é a história de um casamento do ponto de vista de uma esposa."

Ela tentou forçar um riso despreocupado, mas ele não tinha substância e saiu vazio. Ela nunca havia se sentido tão exposta em sua vida. Ao lado dela, Jake plantou os pés no chão e interrompeu o progresso deles. Com a mão no cotovelo dela, ele a puxou para que ficasse de frente para ele, com uma exigência tácita pulsando entre eles. Ela não tinha certeza de como poderia encará-lo. De alguma forma, quando estavam caminhando lado a lado, sua história parecia distante dela porque ela não estava olhando para ele. Mas agora ela precisava fazê-lo, mesmo que sua coragem de momentos atrás a tivesse abandonado.

Pontas dos dedos calejados tocaram abaixo do queixo dela e puxaram, inclinando seu rosto para cima, lentamente, aos poucos, mesmo que seus olhos permanecessem baixos, seus cílios um roçar suave contra suas bochechas. "Olivia", ele murmurou, com uma voz baixa e ressonante que penetrava através da pele e dos ossos para tocar o âmago dela.

O olhar dela se ergueu, e a respiração ficou presa em seu peito com o que ela viu nos olhos dele. *Ferocidade... Proteção...* O mesmo olhar que ele dirigiu à *alta sociedade* quando quase os desafiou a falar uma palavra sequer sobre sua filha.

Só que agora ele era protetor *dela*.

"Nem todo casamento tem que ser assim."

Ela inalou um pequeno gole de ar e se recompôs o suficiente para dizer: "Como você sabe? Você nunca foi casado ou mesmo noivo, eu ouso dizer."

"Eu fui noivo uma vez."

"Oh?" ela suspirou, seu coração martelando em seu peito.

"Da mãe de Mina."

A boca de Olivia abriu e fechou. Ela ficou sem palavras.

"Isso te choca?"

Ela balançou a cabeça, pois nenhuma palavra parecia vir para salvá-la da verdade: ela acreditou na fofoca. Ela acreditou que Mina era o produto de uma relação amorosa de um lorde com uma criada. Ela nem questionou.

Mas para Jake ter sido noivo da mãe de Mina, havia uma história diferente, uma menos sórdida, uma mais honrosa, uma condizente com o homem que ela conhecia. Ela deveria se sentir envergonhada, mas não conseguia. Uma alegria curiosa e inefável brotou do fundo de seu ventre e percorreu suas veias. Bem-nascido ou humilde, Jake havia amado a mãe de Mina.

Por que isso importava para ela? Confirmava o que ela sentia sobre esse homem desde o primeiro momento em que o viu. Ele não era o tipo de homem que brincava com o caráter de uma mulher.

Importava. Demais.

"Nenhuma esposa minha jamais será submetida a tal casamento."

"Claro", ela começou, protestando contra suas palavras porque ela deveria, "você não acredita nisso agora, mas—"

"Nunca."

Ela acreditou nele. E, oh, como ela não poderia. Ocorreu-lhe que ela poderia estar perdida, que ela poderia estar apai —

"Aqui está você!" uma voz aguda cortou o ar a alguma distância.

Ele piscou, então ela piscou, e cada um deu um passo para trás, saindo do transe que os havia dominado. Quando seus corpos se aproximaram tanto?

Em uníssono, eles se viraram para encarar uma Srta. Fox que se aproximava rapidamente. "Eu tive um trabalho danado para te encontrar. Você percebe que se desviou do caminho principal, não é?"

Isso soou apropriado. Mas ela guardaria esse sentimento para si mesma, pois ele não se aplicava ao significado do que a Srta. Fox quis dizer. Olivia juntou as omoplatas e se endireitou, mesmo com a consciência de que ele estava ao seu lado pulsando em seu coração a cada batida.

'Uma Srta. Fox sem fôlego parou a alguns metros de distância. "A groselha fez um grande estrago na área posterior do vestido da Srta. Markley, e ela teve que voltar diretamente para casa na minha carruagem."

Jake pigarreou. "Parece ser a atitude mais prudente."

"E como não tínhamos terminado nosso passeio," a Srta. Fox continuou, "decidi voltar. Vocês dois são uma companhia tão encantadora e fascinante."

A cabeça de Olivia se inclinou para o lado. Que pessoa curiosa a Srta. Fox era.

"Quanto à minha falta de uma acompanhante", a Srta. Fox continuou como se isso fosse a menor preocupação para sua audiência, "já que temos você aqui, Lady Olivia, você pode desempenhar o papel."

Olivia quase caiu de suas botas. Acompanhante do namoro de Jake com outra mulher? Não em uma eternidade de anos.

"Lady Olivia", Jake interrompeu, "não nos acompanhará nessa função."

Foi tudo o que Olivia pôde fazer para suprimir o suspiro de alívio que queria liberação. Realmente, que cara de pau a Srta. Fox tinha. "Lorde St. Alban está certo. Tenho várias visitas que preciso atender, se me der licença."

Ela se afastou, e a Srta. Fox disse, "Mas, Lady Olivia, é muito cedo para fazer visitas."

Olivia parou de repente, perplexa. Era hora de pôr fim a essa farsa. A ofensa que queria surgir no instante em que ela viu a Srta. Fox passeando de braços dados com Jake foi tomada. "Srta. Fox, já lhe ocorreu cuidar de seus próprios assuntos?"

O sorriso presunçoso congelou no rosto da idiota, e Olivia sentiu um pouco de satisfação por ter atingido seu alvo. Ela inclinou a cabeça, gorjeou um alegre "Bom dia", se virou e marchou para longe, seus calcanhares um ruído abafado no cascalho. Vários metros abaixo no caminho, uma percepção, dura e verdadeira e totalmente irritante, a atingiu: ela estava indo na direção errada.

Com um suspiro profundo — nada daria certo hoje? — ela parou e se virou. Lá estavam eles, observando-a como um animal particularmente curioso no zoológico, os olhos da Srta. Fox arregalados e divertidos, as sobrancelhas de Jake unidas em preocupação. Eles pareciam um casal. E por que não deveriam? Eles *eram* um casal. O pensamento penetrou um pequeno punhal em sua alma. Era errado que isso acontecesse, mas sentimentos não podiam ser controlados como as ações. Certo.

Bem, ela podia fazer algo sobre si mesma. Ela colocou os pés em movimento e focou em um ponto distante bem além dos ombros deles. Quando ela estava prestes a passar pela dupla, seus olhos se desviaram para a esquerda e se fixaram nos de Jake. Como ele conseguia ficar quieto. Tão sério. Tão atraente. Mas o contato foi interrompido quando ela passou por ele e o deixou para trás.

Nenhuma esposa minha jamais será submetida a tal casamento.

Oh, que ela não acreditasse nele. Tal crença a fazia se sentir quente e miserável. Tal crença permitia a possibilidade de uma narrativa diferente de como o casamento poderia ser para uma esposa.

Para a esposa de Jake. Para a esposa adequada e imaculada de Jake.

Era tarde demais para ela ter esse tipo de casamento. Ela não era o tipo de esposa que ele precisava, e ela nunca poderia ser o tipo de madrasta que sua filha precisava.

Ela avançou, seu ritmo definido em um ritmo proposital, e se lembrou de seu destino. Queen Street oferecia um tipo diferente de vida, a vida livre que ela lutou tanto para obter. Seria o suficiente para satisfazê-la.

Tinha que ser.

18

___

NO DIA SEGUINTE

"Parece, Lorde St. Alban," a Sra. Bloomquist começou, "que a maré virou a seu favor, e uma exceção será feita no caso da admissão de sua filha em nossa escola."

Determinado a não se vangloriar, Jake assentiu com uma simples afirmação. Ele se elevava sobre a mulher, separado por uma enorme mesa de carvalho que comandava a maior parte de seu escritório pequeno e simples. Ele respeitosamente recusou sua oferta de assento.

A Sra. Bloomquist se levantou e deu a volta na mesa imponente. "Esta manhã, Lady Nicholas Asquith defendeu com sucesso a causa de sua filha na reunião do conselho de diretores."

"Lady Nicholas? Não foi Lady Olivia?"

"Oh, não há muito em que essas duas discordem," a professora disse.

O alívio o inundou. Seus métodos não importavam nem um pouco. Ele quase estendeu a mão para apertar a mão da Sra. Bloomquist antes de pensar melhor. Viscondes não apertavam as mãos. "Quando Mina pode começar a frequentar o colégio?"

"A Srta. Radclyffe pode começar amanhã, se for do seu interesse."

Ele detectou um fundo de censura na voz da mulher. "Sra. Bloomquist, posso lhe garantir que, depois de conhecer Mina, você entenderá o quão certa sua instituição é para ela." Ele não pôde deixar de acrescentar: "Ela também será um crédito para ela."

A Sra. Bloomquist balançou a cabeça em um único aceno duvidoso, como se tivesse ouvido centenas de pais amorosos se gabando de seus filhos excepcionais e ainda não tivesse conhecido um que correspondesse à aclamação. "Estou ansiosa para conhecer sua filha." Ela se dirigiu à porta e a abriu, deixando claro que o estava dispensando. "Bom dia, meu senhor."

Ele abriu a boca para responder quando uma figura familiar passou correndo pela porta. Ele correu ao redor da Sra. Bloomquist, que emitiu um suspiro perturbado com seu movimento repentino, e espiou pelo batente da porta, apenas captando o farfalhar das saias de uma mulher antes que a porta da frente se fechasse atrás dela.

Olivia.

"Bom dia, Sra. Bloomquist", ele gritou por cima do ombro. Ele pretendia dar um beijo na mão da mulher para garantir, mas não tinha tempo para isso agora.

Em três passos, ele também saiu pela porta da frente e pisou em uma calçada de Londres sempre escorregadia. Seus olhos varreram a rua para cima e para baixo em busca do brasão do Duque de Arundel. Nenhum sinal dele. Como o cocheiro dela conseguiu desviar do trânsito e sair tão rápido? A menos que...

Jake atravessou a rua, desviando do tráfego em sentido contrário, e dobrou a mesma esquina da semana passada. Ele avistou o sobretudo distintamente indefinido dela e reprimiu um sorriso de triunfo. Alguns passos depois, ocorreu-lhe que estava seguindo Olivia.

De novo. E ele não deveria estar. O agente da Bow Street [1]

---

1. Os Bow Street Runners foram chamados de primeira força policial profissi-

estava cuidando da busca por Jiro. Mas ele estava realmente seguindo-a para encontrar Jiro? Ou era para vê-la, para estar perto dela?

Ele testou o som do nome dela em sua língua. *Oh-liv-ee-uh.* Ele amava o jeito como começava com um *O* largo e terminava com uma expiração. Havia uma vulnerabilidade naquele *uh* suave. O nome dela combinava com ela.

Até ontem, ele não tinha entendido o quão vulnerável e forte ela era. Ela confiou seu segredo mais profundo e obscuro a ele, despertando uma intimidade diferente do que eles tinham experimentado em sua cama. O conhecimento fez seu interior cantar.

Um sorriso se curvou em seus lábios. A confissão dela só provou que seu sistema não estava livre dele. Qual foi a palavra que ela usou? *Expurgado.*

Seus sistemas não estavam expurgados um do outro. Longe disso. Ainda esta manhã, esse ponto tinha ficado abundantemente claro para ele quando a camareira chegou para trocar seus lençóis. Ele rejeitou. Por quê? Porque o cheiro de lavanda e sândalo de Olivia permanecia em seu quarto, e ele não conseguia se separar do último vestígio dela. No entanto, seu cheiro ficava mais fraco a cada hora que passava.

Ele se virou, seus lábios assumiram a linha firme habitual e exalou um suspiro vigoroso. O que era estava acontecendo? Esses eram os devaneios de um cachorrinho apaixonado.

Ontem mesmo, ele estava cortejando uma moça diferente. Srta. Fox... *Anne.*

Seu interior parou de cantar.

À frente, Olivia encontrou um par de gêmeos vivazes e um

---

onal de Londres. A força originalmente contava com seis homens e foi fundada em 1749 pelo magistrado Henry Fielding. Seu assistente, irmão e sucessor como magistrado, John Fielding, moldou os policiais em uma força profissional e eficaz. O grupo foi dissolvido em 1839 e seu pessoal se fundiu com a Polícia Metropolitana, que havia sido formada dez anos antes, mas o departamento de detetives metropolitanos de Londres traça suas origens de lá.

cachorrinho desgrenhado, os três envolvidos em uma brincadeira barulhenta de cabo de guerra usando um pedaço de corda com nós. Os gêmeos não podiam ter mais de quatro anos cada. Ele ficou de olho no trio animado enquanto Olivia provavelmente procurava um dos pais para garantir permissão para o pequeno grupo continuar brincando. Logo, ela voltou com um banquinho curto de três pernas e começou a desenhar.

Quais detalhes atrairiam seu olhar de artista? A única mecha de cabelo que se enrolava para a esquerda no rosto de um dos gêmeos enquanto se enrolava para a direita no rosto do outro? A maneira como seus sorrisos idênticos criavam covinhas idênticas em suas bochechas? O cachorro dançando para pegar o pedaço de corda logo além do seu alcance? Ela notou os olhares rápidos entre os meninos sinalizando o próximo movimento deles, conhecidos apenas por eles? Sendo gêmea, ela provavelmente sentia uma afinidade com o par que poucos outros entendiam.

Em pouco tempo, os meninos e seu cachorro acabaram em um abraço que se transformou em cochilos para todos. Olivia pegou seus materiais e retomou seu progresso pela calçada. Os pés dele se moveram atrás dela, e ele percebeu que seu olhar se desviou para descansar no balanço de seu traseiro.

Um pensamento improdutivo surgiu em sua mente: dois dias atrás, ela estava parcialmente vestida. Isso o incomodou, sua pressa.

Ela estava completamente satisfeita, isso não havia dúvidas, mas ele poderia ter ido mais devagar. Ele poderia ter controlado melhor a situação. Ele poderia tê-la deixado nua, despida de suas roupas, camada por camada até que nada além de ar e seus lábios beijassem sua pele sensível. Ele poderia ter visto cada centímetro dela, tocado cada centímetro dela, gratificado cada centímetro dela...

Uma vez não era o suficiente para limpar seus sistemas um do outro, mesmo que ela se recusasse a admitir.

Ela não precisava dizer isso. Ele viu o conhecimento em seus olhos ontem.

A cada dia que passava, ela revelava uma nova faceta de si mesma para ele. Como um diamante, ela escondia seus cortes à vista de todos por trás de seu brilho.

Poucos minutos depois de conhecê-la, ele notou sua profundidade, mas pensou que um marinheiro experiente, como ele, teria a habilidade de deslizar por sua superfície. No entanto, ele sentiu sua embarcação enchendo de água, puxando-o para suas profundezas, gota a gota. Se ele mantivesse seu curso atual, era apenas uma questão de tempo até que ele estivesse completamente submerso.

No entanto, quanto mais ele aprendia sobre ela, mais ele queria afundar um pouco mais, descobrir mais, convencendo-se o tempo todo de que não estava indo longe demais, que ele seria capaz de encontrar o caminho de volta à superfície antes de se afogar nela.

A confissão de ontem não ajudou nesse problema. Apenas alimentou seu crescente fascínio. Ela era mais do que uma obsessão carnal.

Ela era *íntegra, corajosa*. Ao mesmo tempo em que queria que o caminho de Mina na vida fosse fácil e claro, outra parte dele queria que Mina fosse exatamente como essa mulher. Ela precisaria ser, não importa o quão suavemente ele abrisse o caminho para ela.

Ele exalou uma risada sem humor. Ele admirava a maldita mulher. Ele estava afundando muito fundo, de fato.

Quase tarde demais, ele viu que ela havia parado em frente a uma humilde porta cinza. Ele se esquivou de um carrinho de entregas e deslizou para a sombra de uma porta abandonada. Ela bateu à porta e aguardou, e ele se maravilhou com a primeira impressão que teve dela, que não passava de uma frivolidade da *alta sociedade*. O lado racional dele desejava que ele ainda pudesse vê-la dessa forma. Em vez disso, ela havia se tornado um mistério que o desafiava a desvendá-lo, e ele não conseguia se cansar, não importava a razão. Ela se tornou uma dor física em seu corpo. Desde a mãe de Mina ele não se sentia assim por uma mulher.

A realidade o engolfou como uma rajada fria de ar ártico. Ela também tinha sido uma dor física em seu corpo. E veja como isso tinha terminado. Desastre. Tragédia. Mina, sim, mas sofrimento e humilhação pública também.

Olivia se mexeu e parecia prestes a seguir em frente quando a porta se abriu e um homem de ascendência japonesa deu um passo à frente para a luz. Vestido como estava com o traje de um dândi inglês, levou um momento para o reconhecimento acender e a certeza passar por Jake. Certamente, este era o homem chamado Jiro.

O coração de Jake bateu forte em seu peito quando uma memória há muito enterrada lhe veio à mente Quinze anos atrás. Nagasaki. O complexo da poderosa família Kimura. Ele dividia espaço com este homem que era Jiro, sentado discretamente no canto de uma sala, registrando com suas aquarelas os eventos do dia de negociação.

Este homem tinha sido um membro de confiança da casa Kimura, e havia roubado as pinturas e os traído, arriscando a própria vida. Por qual motivo? Não por dinheiro. O homem ainda possuía as pinturas roubadas. Então por quê? E por que aqui em Londres?

Olivia entrou, e a porta se fechou atrás dela. Jake reprimiu um palavrão. Ele estava muito relaxado ultimamente. Muito focado em Olivia. O que ela e ele compartilhavam era secundário a isso. *Isso* — encontrar o ladrão e descobrir seus segredos — tinha sido sua razão para negociar com ela, não para entendê-la melhor. Não para conhecer cada pensamento dela, cada sentimento dela.

Ele estava à beira do desastre em suas relações com Olivia... *Lady* Olivia. Não apenas por suas intenções em relação ao ladrão de arte, mas por suas intenções em relação ao casamento, suas intenções em relação ao seu coração. Dado seu fracasso no amor no passado, era melhor que sua cabeça governasse seu coração, e não o contrário.

Hoje, Lady Olivia havia cumprido ambas as pontas de seu acordo. Ele deveria deixá-la ir.

Ele escorregou para a sombra de uma porta abandonada e se apoiou contra uma pedra mofada, a umidade vazando através de seu sobretudo de lã, seus olhos fixos na porta, se preparando para esperar.

Menos de dez minutos depois, ela reapareceu, calçando luvas azuis, seu negócio concluído. Ele se afastou da parede suja. Agora era hora de resolver as coisas com Jiro.

Ele estava atravessando a rua quando a porta se abriu novamente. Ninguém menos que Jiro apareceu, calçando um par de luvas de pelica. Com não mais do que dois segundos entre ele e a descoberta, Jake se abaixou atrás do carrinho de entrega cheio de legumes podres, e viu o homem dobrando a esquina no final do quarteirão. Jake correu para frente e parou imediatamente, pensando melhor sobre suas ações.

Um confronto público não lhe faria bem. Ele resolveu voltar para casa.

Amanhã, ele resolveria essa questão, de uma forma ou de outra, e deixaria no passado, onde pertencia.

Noite

Jake abriu um envelope branco e simples, e dois pedaços de papel deslizaram para sua palma. Um era um bilhete, o outro um recorte de jornal, ambos inesperados. Ele leu o bilhete primeiro:

Queen Street. 10 horas.

Ele olhou para seu relógio de bolso. Nove horas. Ele tinha uma hora.

Ele voltou sua atenção para o recorte do *London Diary* de hoje, com um leve aroma de lavanda e sândalo.

Uma casa para sua rainha
Talvez mais do que uma aventura rápida?
Quanto tempo até os proclamas serem publicados?

Era com certeza sobre ele e Olivia. Ele deveria se importar, mas não conseguiu reunir a indignação. Isso poderia arruinar suas chances com a Srta. Fox, já que sua mente rápida se lembraria da menção de Olivia à Queen Street, mas ele não podia negar, pelo menos para si mesmo, que parte dele queria que suas chances com a Srta. Fox fossem arruinadas.

Por quê? Uma voz da razão o interrompeu. Ele só teria que encontrar outra Srta. Fox.

O pensamento o gelou até os ossos. Melhor continuar no caminho em que estava.

As portas francesas se abriram e Mina entrou no jardim. Ele amassou o bilhete e o recorte do *London Diary* em seu punho.

"Alguma estrela cruzou o céu esta noite?" ela perguntou enquanto se deitava em uma cadeira reclinável e direcionava seu olhar penetrante para o céu cristalino.

"Nenhuma", ele respondeu, diminuindo a intensidade da lamparina para que pudessem ver melhor as constelações. Ele relaxou a mão e deixou a bola cair no chão.

Ela segurou um pequeno telescópio de latão no olho. "O céu aqui é tão diferente do de Cingapura."

Ele detectou uma nota de saudade em sua voz. "Você nasceu sob um céu parecido com este em Dejima.[2]"

---

2. Dejima era uma ilha artificial na baía de Nagasaki. Era o lugar de uma feitoria portuguesa cedida posteriormente ao jesuítas onde os holandeses comerciaram com os japoneses de 1641 a 1860.

Com o telescópio bem próximo ao rosto, ela disse: "Gostaria de voltar para lá algum dia."

Jake estremeceu de surpresa. Ela nunca havia expressado esse desejo a ele antes. "Você gostaria?"

"É a terra dos meus ancestrais. Pode parecer bobo, mas eu gostaria de ver como me sinto lá." Uma risada seca deixou sua voz áspera, mesmo com seu olhar firme através do telescópio. "É provável que eu também não me encaixe lá, mas gostaria de ir mesmo assim."

O tom objetivo dela quebrou algo dentro dele. "Vamos embarcar no próximo navio para o Leste? Não é tarde demais."

Ela abaixou o telescópio para o colo e o perfurou com um olhar longo e medido. "Eu sou como uma peça de quebra-cabeça que nunca vai se encaixar."

"Mina—"

Ela ergueu a mão. "Não me sinto bem em nenhum dos mundos, pai. Leste ou Oeste."

"Você não precisa se preocupar com seu lugar." Suas mãos se fecharam em punhos. "Eu cuidarei disso."

"Uma peça não pode ser forçada a se encaixar. Ou se encaixa, ou não." Ela voltou sua atenção para o céu noturno ordenado. "Londres é uma cidade tão boa quanto qualquer outra."

Ele não tinha certeza do que era pior: sua total aceitação desses fatos ou sua total falta de desespero. Um soco no estômago do próprio Gentleman Jackson não o teria abalado tão completamente quanto as palavras suaves dela, tão tolerantes com um destino que ele se recusava a aceitar por ela.

"Talvez", ele começou, decidindo que já era hora de abordar o assunto, "uma madrasta da *alta sociedade* ajudaria."

Mina hesitou. "Pai, mesmo uma madrasta com todas as conexões certas não ajudaria no que importa."

"Ela cuidaria para que o melhor da sociedade a recebesse."

"Na superfície, sim, mas realmente não me importo com essas pessoas. Além disso, uma madrasta para mim também seria uma esposa para você. Por favor, não faça uma escolha pragmática com base em mim. De tudo que li sobre o assunto, acho que é melhor deixar o coração ter uma palavra a dizer sobre o assunto. Eu encontrarei meu caminho."

Mina se acomodou novamente em sua observação das estrelas, e Jake controlou a vontade de pular e pegá-la em seus braços. Em vez disso, ele enfiou a mão no bolso do peito, tirou uma carta e silenciosamente entregou a ela.

"O que é isso?" ela perguntou, colocando seu telescópio em uma mesa lateral.

"É uma carta da Escola Progressista para Moças e a Educação de Suas Mentes."

"Concisa, não é?" Ela se inclinou e aumentou a luz fraca da lamparina. Seu humor foi um alívio bem-vindo.

Ela abriu a carta e examinou seu conteúdo. Ele não pôde deixar de notar que em certas iluminações, em certos ângulos, ela estava se parecendo cada vez mais com a mãe. Um minuto inteiro se passou antes que ele perguntasse: "Você vai?"

"Sim."

"A Srta. Bretagne ficará emocionada."

"Você está certa, mas *emocionada* pode não ser uma palavra completa o suficiente para descrever o entusiasmo de Lucy. Não tenho certeza se existem palavras completas o suficiente em qualquer idioma."

Seus lábios se curvaram em um sorriso secreto. Um sorriso feminino que as filhas não compartilhavam com os pais, apenas com outras meninas. Seu coração se elevou em uma nota frágil de esperança.

Ela pegou a carta e seu telescópio e se levantou. "Boa noite, pai. Você sobreviveu a mim esta noite." Ela inclinou sua forma esbelta sobre ele e deu um beijo em sua bochecha. "Amanhã bem cedo? Eu gostaria de começar as aulas amanhã."

Deixado sozinho, ele continuou pensando em como Mina havia se tornado parecida com sua mãe.

Sua primeira lembrança era a mais forte lembrança dela. Ele fechou os olhos sob o céu índigo de Londres, tão parecido com o céu sobrea Baía de Nagasaki, e permitiu que ele o levasse àquele lugar pela primeira vez em anos.

O MERCADO na ilha comercial de Dejima era pura confusão em um dia lento.

Mas o mercado de sábado de manhã depois que um navio comercial atracava e descarregava sua carga era um caos além da mera insanidade: galinhas cacarejando; cabras balindo; cavalos batendo as patas; peixes fedendo; comerciantes latindo ordens; vendedores gritando suas mercadorias; clientes apressando-se, agitando-se, empurrando-se, pechinchando, dispensando, implorando, saindo, retornando, comprando, tudo antes de passar para a próxima barraca para outra rodada.

Esses ruídos, essas multidões, esses cheiros conspiravam para produzir uma atmosfera de puro pandemônio que poderia deixar o não iniciado claustrofóbico em segundos. Acrescente a essa mistura inebriante, especiarias pungentes e mercadorias diversas entregues pelo mar salgado às vezes generoso, às vezes avarento, sempre caprichoso, e você terá o aroma exato de um jovem começo.

Jakob Radclyffe, de 21 anos, caminhando pelos estreitos corredores do mercado, há muito tempo havia se acostumado a esses ritmos irregulares de Dejima. Nada mais neste mundo o surpreendia.

Isso não queria dizer que a vida de um comerciante marítimo itinerante havia perdido o seu charme. Pelo contrário. Não havia nada que a vida não tivesse a oferecer para ele. Só que ele estava confiante, como só um jovem poderia estar, de que já tinha visto de tudo.

Isso foi até o dia em que ele passou por uma fresta estreita na multidão, virou a cabeça como que por instinto e *a* viu do outro lado da extensão vítrea de um lago raso e tranquilo.

Ela era uma visão, posicionada graciosamente sobre o corrimão de uma passarela arqueada sobre lânguidas e ondulantes carpas, enquanto a multidão ao seu redor passava, cada pessoa ansiosa para cumprir esta ou aquela tarefa. Ela tinha uma maneira de permanecer completamente imóvel que era exclusiva dela.

Não foi isso, no entanto, que chamou sua atenção. Era que ela estava quase uma cabeça acima de todos ao seu redor. Ele era um homem alto para os padrões de qualquer pessoa, mas mesmo a essa distância razoável, ele podia ver que o topo da cabeça dela chegava acima de seu queixo. Incomum neste ambiente. Não haveria outra garota como ela por mil milhas ao redor.

Ele decidiu na hora que precisava ficar com ela. Homens jovens e impetuosos tomavam decisões importantes com base em menos.

Quando ele se concentrou no lado agradável da memória, ele se lembrou de que ela parecia genuinamente divertida com sua perseguição, concedendo-lhe um sorriso tímido de vez em quando. Ela não era apenas bonita e incomum, mas reservada e gentil também.

Em outras palavras, ela não havia desencorajado sua perseguição. E seu eu de vinte e um anos não tinha a sabedoria para separar o *não desencorajar* do *encorajar*.

Um ano depois, ela estava morta, e ele se viu como um homem diferente daquele que ele pensava ser. Um homem egoísta, insuportavelmente ingênuo e capaz de ser cruel com sua amada diante da humilhação pública.

Uma longa onda submersa de vergonha o invadiu, deixando sua pele com pequenas gotas de suor. Ele havia se esforçado demais. Se ele não tivesse sido um jovem tão cego, ela poderia ter tido um futuro diferente. Ela poderia ter vivido.

Provavelmente não. Não era do feitio do mundo *civilizado* perdoar uma *garota tão tola*.

No final, ele fez uma coisa certa: tinha levado Mina.

Proteja-a, Jakob... Ela terá apenas você... Só você pode fazer isso... Por Minako, minha pequena Mina.

Ele tinha uma promessa a cumprir: proteger Mina. Agora que ele havia garantido sua escola, ele garantiria sua reputação. Amanhã, ele lidaria com Jiro, o que deixaria apenas uma ponta solta para amarrar essa noite: Olivia.

E esse deveria ser o fim deles. Ele seria capaz de se concentrar em encontrar uma madrasta adequada para Mina, uma esposa adequada para ele. Palavras verdadeiras em sua mente, mas que estavam se tornando cada vez mais falsas em seu coração. Talvez se ele as repetisse para si mesmo, repetidamente, elas pareceriam mais verdadeiras.

Talvez sua crença nelas voltasse.

19

Olivia deu um tapinha no mostrador de madrepérola do seu novo relógio de pulso recém-moderno. Faltavam cinco minutos para as dez horas. Ela estava esperando sua chegada à quase escuridão de uma lamparina fraca desde as nove e meia.

Ela estava perto, muito perto de deixá-*lo* para trás. Ela havia cumprido sua parte do acordo — a Srta. Radclyffe começaria a escola no dia seguinte — e, no que diz respeito à sua busca por uma casa, ela havia resolvido não envolvê-lo mais. Ela só precisava dos serviços dos advogados dele. Uma vez que a casa fosse comprada, eles poderiam seguir caminhos separados como se nada tivesse acontecido entre eles.

Então, esta manhã, ela abriu o *London Diary* e *viu* o haicai.

Eles tinham sido reconhecidos por alguém. Mas quem?

Algum picareta com uma caneta e um senso inflado de seu próprio poder e importância. O indivíduo não importava, na realidade, apenas o alcance de sua voz. Só havia uma maneira de silenciar essa voz: encerrar de fato a relação com Jake. O escândalo não mudaria muito a vida dela, mas para ele diminuiria suas chances de encontrar uma esposa totalmente perfeita, adequada e imaculada.

Claro, a especulação do *London Diary* se tornaria um fato confirmado se ela comprasse essa casa. E a Srta. Fox era inteligente o suficiente para descobrir. A única graça salvadora deles era que a Srta. Fox não parecia ser do tipo que lia uma publicação tão frívola, o que, claro, não era da conta de Olivia.

Ela ergueu o rosto para o teto e deu uma volta lenta, contornando a magnífica escadaria que subia em espiral até a claraboia, agora escura com a noite. Ela localizou a pequena e discreta porta que havia visto em sua primeira visita.

Hoje cedo, os advogados de Jake haviam passado uma instrução dos proprietários da casa para que ela entrasse pela porta cinza no topo da escada. Nenhum outro detalhe foi fornecido a ela. Tudo muito misterioso.

A garota de sua juventude, a garota que amava romances góticos e atualmente residia dentro de Lucy, se deliciou com a porta secreta. Olivia amava um bom mistério. Portas secretas no topo das escadas eram o material de suas fantasias de menina.

Um frisson de expectativa subiu por sua espinha, o que, claro, não tinha nada a ver com o fato de que seu relógio de pulso agora marcava dois minutos para a hora. Dois minutos até a chegada de Jake. Quando foi que ela começou a pensar nele como *Jake*?

Ela estava sendo dissimulada. Ela gostava desse diminutivo de seu nome de batismo, Jakob. Era um nome que se sentia à vontade consigo mesmo, fazendo com que ele se sentisse mais acessível a ela. Não que ela desejasse mais acesso.

Isso também era falso.

Exceto que esse sentimento não era especificamente sobre acesso. O diminutivo explicava algo sobre ele, sobre o homem que não deveria ser o Honorável Jakob Radclyffe, Quinto Visconde St. Alban. Aquele homem tinha sido o Sr. Jakob Radclyffe para muitos, Capitão Radclyffe para alguns e Jake para poucos.

Em Londres, ele era Lorde St. Alban para todos e Jake apenas para ela. Uma sensação de calor, em contraste com o frio da casa vazia, a invadiu. Era uma sensação que ela gostava. Uma sensação de que ela poderia se aninhar e se acomodar muito confortavelmente.

Ela inspirou o ar fresco da noite e olhou novamente para o relógio de pulso. Dez horas em ponto. Mais um tique do ponteiro dourado dos minutos e ele se atrasaria.

Ela pegou a lamparina fraca e atravessou a sala até a escada. As pontas de seus dedos passaram pela nogueira macia e sedosa. Nenhum detalhe dessa casa havia sido ignorado. Ela era clara e arejada, mesmo na escuridão da noite. Teria que ser essa *casa*. Aquela que tinha uma lembrança dele gravada nela. Ela continuava se envolvendo cada vez mais com ele.

Oh, essa casa seria sua ruína. Sem dúvida, outro haicai seria publicado uma semana depois de sua compra. Um menos obscuro. Um mais específico e pontual. Um que possivelmente daria nomes. A sociedade se alimentava desse tipo de fofoca no café da manhã, almoço e jantar, satisfeita e faminta por mais. Mas não havia como evitar. O coração sabia o que queria, e o dela queria esta casa. Ela se recusou a pensar no que mais seu coração poderia querer.

Ela inclinou seu relógio de pulso em direção à luz fraca da lamparina. Um minuto depois das dez horas. Jake estava atrasado.

O eco claro e distinto de passos soou no corredor, aproximando-se cada vez mais e ficando mais alto em um ritmo rápido, mas sem pressa, o ritmo *dele*.

Ela tentou relaxar cerrando e depois abrindo os punhos. Por fim, ele entrou em foco na porta, que emoldurava perfeitamente sua forma magra. Era tão óbvio para ela quanto para todas as outras mulheres em Londres que ele era simplesmente incrivelmente bonito. Mesmo na quase escuridão. Talvez, especialmente na quase escuridão, enquanto as sombras brincavam com os ângulos de seu rosto.

No entanto, havia algo mais além do incrivelmente bonito: incrivelmente sensual. Quando ele se tornou *incrivelmente sensual?*

Uma carranca irritada apertou seus lábios.

"Estou atrasado?" ele perguntou em um tom que não parecia tão preocupado quanto suas palavras poderiam sugerir.

"Sim", ela respondeu, soando como Lucy em um dia petulante.

"Minhas desculpas", ele disse em uma reverência superficial, enquanto sua boca, aquela boca talentosa e eficiente dele, mantinha a linha firme que lhe era familiar.

"Não precisa se desculpar, meu senhor. Na verdade, seu atraso é uma evidência promissora de que você está se adaptando muito bem ao título de visconde." Ela gostou da maneira como os olhos dele se estreitaram ao tom severo dela, um tom que ela não pôde deixar de pegar emprestado da Sra. Bloomquist. "É a primeira regra da nobreza. Todos podem esperar."

"Então minhas desculpas por não ter feito você esperar mais."

Um sorriso relutante encontrou seu caminho para seus lábios. "Agora uma segunda regra da nobreza." Ela deixou um momento passar. Um lampejo de prazer percorreu seu corpo com a ideia de que ela poderia manter este homem glorioso em suspense. Não era toda mulher que podia ostentar essa emoção em particular. "Nunca peça desculpas."

Ele deu um passo à frente, reduzindo a distância entre eles pela metade, e fez outra reverência. "Mais uma vez, minhas desculpas."

O olhar dele a prendeu no lugar, e, dessa forma, o poder do momento passou para ele. Oh, como uma parte incontrolável dela queria que ele usasse isso. Isso parecia perigosamente como um flerte. Ela estava flertando?

Ela estava. Na presença da provocação brincando em seus

olhos e boca, ela não conseguia se conter. Ela tentou limpar a garganta, esperando clarear a cabeça no processo.

Ele deveria ter mais cuidado com aquele sorriso. Poderia dar ideias a uma mulher.

"Presumo que estamos de acordo sobre o que deve ser feito?" ela afirmou e perguntou desesperada para mudar de assunto.

As sobrancelhas dele se ergueram, e agora era a vez de ele deixar passar um tempo antes de responder. Foi a vez dele de mantê-la em suspense. Talvez ele ignorasse a pergunta dela e fizesse a sua própria. Uma menos pragmática. Uma resposta mais alinhada com o subtexto que se desenrolava entre eles. A reação dele à confissão dela ontem teve o efeito inesperado de apenas fortalecer o desejo dela por ele.

Nenhuma esposa minha será submetida a tal casamento.

Um arrepio, quente e líquido, percorreu sua coluna.

"Sobre esta casa?" Ele quebrou o contato visual. "Acho que você deveria ficar com ela."

Um calafrio a percorreu. Como se as células de seu corpo reconhecessem sua mudança de quente para frio antes que seu cérebro pudesse processá-lo. Como se ela o entendesse em um nível celular. A única conclusão lógica para esse pensamento era que ele havia se tornado parte dela.

Incomodada pela lógica certamente falha, ela se sacudiu mentalmente. "Não, Ja—*meu senhor*." Ela simplesmente precisava parar de se dar licença para pensar nele como Jake. "Sobre o *London Diary*."

"Ah." Ele esticou o pescoço e olhou para a claraboia enegrecida. "Vamos levar essa conversa para o andar de cima?"

Ela desviou o olhar dele como uma medida de autoproteção. Suas palavras não significavam o que seu corpo rezou para que significassem. Tudo o que ela conseguiu dizer em troca foi: "Perdão?" E que resposta fraca.

"Uma informação intrigante sobre esta casa chegou até mim."

Só lhe ocorreu perguntar: "Está relacionado à porta cinza no topo da escada?" Quando ele acenou com a cabeça, ela continuou: "Eu sei sobre isso." Um exagero, é claro, mas não uma mentira absoluta.

"Então você deve estar tão curiosa quanto eu para ver."

Ele deu um passo em direção à escada e, por um segundo, ela pensou que ele estava caminhando em sua direção, uma ideia que não a deixou desagradavelmente desconfortável. Então ele desviou para a esquerda, seu braço um leve e fugaz roçar no dela. Seu passo pode ter hesitado, ela não tinha certeza, mas então se livrou da ideia quando ele passou por ela.

Sua forma atlética subiu a escada íngreme e sinuosa dois degraus de cada vez, como se fosse uma calçada fácil de Londres. Uma pequena pontada de inveja a atingiu. Se seu modo de vestir permitisse, ela teria corrido com ele até o topo, talvez até mesmo vencendo-o.

Provavelmente não.

Em vez disso, ela seguiu em um ritmo calmo e feminino. Um ritmo que poderia ser interpretado como recatado para o observador que não tinha percepção de seus pensamentos mais íntimos. Eles se perderam de forma confiável ao verem sua bela forma em movimento. Incrivelmente bonito era muito inofensivo.

Um homem incrivelmente lindo. Que tal isso para um descritor mais específico?

Seus pés a três passos do topo, o homem incrivelmente lindo desapareceu pela discreta porta aberta, conectando-se a um pequeno corredor que terminava em uma porta preta sólida. "Você tem as chaves com você?" ele gritou.

Silenciosamente, ela estendeu as chaves enquanto se aproximava. Elas tilintavam animadamente em uma expectativa que espelhava a dela. A proximidade com ele na escuridão de um espaço fechado fazia coisas específicas em partes específicas de seu corpo. Partes do corpo dela que não estavam satisfeitas com as lembranças fantasmas do toque dele.

Ela estava prestes a dar um passo para trás para colocar um pouco de distância confortável entre eles quando ele girou a chave e abriu a porta. Ele desapareceu pela porta, e uma rajada de ar úmido de Londres a atingiu. A curiosidade a impulsionou para frente, ela o seguiu. Seus pés cruzaram a soleira, e a respiração ficou presa em seu peito.

Um jardim no terraço, iluminado apenas pela lua e pelas estrelas acima, a transportou para outro mundo, um mundo não limitado às regras deste. Um mundo exuberante com grama verde e tulipas primaveris e iluminado apenas pela luz da lua e por estrelas cintilantes. Este terraço era mágico, puro e simples.

Ela se virou para encontrar Jake — como seu nome poderia ser outro neste momento? — e detectou uma surpresa em seus olhos. Ele sabia, mas não queria roubar dela o prazer da descoberta.

Que lindo ato de generosidade.

"É isso", ela se ouviu dizer, sentindo toda a distância entre eles, tanto física quanto emocional, desaparecer.

A intimidade deste espaço também fez outro tipo de mágica nela. Seu rosto se abriu em um sorriso sem reservas, sem se importar para onde tal sorriso poderia levá-la... Onde poderia levá-*los*.

"Esta é minha casa. Esta é a magia que eu estava procurando", ela sussurrou, sem quebrar o contato visual entre eles.

Jake foi o primeiro a quebrar o silêncio.

Ele não conseguiu segurar o olhar dela e dizer o que devia. "Então não há razão para discutirmos como lidar com o haicai do the *London Diary*."

"Perdão?" ela perguntou, com perplexidade na voz.

"Cada um de nós cumpriu sua respectiva parte do acordo."

Cautelosamente, ele observou a reação dela. Mesmo na escuridão, ele viu a postura dela ficar rígida. A abertura de um minuto atrás estava desaparecendo rapidamente, o rosto dela se fechando para ele a cada segundo. A língua dela começou a se preocupar com o único dente rebelde, e ele desviou os olhos. Uma pontada de perda o perfurou pelo que ele precisava se livrar do que estava ao seu alcance.

"A situação do *London Diary* se resolverá por si só, se deixarmos algum conceito *nosso* nesse telhado."

Ele não a culparia se ela lhe desse um tapa na cara. Na verdade, ele ansiava pelo contato, qualquer contato, dela. Mas ela não fez nada. Seu corpo permaneceu tão imóvel quanto à noite que os cercava.

Sua alma se esvaziou como uma vela que, em um momento navegava no mar azul sem limites e, no outro, estava frouxa e mole, sem a brisa que lhe dava vida segundos atrás.

Eles conseguiram o que queriam um do outro. Não, isso não era exatamente verdade. Eles conseguiram o que *precisavam* um do outro.

No entanto, ele a queria além do aspecto físico, o que não era o que eles precisavam. O que eles precisavam era simples e direto, uma barganha feita e uma barganha cumprida.

Ele se virou e quebrou um pequeno galho de um dogwood [1]. Ele a enganou. Ele a usou. Ele se apaixonou por ela. Uma situação impossível, dados os dois pontos anteriores.

"Isso é tudo?" ela perguntou.

Em meio à névoa de uma amargura nascente, ele conseguiu responder: "Eu diria que sim." Ele não entendia como sua voz mantinha sua indiferença fria quando por dentro ele não se sentia nem frio nem indiferente.

"Você acha isso." O tom dela dissipou a névoa. "Você, é claro,

---

1. Dogwood é uma palavra em inglês que se refere a um arbusto ou árvore pequena que tem flores, crescendo tanto em estado selvagem quanto em jardins. Em português, dogwood pode ser traduzido como cornizo florido ou qualquer árvore ou arbusto do gênero Cornus.

entenderá quando eu não te reconhecer na escola das meninas ou na mansão do duque. Não queremos promover *nenhum conceito sobre nós,* não é mesmo".

"Informei ao duque que vou interromper nossas reuniões."

Ele viu um lampejo de olhos azuis tempestuosos pouco antes de ela puxar os ombros para trás, adicionando uns bons cinco centímetros à sua altura, e caminhar em direção à porta. Ela agarrou a maçaneta, girou e puxou. A porta permaneceu fechada e imóvel.

Ela girou e puxou novamente. Novamente, nenhum movimento, nem mesmo o menor indício de uma dobradiça girando. Ela se recusou a se mover.

Ela o testou, mas sem sucesso.

Ela começou a parecer cômica em sua luta antes de ficar completamente parada. Ela estava pesando suas opções. Ou seja, se deveria ou não solicitar sua ajuda. Quando ela começou a sacudir a maçaneta com mais ferocidade, ele percebeu que ela preferia andar sobre brasas a pedir ajuda a ele.

Ele deu um passo à frente. "Posso ser útil?"

Novamente, seu corpo parou seus ombros se curvaram em um esforço frustrado. Os olhos arregalados de descrença se encontraram com os dele. "Está trancada."

"Trancada?" Ele se nivelou com ela, encarando a porta ao lado dela. "Deve estar emperrada."

Ela deu um passo para a esquerda e se afastou dele. "O vento deve ter fechado."

"A chave não consegue abri-la?" Ele a observou, esperando que ela mostrasse a chave.

"Acredito que a chave esteja na fechadura." Ela olhou para a fechadura. "Do outro lado."

Alarmado, ele pegou a maçaneta da porta. Ele tentou todos os ângulos com níveis variados de força e delicadeza em seus esforços para forçar e persuadir a maldita porta a se abrir. Em um determinado momento de sua luta, ele tirou o sobretudo e, distraidamente, entregou-o a Olivia.

Finalmente, suas mãos caíram para os lados e ele desistiu da batalha. A porta estava realmente trancada.

Ele arriscou um olhar de soslaio para ela, esperando encontrá-la fervendo de raiva. Em vez disso, ele encontrou um pequeno sorriso perverso vagando em seus lábios. Aquele sorriso, ao mesmo tempo brincalhão e zombeteiro, o encantou. "Achei que você estivesse com raiva."

"É um pouco difícil ficar bravo com um homem que está tentando salvar o dia." Seu sorriso se contorceu em travessura, e ela devolveu o casaco para ele. "E um que parece ridículo enquanto faz isso."

Ele levantou as mãos e deu de ombros. Não era a primeira vez que essa mulher o chamava de ridículo. Ele não se importava nem um pouco. Ele gostava de arrancar sorrisos dela.

Além disso, ele não estava tão incomodado com uma situação que tinha um potencial muito real para calamidade. Se eles fossem descobertos e forçados a um cenário em que ele fosse obrigado a fazer a coisa certa, bem, ele não tinha certeza se ele se importaria tanto assim.

Como se ela pudesse ler sua mente, o sorriso sumiu de seus lábios, e ela deu um passo para trás. Em uma agitação de saias, ela se virou e começou a seguir o caminho de cascalho que serpenteava firmemente pelo jardim entre árvores em vasos, tulipas em flor e estátuas clássicas.

"Eu pensei em ser discreta", ela gritou por cima do ombro, uma ponta lânguida do dedo roçando na bochecha de Vênus. "Mas aparentemente os deuses têm outros planos para nós."

"Como?"

"Quem nos encontrar terá uma história muito valiosa para vender aos jornais de fofoca." Ela abraçou os braços com força. "Talvez ela seja uma empregada doméstica que gostaria de um vestido novo. Talvez ela nunca tenha tido uma única coisa nova na vida. Talvez seja preciso perdoar uma garota dessas por vender nossa pequena história de mau gosto." Ela parou e se virou para encará-lo, com as mãos erguidas em sinal de rendição. "Bem, aqui estamos, meu senhor, a chance de uma empregada doméstica ganhar um vestido novo e brilhante."

"Vou considerar aumentar o salário para minha equipe em um futuro próximo."

Uma risada irônica atravessou a garganta dela, e um pouco de tensão foi drenado do corpo dele. Uma sensação de facilidade, uma facilidade natural que existia entre eles quando permitiam, tomou conta dele.

Ela deu um passo para trás, mantendo contato visual, antes de se virar para continuar pelo caminho, ela novamente à frente dele, silenciosamente apreciando a beleza do jardim naquela rara noite clara. Eles encontraram um par de cadeiras reclináveis, e ela se acomodou em uma, novamente cruzando os braços sobre o corpo.

"Você está com frio?"

"Um pouco."

Ele estendeu o sobretudo para ela. Os olhos dela, arregalados e atentos, o consideraram por uma, duas, três batidas de coração antes que ela estendesse a mão e colocasse o casacão de lã sobre seu corpo deitado.

"Considere-o seu por essa noite", ele disse, acomodando-se na cadeira ao lado dela. "Quem sabe quanto tempo ficaremos aqui em cima." Uma profunda satisfação tomou conta dele enquanto olhavam lado a lado para o céu infinito espalhado acima deles como um cobertor. "Pelo menos não está chovendo."

"Isso é verdade."

"Mina conhece cada estrela e constelação de cor."

"Oh?"

Ele gostou da qualidade encantada na voz dela enquanto compartilhavam esse céu noturno maravilhoso juntos. "Ela ficou encantada com o teto da sua festa."

"Você deve instalar as estrelas no teto do quarto dela. Talvez para o dia do seu nome."

"Eu não saberia qual dar a ela: a do seu nascimento ou a da sua infância, pois ela nasceu no Japão, mas foi criada em Cingapura."

"Aquela que ela mais sente falta, eu acho."

"A mãe dela amava as estrelas." Antes que Olivia pudesse responder com a platitude necessária que Mina deve ter puxado da mãe, ele continuou: "Ela me falou uma vez sobre o céu da sua infância. Como ela queria vê-lo novamente."

"Como assim?"

"Ela dizia que o céu era diferente no Oriente, mas no Japão era quase sempre o mesmo céu."

Olivia sentou-se ereta e inclinou a cabeça. "Eu não entendo. Diferente *como*?"

Seu cérebro soou o alarme. Ele tinha se sentido muito à vontade com ela e tinha cometido um deslize.

Uma decisão estava diante dele: continuar a mentira ou falar a verdade. Uma verdade conhecida apenas por ele, Mina e outro homem em Londres. Uma verdade que ele de repente, e instintivamente, sabia que podia confiar a essa mulher para manter em segredo.

Não haveria como voltar atrás a partir daqui. Antes que sua cabeça pudesse convencê-lo do contrário, ele encontrou seu olhar azul questionador e seguiu seu coração. "A mãe de Mina era holandesa."

As sobrancelhas de Olivia se franziram como se ela estivesse tentando somar um e um e continuasse chegando a três. "Como isso pode ser?"

"Mina não é minha filha de sangue."

20

"Ela não é sua filha de sangue?" Olivia perguntou, sua voz pouco mais que um sussurro atordoado. "Como isso é possível?"

"Eu tinha acabado de completar 21 anos quando vi Clemence na ilha de Dejima. O pai dela era o Dr. Oelrichs, o médico residente da ilha. Eu me apaixonei por ela instantaneamente do jeito que só um jovem pode se apaixonar por uma mulher."

"Sim, bem", Olivia disse, "mulheres jovens também não são imunes a esse sentimento."

Um sorriso irônico de reconhecimento cruzou os lábios de Jake. "Eu encontrava uma dúzia de razões por dia para passar pela casa dela. Às vezes eu conseguia fazê-la sorrir, até rir, mas ela era uma garota totalmente séria. Eu fiz pouco mais do que me atrapalhar durante todo o processo de namoro."

A sobrancelha de Olivia se ergueu em surpresa. O polido Honorável Jakob Radclyffe, Quinto Visconde St. Alban, não era o tipo de homem que ela associava a sorrisos, piadas e *confusão*. Ele era um homem que a maioria caracterizaria como totalmente sério, um homem que carregava o peso de suas responsabilidades, obediente e honradamente.

Era uma qualidade que ela achava muito atraente. Muitos homens na *alta sociedade* não levavam nada a sério e desperdiçavam suas vidas. *Como Percy.* Pelo menos, o Percy que ela conhecera e com quem se casara em Londres. Ela não tinha a menor ideia do tipo de homem que ele era agora.

"Eu pedi a mão dela em casamento antes do mês acabar", Jake continuou. "Eu não voltaria por mais seis meses, já que apenas dois navios por ano eram permitidos na ilha, e eu queria garantir que ela ainda seria minha quando eu voltasse." O balançar de cabeça dele foi quase imperceptível, mas Olivia percebeu. "O Dr. Oelrichs quase riu de mim ao sair de sua casa antes de colocar um copo de uísque na minha mão e perguntar o que eu achava que sabia sobre sua filha. "Talvez isso endireite sua cabeça novamente". Essas foram suas palavras, e foi isso. Clemence voltou para casa e descobriu que era uma mulher comprometida." Ele fez uma pausa como se estivesse avaliando suas próximas palavras. "Mais tarde, percebi que o Dr. Oelrichs deve ter ficado sabendo das atividades de Clemence."

"Que atividades?"

"Clemence estava apaixonada, mas não por mim."

"Então por quem?" Olivia perguntou impaciente para saber. Ela nunca conseguiu se impedir de correr para o final de uma história.

"Eu voltei para o mar no dia seguinte", ele disse, deixando claro que contaria sua história em seu próprio tempo, "confiante e arrogante em minha crença de que Clemence poderia muito bem se acostumar com minhas viagens de longa distância mais cedo ou mais tarde. Eu fiz uma grande confusão." Sua boca se torceu em amargura. "Fui criado por uma mãe e tias que suportavam as longas ausências dos maridos como uma parte natural da vida. Não conseguia imaginar que Clemence seria diferente. Homens jovens e impetuosos podem ter imaginações surpreendentemente pequenas."

"Conheço bem a visão de mundo de homens jovens e impetuosos", Olivia inseriu.

"Quando voltei, demos um passeio ao luar até a ponte onde a vi pela primeira vez. Muito romântico até ela me contar que se apaixonou por outro homem enquanto eu estava fora e agora estava aumentando."

"Aumentando? Com o filho de outro homem? Muito—"

"Devastador?"

Olivia assentiu. Ela detectou uma sombra daquela devastação em sua voz quinze anos depois.

"Foi principalmente meu orgulho que se sentiu devastado. E como qualquer jovem cujo orgulho foi cortado em pedaços, eu me revoltei. Exigi o nome do homem, determinado a exigir uma satisfação. Clemence riu desanimada e me disse que não haveria satisfação para nenhum de nós." Ele fez uma pausa. "Um homem melhor teria se abrandado naquele momento."

O arrependimento se impregnou no ar e pesou sobre ele. O passado podia fazer isso com uma pessoa. No entanto, Olivia também detectou outra emoção. Na recusa dele em encará-la, ela sentiu vergonha. Uma vergonha que ele carregava nos últimos quinze anos.

"Eu a pressionei para saber o nome", ele continuou, "até que ela me disse que seu amante era o filho mais novo de uma família nobre japonesa, Kimura de Nagasaki. Ele era poderoso demais para ser tocado. Então ela pediu minha ajuda para sair da ilha antes que começasse a mostrar sinais da gravidez. Ela sabia que eu não teria problemas em contrabandeá-la para o navio da minha família." Ele respirou fundo. "Eu disse a ela que ela poderia ir para o diabo e viver com as consequências."

Olivia engasgou. "Oh, não."

"Minha noiva estava grávida, e não de qualquer criança, mas de uma criança japonesa." Seu olhar, amargo, cru, envergonhado, encontrou o de Olivia. "Era insuportável para mim que no instante em que a criança nascesse, o mundo, *meu* mundo, soubesse que eu não poderia ser o pai, que eu era um corno. Não vou relatar a você a totalidade das minhas palavras, mas elas foram cruéis. Meu pensamento predominante era que o mundo não deveria saber que fui traído por ela. Fugi na noite em que nossa carga foi descarregada e não olhei para trás."

"Então como Mina se tornou sua filha?"

"Pela graça de qualquer deus que você adore." Ele tirou as pernas da cadeira reclinável e ficou de pé, com a tensão saindo dele em ondas. "Seis meses depois, um dos meus tios adoeceu com um surto de malária em Cingapura. A empresa precisava que eu comandasse o navio o resto do caminho até Dejima para descarregar a carga. Era minha primeira oportunidade de comandar um navio de longa distância, e eu não podia recusar. Na minha primeira noite de volta à ilha, um bilhete escorregou por baixo da minha porta. Clemence queria me ver. Eu teria ignorado, mas uma frase chamou minha atenção, *Não tenho muito tempo.*"

Ele caminhou até a beirada do terraço, colocou a mão em um parapeito baixo e olhou para a rua abaixo. Ele estava a meio mundo de distância e completamente sozinho em suas lembranças.

"Corri para a casa do Dr. Oelrichs, e quase cheguei tarde demais. Clemence havia contraído febre puerperal, febre de parto." Ele encarou Olivia, com as costas apoiadas na parede baixa, encontrando seu olhar atormentado. "Não me lembro de ter tido medo de nada na minha vida até aquele dia, não da maneira como Clemence trouxe o temor de Deus para mim. Desaparecendo diante dos meus olhos estava uma Clemence bem diferente da que eu conhecia. Ou, devo dizer, a Clemence que eu pensava ter conhecido. Eu não tinha tido tempo para conhecê-la de verdade, ou para amá-la de verdade. Não a verdadeira Clemence."

Olivia não queria nada mais do que ir até ele. Deitar alguma parte do seu corpo no dele. Confortá-lo. Seus pés, no entanto, possuíam mais sentido do que seu coração e se recusavam a se mover.

"Ela me implorou para ficar com a criança como se fosse minha. Nem o pai dela nem a família Kimura concordariam em ficar com o bebê."

"Quem não faria essa promessa a uma mulher moribunda?" Olivia interrompeu, incapaz de se conter. "Mesmo que fosse mentira?"

"Talvez sim. Eu não sei. Mas Clemence entendeu a verdade sobre o assunto."

A mão de Olivia encontrou o caminho até sua boca enquanto o horror do futuro perigoso e sombrio que se estendia diante de uma Mina sem mãe e sem pai se desenrolava em sua mente.

"Clemence morreu nas primeiras horas da manhã. Encontrei uma ama de leite disposta a viajar para Cingapura, e deixamos Dejima em dois dias. Deixei todos acreditarem que Mina era minha filha de um relacionamento com uma empregada japonesa, e, num piscar de olhos, eu era o pai de uma linda menina."

Olivia viu que o fato o deixava perplexo até hoje, mas também o animava. Orgulho soava em sua voz, poderoso e feroz.

"E esse foi o fim até recentemente."

A cabeça de Olivia se inclinou para o lado. "Até recentemente?"

Jake se assustou como se a pergunta dela o tivesse tirado de um transe. "Não é da sua conta."

A curiosidade a levou a sondar a questão, mas o bom senso a fez segurar a língua. O tom dele não tolerava refutação. Em vez disso, ela se virou e perguntou: "Mina sabe?"

"Ela sempre soube o básico, mas eu contei a ela a história completa há dois anos."

Olivia pensou que seu coração poderia explodir com uma emoção sem nome. Havia algo que ele precisava ouvir, e ela diria. "Você deveria se sentir orgulhoso, não apenas de Mina, mas de si mesmo."

Seus olhos se moveram, assim como seus pés. As palavras dela não lhe soaram bem. A dele era a postura de um homem que se sentia culpado. "Orgulho não é a primeira palavra que me vem à mente."

"Você pegou Mina quando ninguém mais o faria", Olivia persistiu. "Ela é sua filha como se fosse sua carne e sangue. Você fez o que ninguém mais faria."

Ela fez uma pausa para diminuir o ritmo da conversa, para considerar cuidadosamente suas próximas palavras. Para considerar se elas deveriam ou não ser suas próximas palavras. "Estou bastante impressionada com você."

Sua boca se contorceu. "A ameaça de humilhação pública é um motivador poderoso. Nunca subestime sua capacidade de revelar a verdadeira medida de um homem."

"Você era um *jovem*. Nenhum de nós consegue se explicar como era aos vinte e um anos. Se tivermos sorte, vamos além de quem éramos naquela época."

Mais uma vez, ela fez uma pausa. Mais uma vez, ela considerou. Mais uma vez, ela falou. "Você não é o tipo de homem que deixa uma mulher cair."

"Não sou? Não deixei?"

"Não estou falando do homem que você era naquela época. Estou falando do homem que você se tornou. Você fez o certo por Clemence. Sua verdadeira medida foi revelada. Adotar uma criança é um passo incomum em nossa sociedade. Foi corajoso da sua parte."

"Dificilmente corajoso," ele disse. "Alguns anos atrás, um dos meus tios acolheu um garoto chamado Nylander. Ele e eu éramos quase da mesma idade, e crescemos juntos. Eu sabia desde o início que não havia nada de absurdo no fato dele não ser do nosso sangue, mas para o mundo, Nylander carrega o estigma da ilegitimidade." Seus olhos azuis árticos ficaram duros e frios, gelo impenetrável. "Nenhum estigma assim jamais se vinculará ao nome de Mina."

Feroz. Protetor. Olivia agora entendia a razão por trás daquela ferocidade e proteção. Uma emoção que ela se recusava a nomear, ou mesmo reconhecer, deslizou por seu corpo e envolveu seus tentáculos em volta de seu coração.

"Esta é a verdadeira razão pela qual você precisa de uma esposa de reputação impecável. Um casamento de sociedade é o escudo que Mina precisa para protegê-la. No entanto, estou curiosa", ela continuou, um pensamento lhe ocorreu. "Por que você nunca se casou? Certamente teria sido mais fácil criar Mina com uma esposa todos esses anos."

Uma risada escapou de Jake, uma dirigida a si mesmo, não a ela. "Nenhuma mulher se submeteria a um homem como eu, não se soubesse a verdade. Aceitarei um casamento da sociedade e terei a madrasta que Mina precisa."

"Qualquer mulher em Londres pularia na chance de ser casada com alguém como você", ela falou para ele.

"*Qualquer* mulher em Londres?" ele falou de volta.

Em uma noite diferente, sua pergunta a perturbaria e a faria correr para a segurança, mas não esta noite. Ela intuiu algo vital para este homem, e ela não deixaria passar. "Você busca se punir. É por isso que não se permite casar por amor. É por isso que se permite ser espancado até ficar todo machucado."

"Eu não diria que é o único motivo." Seu olhar azul translúcido a atravessou. "Ou mesmo o motivo principal."

Seu corpo ficou quente, mas ela não se deixou perturbar ou distrair. "Você está com medo."

"Não estamos todos?", ele retrucou.

"De si mesmo," ela respondeu. Ele se encolheu como se ela o tivesse golpeado fisicamente. "Você não confia em si mesmo quando se trata de amor. Você acha que o amor vai te transformar em um monstro. Mas olhe para Mina. Você nunca vai decepcioná-la."

"É diferente quando é sua filha, mas Clemence... eu a descartei como um pedaço de trapo inútil."

"Ela o traiu. Não é fácil perdoar esse tipo de traição ou esquecê-la. Você precisa encontrar alguém digno do seu coração."

Seu olhar de repente refletiu e a atingiu com uma acuidade penetrante. "Palavras tão idealistas de uma mulher que jurou renunciar ao amor e ao casamento."

Seu coração trovejou em seu peito. "Minhas circunstâncias não são as mesmas."

"Elas são tão diferentes?"

A intimidade das confissões de ontem e de hoje pairava entre eles. A verdade sobre seu casamento. A verdade sobre Mina. Ele deveria entender que essas confissões revelavam o passado, mas não mudavam nada no presente. Ele precisava do tipo de esposa que ela nunca poderia ser para ele.

Ela havia encontrado sua casa, e Mina havia encontrado sua escola. Tudo tinha terminado. Totalmente terminado. Nada os unia. Exceto por uma coisa: eles permaneceram presos neste terraço juntos.

Como se tivesse chegado à mesma conclusão, ele disse: "Podemos ficar aqui a noite toda."

"Oh, meu Deus", Olivia começou, sua voz falhando com a tentativa fraca de uma leveza de retorno, "o duque e Lucy pensam que estou em um jantar. Meu primeiro ato como dona desta casa será consertar aquela fechadura."

"Meu criado Payne sabe que estou aqui, então o resgate chegará em algum momento. Não vamos morrer de fome." Ele sentou-se ao lado dela. "Poderíamos começar a gritar. Isso pode render resultados mais rápidos."

"Eu prefiro morrer de fome a pagar esse preço específico." Mesmo quando as palavras saíram de sua boca, ela não tinha certeza de que eram tão verdadeiras agora quanto tinham sido alguns dias atrás. Poucas coisas de alguns dias atrás pareciam tão verdadeiras agora.

Seus olhos procuraram os dela. "Você prefere?"

Suas entranhas se reviraram, e seu corpo estremeceu involuntariamente.

"Você está com frio?"

Ela assentiu. Exausta pelas revelações e quase revelações dessa noite, ela se recostou e se aconchegou profundamente no volumoso sobretudo de lã dele. "Bobagem em uma noite de abril."

Antes que ela tivesse a chance de rever a importância de suas palavras, ele já havia começado um curso de ação.

Ou seja, ele desceu da cadeira e se ajoelhou ao lado dela. "Como você já tem meu sobretudo para se aquecer, tudo o que posso lhe oferecer é o resto de mim."

O livia rolou para o lado e levantou a borda do sobretudo de Jake.

Seu olhar sério e, oh, tão atraente, ele perguntou: "Você tem certeza?"

"Tenho." Nos últimos dias, ela só sentia essa certeza quando seu corpo estava perto do dele e o instinto tinha rédea curta. Só que não era um simples instinto que a conduzia.

Era algo mais profundo.

Algo *certo*.

Algo tão errado.

Ele deslizou por baixo do casaco, seus corpos próximos, mas sem se tocarem. O ar fresco da noite se tornou quente e suave no espaço entre eles, o mundo se reduziu a ele e ela.

"Isso não precisa levar a lugar nenhum", ele disse, suas palavras um estrondo baixo que sacudiu cada célula do corpo dela.

Ela assentiu, fechou os olhos e permitiu que seus outros sentidos assumissem o controle. De fato, o calor do corpo dele satisfazia certa necessidade superficial. Mas também despertava outro desejo profundo dentro dela. A experiência lhe ensinara que esse sentimento de desejo não seria aplacado pela proximidade restrita do corpo vestido dele. Tal obstáculo só aumentava seu apetite.

Dois dias atrás, ela havia permitido que seu desejo de misturar realidade e fantasia se tornasse uma extensão de seu estado de sonho. Como se o autoengano a isentasse de culpa no assunto. Essa noite, separada do corpo dele por um trecho de ar ao mesmo tempo insignificante e insuportavelmente enorme, ela não queria absolvição. Essa noite, ela reivindicaria e seria dona de suas ações.

Nessa noite em particular, sob essas estrelas em particular, nesse momento em particular, esse homem em particular seria dela. Ele nunca seria seu marido, mas seria seu amante uma última vez.

Seus olhos piscaram, sem surpresa ao encontrar seu olhar sério, firme e pacientemente, observando-a. Que afrodisíaca era sua seriedade. Ela nunca foi o ponto focal de tanta atenção reflexiva. Isso a encorajou. Isso a fez querer agir de uma forma fora de si mesma. Isso a fez querer seduzi-lo além dos limites de seu autocontrole. Ela estendeu a mão para tocar o rosto dele, o dedo indicador percorrendo a fina crista da maçã do rosto.

"Olivia—"

A ponta do dedo dela continuou seu caminho até seus lábios firmes antes de parar. "E se eu quiser que isso leve a algum lugar?"

Através dos poucos centímetros que separavam seus corpos, ele conseguia senti-la pulsando de desejo por ele? Tudo começou com uma aceleração simples e excitada de seu coração que a cada batida sucessiva espalhava um zumbido por seu corpo. Ela vibraria fora desta cadeira reclinável se não se firmasse com todo o comprimento de seu corpo contra o dele. O toque leve de seu dedo indicador não foi o suficiente. Poucas terminações nervosas fizeram contato com sua pele. Ela queria mais. Mas ainda não.

Seu dedo continuou seu caminho através de seu queixo, sua barba dourada pegando lampejos de luar, e descendo por seu pescoço antes de prender sua gravata e desatar o nó. Então o dedo dela retomou seu curso, deslizando ao longo da costura da camisa dele até que ela caísse em seu colete. Ela o abriu para ter uma visão melhor do peito dele quando notou a sombra de um hematoma localizado diretamente sobre o coração.

Num impulso, ela abaixou a cabeça e pressionou os lábios na pele machucada. Seus olhos se ergueram e o encontraram observando-a silenciosamente. O beijo pode não resolver nada, mas às vezes um instante de graça era tudo de que se precisava para passar para o momento seguinte.

Cada vez mais baixo, o dedo dela se arrastou até chegar ao topo das calças dele. A mão dele disparou e cobriu a dela, parando-a. "Não assim. De novo não."

Ela arqueou uma sobrancelha em uma pergunta silenciosa.

"Você ainda está com frio?"

Ela balançou a cabeça. "Estou queimando."

"Ótimo."

Ele tirou o sobretudo e sentou-se em frente a ela. Atraída por sua ação, ela seguiu sua liderança, agora de frente para ele, cada um antecipando o próximo movimento do outro. Ele se inclinou e estendeu a mão para abrir os três botões de pérola que prendiam o corpete dela. Seus olhos se fecharam e ela inalou quando a camisa aberta dele roçou a seda do seu corpete, completando a sobrecarga sensorial com o cheiro e o calor dele.

Tarefa concluída, suas mãos caíram. Os olhos dela se abriram. Ela se sentiu incomodada e excitada com a ação dele, com a ideia de ele se negar a ela. A luz do desafio dentro dos olhos dele aumentou seu desejo. O próximo movimento no jogo deles era dela.

Ela desdobrou as pernas e ficou de pé ao lado dele, a boca dele a um sopro de distância da cavidade do pescoço dela, esse homem seguro de si na posição de suplicante. Sua posição de mulher por cima era boa. Melhor do que boa.

Uma sensação invadiu seu corpo, centímetro por centímetro.

A sensação de poder. Ela ficou tonta com isso. Ter um homem como esse, o homem mais desejável de Londres, a seus pés...

Com um simples encolher de ombros, o corpete caiu até a cintura. Um raio de triunfo a atravessou quando o olhar dele não conseguiu mais segurar o dela. Como se ele fosse morrer de fome se não se deleitasse com a carne dela naquele exato momento.

Quando os olhos dele voltaram sem pressa para os dela, estavam quase pretos, com as pupilas dilatadas até a borda externa da íris. Oh, quão perverso e gratificante.

Ele tirou o colete e a camisa em um único movimento, deixando seu próprio peito um banquete nu de músculos definidos. O corpo endurecido de um homem era novo para ela. Percy era magro e esguio como um jovem que havia se tornado homem recentemente. Mas Jake era magro e *musculoso*. Seu corpo era tão indecentemente carnal.

Mais uma vez, era a vez dela. Com uma ondulação sutil de seus quadris, seu vestido deslizou para o chão, deixando-a vestida apenas com ligas azuis prateadas e meias brancas com sapatos combinando. Ela nunca agiu tão descaradamente, tão sem medo. Nem ficou tão excitada. Seu monte púbico devia estar pingando sua excitação para seu olhar fixo.

Era a vez dele.

A mão dele deslizou para desamarrar as calças enquanto ele tentava se levantar. Em um impulso repentino, ela colocou uma mão firme em seu peito e se abaixou de joelhos diante dele. Ela não tinha certeza do que havia acontecido com ela, mas tinha um desejo avassalador de tocá-lo com a língua como ele havia feito com ela.

Os dedos dela deslizaram pelos músculos tensos do peito e da barriga inferior para abrir sua calça, libertando seu membro túrgido do tecido confinante. Reto, longo e impossivelmente grosso, seu eixo era perfeito. Pontas de dedos reverentes roçaram sua superfície aveludada.

Enquanto ela segurava seu olhar, sua língua tocou sua base

grossa e lentamente acariciou o comprimento dele por toda a coluna pulsante até a ponta. Um arrepio o percorreu, e sua cabeça se arqueou para trás. "Olivia", ele rosnou.

Ela repetiu o movimento, apertando as coxas enquanto sua própria luxúria ameaçava sobrepujar sua intenção. Então ela o puxou para dentro de sua boca, centímetro por centímetro, sua mão o segurando na base para guiá-lo para dentro. Com a língua girando em torno da ponta, a boca e a mão dela se moviam para cima e para baixo em seu comprimento macio em um ritmo constante.

"Olivia", ele quase rosnou, "eu posso perder a cabeça."

Sugando-o mais profundamente, ela aumentou o ritmo, levada por uma luxúria ainda mais quente e pelo prazer que proporcionava. Ela gemeu em uma mistura de frustração e desejo.

"Olivia", ela ouviu novamente quando sua mão segurou o lado de seu rosto. "Eu cheguei ao limite."

Ela se afastou dele, centímetro por centímetro excruciante, dando-lhe uma última lambida antes de se sentar sobre os calcanhares. "Sua vez."

Ele estendeu a mão pelo espaço vazio entre eles e a levantou para ficar de pé. Um movimento inesperado. Ela achava que ele a arrebataria no chão, talvez, até esperasse por isso.

Ele deslizou o polegar e o indicador em sua boca antes de estender a mão para pegar um dos mamilos dela entre eles. A respiração dela ficou presa no peito. Talvez ela nunca mais voltasse a respirar. Ela se agarrou o ombro dele para que suas pernas não cedessem. O prazer a invadiu em pequenas ondas que se tornaram maiores e mais ousadas a cada ondulação subsequente, insistentes, exigindo mais. Ele passou a outra mão pela barriga dela até o monte acima da vulva.

Mais estava tão perto, tão, tão perto...

Um gemido nascido de luxúria e frustração profunda e não filtrada a rasgou.

A cabeça dele se levantou rapidamente. "Faça isso de novo."

Mais uma vez, ela gemeu, e os dedos dele deslizaram pelas dobras molhadas do sexo dela. A mão dela agarrou com mais força o ombro dele. Mais estava quase... *Quase... Lá.*

"Mais uma vez", ele exigiu.

Mais uma vez, ela obedeceu. Um dedo deslizou para dentro dela enquanto o polegar dele começou a tocar seu sexo externo.

Outro dedo escorregou para dentro, preenchendo-a, levando-a mais alto que este terraço, mais alto que o céu acima. Oh, como as estrelas brilhavam para ela esta noite.

"Jake", ela gritou, incerta de quanto mais desse prazer requintado ela poderia aguentar antes de se despedaçar em um milhão de faíscas de luz. Ela o queria dentro dela, seus dedos habilidosos de repente se tornaram um substituto ruim para o verdadeiro ele. "Eu quero você. *Todo* você."

As palavras mal saíram de seus lábios antes que os dois estivessem no chão, ele equilibrado acima dela, seus olhos fixos nos dela. Em um movimento rápido e seguro, ele afundou nela, e nada mais importava.

"Sim", ela disse com uma voz firme.

AQUELE *SIM* CARNAL, ofegante e louco era tudo o que ele precisava ouvir.

Nunca uma mulher o levou à beira de perder todo o controle antes que ele estivesse pronto, não como Olivia. Só ela tinha o poder de reduzi-lo a esse estado primitivo. Como se sua sobrevivência dependesse de fodê-la até o esquecimento.

Seus quadris deram um impulso forte, e os olhos dela se fecharam em abandono involuntário. Seus lábios inchados se separaram, um gemido escapou, e ele estava perdido.

Ele acalmou os quadris, e ela abriu os olhos, um protesto em suas profundezas. Ele puxou quase todo o caminho para fora e empurrou com força novamente, e agora *ela* estava perdida.

Mesmo quando ele a levou ao limite, ele teve o cuidado para que ela o alcançasse primeiro. As mãos dela seguravam firme os músculos tensos de sua bunda, o estimulando a aumentar seu ritmo, seus quadris se erguendo para encontrá-lo a cada impulso para baixo, sua paixão o levando a um estado quase frenético. Justo quando ele começou a questionar sua capacidade de acompanhar esta mulher loucamente apaixonada abaixo dele, ela se soltou, gritando seu clímax para as estrelas acima.

Sua vulva pulsando ao redor dele, ele não conseguiu mais se conter e cedeu à necessidade animal clamando por sua própria liberação. Ele juntou o corpo doce e flexível dela contra si, com uma mão na nuca dela e a outra em seus quadris, penetrando-a, estocadas com investidas implacáveis uma após a outra, com os gemidos e suspiros dela fazendo cócegas em seu ouvido, levando-o ao precipício, ao limite.

"Olivia", ele gritou quando a liberação o dominava em uma, duas, três investidas, prometendo por um momento selvagem nunca mais soltá-la, mantê-la suspensa no escuro e delicioso limbo de felicidade, necessidade e saciedade por toda a eternidade, enquanto seus corpos estivessem unidos.

Não mais do que um pedaço de carne gasta, ele desabou em cima dela antes de rolar ligeiramente para o lado para aliviá-la um pouco de seu peso.

Seus corpos exaustos, a velocidade de seus corações diminuiu, a realidade começou a se infiltrar nas bordas da consciência. Ele havia colocado sua semente dentro dela. Descuidado.

O pensamento, no entanto, carecia de urgência. Qual era o pior resultado possível? Que ela apareceria com um filho? Que ele teria que se casar com ela?

Ele poderia pensar em repercussões piores. *Como não se casar com ela?* Veio um pensamento. *Como se afastar dela essa noite?* Veio outro.

Não. Não poderia ser possível.

Esta noite, ele foi libertado de um passado que o sobrecarregou sozinho por muito tempo. Foi somente quando ela falou as palavras em voz alta que ele conseguiu ver. Ele estava anos distante do jovem tolo que um dia fora. Ela lhe ofereceu benevolência — e um vislumbre do homem que ele seria... *Para ela.*

Ele nunca deixaria essa mulher confusa e fascinante na mão. Seu coração sabia disso até o âmago.

"Olivia", ele começou, sem saber para onde suas palavras o levariam...

"Você pode me entregar seu sobretudo?" ela interrompeu. "Eu me sinto gelada de repente."

Ele pegou o sobretudo e uma batida forte soou na porta. "Lorde St. Alban?" veio uma voz abafada pelo denso carvalho. "Meu senhor?"

Um raspar abafado de metal contra metal soou quando a chave começou a girar na fechadura. Sem hesitar, a voz de Jake retumbou: "Payne, não abra essa porta se você valoriza sua posição na minha casa. Você deve recuar imediatamente e aguardar mais instruções."

Tudo ficou perfeitamente parado.

Uma Olivia nua chamou sua atenção. Ela estava sentada com suas pernas cruzadas ao lado de seu corpo ereto, cabelos dourados caindo em ondas soltas sobre seus ombros, lançando-a á luz de uma Afrodite saciada.

Uma nova explosão de luxúria percorreu-o. Ele poderia tomá-la novamente naquele exato momento. Mas a luxúria não era a única emoção guiando sua resposta, e ela precisava saber. "Olivia—"

"Parece que fomos encontrados", ela interrompeu, sua voz rouca e diferente de si mesma. Ela pegou seu vestido. "Não vamos morrer de fome, afinal."

Seus olhos encontraram os dela. "Eu já posso estar morrendo de fome."

Olivia desviou o olhar dele, evitando o significado de suas palavras. Com toda a paixão de um autômato, ela se concentrou em se vestir, seus movimentos mecânicos e rotineiros, e uma tristeza indescritível tomou conta dela pelo que estava prestes a perder.

O fato é que ela tinha se aproximado demais do atraente visconde. E continuava se aproximando demais dele, o que não daria certo. Ele precisava do tipo de esposa que pudesse proteger e guiar Mina através das dificuldades e desafios da sociedade.

Além disso, será que ela havia se esquecido de que não queria ser esposa de novo? Ela odiava ser esposa.

Nenhuma esposa minha será submetida a tal casamento.

Ela não pensaria nisso.

Os últimos fios de seu cabelo presos no lugar, seus pés começaram a carregá-la em direção à porta, em direção à liberdade. Só que ela não se sentia livre de jeito nenhum.

A imagem de sua coluna de mármore branco, outrora reconfortante e firme, surgiu em sua mente. Mas seu significado original havia evoluído para algo sombrio e desagradável. Agora parecia nada mais que uma torre de prisão.

Ela também não pensaria nisso.

"Seu homem é confiável?", questionou sua voz.

"Sim." Jake se nivelou com ela na curta caminhada até a porta. "Mas só para ter certeza, vou garantir que ele tenha um vestido novo amanhã."

Ele fez uma piada, e foi engraçado, mas tudo o que seus lábios conseguiram fazer foi se curvar para cima no que parecia a lembrança de um sorriso.

"Não seremos capazes de evitar um ao outro, estou com medo", ela disse. "Parece que nossas filhas se tornaram grandes amigas, mas não se preocupe. Farei o meu melhor para não promover nenhum *conceito sobre nós*." Ela não entendeu por que disse essa última parte. Não era o que ela queria?

"Olivia—"

"Nada mudou, Lorde St. Alban."

Seus nós dos dedos deram uma única batida na porta. No instante seguinte, o criado de Jake a abriu e se afastou, seus olhos discretamente abaixados. Seus pés silenciosos a carregaram pelo corredor e pela escada em espiral, deixando para trás um Jake visivelmente perplexo.

Ele precisava de uma esposa, e ela não precisava de um marido. Eles eram completamente errados um para o outro. Ela quase acreditou, exceto quando estavam juntos, eles pareciam tão certos.

Nenhuma esposa minha será submetida a tal casamento.

Ela devia fazer um favor a si mesma e esquecer que ele já havia proferido aquelas malditas palavras. Só então ela seria capaz de se libertar da emoção inominável que envolvia seu coração e se recusava a soltar,

22

NO DIA SEGUINTE

Com as veias saltando de expectativa, Jake passou pelos três degraus que levavam até o humilde batente da porta e bateu duas vezes na aldrava enferrujada. Ele assumiu uma postura de pernas abertas e esperou. O dia havia chegado para ele silenciar o homem do outro lado daquela porta.

Ele inclinou seu corpo longo para trás e olhou para a fachada do prédio, simples, cinza, tinta descascada, decrépito. Ele não tinha certeza se era cinza pela idade ou fuligem de carvão, mas uma coisa era certa: o prédio não era branco há muitos anos. Nada poderia permanecer branco por muito tempo em Limehouse.

Uma velha criada abriu a porta, e um olhar cauteloso o examinou de cima a baixo como se ele fosse um vagabundo de rua. "Você está aqui para uma aula de arte?"

"Não", veio sua resposta curta. "Diga ao seu mestre que Lorde St. Alban está lhe fazendo uma visita."

"O Sr. Jiro não está recebendo", respondeu a criada, sucinta e implacável.

Quando ele começou a fechar a porta na cara dele, sua mão disparou e segurou firme contra o carvalho surpreendentemente resistente, impedindo-a de fechá-la. Ela não o bloquearia. Ele veio para resolver esse assunto. "Diga ao Sr. Jiro que temos um conhecido em comum. A família Kimura de Nagasaki."

A criada assentiu. Nenhuma luz de reconhecimento se registrou em seu rosto enrugado quando ela fechou a porta contra a mão de Jake.

Era bom que ele estivesse aqui fora, em meio à névoa cinza-chumbo. Depois de alguns dias de descanso, o clima sombrio típico de Londres havia reafirmado sua supremacia. Clima perfeito para seu estado de espírito atual.

Ele acordou essa manhã com um cérebro apático. Então Mina entrou em seu quarto. "Pai, mandei a carruagem me levar para a escola."

Um motivo para sair da cama de repente o atingiu. Ele tirou os cobertores do corpo e balançou as pernas para fora da cama. "Estarei pronto em dois minutos."

"Estou muito satisfeita em pegar a carruagem sozinha."

"Insisto em vê-la acomodada."

As sobrancelhas de Mina se encontraram, confusas, antes de relaxar em aceitação. "Esperarei por você na sala de estar."

Se não fosse esperança — ele sabia que estaria perdido — então algo mais brilhante e feliz floresceu em seu peito. Ele veria Olivia. Era tudo o que precisava, um vislumbre dela. O menor pedaço seria o suficiente para sustentá-lo. Ele tinha certeza disso.

No entanto, quando passaram pelo corredor, ela foi fiel à sua palavra e o ignorou. Os olhos dela não tinham nem mesmo o menor vislumbre de reconhecimento, e um vazio de desespero se abriu dentro dele.

Ele estava errado: não poderia viver de pedaços de Olivia. Seria melhor ficar sem ela completamente. O que, é claro, ele devia fazer.

Ele se mexeu de pé, inquieto e frustrado. Ele precisava de uma luta no ringue do Gentleman Jackson. Pelo menos, o ringue oferecia a um homem uma luta direta.

A porta se abriu em dobradiças silenciosas, e a criada taciturna acenou para que ele entrasse. Ao cruzar a soleira, viu que estava entrando em uma casa japonesa adequada, simples, limpa e aberta. Mesmo que quisesse exalar o tipo específico de alívio que se sentia em ambientes familiares, ele não o faria. Ele deveria permanecer alerta. Esta casa abrigava seu inimigo.

A criada pediu que ele parasse e apontou para um suporte baixo de madeira. Ele intuiu o significado dela e tirou as botas antes de segui-la até uma sala sem janelas e de teto baixo, iluminada por uma lamparina fraca centralizada em uma mesa retangular baixa. Almofadas de assento simples colocadas sobre o piso de tatame eram os únicos outros móveis da sala.

Ele entrou na sala sozinho e a porta de papel de arroz fechou-se silenciosamente atrás dela em trilhos de madeira. Antes que ele pudesse se orientar, a porta se abriu para admitir um homem vestido com uma túnica branca simples e calças, as roupas mais orientais do que ocidentais. *Jiro.*

Ele era mais alto do que Jake se lembrava, mas só tinha visto o homem sentado discretamente em um canto, uma vez. Jiro se abaixou em um tapete, fluido e seguro. Embora seu modo de vestir e porte transmitisse a impressão de um homem mais velho, Jake podia ver que o homem era mais jovem do que ele por alguns anos.

Ele também era bonito, mas não para o ideal ocidental. Sem dúvida, as características fortemente definidas de seu rosto — maçãs do rosto, mandíbula, queixo, lábios — chamariam a atenção até mesmo da mais tacanha dama da sociedade, seu apelo se estendendo além do de uma novidade para o prazer da nobreza.

Nobreza. Outra palavra que se aplicava a esse homem. Estranho e nada do que Jake esperava de um mestre da arte ou de um ladrão. Nenhuma das peças individuais estava se juntando em uma configuração organizada.

A criada voltou com o serviço de chá, e o aroma floral de

jasmim impregnou o ar. Ela serviu chá em duas xícaras e saiu apressada da sala com passos rápidos de gato. O homem envolveu a xícara com dedos longos e elegantes e a levou aos lábios. *Descontraído* era mais uma palavra para esse homem.

A paciência de Jake acabou. "Quem é você?"

"Você sabe quem eu sou." Um sorriso tenso se formou na boca do homem. "Jiro." Ele tomou outro gole insuportavelmente longo de seu chá.

Jake controlou sua irritação e permaneceu em silêncio. Mais cedo ou mais tarde, o homem teria de pedir que ele se pronunciasse sobre o assunto.

Jiro soprou na superfície de seu chá, o líquido uma ondulação abafada, e tomou outro gole. "Finalmente, você encontrou seu caminho até mim."

Jake se mexeu e tentou encontrar seu equilíbrio, tanto físico quanto mentalmente. Seu oponente tinha todo o controle. "Você me conhece tão bem? Não me lembro de duas palavras terem sido trocadas entre nós antes de hoje."

Finalmente, os olhos de Jiro se ergueram para encontrar os dele. Aqueles olhos eram tão impenetráveis quanto à noite mais profunda e escura. No entanto, de alguma forma estranha, eles eram familiares para Jake. Mais uma vez, a sensação de que havia uma peça, uma peça que o iludiu, faltando neste quebra-cabeça fez cócegas no fundo de seu cérebro.

"O amor de um pai por sua filha é previsível", Jiro respondeu, um lampejo de emoção, insondável e rápido, passando por suas feições. "Eu estava contando com isso."

Jake sentiu um rubor duplo de raiva e medo. "Explique-se para que eu não interprete mal sua intenção."

Mais do que nunca, ocorreu-lhe que não entendia os desejos deste homem, apenas os seus, que era esticar o braço sobre a mesa, agarrar Jiro pelo pescoço e silenciá-lo para sempre. Tão rápido quanto surgiu, o impulso passou, deixando-o fervendo de frustração e vazio. Mais de uma peça estava faltando neste quebra-cabeça.

Jiro descruzou as pernas e se levantou. "Siga-me."

JAKE ESTAVA diante do brilho sobrenatural da folha de ouro e da cor vibrante, deleitando-se com a beleza e o calor das pinturas que haviam causado tantos problemas. Ele nunca as tinha visto em plena luz, apenas na semiescuridão de uma sala sem janelas e apenas uma vez. Ele gravitou em direção ao canto inferior esquerdo da pintura final.

Lá estava ela. *Clemence*, suave e luminosa, requintada. Sua beleza tinha se tornado quase uma ideia abstrata nos últimos quinze anos.

"Deslumbrante, sim?" Jiro perguntou.

O olhar de Jake disparou em direção a um ponto mais neutro. "Deslumbrante, de fato", ele respondeu, em guarda. Ele não tinha certeza do que Jiro queria dizer. Com toda a honestidade, ele não esperava ser levado diretamente para as pinturas. Ele esperava uma luta maior.

Jiro se aproximou dele, e eles encararam as pinturas juntos. "Somente famílias nobres possuem tal beleza, sim?"

Jake assentiu. Era um fato de seu tempo. De todos os tempos, ele suspeitava.

"Elas foram produzidas pela escola Kanō durante o volátil período Momoyama. É impressionante que uma época de tanto caos tenha produzido uma obra de tamanha serenidade."

"Eles não foram produzidos há quinze anos?"

"Não."

Ele apontou para a figura de Clemence. "Então como ela foi parar na pintura?"

Jiro enrijeceu. "Um artista posterior a colocou lá."

"E quem teria sido?"

Jiro pigarreou. "A família Kimura de Nagasaki adquiriu as pinturas quando sua família era pouco mais que senhores da guerra."

"Até você roubá-las," Jake disse, esperando pegar Jiro desprevenido.

"Até eu reivindicá-las. Você e sua filha estavam morando em Cingapura na época, sim?"

O corpo de Jake ficou tenso. Novamente, o homem mencionou Mina. Ele estava interessado em chantagem? "Qual é sua preocupação com o paradeiro da minha filha?"

Jiro olhou pela janela. "Os Kimura foram grandes amantes da arte ao longo dos tempos. As gerações mais velhas haviam conquistado o poder e a influência para que as mais jovens os usassem e desperdiçarem como quisessem. A escolha é privilégio dos ricos, sim?"

Jiro olhou para Jake, talvez esperando uma resposta. Bem, uma pena. Ele não tinha interesse em uma aula de história.

"O filho mais novo do atual chefe da família não estava inclinado a exercer poder ou influência como seu pai ou irmãos mais velhos. Kai se importava apenas com a Beleza." Os lábios de Jiro se curvaram em um sorriso distante. "Vocês, ingleses, têm uma expressão para ele: sua cabeça estava nas nuvens. Por ser o filho mais novo de muitos, seu pai se entregou a essa qualidade, aceitando-a como prova de quão longe os Kimura haviam chegado desde seus dias de senhores da guerra." Quase como um aparte, ele acrescentou: "Um mestre de arte da escola Kanō foi contratado."

"Você?"

Jiro inclinou a cabeça. "O garoto amava arte em todas as suas formas. Seu foco era como o de uma borboleta, pousando em uma bela flor após a outra, fosse música, pintura ou poema. Beleza era vida para ele. Então, um dia, ele viu a filha do médico holandês no lago de carpas em Dejima."

A familiar pontada de pavor agitou-se dentro de Jake. "Eu sei sobre eles", era tudo o que ele podia confiar em si mesmo para dizer.

"Kai precisava da ajuda de seu mestre de arte para — como você diz? — *cortejar* uma garota do Oeste sem o conhecimento de sua família."

Um pensamento ocorreu a Jake. "Você não se apaixonou por ela também, não é?"

Emoção, pura e crua, passou rapidamente pelos olhos de Jiro, e os cabelos na nuca de Jake se arrepiaram. Certas peças do quebra-cabeça estavam começando a se encaixar, mas não na configuração que ele esperava. A imagem que estava surgindo não fazia sentido.

"Ela era a Beleza personificada para Kai", disse Jiro. "Acredito que ele amava a garota de todo o coração. O que um mestre de arte leal poderia fazer diante de tanto amor?"

Jake segurou a língua. Ele conseguia pensar em várias coisas.

Jiro colocou as mãos espalmadas na mesa central da sala como se estivesse se preparando para o que diria em seguida. "Então ela estava grávida. Kai sabia o que faria. Ele se casaria com ela, e eles seriam uma família feliz. Um filho mais novo mimado não tinha motivos para acreditar que essa ideia não fosse possível. Claro, seu pai rapidamente o desencorajou de tal ilusão romântica. Clemence e a criança seriam descartadas como lixo ocidental e esquecidas. Kai assentiu em concordância com seu pai e começou a formular outro plano."

"Pegar Clemence e as pinturas e fugir," Jake intuiu.

"Kai teve essa ideia de que poderia vendê-las e viver dos lucros até que ele e Clemence encontrassem uma maneira de se estabelecerem."

"Ela sabia desse plano?"

Jiro balançou a cabeça e seus dedos se fecharam em punhos. "Kai decidiu esperar o momento certo e até que a criança nascesse. Ele não queria arriscar a saúde dela ou a do bebê navegando em mar aberto. Além disso, os espiões de seu pai saberiam se ele tentasse qualquer comunicação com ela. Afinal, eles teriam o resto de suas vidas para ficarem juntos. Mas então—" Uma nota de tristeza não reconciliada engasgou a voz de Jiro.

"Ela morreu," Jake terminou por ele.

Jiro assentiu e limpou a garganta. "Antes que Kai pudesse emergir de sua tristeza, você deixou Dejima com a criança."

Os olhos de Jiro encontraram os dele, e Jake viu recriminação em suas profundezas. Compelido a explicar, ele disse, "Clemence pediu que eu levasse sua filha. Ninguém mais o faria."

"Eu pensei que esse deveria ser o caso. Caso contrário, por que você de todas as pessoas—"

"Sim, por que eu faria isso? O corno?" Jake atirou no homem como uma repreensão.

"A menos que ela tivesse pedido", Jiro terminou como se não tivesse ouvido Jake. "Ela não tinha mais para onde ir." Uma chama baixa acendeu no olhar do homem. "Ela teve que implorar para você levar a filha dela?"

Jake sentiu como se tivesse levado um soco no estômago. "Sim."

"Ela não fez nada de errado", Jiro declarou. "Seu único crime foi amar no lugar errado na hora errada. Não havia nada de errado com seu amor."

Jake não discutiria com esse homem sobre a opinião do mundo sobre esse amor. Era uma conversa totalmente diferente. Da perspectiva dele — e a única que ele se importava em considerar — Mina veio dessa união. De fato, havia algum direito nisso.

Mais uma vez, Jiro pigarreou. "Kai resolveu levar adiante seu plano de qualquer maneira. A criança era dele, e tudo o que restava de Clemence. Ele a reivindicaria de você."

A apreensão agitou o estômago de Jake. "Eu nunca recebi nenhuma notícia dele."

"Seis meses após o nascimento de Minako. Esse é o nome dela, certo?"

Jake assentiu, sentindo-se mais desequilibrado a cada segundo. Seu cérebro se recusou a especular onde essa história poderia levar. Certas possibilidades eram extraordinárias demais.

"Kai encontrou um capitão de navio disposto a pegar seu ouro e fazer vista grossa até Cingapura. Eu concordei em acompanhá-lo, pois tinha mais conexões no mercado de arte. Mas o azar nos seguiu através da água e, quando atracamos em Cingapura, tínhamos contraído dengue."

Jiro pegou um caderno de desenho e o abriu em uma página em branco. Com carvão na mão, ele começou a rabiscar no papel. "Nós fomos até uma pensão barata para esperar a febre passar. Tanto o mestre quanto o criado estavam doentes entre estranhos. Não dava para discernir quem era quem." Ele levantou os olhos do papel. "Quem é criado nessas circunstâncias? Quem é mestre? A doença torna todos os homens iguais dessa forma."

Jiro largou o lápis e olhou para o esboço antes de segurá-lo para a inspeção de Jake. "Você pensou em encontrar esse homem quando veio aqui hoje?"

Jake estudou o desenho. Sem perceber conscientemente, esse era, de fato, o homem que ele esperava ver hoje. Certas possibilidades extraordinárias começaram a aparecer, peças inesperadas do quebra-cabeça se encaixando. *Impossível.*

Ele olhou para cima e encontrou Jiro o estudando com os olhos semicerrados.

"Quando a febre passou", Jiro continuou, "um viveu e o outro não."

O olhar de Jake disparou do esboço para o rosto de Jiro.

"E o mestre virou criado."

A possibilidade virou realidade. A imagem era clara.

"Kai."

23

"Já faz quase quinze anos que me chamam pelo nome do meu nascimento. Devo confessar, é bom ser conhecido."

O impossível desabou sobre Jake como um fato irrefutável.

"Agora sou chamado de Kanō Jironobu. Jiro, se preferir."

Jake agora reconheceu o que se recusou a ver antes: Mina neste homem...

Kanō Jironobu...

Kai.

A dor gerada pelo medo e desespero o atingiu. Mina era sua filha, não deste homem. Não importa que a biologia possa argumentar o contrário.

"Depois de alguns meses, me recuperei e fui até sua casa pela porta dos fundos, vendendo aquarelas baratas. Vi que Minako tinha um bom lar com você, um melhor do que eu poderia lhe dar como fugitivo. Fui curado de minhas noções românticas."

Kai virou para uma folha em branco e começou a desenhar novamente. "Eu também sabia que não poderia ficar em Cingapura. Minhas feições japonesas se destacavam muito distintamente, e era apenas uma questão de tempo até que os espiões do meu pai me encontrassem, vivendo como eu estava com vários outros hóspedes. As pessoas tinham notado e estavam fazendo perguntas. Eu tinha ouvido falar que havia uma comunidade de nós da Ásia em Londres, então embarquei no primeiro navio com destino à Inglaterra. Claro, minhas feições se destacavam aqui também, mas os ingleses tendem a agrupar todos os orientais em um grupo, o que manteria meu segredo seguro. Eu sabia que você chegaria aqui com Minako algum dia. Montei um estúdio e esperei."

"Você a viu?" Jake gritou. "Em Londres?"

"Sim."

"Onde?" Jake perguntou, seu equilíbrio começando a retornar, como se tivesse sido derrubado no ringue e estivesse recuperando o equilíbrio. Em tais momentos, uma determinação o dominava para ver a luta até o fim e vencê-la. Este momento não foi diferente.

"No Hyde Park."

"Ela viu você?"

"Sim", Kai hesitou, "e havia algo em seus olhos quando ela me viu."

Jake avaliou seu oponente. Apesar de toda sua aparência refinada, Kai sabia dar um soco. "E o que foi?"

"Avidez."

Lá estava: a verdade. Uma verdade que Jake conhecia em um nível elementar há algum tempo. Uma verdade que ele não tinha meios de satisfazer.

"Eu quero um tempo com ela."

"Impossível", veio à resposta instintiva de Jake.

"Ela deve conhecer sua herança."

"Ela é filha de um visconde. De que outra herança ela precisa?"

Kai não sabia nada sobre Jake se achava que ele não lutaria. Uma verdade mais profunda e importante estava no cerne dessa questão. Mina era sua filha. Ela era tanto dele quanto qualquer filha biológica poderia ser. Este homem não ficaria entre eles. Ele não os destruiria.

"Eu *sou* o pai de Mina", Jake quase rosnou.

"Não pelo sangue", Kai rebateu, áspero e persistente.

"Sangue não importa."

"Em Londres?" Kai zombou. "Importa."

"Londres sabe o que precisa saber."

"Mas Mina sabe?"

Uma raiva repentina veio à tona, uma raiva que Jake mal conseguia conter. "Você acha que sabe o que é melhor para ela? Você acha que é o pai dela? Você não entende nada sobre ser o pai dela."

Kai se moveu para frente, seus olhos em chamas e intensos. "Mas eu quero saber. Ela precisa de um lugar onde possa ser japonesa também, um lugar onde ela se encaixe facilmente", ele terminou, dando seu soco nocauteador com uma segurança rápida que derrubou Jake.

Tão repentinamente quanto a raiva explodiu, ela desapareceu. As próximas palavras de Jake saíram de seus lábios como um fardo que se tornou pesado demais para suportar. "Como uma peça de quebra-cabeça do formato certo."

Um vislumbre de esperança acendeu no olhar de Kai. "Deixe-a me conhecer. Ela está ciente de sua verdadeira ascendência?"

Jake assentiu. "A sociedade não pode descobrir a verdade sobre seu nascimento."

Finalmente, ele disse as palavras que viera aqui para dizer, e elas pareciam vazias e estranhas agora que ele as havia falado em voz alta. Kai não era uma ameaça para Mina. Ele nunca foi.

"A sociedade não vai descobrir", disse Kai.

"Você tem relações com a sociedade", Jake começou.

"Sociedade como Lady Olivia Montfort?"

Cada músculo do corpo de Jake ficou tenso. "Sim, como Lady Olivia Montfort."

Kai inclinou a cabeça. "O conhecimento dela sobre a situação fica a seu critério."

Assim, estava feito. "Eu falo com Mina", disse Jake. "Ela toma a decisão, não você ou eu."

Kai assentiu e gesticulou em direção à porta. "Posso te mostrar a saída?"

Jake seguiu Kai por um labirinto apertado de corredores, ao mesmo tempo desgastado e estranhamente aliviado. Ele já podia prever a decisão de Mina, e seria a certa. Uma parte dela que não podia ser alcançada por ele ansiava pelo que Kai oferecia. Ele não se intrometeria no caminho da realização e da felicidade de sua filha. Ela não era sua propriedade para ser guardada para ele.

No entanto, era outra parte da conversa, uma não tão bem concluída, que o incomodava. Ele detectou um conhecimento específico nos olhos de Kai quando o homem falou de Olivia. Estava claro que ele intuiu a verdadeira natureza do relacionamento deles.

Alguns dias atrás, tal percepção poderia ter preocupado Jake, mas não agora. Agora ele queria isso às claras. Ele queria gritar aos quatro ventos. Outra oportunidade que ele perdeu na noite passada.

Claro, ele só tinha a si mesmo para culpar. No momento em que ele permitiu que Olivia passasse pela porta do telhado e saísse de sua vida sem lutar por ela, ele cometeu um erro.

Kai alcançou a porta da frente e hesitou, a sua mão descansando na maçaneta. De costas para Jake, ele perguntou: "Posso confiar em você para contar a ela?"

"Eu lhe dei minha palavra."

Kai hesitou por um momento antes de assentir. Ele girou a fechadura e abriu a porta. Jake já havia dado um passo à frente quando percebeu. Ali, logo atrás do ombro de Kai, estava Olivia, a mão levantada como se estivesse prestes a bater na aldrava.[1]

---

1. Aldrava é uma peça móvel, geralmente uma argola feita de metal, que se

Com um sorriso fácil nos lábios, ela disse: "Oh, que bom que você está. Ontem, eu esqueci —"

"Lady Olivia", Kai interrompeu enquanto se afastava, "acredito que você conhece Lorde St. Alban?"

O sorriso congelou em seu rosto, e seus olhos se arregalaram. Sua boca se fechou.

Claro como o tilintar de um sino, as palavras de Mina chegaram a Jake. *Acho que é melhor deixar o coração ter uma palavra a dizer sobre o assunto.* Agora que Mina estava segura, finalmente, ele podia ouvi-las. Ele não se casaria com a Srta. Fox.

"Se me derem licença, tenho um assunto a tratar", disse Kai, e saiu do saguão.

Mas Jake mal percebeu. Só Olivia importava. Ela piscou e pareceu se lembrar de si mesma.

Ele desejou que ela não o fizesse.

"Lorde St. Alban, que inesperado."

UM SILÊNCIO desconfortável e insuportável se estendeu entre eles, e tudo o que Olivia queria fazer era se mexer. Qualquer tipo de movimento para dispersar a energia nervosa que se espalhava pelo corpo dela.

Mas ela não faria isso. Ele saberia o efeito que tinha sobre ela, que ela tinha ficado ansiosa e nervosa por ele, o que deveria ser evitado a qualquer custo. Ela deveria passar despercebida e esquecer que o viu. Mas sua curiosidade não permitiria. "Você está aqui por causa de Mina?"

Uma emoção intensa e inescrutável surgiu em seus olhos, mas desapareceu num piscar de olhos. "Sim."

---

prende às portas e portões e que serve tanto para trancar quanto para bater contra a porta/portão para chamar a atenção de quem se encontra do lado de dentro.

"Achei que ela não estivesse interessada em um mestre da arte."

"Mina tem muitos interesses."

"Sem dúvida", disse Olivia, certa de que ele não contaria como ou por que ele tinha ido parar no estúdio de Jiro. Mas já que ela o tinha ali, havia algo que ela poderia muito bem perguntar a ele. "Você viu o último haicai hoje?"

Sua cabeça se inclinou para o lado. "Tem outro?"

"Ah, sim, e é uma delícia", ela disse, notas duras de sarcasmo infletindo cada palavra. "Suspeito que será o assunto do baile do duque hoje à noite."

"O baile do duque", Jake repetiu suavemente enquanto seu olhar se estreitava sobre ela. "Você estará lá."

As paredes do saguão se fecharam, e Olivia achou difícil respirar fundo. "Claro. Eu moro lá. Pelo menos, por enquanto."

"Por enquanto?"

"Enviei um aviso aos seus advogados esta manhã de que ficarei com a casa na Queen Street." Ela tentou engolir o nó na garganta. "Acredito que isso corta a conexão entre nós."

Ele deu um passo à frente, e tudo o que restou entre eles foi um pequeno pedaço de ar que se tornaria insignificante em um instante, se eles escolhessem. Não mais inescrutável, o fogo brilhou em seus olhos. "Será preciso mais do que isso para romper a conexão entre nós", ele falou no estrondo aveludado que fez o interior dela derreter.

"Jake", ela sussurrou, com o coração batendo repentinamente na garganta, fazendo que sua voz ficasse fraca e sem fôlego, "nada —"

"Mudou?" ele interrompeu. "Você continua dizendo isso."

Ela desviou o olhar, sem vontade, incapaz de sustentar seu olhar por mais tempo. No entanto, quando as pontas dos dedos dele alcançaram seu queixo e gentilmente inclinaram sua cabeça para trás, seus olhos não tiveram escolha a não ser encontrar os dele. "Você e eu temos mais a dizer um ao outro. Muito mais."

"Eu duvido seriamente disso, meu senhor", ela disse sem um pingo de convicção em sua voz. Ainda assim, ela precisava tentar. "Eu acredito que terminamos."

"Estamos longe de terminar, Olivia. Na verdade, nós apenas arranhamos a superfície do nosso começo." O olhar dele sustentou o dela por um, dois batimentos cardíacos agitados, e novamente a respiração dela ficou suspensa em seu peito. "Não se esqueça de guardar uma dança para mim esta noite."

Com isso, ele soltou seu queixo e passou por ela. Só quando ele dobrou a esquina no final do quarteirão é que sua respiração pôde se soltar. Um arrepio, quente e delicioso, percorreu seu corpo com a promessa em sua voz, com a promessa em seus olhos.

Seus sentimentos estavam errados, completamente errados. Mas não havia como evitá-los. Aquele homem a afetava em um nível profundo, verdadeiro e elementar, sobre o qual ela não tinha controle.

Ela teria que fazer um trabalho melhor para se preparar contra ele no futuro.

Suas sobrancelhas se franziram. Por que ele disse aquela última parte? Ele não estava em busca de uma esposa adequada? Então por que ele dançaria com ela em um baile na frente de toda a *alta sociedade*?

Somado a isso, ela o encontrou *aqui*, de todos os lugares em Londres.

Nenhum desses fatores se somavam a uma explicação que fizesse sentido.

Um suave suspiro a conduziu de volta ao presente. Ela se virou para encontrar Jiro, esperando que ela entrasse. Poucos segundos depois, ela entrou no estúdio dele e percebeu que sempre o via à tarde, nunca à luz da manhã. Era uma distração gloriosa do estranho interlúdio de minutos atrás.

Bem, quase. A ideia de que Jake estivesse aqui há tão pouco tempo chamou sua atenção. Como se uma essência dele permanecesse no ar e, a cada respiração, ela o inalasse em vez de oxigênio.

Que tola romântica.

Ela podia ser muitas coisas para muitas pessoas, mas romântica não era uma delas. Ela não era mais uma garota romântica e inexperiente. Casamento, viuvez e um casamento abandonado acabaram com a garota que ela tinha sido.

Jiro deu um passo à frente, um objeto na mão. "É esse o item que você procura?"

Ela olhou para baixo para encontrar seu conjunto de carvões. "Ah, sim, obrigada. Embora eu não tenha certeza do por que me incomodei, além de fugir do frenesi dos preparativos para o baile. Meu lápis não produziu nada que valesse a pena nos últimos dias."

"Não se pode prever essas coisas", ele afirmou, seus dedos ocupados organizando sua própria bandeja de carvão. "Seu carvão encontrará seu caminho novamente."

"Jiro", ela começou sem pensar, "sobre Lorde St. Alban—" ela fez uma pausa, esperando que ele completasse sua frase. Ele não completou. "Posso perguntar—?"

"Não, Lady Olivia, você não pode," ele respondeu suavemente, firmemente.

Essas últimas três palavras eram tão simples. *Você não pode.*

Palavras leves e monossilábicas. Nem pesadas nem complexas. *Você não pode.*

No entanto, elas pousaram na sala com um baque sólido.

Ela desviou o olhar, magoada. Uma confirmação estava naquelas palavras simples que não eram nada simples, uma confirmação de que algo não fazia sentido. Jake estava escondendo informações dela.

Seu pulso saltou quando um turbilhão de emoções ameaçou pegá-la em seu redemoinho. Mágoa, sim, mas outras emoções também eram substanciais. *Raiva... Curiosidade...* Um tipo justo de mágoa, raiva e curiosidade. Sentimentos aos quais ela não tinha direito.

Pequenas lascas invisíveis, elas se enterravam profundamente sob sua pele.

"É só isso que você precisa?" Jiro perguntou.

Olivia assentiu, já saindo. Uma centelha de vitalidade brilhou dentro dela. "Acredito que meu carvão encontrou seu caminho."

Nós apenas arranhamos a superfície do nosso começo.

O que o maldito homem poderia estar querendo dizer ao falar tais palavras para ela?

24

Uma Olive para colher
Um belo visconde ousa sonhar
Muito mais do que deveria —?

Olivia estava certa: o último haicai do *London Diary* foi uma delícia.

Só que Jake não estava sendo irônico. Com certeza, era grosseiro, rude e até fazia uma tentativa grosseira de rimar. Não importa. Servia ao seu propósito que ele e ela fossem conhecidos.

Ele pisou no opulento salão de baile do Duque de Arundel e imediatamente se viu recebendo nada menos que cinco acenos de cabeça apreciativos de seu próprio sexo e cinco sorrisos de flerte do sexo oposto.

Oh, sim, eles eram conhecidos. Aquele sentimento da noite em que ele a conheceu o infundiu com sua faísca — *interessado, engajado e vivo.*

Mas o sentimento era incômodo, então ele o afastou — ou, mais precisamente, tentou bloqueá-lo. A supressão não havia exatamente funcionado.

Hoje à noite, o sentimento teria rédea solta. Hoje à noite, ele era um homem com um propósito, e ninguém ficaria em seu caminho — nem mesmo ele próprio.

"St. Alban!" Seu nome surgiu cristalino e brilhante através do rugido monótono e maçante do baile.

Ele se preparou e se virou para a duquesa viúva. Evitar seria inútil. Ele se curvou quando ela se aproximou, e ela colocou a palma da mão em seu antebraço. "Dê uma volta comigo." Quando seus pés encontraram um ritmo propício para a conversa, ela disse: "Não saia cedo esta noite. Haverá um anúncio mais tarde, e estou solicitando a presença de toda a minha família."

"O que quer que você precise, Vossa Graça."

Ela apertou o braço dele. "Falando em casamento, como vai seu namoro com a Srta. Fox?"

"Descobrimos que não combinamos", ele respondeu em um tom cuidadosamente neutro.

"Ah? Raramente estou errada sobre esse tipo de coisa. Veja Nathaniel e eu, por exemplo."

"Nathaniel?"

"O Duque de Arundel, é claro."

A sobrancelha de Jake se ergueu, e um sorriso digno da Esfinge suavizou as feições da duquesa. Ele intuiu em um instante o assunto do anúncio desta noite. "Posso ser o primeiro a parabenizá-la?"

"Aceito suas felicitações, meu querido, mas você não é o primeiro a me felicitar. Eu já me parabenizei muitas vezes." Seu sorriso se transformou em um sorriso triunfante e muito satisfeito consigo mesma. "O Duque de Arundel é um bom partido. E eu sei de, pelo menos, outra dama que o teria conquistado. Mas *eu* o conquistei."

Ninguém poderia acusar a duquesa de falsa humildade.

Ela começou a girar um colar de pérolas com a mão livre, um sinal de que estava prestes a falar sobre o assunto. "Agora, vamos discutir suas perspectivas de casamento. Mesmo que a Srta. Fox não sirva, você fez sucesso nesta temporada. Se você jogar suas cartas com competência, poderá se casar até o Natal, ou, no mínimo, ficar noivo."

"Vou levar isso em consideração."

"Que tipo de noiva você gostaria?" A duquesa apontou na direção de uma garota vestida com musselina rosa claro. "Uma que cora no primeiro ano de casamento?"

Uma nota de alarme ecoou na cabeça de Jake. "Não tenho certeza de que Mina seria bem atendida por uma mãe tão próxima de sua idade."

"Você está procurando uma mulher mais velha?" Uma pequena carranca de concentração surgiu no rosto da duquesa. "Poucos homens em sua posição demonstram esse tipo de coragem quando se deparam com a gama de possibilidades que estão ao seu alcance."

Um bufo escapou dele. Não era coragem guiando sua escolha de esposa, mas a duquesa não precisava saber disso. O que ele sentia por Lady Olivia Montfort não tinha nada a ver com força de caráter. Era exatamente o oposto, na verdade.

Fraqueza... Impotência... Algo mais profundo também.

Algo que eles deveriam discutir esta noite, em particular, longe dos olhos curiosos e conhecedores da *alta sociedade*.

A duquesa projetou o queixo em direção a uma dama sentada ao lado da tigela de ponche, felizmente inconsciente do escrutínio deles. "Que tal uma dama que está na prateleira há alguns anos?" Seus dedos pararam no meio do giro. "Eu sei o que você está pensando, St. Alban, e você não poderia estar mais longe da verdade. Certas damas são como vinhos finos, e a prateleira apenas realça seu sabor. Veja minha querida amiga, Srta. Dunfrey, nunca se casou, pobre querida, mas os detalhes que essa mulher conhece..." O semblante da duquesa assumiu um aspecto sonhador. Ela balançou a cabeça e voltou a girar suas pérolas. "Basta dizer que ela me contou alguns segredos que o duque apreciará em nossa noite de núpcias."

Jake lutou para manter o olhar inexpressivo e focado à sua frente, com toda a preocupação cavalheiresca pela segurança do progresso deles. Ele não iria revelar nenhum pensamento sobre esse assunto em particular, nem mesmo para si mesmo.

"Ou que tal uma viúva respeitável?" a duquesa persistiu. "Uma com seus próprios filhos, mas ainda dentro da idade fértil, é claro. O viscondado deve ser garantido, St. Alban. Agora, não me entenda errado. Não lhe invejo pelo fato de o viscondado ter saído do meu ramo da árvore genealógica. Fiz as pazes com essa reviravolta há um ano. Mas se você morrer sem herdeiros, o título reverterá para a Coroa. Não é uma situação feliz, nem um pouco."

Ele assentiu, fingindo considerar seriamente o assunto. Na verdade, ele não dava a mínima para a segurança do viscondado [1]. No entanto, uma viúva coincidia precisamente com suas intenções. Bem, uma ex-viúva. Uma ex-viúva completamente *des*respeitável.

"Ah, aqui estamos", disse a duquesa, seu tom se tornou suave e muito diferente do normal. Jake olhou para cima para descobrir que eles estavam se aproximando do duque. "Vossa Graça, St. Alban e eu estamos discutindo suas perspectivas de um casamento vantajoso, e concordamos que uma viúva respeitável é exatamente o que ele precisa."

Jake não pôde deixar de notar que esposas e maridos não eram nada mais nem menos para a duquesa do que mercadorias no mercado de casamento. Uma esposa era o *que ele* precisava, não *quem ele* precisava.

Não muito tempo atrás, ele concordava com ela. Agora não mais. Uma esposa deve ser mais do que uma coisa. Ela era uma pessoa. Uma pessoa sem valor no mercado, pois ela seria inestimável... *Sem preço.*

---

1. Terras ou bens de visconde ou viscondessa. O visconde é o senhor feudal de um território que recebe o título de viscondado.

Apenas uma mulher correspondia a esse padrão.

O olhar azul penetrante do duque pousou em Jake e se tornou duro e avaliador. "Uma viúva, você disse? Acho que consigo ver exatamente o tipo de viúva que Lorde St. Alban quer."

Jake se manteve calmo. A palavra *querer* poderia significar falta. Pode até ter soado assim para a duquesa, mas ele entendeu o verdadeiro significado do duque. O homem estava falando de desejo. Especificamente, o desejo de Jake por Olivia.

A duquesa juntou as mãos e as segurou firmemente com as palmas cruzadas diante de si. "Agora que está resolvido, há rumores de que o champanhe pode estar acabando, e devo cuidar desse problema. Não há alegria em um baile onde não há champanhe."

'Com isso, a duquesa se afastou e desapareceu na multidão, deixando Jake e o duque sozinhos.

"Lady Olivia", o duque começou em uma voz que não seria ouvida além deles, "pode não ser minha filha de sangue, mas ela é minha filha aqui." Ele colocou o polegar no peito logo acima do coração.

"Eu entendo." Mais do que o duque poderia saber.

"E seus interesses sempre serão os meus."

Jake entendeu o que o duque precisava ouvir. "Espero torná-los meus também, Vossa Graça."

O duque assentiu uma vez em aprovação, e músculos que Jake não tinha percebido que estavam tensos relaxaram em alívio. Ele observou o duque seguir sua futura duquesa em seu próprio ritmo ducal e desaparecer na multidão.

Um garçom apareceu ao seu lado com uma bandeja de bebidas, mas ele balançou a cabeça. Champanhe era muito bom, mas ele se viu precisando de uma bebida mais substancial. Uma bebida propícia para traçar o plano para a noite. Em suma, ele precisava de uísque.

Ele localizou um balcão abastecido e serviu-se de um dedo do sedoso líquido âmbar, engolindo-o em um único gole. Ele e

Olivia eram conhecidos pelo duque. E ele havia garantido a aprovação do duque. Dois obstáculos superados, mas, em última análise, sem sentido se ele não garantisse a aprovação de Olivia também. Falando em Olivia...

Seu olhar percorreu os casais que dançavam graciosamente sobre o chão de madeira reluzente, certo de que a encontraria entre eles. Mas não a encontrou.

Ele começou a escolher pequenos grupos de moças espalhadas pela periferia da pista de dança, conversando animadamente, mais uma vez certo de que a encontraria entre elas. Mais uma vez, ele não a encontrou.

Sua sobrancelha se franziu em confusão e sua busca se expandiu para as bordas externas do salão, entre as idosas, as enfermas, as solteironas e as que não se importavam com nada, certo de que não a encontraria entre elas.

Ele a encontrou.

Lá estava Olivia, suas costas pressionadas contra uma parede, seus olhos seguindo os dançarinos. Ele não tinha certeza se era a atmosfera do baile — violinos entusiasmados tocando uma mazurca; a luz dourada que se filtrava pelos lustres vibrava junto com o zumbido da música e da multidão; corpos elegantes irradiavam a empolgação e a alegria que somente um baile poderia induzir —, mas ela era parte disso e estava acima disso tudo ao mesmo tempo.

Com um vestido marfim, quase transparente, de um tom *nada* virginal, atravessado por fios de ouro, a luz e a música rodopiavam, fazendo dela a deusa do baile, sua Afrodite. E como uma deusa, ela estava à parte, sozinha. Mas "sozinha" não era bem o que parecia que ela estava.

Olivia parecia solitária.

A compreensão de seu lugar ao longo de seu pequeno ponto de parede atingiu Jake de uma só vez. Entre os idosos, os enfermos, as solteironas, ela era a divorciada, igualmente odiada pela sociedade educada. A proteção e a indignação guerreavam dentro dele até que seu sangue corresse quente e rápido por suas veias.

Olivia deveria estar dançando.

Os ingleses eram um bando de covardes se não conseguissem atravessar a distância traiçoeira de uma pista de dança para convidar a joia da coroa desse baile para dançar. Nenhuma mulher nesse salão — ou melhor, em toda Londres — era igual a ela. Ela era um diamante lançado aos porcos.

Isso não podia acontecer. Seus pés se moveram para frente. Embora ela pudesse resistir, ele a persuadiria a ir para a pista de dança para tomar seu lugar de direito, e eles ficariam diante deste grupo, unidos.

Antes que essa noite terminasse, ele e Olivia seriam conhecidos, como deveria ser.

25

O s lábios de Olivia doíam.

Sorrisos sociais alegres mantidos por horas a fio tendem a ter esse efeito nos músculos do rosto. No entanto, ela seguiria em frente, pois este era o baile do duque, um sucesso estrondoso, a julgar pelo número de convidados ilustres que povoavam a sala. Aquele era o Duque de Wellington levando a Sra. Arbuthnot para a pista de dança? Esses dois não podiam deixar de provocar escândalos.

Ela bateu os dedos entediados contra sua coxa, mas permaneceu colada em seu ponto da parede. Na última década, ela foi a anfitriã padrão nas reuniões do duque, mas não esta noite. Nesta ocasião, nada foi exigido dela. No momento em que a duquesa chegou, sua presença se tornou totalmente supérflua. A mulher emitiu uma série de comandos para a equipe e assumiu o controle da sala.

Na verdade, não havia nada que Olivia pudesse fazer a não ser ficar de lado e observar, o que não era a pior coisa a fazer.

Afinal, era impossível ficar indiferente ao zumbido de euforia que rondava o salão de baile. Os convidados entenderam por que estavam ali: para testemunhar o noivado do Duque de Arundel com a Duquesa Viúva de Dalrymple. Não importava que o casamento fosse o segundo da noiva e do noivo. A união de duas grandes famílias gerou empolgação e reforçou a retidão de seu mundo fechado.

Ela estava feliz pelo duque, realmente estava.

Do outro lado da sala, repleta de diamantes cintilantes e olhos que combinavam com eles, ela procurava por *ele*. Poucos minutos atrás, ela havia deixado Lucy com uma recém-chegada Srta. Radclyffe, então ela sabia que ele estava aqui. O homem que disse palavras como: *Nós apenas arranhamos a superfície do nosso começo.*

Ela exalou um suspiro de alívio. Ele estava absoluta e totalmente errado: ele e ela tinham terminado. *Terminados?* Isso não era correto. Eles nunca foram um casal. Eles teriam que ter começado para estarem terminados.

Exceto que eles não tinham começado algo?

Ele estava tão absoluta e completamente errado?

Com um sorriso plácido e social afixado em seus lábios, ela pegou uma taça de champanhe da bandeja de um garçom que passava e olhou para a multidão antes de fechar os olhos e permitir que a música penetrasse suas células. Era realmente adorável. *Um-dois-três... um-dois-três...* O corpo humano foi feito para se mover no tempo de acordo com esse ritmo.

De repente, seus pés ansiavam por girar pelo salão de baile. Ela se contentou em bater o ritmo com os dedos contra o vidro. Era assim que solteironas e viúvas convictas faziam? Bater ritmos com as pontas dos dedos e os pés escondidos pelas saias enquanto se sentavam virtuosamente à beira do caminho. Era esse o *seu* futuro?

Seus olhos se abriram. Talvez ela precisasse de mais uma taça de champanhe para dar continuidade ao pensamento.

No entanto, o pensamento se recusou a esperar. Quando ela solicitou à Câmara dos Lordes que anulasse seu casamento, esse foi o destino que ela traçou para si mesma, estar para sempre na periferia dos eventos, mas nunca no fluxo deles. Ela sabia que a liberdade teria seu preço. Esta noite, ela estava começando a entender como a sociedade exigiria o pagamento nos próximos anos.

Sim, outra taça de champanhe seria necessária.

Uma voz, cortante e ardilosa, interrompeu seus pensamentos. "Lady Olivia, posso parabenizá-la pelas núpcias iminentes do Duque de Arundel?"

Olivia olhou para a esquerda e encontrou a Srta. Fox ao seu lado. Ela assentiu e manteve o silêncio, incapaz de confiar em si mesma para discutir núpcias com a futura noiva de Jake.

"Agora entendo sua necessidade de discrição alguns dias atrás", continuou a mulher. "Este casamento pode mudar sua posição na casa do duque?"

Olivia sentiu sua boca começar a se abrir e a fechou, cerrando os dentes.

"A menos, é claro", acrescentou a Srta. Fox maliciosamente, "que você tenha outros planos".

Ela estava se referindo aos haicais, Olivia sabia disso. "Srta. Fox, você não deve se basear em fofocas para obter seus fatos. É surpreendente que você leia o *London Diary*".

O olhar da Srta. Fox se voltou para a pista de dança. "As vezes sim".

Encorajada, Olivia disse: "Claro, em breve seus próprios proclamas de casamento serão lidos". Ela estava sendo imprudente, mas não conseguia se conter. A Srta. Fox nunca deixava de provocá-la.

Um sorriso tenso surgiu na boca da Srta. Fox. "Você não precisa temer esse resultado em particular, Lady Olivia. Eu não vou me casar com Lorde St. Alban".

"Isso é uma surpresa", ela disse de alguma forma conseguindo suprimir o relâmpago de alegria que percorreu cada célula de seu corpo.

No entanto, isso não mudava nada. Mina precisava de uma madrasta *adequada*.

A sobrancelha da Srta. Fox se ergueu. "É? Eu acho que é bem óbvio que não combinamos. O homem é muita areia para o meu caminhão."

Assustada com as palavras da Srta. Fox, ditas com tanta clareza e confiança, Olivia olhou para a mulher, realmente olhou para ela. A garota era da mesma altura que Olivia, mas mais esbelta e mais leve de alguma forma, como se um vento mais forte pudesse jogá-la no chão. Enquanto alguns pudessem considerar suas feições normais, os mais perspicazes veriam ossos finamente trabalhados sob uma pele translúcida e pálida como leite que um mármore de Michelangelo invejaria.

"Srta. Fox, você fala muito mal de si mesma. Somente um tolo não notaria sua beleza delicada."

Um rubor suave como um botão de rosa da primavera manchou as bochechas da Srta. Fox. A garota tinha o rubor mais bonito que Olivia já tinha visto. Ainda assim, ela olhou para frente, claramente desacostumada a bajulação desse tipo.

"Beleza chamativa não é o único tipo", Olivia continuou.

"Não?" perguntou a Srta. Fox, seu tom ácido familiar retornando. Ela gesticulou em direção à pista de dança. "Mas parece que isso prende as pessoas em seus rastros, não é?"

Olivia olhou através do mogno polido para um brilho de espelho e avistou uma figura familiar. Mariana. Um sorriso aliviado encontrou seu caminho em seus lábios. Esta noite não seria tão ruim, afinal. Então ela se lembrou da mulher ao seu lado. "Mariana consegue atrair alguns olhares", ela admitiu.

Paralelamente, Olivia e a Srta. Fox assistiram ao quarteto de cordas tocar uma valsa e Nick aparecer ao lado de Mariana. Mariana não se iluminou ao ver seu amado como algumas mulheres com um sorriso largo e glorioso. Em vez disso, um rubor radiante suavizou sua bochecha, e o calor de seu olhar aumentou dez vezes.

"Ela o ama bastante, não é?" A Srta. Fox perguntou seu tom retórico. Era óbvio para qualquer um com olhos.

Nick pegou a mão de Mariana, e do outro lado da sala Olivia sentiu a eletricidade daquele toque. A Srta. Fox também devia ter sentido. Mariana conhecia os segredos daquele homem magnífico, e ele conhecia os segredos dela. Ele a levou para o fluxo da valsa, e eles foram levados por sua corrente.

Uma lembrança cristalina de sua primeira temporada veio a mente de Olivia. Enquanto Olivia perseguia Percy, um garoto cheio de luz e quase da sua idade, Mariana se absteve de se entregar aos entretenimentos de Londres. Só um ano depois Olivia entendeu o porquê: Mariana estava esperando o retorno do esquivo Lorde Nicholas Asquith do Continente, um homem o oposto de Percy. *Experiente. Mundano. Obscuro.* Enquanto Percy era um garoto, Nick era um *homem*.

"Olhe como ele olha para ela", disse a Srta. Fox. "Eles realmente fazem a gente se sentir um intruso por estar observando. Mas..." Sua voz sumiu.

"Só tente *não* observar", Olivia terminou por ela, forjando um parentesco inesperado entre elas. Ela podia gostar dessa Srta. Fox, essa colega intrusa.

"Certo. Eles são tão... tão..." A boca da Srta. Fox se torceu em busca da palavra certa.

"*Perfeitos*", disse Olivia.

"*Perfeitos*" concordou a Srta. Fox. "Eles têm o que todo mundo quer."

Anseio, feroz e puro, percorreu Olivia, ameaçando desfazê-la fio por fio até que nada restasse além do núcleo cruel e trêmulo desse anseio. As palavras da Srta. Fox eram a verdade simples e absoluta. Ela queria o que Nick e Mariana tinham. Queria tanto que podia sentir o gosto.

Tinha gosto de...

Jake.

Se estivesse sendo honesta consigo mesma, ela ansiava por um tipo de liberdade diferente daquela que havia lutado tanto e por tanto tempo para obter. Ela desejava a liberdade de olhar para

Jake da mesma forma que Mariana olhava para Nick. Para reivindicá-lo como seu, diante da *alta sociedade,* para uma única dança.

Como seu?

Ela piscou uma, duas vezes, e se recuperou. Ele não era o homem para ela. E ela não era a mulher para ele. Eles deixaram esses fatos bem claros um para o outro.

Outra bandeja cheia de champanhe borbulhante apareceu à sua direita, tentando-a. Ela encontrou sua própria taça vazia — quando isso aconteceu? — e trocou por uma cheia. Ela tomou um... dois... *uau!*... goles revigorantes. As bolhas eferversceram até o topo da cabeça dela, e ela se sentiu mais leve, flutuando, mesmo que não se sentisse exatamente *melhor.*

"Eles valsam como se ninguém mais no mundo importasse", disse a Srta. Fox.

"Mm-hmm", Olivia assentiu com o nó na garganta.

Havia uma maneira adequada de dançar a valsa que envolvia distanciar-se do parceiro, com as costas retas e rígidas, braços rígidos e inflexíveis, os olhos desviados e indiferentes. Era inteiramente possível permanecer separado do parceiro de dança, tanto em corpo quanto em espírito, durante uma valsa, se alguém se esforçasse o suficiente. Se alguém se *importasse* em se esforçar o suficiente.

Claramente, Nick e Mariana não se importavam, com os seus corpos achatados um contra o outro, todo o comprimento do corpo dela pressionado contra o dele. Mariana, felina e sensual, esticou-se para sussurrar em seu ouvido. Um sorriso rápido brilhou nos lábios de Nick, e seus olhos brilharam com promessas.

"Parece o prelúdio de uma cópula", sussurrou a Srta. Fox.

Olivia desviou o olhar e olhou para sua taça de champanhe. Não era apenas desejo que estava dando nós em seu estômago. Era ciúme, puro e primitivo. Ela queria o que sua irmã tinha.

Ela queria a carnalidade e a paixão... o amor e a facilidade...

Ela queria tudo.

E não era possível.

Não para ela.

O que Nick e Mariana compartilhavam era único para eles. Olivia apostaria sua nova casa que nenhum outro casal nesta sala havia experimentado esse tipo de amor, singular e verdadeiro. Durante o namoro, ela pensou que o tinha com Percy. O casamento deles havia destruído essa ilusão em particular. Mas ela agora entendia que poderia ter com o homem certo. E em sua alma ela sabia quem era o homem certo.

Mas ela não podia tê-lo. Ela era a mulher errada.

A música terminou com um floreio otimista, e os casais saíram da pista para dar lugar a uma nova dança. Nick e Mariana se misturaram à multidão.

"Essa foi uma experiência bastante esclarecedora", disse a Srta. Fox, um sorriso perplexo desmentindo seu tom sarcástico. "Sou só eu ou esta sala esquentou algumas dezenas de graus?"

Uma risada irônica escapou de Olivia. "Temo que meu leque de seda não seja capaz de me refrescar o suficiente depois dessa exibição."

O sorriso ardiloso da Srta. Fox se espalhou por seu rosto, mesmo quando um calor desconhecido atingiu seus olhos. "Lady Olivia, eu gosto bastante de você."

Com isso, a Srta. Fox partiu em um ruído de saias de seda, levando consigo o momento de leveza. Olivia fechou os olhos e soltou um suspiro na esperança de que sua respiração pudesse expulsar a sensação horrível que roía seu estômago.

"Você deveria estar dançando."

Seus olhos se abriram assustados em um suspiro surpreso. "Jake?"

Poderia ser? Ela piscou. Poderia.

Ele se curvou. "Em carne e osso."

Carne. A palavra ficou presa entre as fendas de sua armadura, e seu coração martelava em seu peito. Era possível que seu

coração se soltasse de suas costelas e se revelasse a ele. "É realmente uma pena que você esteja—"

Ela se impediu de terminar a frase. *Tão completamente coberto.*

Ela estava prestes a falar essas palavras em voz alta?

O sorriso que se curvou sobre seus lábios e chegou até seus
olhos disse a ela que ela não precisava. Ele tinha feito isso por ela
em sua cabeça.

Uma onda de expectativa estremeceu sua coluna. Ela gostou
que ele tivesse feito. E o jeito como ele estava olhando para ela...

Ela gostou disso também.

Era bem possível que ela gostasse de tudo naquele homem.

Em uma onda imprudente de abandono e desejo, ela deu um
passo à frente, um leve vacilo em seu passo. Após duas taças de
champanhe? Senhor, ela não ficava bêbada quando se tratava de
vinho. Ele provavelmente notou, mas ela não se importou. Ela se
abaixou em uma profunda reverência que poderia ter tombado
para a esquerda. Ela se firmou antes de se levantar e estender a
mão. "Lorde St. Alban, você me daria a honra da próxima dança?"

O azul ártico de seus olhos se aqueceu, e a distância entre eles
diminuiu. Ele estendeu a mão e envolveu seus dedos lindos e
capazes em volta da mão dela. "Seria um grande prazer."

Ele a levou para a pista de dança no momento em que uma
quadrilha começou. O choque de fofocas agitava o ar ao redor
deles, o som se transformando em um zumbido suave, continu-
ando a aumentar de volume até crescer em um rugido, excitado e
encantado. A música cessou em uma nota estridente e discor-
dante, provocando rumores descontentes de todos ansiosos por
um pequeno drama escandaloso. O que poderia ser mais delicioso em um baile?

Dois jovens de aparência familiar brandiram o que parecia ser
um maço de notas para os músicos. Em seguida, um arco de
violino percorreu as cordas, e a quadrilha se transformou em
outra valsa. A *alta sociedade* queria um show, e ela e Jake deveriam
providenciar isso.

Ela se moveu com ele em uma onda de bolhas de champanhe. Ela nunca se sentiu tão leve, tão livre, como quando colocou a mão em seu ombro, sentiu a flexão vigorosa do músculo endurecido, e seus pés deslizaram em movimento ao ritmo flutuante um-dois-três da valsa.

O calor dele a envolveu em um casulo ao mesmo tempo seguro e precário, e ela estava completamente perdida. Era perigoso estar aqui com ele, expor sua vulnerabilidade à *alta sociedade*, mas ela não conseguia se conter. Todo o seu ser pulsava com a alegria especial que brotava do coração quando seu desejo era realizado. Ela estava impotente sob seu domínio.

Ela deveria fixar o olhar sobre o ombro dele. Ela deveria manter sua postura rígida e os braços rígidos. Ela deveria mantê-lo a uma distância adequada. Mas, oh, como ela não queria estar...

Protegida.

A palavra a tirou dessa fantasia açucarada, nascida de desejo, da dor e da alegria desenfreada. O que ela estava fazendo? Esta valsa, esta noite, acabaria, e a realidade se restabeleceria, e o que ela teria feito?

Ela não tinha nada a ver com dançar a valsa do jeito que Nick e Mariana dançaram. Um rubor mortificado subiu por seu decote, e ela alinhou sua coluna em uma haste ereta e colocou seus braços em um ângulo rígido.

Quão perto do limite ela chegou. Quão perto ela queria chegar.

Oh. Isso soou errado.

E era verdade. Oh, tão verdadeiro.

E errado. Completamente errado.

Champanhe.

Amanhã, ela colocaria a culpa na champanhe, borbulhante e brilhante, sedutora e tentadora.

Ao lado deles, um casal dançava muito perto e roçava nas saias de Olivia. Uma ocorrência comum em um baile. Era um tanto estranho, no entanto, que essa fosse a primeira ocasião desse tipo durante o baile. Ela olhou ao redor e seu coração pulou na garganta. Eles eram um dos quatro casais dançando. Dos duzentos ou mais convidados, pelo menos metade formava um círculo ao redor da pista de dança, observando...

Ela e Jake.

Como ela os havia esquecido?

Abandonando a distância do comprimento do braço, sua postura ereta e seus braços rígidos, ela se juntou a ele, pressionou todo o comprimento em seu corpo e se esticou em direção ao seu ouvido. "Você vê como eles nos observam?" ela perguntou profundamente ciente da *alta sociedade*, observando com prazer Lady Olivia Montfort fazer um espetáculo com o Honorável Visconde St. Alban.

"Claro." Seu hálito quente fez cócegas nos pelos finos do pescoço dela. "O haicai."

Como ela havia esquecido o haicai? Ela falou as próximas palavras antes que elas ficassem presas na garganta. "Eles presumem que somos amantes."

"Nós *somos* amantes."

"Nós *éramos*", foi sua resposta automática. Mas ela não tinha certeza se havia convicção suficiente naquela palavra para dar a ela o peso da verdade.

Como se escaldada, ela se afastou dele, seus únicos pontos de contato onde suas mãos descansavam em trechos necessários de pele vestida. Ela resolveu ignorar o lado dela que ansiava por se deleitar com o longo comprimento dele se flexionando e se movendo sob seu corpo. Ele era longo em mais de um sentido.

Oh. De onde isso surgiu? Ela poderia culpar o champanhe, mas não adiantou.

Logo, mas não o suficiente, ela reconheceu os últimos compassos da valsa. Estava finalmente, felizmente, chegando ao fim. Ela fez menção de dar um passo para trás, para se separar dele, mas ele a puxou para perto, reduzindo sua retidão física a pedaços. Novamente, seu corpo se pressionou contra o dela, sua boca roçando sua orelha. "Encontre-me no centro do labirinto do duque daqui a trinta minutos."

Ela abriu a boca para responder que tinha outros planos para a noite. Planos que envolviam pelo menos mais duas taças de champanhe e nenhum vestígio dele.

"Diga sim, Olivia", ele disse numa voz baixa, rouca, um estrondo masculino em seu peito que fez arrepios percorrerem sua pele, descendo por toda a extensão de seu corpo, ameaçando reduzi-la a geleia bem ali na frente da *alta sociedade*.

Ela não conseguia pensar no que dizer, pois sua mente havia sido limpa por ele. Então ela assentiu em concordância uma vez, um leve roçar de sua bochecha macia contra a barba áspera dele, imperceptível para a multidão ávida que os cercava.

A música terminou com um floreio emocionante, e os dois jovens rapazes sozinhos deram um grito de alegria e o resto dos convidados reviraram os olhos e deram sorrisos inflexíveis.

Jake a acompanhou até a beirada da pista de dança fez uma reverência e caminhou na direção da sala de bilhar. Recusando-se a dar à *alta sociedade* o que eles queriam ao vê-lo ir embora como uma garota apaixonada, Olivia se virou para procurar outro criado carregando o néctar dos deuses. Cada vez mais champanhe seria necessário se ela quisesse sobreviver intacta a esta noite.

Mas ele estava certo: eles tinham alguns assuntos para resolver entre eles.

E o centro apertado de um labirinto elaborado parecia o cenário perfeito.

26

Jake dobrou mais uma esquina arborizada e se viu diante de uma sebe idêntica à que acabara de deixar para trás. Ele estava atrasado, sem ter considerado o fato de que não tinha a menor ideia de como encontrar o centro do labirinto. Olivia o conhecia como a palma da mão.

Uma lembrança da noite passada surgiu: a mão dela acariciando seu peito machucado antes de pressionar os lábios nele. Aquele beijo havia penetrado todo o caminho até seu coração, e ele ainda o sentia ali, enchendo-o até explodir. Não havia mais espaço para a mágoa, a vergonha e o arrependimento que o atormentavam há anos. Diante dele estava um futuro diferente daquele que ele havia imaginado desde que pôs os pés em Londres.

E ele estava livre para perseguir esse futuro. Se ele pudesse encontrá-la.

Quinze minutos atrás, ele a viu sair do salão de baile, taça de champanhe na mão, cambaleando em seus passos. Como não seria bom que eles saíssem juntos, ele ficou em silêncio por cinco minutos inteiros enquanto uma senhora animada exaltava as virtudes de sua filha, que estava quieta ao lado, com os olhos voltados para as pontas de seus sapatos de cetim branco. A garota não podia ser mais do que alguns anos mais velha que Mina. A ideia de vender Mina para um homem velho o suficiente para ser seu pai revirava seu estômago.

Ele ofereceu ao par uma reverência sucinta e se desculpou, tomando uma saída diferente de Olivia, caso olhos curiosos rastreassem seus movimentos. Não se podia ter muita certeza com essas pessoas.

Ele bufou e balançou a cabeça para limpá-la. Aqui estava ele: um homem anteriormente capaz reduzido a uma presa da *alta sociedade*. Ele virou à direita e parou, com a respiração congelada em seu peito. De repente, ele estava dentro do centro do labirinto, com seu futuro diante dele.

Banhada pelo luar, luminosa e sublime, estava uma Olivia deitada em cima de um banco de mármore, olhando para o céu noturno, a taça de champanhe balançando graciosamente na ponta de um braço estendido. Uma visão de elegância aristocrática, seu vestido de baile caía em cascata em direção à grama orvalhada que se estendia pelo espaço entre ele e ela. A estátua de um santo há muito esquecido permanecia em vigília, pronta para conceder uma indulgência especial apenas para ela, essa Afrodite.

Ele deu um passo à frente, tirando um galho e Olivia de seu devaneio. Ela se levantou e balançou as pernas, com os olhos brilhando, os lábios desenhados em linha reta e virados para baixo nos cantos. Ela se parecia menos com a amorosa Afrodite do que com a vingativa Hera.

Este não era o clima que ele queria, ou esperava, para a pergunta que faria.

"Na excitação do baile, me esqueci de lhe fazer uma pergunta que tem me incomodado desde esta manhã." O brilho sob sua testa franzida se intensificou. "Por que você realmente estava no estúdio de Jiro?"

A pergunta dela o atingiu como um rápido gancho de esquerda no queixo. Um começo nada auspicioso, para dizer o mínimo, mas que ele precisava abordar se quisesse salvar uma noite que estava começando a escapar dele. "Jiro sabia de Mina no Japão."

A cabeça de Olivia se inclinou para o lado. "Soube de Mina no Japão? Achei que ela tinha alguns dias quando foi embora."

"E tinha."

"Então o que importaria para Jiro que Mina estivesse em Londres? Você o conhecia no Japão?"

Jake parou o corpo preparado para um golpe de um oponente maior. "Eu nunca tinha falado com o homem até hoje."

Os olhos dela se estreitaram. "Ou você está falando bobagem ou o champanhe está entorpecendo minhas faculdades mentais. E, para registro, embora eu ache que possa ser o último, estou me inclinando para o primeiro."

"Eu não sabia que ele estava aqui até ver os seus esboços."

Ela se inclinou para frente até se sentar na beirada do assento. "Que esboços?" ela perguntou, com a voz baixa e dura como um espelho da pedra fria sob ela. O medo se espalhou pelo ar e pairou sobre ela em ondas pesadas.

Ele devia falar as palavras em voz alta. "Aqueles que eu tirei das suas mãos."

"O que você tem a ver com o fato de as pinturas ou Jiro estarem em Londres?"

"Você já notou o grupo de mulheres jovens na pintura final do conjunto?"

"Canto inferior esquerdo."

"Uma garota está ligeiramente afastada, lendo."

"Um livro."

"Perdão?"

"Um livro de estilo ocidental."

Os olhos de Olivia se arregalaram. Ela sabia.

Seus olhos se estreitaram. Ela sabia.

"Se ela se parecia como aparece na pintura, Clemence era realmente muito adorável."

"Bastante." Era possível que o momento se tornasse suave e maleável, e que ele conseguisse entrar nele.

"E depois?" Olivia perguntou.

"Perdão?"

"Depois que você viu meus esboços. E depois?"

"Como assim?" Às vezes, no ringue, era necessário se arrastar, para evitar os golpes do oponente, para se recompor e encontrar um caminho a seguir.

"Que incrível coincidência que você e eu frequentemos os mesmos círculos." O sarcasmo estava presente em cada sílaba. "Que acaso fantástico que nossas necessidades tenham se alinhado de forma tão perfeita."

O momento se encerrou com um estalo, firme e definitivo. Ele se mexeu, absorvendo o impacto das palavras dela.

Ela começou a marcar itens de uma lista, dedo por dedo. "A mentoria do duque. A busca por uma casa. Ver Mina colocada na escola. Tudo isso era secundário a quê?"

"Eu precisava me aproximar de você."

"Você *precisava* se aproximar de mim? Bem, você certamente teve sucesso nisso." Sua risada aguda cortou o ar. "O que há de tão importante em Jiro e nas pinturas?"

"Elas foram roubadas da família mais poderosa de Nagasaki, os Kimura."

Suas sobrancelhas se uniram. "E Jiro—"

"As roubou."

Uma compreensão repentina surgiu em seu rosto. "Ele poderia saber a verdade sobre Mina."

Jake assentiu. Mais uma vez, ele sentiu que o momento poderia ficar suave, que a oportunidade, frágil e arisca, estava se apresentando.

"Por que você simplesmente não me pediu a direção dele?"

Ele avançou lentamente, seus passos abafados pela grama sob seus pés, encorajado pela direção da conversa. "Eu não podia arriscar que alguém o conectasse a Mina. Eu ainda não sabia que tipo de homem ele era."

Um batimento cardíaco carregado passou. "Ou o tipo de mulher que eu sou?" ela perguntou firme e controlada.

Firme demais. Controlada demais.

Jake parou de repente. Separados por alguns metros, o abismo que se abriu entre eles abrangia o céu sem limites.

"Você achou que eu a trairia?" Uma nota de mágoa surgiu na pergunta.

"Eu não poderia arriscá-la."

"Eu não a teria arriscado."

Ele sabia disso. Mas ele não podia dizer isso. Não agora. Soaria apenas como palavras manipuladoras.

"Jiro não a teria arriscado. Ele não é esse tipo de homem."

"Olivia," ele começou, a ansiedade o percorrendo. O tipo de ansiedade quando ele percebia que havia perdido uma luta, mas precisava ficar no ringue e aguentar a surra como um homem. "O nome dele não é Jiro. Ele é Kai, Min é —" Ele hesitou a próxima palavra torcendo sua garganta em um nó duro. A verdade se tornaria mais definitiva, *final*, dita em voz alta.

As pupilas de Olivia se dilataram, empurrando suas íris para anéis finos e azuis. "Filha dele," ela falou por ele.

Outra camada de traição se interpôs entre eles e aumentou o abismo. Ela olhou para o copo meio vazio em sua mão como se estivesse se perguntando como ele foi parar ali. Ela o levou aos lábios e bebeu o champanhe em dois grandes goles. Com um simples movimento de pulso, ela jogou o copo vazio em um arbusto. Ela limpou a garganta. "Você me usou."

"Sim", ele respondeu.

"Completamente."

"Sim."

Ela deu um grande suspiro e se levantou. "E agora Jiro nem é mais Jiro. Ele é Kai." Uma risada sem alegria escapou dela. "O pai de Mina."

Ela fechou a distância restante entre eles. Felizmente, ela não precisava andar para longe ou em linha reta. Ela inclinou a cabeça para trás para segurar o olhar dele e enfiou um dedo em seu peito. Apesar do fato de que ela estava inegavelmente não tão perto dele, os olhos dela o fitavam com clareza e controle. Ele aceitaria qualquer punição que ela escolhesse distribuir, qualquer coisa que ela jogasse nele até que ela terminasse.

"Mas há uma questão que continua sem resposta."

"Pergunte."

"Como você encontrou Jiro… *Kai?*"

Não adiantaria hesitar. Então ele não hesitou. Ele arrancou o curativo com um único golpe, rápido e seguro. "Eu segui você."

SEU CORPO FICOU DORMENTE com a confirmação, mesmo quando seu coração dobrou o ritmo irregular. "Me seguiu?" Traição e exposição floresceram, roubando seu fôlego.

Ele a usou. Ele mentiu para ela. *Ele a seguiu.*

Suas tardes perambulando pelo East End eram parte de uma vida íntima que ninguém tinha o direito de violar. Como ele ousou?

"Seu bastardo!" Ela levantou sua mão direita e se virou para dar um tapa em seu rosto mentiroso.

Exceto que sua mão nunca fez contato. Ele pegou seu pulso e o segurou firme, suspenso no ar da noite. Seu olhar a prendeu no lugar, e seu corpo ficou quente, seu foco concentrado no ponto onde sua mão linda e capaz envolvia seu pulso.

Uma sucessão de pensamentos fluiu em uma cascata rápida. Ela podia ignorar seu cheiro… Seu calor… Seu corpo poderoso… Seus olhos penetrantes… Suas mãos lindas e capazes. Eles não precisavam afetá-la como fizeram no passado. Mas…

Como o corpo dela estava posicionado próximo ao dele…

Como a respiração deles se misturava em uma cadência irregular de incerteza e...

Estava essa expectativa fazendo seu coração disparar? Expectativa de...

O quê?

De repente, ela teve certeza de um fato único e irrefutável: mais do que queria dar um tapa em seu rosto pérfido, ela queria esse homem uma última vez.

Toda vez deveria ser a última. Mas nunca foi.

Essa noite era diferente. Essa noite, ele não precisava ser mais do que um corpo, sua única função era ser uma fonte de prazer para ela. Eles não precisavam resolver nada entre eles para fazer esse ato temporário. Ambos queriam isso. Ela viu a verdade disso refletida de volta para ela em seus olhos, íris brilhando pretas de desejo, certamente um espelho dela mesma.

Oh, ele a queria. E ela o teria.

Ela estendeu a mão e tocou a covinha no queixo dele com as pontas dos dedos, traçou o contorno do queixo barbeado até encontrar a nuca, os dedos enfiando-se no cabelo beijado pelo sol. Gentilmente, insistentemente, ela puxou o rosto dele para baixo, mesmo quando ela se levantou na ponta dos pés, sua boca alcançando, esforçando-se, em direção à dele. Em um impulso final da mais doce ansiedade, sua boca tomou a dele...

... Em um beijo que arrebatou, incitou, insistiu, não deixou nada em reserva, não deixou Jake com dúvidas de como essa noite terminaria.

Ela empurrou sua língua para dentro da boca dele. O corpo dela se esfregou carnalmente em toda a extensão do dele, sua intenção era clara. Ele soltou o pulso dela e a mão dela serpenteou entre seus corpos até alcançar os cordões da calça dele, já esticados até o limite pela protuberância de seu pênis inchado. As pontas frias de seus dedos percorreram o comprimento quente de seu pênis, uma, duas vezes, provocando-o.

Um rosnado, áspero e exigente, soou do fundo da garganta dele. Ele precisava... "Mais, Olivia."

"Quando eu disser."

As palmas das mãos dela pressionaram contra os ombros dele, e ela empurrou seu corpo flexível para o mármore branco, seu pênis duro exposto ao ar da noite e à avareza do olhar dela. Ela pegou as saias e as levantou lentamente, expondo tornozelos, panturrilhas, coxas... *mons pubis*. Ele ouviu um gemido animal e percebeu que vinha dele.

"Eu sei o que *mais* você quer." A língua dela roçou seu dente torto. "E o que eu quero." Ela apoiou as mãos nos ombros dele e montou nele, sua vulva molhada posicionada a centímetros acima do pênis dele, outra provocação. Os lábios dela encontraram o ouvido dele. "Implore", ela sussurrou.

"Olivia, se eu pudesse voltar atrás—"

"Não para pedir perdão."

O alívio, sujo e errado, pulsava através dele. Ele não queria o perdão dela. Ele a queria quente, molhada e escorregadia enrolada em seu pênis. Ele latejava, ele doía, para que ela... "Foda-me."

Ela se afastou e encontrou seus olhos. "Ninguém nunca te ensinou a rastejar?"

Seu olhar fixou o dela no lugar, ele permitiu que um batimento cardíaco passasse, depois outro. "Por favor."

Um sorriso triunfante curvou um canto de seus lábios esmagados pelo beijo, e sua mão envolveu seu comprimento, um dedo deliberado de cada vez, até que ela o segurou com firmeza. Era tudo o que ele podia fazer para manter seus quadris parados, para não pressionar para cima e para dentro dela, para manter suas mãos rápidas em seus lados e deixá-la controlar a situação. Esta noite era dela para usá-lo como quisesse.

Sem pressa, ela abaixou seu corpo, sua carne nua roçando sua cabeça latejante antes de abaixar para levá-lo para dentro, centímetro por centímetro escorregadio e agonizante, até que ele estivesse totalmente imerso nela. Ela ficou imóvel, sua respiração irregular, suas bochechas coradas e seus olhos se fecharam, intoxicados por seu próprio nirvana particular. Ela nunca pareceu tão livre, tão irreconhecível.

Olhos fechados para qualquer mundo fora do seu, ela se levantou, depois desceu, um ritmo lento e intencional com cada subida e descida de seus quadris, seu eixo uma ferramenta para seu prazer. As mãos dele agarraram a borda traseira do banco enquanto ela o agarrava.

Seus olhos se entreabriram. O desejo transformou seu azul luminoso em um azul marinho opaco. Ela colocou a mão por dentro da camisa dele e agarrou seus ombros, com as unhas cravadas profundamente. O sangue certamente se misturou com o suor que escorria pela coluna dele.

A luxúria quente e rápida se acendeu, e ele atingiu o limite da resistência passiva. Seus dedos encontraram os quadris dela e apertaram. As pernas dela envolveram sua cintura, permitindo que ele entrasse mais até que ele se empurrasse contra o centro dela.

"Com mais força", ela gemeu, um abandono selvagem libertando ela e ele, do passado, do futuro, libertando-os para este momento, este prazer, puro e inclemente, ardente e exigente. Ele empurrou seus quadris e entrou nela em um golpe rápido e escorregadio, implacável. Seu gemido encorajou, implorou a ele, por mais, por tudo o que ele tinha.

Sua cabeça arqueou para trás, e seu corpo ficou tenso, suspenso, imóvel, exceto pelo impulso implacável de seu pênis. A respiração dela vinha e voltava em rajadas staccato enquanto o corpo dela se rompia e pulsava sua libertação sobre ele, sua vulva tremulando em pulsos rítmicos em torno de sua masculinidade, quase implorando para que ele seguisse seu exemplo.

Mas ele não faria isso. Ainda não. Ele não tinha terminado.

Em um movimento rápido e seguro, ele apertou os quadris

dela e a levantou de cima dele. A confusão franziu suas sobrancelhas. "Mas você não—"

Ele pressionou um dedo silenciador em seus lábios. "Vire-se", ele exigiu, mais prepotente do que tinha o direito de ser.

Uma luxúria feroz inflamou suas pupilas, suas íris um fino anel azul, e ela obedeceu, curvando-se e apoiando-se contra a pedra lisa, seu traseiro delicioso em forma de coração esperando que ele a tomasse novamente.

Ele pegou seu pênis com a mão, escorregadio e doce, e guiou-se para dentro *dela,* e ela soltou o gemido mais longo e sensual que já cruzou um par de lábios. Ele acariciou para dentro, depois para fora, seus gemidos se transformando em suspiros. Suas mãos agarraram a borda do banco de pedra, suas costas arquearam e seu sexo floresceu mais a cada impulso de seus quadris, pronto para mais, mais forte, mais rápido.

Ele e ela não eram nada mais do que animais, desprovidos de razão ou preocupação. Isso era foda. Eles tiravam um do outro o que era necessário. Ele queria que ela tirasse dele até que não lhe restasse mais nada.

Seus suspiros se tornaram explosões curtas e fortes, como se ela tivesse se enrolado em um nó. Ele a penetrou, repetidas vezes, Somente ele poderia libertá-la, soltá-la. Os suspiros se transformaram em gemidos dolorosos, e ele a sentiu se desdobrar sob ele, enquanto sua vulva úmida e quente se apoderava dela, estremecendo ao redor dele.

Ele gozou forte, colocando sua semente profundamente dentro dela, cada estocada uma marcação intencional, uma reivindicação, animal, primitiva. Ela era dele. Ele a teria de qualquer maneira que pudesse tê-la.

Uma gota de suor escorreu pela lateral de seu rosto, e sua natureza animal começou a recuar, a razão e a realidade, batida por batida, se reafirmando. Ele olhou para baixo e se viu ainda unido a ela. Ele queria nunca mais se separar dela. Mas ele deveria.

Ele deu um passo para trás e saiu dela. Com uma mão, ele alcançou os cadarços das calças e, com a outra, puxou o vestido amassado sobre o traseiro pálido. Os músculos das costas dela se contraíram, um por um, e ela se endireitou. O vestido caiu no chão com um suave silêncio. Era quase possível se convencer de que o que tinha acabado de acontecer não tinha acontecido. Mas por que ele iria querer fazer isso?

Ela se virou e se apoiou no banco antes de deslizar para a grama em uma graciosa nuvem de seda dourada e marfim, as costas apoiadas em mármore branco. Ele nunca a tinha visto tão linda e completamente esgotada.

"Gostaria que você tivesse me deixado dar aquele tapa." A voz dela chegou até ele através do ar fresco da noite, com as vibrações de uma mazurca distante e estridente, a antítese do clima calmo e inquieto que permeava o espaço ao redor deles.

"Não, você não gostaria."

"Não gostaria?"

Ele abaixou o próprio corpo esgotado e se acomodou nos cotovelos. O olhar dela parecia determinado a se fixar no pedaço de céu noturno além do ombro direito dele. Agora, no silêncio desse raro momento, ele precisava fazer uma pergunta. "Olivia?"

Ela precisava olhar para ele.

"Olivia", ele repetiu.

O olhar dela, largo e selvagem, brilhou para encontrar o dele.

"Case comigo."

Uma emoção efêmera passou pelo rosto dela.

"Não responder não é uma opção. Você não pode fugir disso."

Uma risada, repentina e sem alegria, surgiu de seus lábios entreabertos. "Não? Mas eu sou tão boa nisso."

"Olivia—"

"Não. A resposta deve ser *não*."

27

U ma leve onda de alegria, aliada a um desespero profundo e sombrio, invadiu Olivia e a afundou.

Jake a pediu em casamento. Ela disse não.

Sua testa franziu em descrença. "Não?"

Sua incapacidade de aceitar um não como resposta era quase cômica. Quase.

Suas sobrancelhas se franziram, e toda a sua postura assumiu um ar de pugilista que não parecia nem um pouco derrotado. "E se houver um bebê?" ele lançou como uma repreensão.

Uma possibilidade que ela havia considerado. Mas havia maneiras de esconder gravidez, em propriedades rurais e coisas do gênero. Além disso, a *alta socie*dade não esperaria nada menos, ou mais, dela. Sua determinação se fortaleceu. "Você não deve se casar comigo."

"Pare de usar essa palavra. Deve", ele rosnou frustrado. "Está se tornando desgastante."

"Jake, pare e ouça." A tensão das cordas do violino e o zumbido monótono da festa flutuavam sobre o denso labirinto. "Você consegue ouvi-los? Discutindo sobre mim? Dissecando-me? Mesmo na própria casa do duque."

"Isso dificilmente importa para—"

"Importa para você. Você não se lembra?" Ela inalou profundamente, o ar cortante da meia-noite congelando seus pulmões, preparando-a para a conversa que eles precisavam ter. "Importa para as chances de Mina com aquele bando." Ela continuou, insistente. "Você vê seus sorrisos refinados e brilhantes. O que você não vê são os dentes afiados e cruéis escondidos por trás daqueles sorrisos civilizados. Mas eu vejo. Eu senti as pontas finas daqueles dentes afundarem em mim. Mina é inocente. Ela merece mais do que isso."

"Eu sou o pai dela. Eu sei o que é melhor para ela."

"Não sou eu."

Ele abriu a boca para falar e fechou. Ele se levantou e começou a andar de um lado para o outro do espaço fechado, parecendo um tigre enjaulado que ainda não havia feito as pazes com os limites estreitos de sua jaula. Bem-vindo à sua vida na *alta sociedade*, Honorável Jakob Radclyffe, Quinto Visconde St. Alban.

A realidade da situação deles começou a se instalar nele. Boa. Ótima. Brilhante. Como uma advogada tenaz insistindo em seu ponto de vista, ela continuou: "Mina precisa de uma madrasta de reputação impecável. Ela precisa de um escudo protetor. Nós aceitamos isso em nossos corações."

Ele parou no meio do caminho e se virou para ela. A acusação silenciosa a prendeu no lugar. Ela o havia lido errado. Ele não havia aceitado a versão dela da realidade deles. Nem um pouco.

"Nossos corações? Não me fale dos nossos corações, Olivia."

Ele caminhou em sua direção, com um brilho desagradável nos olhos. Um arrepio de preocupação percorreu seu corpo, não pela segurança de sua pessoa, mas por algo mais importante: a segurança de suas intenções.

"Mina não é sua razão para me recusar... *recusar a nós*."

Olivia se levantou de um salto, seu coração ameaçando bater forte no peito. Ela deu um passo atrás do banco de pedra, colocando-o entre ela e ele. Como se pudesse protegê-la do caos que ele estava causando dentro dela. "Se você precisa saber", ela começou do que ela pensava ser uma distância segura o suficiente, "não tenho certeza se somos adequados um para o outro. Que a —"

"Paixão?" ele forneceu.

"Sim, que a paixão que compartilhamos pode ser o suficiente para nos sustentar ao longo do tempo."

"O calor entre nós queima quente e brilhante o suficiente para nos sustentar não por uma vida, mas uma dúzia de vidas." Suas palavras saíram cortadas, com entonação holandesa. Ele estava definitivamente chateado.

Ele contornou o banco. Agora não havia nada entre eles. Nada no mundo físico, de qualquer maneira. Mas não era uma barreira física que estava entre eles. Era a invisível a olho nu que era mais impenetrável. Sólida o suficiente para impedir que um coração aceitasse o outro.

"Tente novamente", ele disse, palavras que penetraram claramente em seu âmago. "Sua recusa não é sobre a inconstância da paixão. É sobre seu casamento."

Todo o seu ser se acalmou como se estivesse preso em uma armadilha invisível, mantido cativo por intensos olhos azuis-gelo que a desafiavam a desviar o olhar, para refutar a veracidade de suas palavras. Ele queria a verdade? Ele a teria. "E se for? Certamente, você pode ver o paralelo."

"Que paralelo?"

"Entre você e Percy."

A incredulidade se espalhou por seu rosto. "Não existe uma única semelhança entre Percy e eu."

"Não?" Aço frio envolveu seu coração e a preparou para as palavras que ela deveria falar. "Percy escondeu fatos de mim. *Você* escondeu fatos de mim. Como você é diferente?"

Ela sabia como, de muitas maneiras, mas não podia deixar que esse conhecimento viesse a tona. Ele poderia criar raízes e minar seu propósito.

"Eu tinha—"

"Seus motivos?" ela interrompeu. "Claro. E eu os entendo, realmente entendo, mas amantes, maridos, *homens* sempre têm suas razões. É prerrogativa do seu sexo. Isso o coloca acima das mulheres em sua vida e as torna menos que iguais. Nunca mais me colocarei nessa posição."

"Eu lhe disse que procuro uma parceira."

Nenhuma esposa minha será submetida a tal casamento.

Ela balançou a cabeça para clarear. Ela não deveria perder o foco. "Eu acredito que você acredita em suas palavras, mas elas não podem ser verdadeiras. O fato é que você é um homem, e eu nunca poderei conhecê-lo verdadeiramente."

"Você sabe exatamente quem *eu* sou. Não como representante do meu sexo, mas eu, Olivia. Esta conversa não é sobre generalidades, mas sobre *nós*."

"Eu pensei isso sobre Percy. Então nos casamos. A verdade é—"

"A verdade é" ele interrompeu, "que você não confia no seu julgamento quando se trata de amor."

Seu estômago se contorceu e afundou até os pés. Ela havia dito palavras semelhantes a ele duas noites atrás naquele terraço mágico. Agora ele as estava jogando de volta para ela. Ela as merecia. "Eu já me enganei antes."

"Mas não estamos falando *de antes*. Estamos falando de *agora*."

"Você não consegue ver? Os riscos são altos demais para estarmos errado. E a madrasta que Mina precisa?"

"Não jogue Mina no problema. Isso é pura evasão."

Encorajada, Olivia permitiu que o aço que envolvia seu coração se soltasse. Ele estava certo. Usar Mina era uma forma de evitar seu pedido "Somos um belo par de bens danificados, não somos? Nós dois temos razões para renunciar ao amor. Por que você não consegue?"

"É tão fácil para você?" ele perguntou.

"*Fácil* não é a palavra certa. Nada na vida é fácil. Considere o preço se falharmos."

"Olivia, existe um preço alto demais?"

A pergunta gentilmente dita ficou no ar por um momento. Era o tipo de momento que poderia ir para qualquer lado. Responder *não* era uma tentação inegável. Mas responder sim era a opção mais racional. "Fiz um bom trabalho evitando esse preço nos últimos onze anos até—"

"Até?"

"Até você aparecer," ela admitiu. A admissão não precisa mudar o resultado desta conversa. "Mas é tarde demais para nós. Você vê o quão caprichoso o universo pode ser?"

"Você nunca começará a viver de verdade até que confie em si mesma e deixe seu medo morrer."

A compaixão dessas palavras ameaçou esgotar os últimos resquícios de resistência que restavam dentro dela. Seus pés a levaram para além dele e ao redor do banco de pedra até encontrarem o pedaço de grama com a marca dela. Ela se abaixou no lugar e se recostou no banco.

Havia alguns ângulos pelos quais se pode ver a palavra viver. Ela poderia descrever o funcionamento básico do corpo: sangue bombeando pelas veias; músculos se contraindo; processamento cerebral. Ou poderia descrever as alturas da existência humana. Viver de verdade significava levar a vida *além do básico*, agarrá-la sem um plano para o próximo passo.

Era preciso arriscar tudo para *viver de verdade*. Não havia espaço para o medo em tal vida.

O ar girou em torno dela quando ele se acomodou no chão ao seu lado. Sua próxima respiração captou o calor suave do corpo dele e o levou para dentro de si. Foi uma respiração perfeita. Ela fechou os olhos e a manteve dentro de si pelo tempo que seus pulmões permitissem. Se pudesse, ela o manteria dentro de si para sempre. Lágrimas salgadas picavam a parte de trás de suas pálpebras. Oh, que elas também ficassem dentro de si para sempre.

"E se eu te amasse?" ele falou.

A respiração ficou presa dentro dos pulmões dela, e a esperança cresceu. Dentro daquele "*e se*" aninhava sua chance de viver de verdade. No momento seguinte, sua respiração se liberou, e o voo da fantasia se escondeu. "O amor não é suficiente. É caótico e passageiro."

"Olhe para as estrelas, Olivia."

Seus olhos se abriram e ela observou o céu índigo insondável.

"Isso não é caos. É ordem. O passado, presente e futuro suspensos acima de nossas cabeças. *Nosso* passado, presente e futuro estão escritos lá. Se você apertar os olhos com força suficiente, poderá ver: um futuro tão brilhante que as sombras do passado nunca poderão ofuscá-lo."

Ela desviou o olhar. As estrelas agora não ofereciam conforto ou trégua. Ele conseguiu se insinuar no vasto universo.

"Mas é preciso enfrentá-lo."

Suas palavras foram perfeitas. Palavras que eram anos tarde demais para ela. Ela não depositava mais sua fé na perfeição. "Corajosa no amor?" Até ela conseguia ouvir a fanfarronice vazia que carregava suas palavras. "Loucura, dado tudo o que você e eu vivenciamos." Ela exalou, e a luta a deixou. Tudo o que restava era uma única verdade despojada e implacável. "Eu não posso ter você."

Sua testa franziu. "*Você* não pode *me* ter?" Ele se inclinou, e os olhos dela se fecharam. Seus lábios roçando a concha sensível de sua orelha, ele sussurrou: "Olivia, *você* é o prêmio. Ninguém nunca te disse?"

Uma onda solitária de exultação a percorreu, mantendo-a suspensa em um casulo quente e protetor. Ela poderia ficar ali para sempre, esperando que ele dissesse mais palavras como as que acabara de dizer. Palavras que tornariam seu mundo, o mundo deles, certo, possível. Mas o mundo mais amplo estava além de seus olhos fechados, pressionando, lembrando-a de quão impossível era o mundo deles.

Um farfalhar suave soou ao lado dela, e ela manteve os olhos bem fechados contra a realidade. Ainda assim, seus ouvidos ouviriam os pés dele pisando suavemente na grama, afastando-se dela. Seus olhos se abriram a tempo de vislumbrá-lo dobrando a esquina e desaparecendo de vista.

Ela soltou um suspiro e o último dele.

Ninguém jamais a confundiria com alguém corajoso.

28

"Um-dois-três, um-dois-três", Lucy contava por cima do ombro de Mina.

Enquanto Lucy a conduzia pelos passos simples da valsa — certamente uma visão boba, já que ela era uma cabeça mais alta do que Lucy — Mina se maravilhou com o fato de ter chegado a essa posição.

"Ai!" Lucy gritou.

"Eu sinto muito." Mina pisou nos pés de Lucy nada menos que sete vezes só nessa valsa. "Podemos parar, se você quiser."

"Eu definitivamente *não* gosto de levar um pisão no pé. Agora, eu nunca pensei que diria isso a você, de todas as pessoas, mas você deve se concentrar." Um sorriso travesso se curvou sobre a boca de Lucy. "Além disso, dez dedos quebrados não seriam um preço muito alto a pagar por valsar com um quarteto de cordas. Mesmo que os músicos estejam em uma sala distante, a música é celestial."

Mina tentou se concentrar nos passos de dança, realmente, ela tentou, mas isso não lhe interessava muito. Para Lucy, essa dança, cada dança, até mesmo o mínimo ato de respirar, era uma aventura, e ela estava sempre à procura da próxima.

Na escola, alguma pergunta impertinente sempre saía da boca de Lucy, não por malícia ou para causar problemas, mas por uma necessidade de saber. Nenhum assunto era tabu. Era aí que Mina sentia uma conexão profunda com Lucy. Ela também era uma pessoa curiosa.

Era desse lugar que ela via a amizade delas, mesmo que os outros não pudessem ver. A curiosidade delas se manifestava de diferentes maneiras, mas uma vez estimuladas, elas não paravam por nada para satisfazê-la. Foi assim que Mina se viu nessa pequena sala esquecida, a uma parede de distância de um baile, dançando valsa com Lucy. Mesmo que a ebulição de Lucy não fosse inspiradora, era definitivamente motivadora.

"Oh, minha querida", disse Lucy, fazendo papel de uma senhora "Essa música é divina. Simplesmente a música dos deuses. Ora, eu não ouvia essa música desde meu baile de debutantes." Algumas batidas da valsa passaram para um efeito dramático. "Cento e cinquenta anos atrás!"

Uma risada, chocada e encantada, saiu de Mina. Ela gostava disso, passar tempo com Lucy. Ela fazia com que fosse fácil acreditar que o mundo era um lugar brilhante e divertido.

"Agora, tente colocar seus braços assim." Lucy demonstrou um giro de braço solto e elegante, um que Mina jamais conseguiria reproduzir em uma eternidade de luas.

"Você não deve ser tão... *rígida*. O que todos os seus amantes vão pensar?"

"Eu não terei amantes", Mina respondeu com naturalidade. "Eu vou me dedicar a—"

"Ciência", Lucy disse, seu tom seco como um osso de dinossauro. "Mas Mina? Por que não há espaço para os dois?"

Antes que Mina pudesse responder, o olhar de Lucy se fixou em um ponto distante, e no momento seguinte ela voou para fora dos braços de Mina em um grito agudo. "Huey!" sua voz cantou enquanto ela atravessava a sala em direção ao seu primo, Lorde Hugh Bretagne, Conde de Avendon, herdeiro de um futuro duque... E herdeiro do poder e da autoridade, Mina se lembrava de ter pensado na noite em que se conheceram no saguão do Duque de Arundel.

"Eu sabia que te encontraria nessa sala", disse Lorde Avendon, uma mistura de reserva arrogante e diversão genuína infundindo as palavras.

Em um canto escuro, Mina se encolheu, esperando evitar sua atenção. Claro, ele a viu dançando com Lucy, mas talvez ele realmente não a tivesse notado. Os membros da *alta sociedade* tendiam a não olhar diretamente para ela. Exceto quando ela não estava olhando para eles. Em seguida, eles se deliciavam com seus olhos gananciosos sobre ela para o contentamento de seu coração.

"Lulu, o vovô mandou chamá-la para encontrá-lo no salão de baile."

"Eu?" Lucy gritou. "No baile?" Ela fugiu da sala sem um único olhar para trás, como se a menor hesitação tornasse seu convite nulo e sem efeito.

A atenção de Mina permaneceu fixa em Lorde Avendon. Em vez de seguir o rastro turbulento de Lucy, ele caminhou mais fundo na sala e parou em frente a uma estante de livros, claramente examinando títulos. Ela ficou parada como uma estátua, como se ele fosse um animal selvagem, e o menor movimento o assustaria. Ou chamaria sua atenção.

Ela não tinha certeza do que seria pior.

Seu olhar examinou títulos dourados em relevo, ao longo da linha, um após o outro. Quais livros interessavam a alguém como Lorde Avendon? O que o herdeiro do poder e da autoridade lia?

Agora a menos de três metros dela, seus olhos continuaram vagando para a esquerda, em sua direção, e pararam, e um título em particular chamou sua atenção. Ele estendeu a mão e começou a deslizá-lo para fora. Ela abriu a boca para perguntar qual livro e fechou-a. Afinal, ela estava tentando permanecer despercebida. Ainda assim, que livro poderia ser?

Ela tentou se encolher em seu cantinho, seu coração batendo forte, a antecipação correndo por suas veias. Talvez ele não a notasse.

Sua cabeça se inclinou para a esquerda, e seus olhos âmbar translúcidos pousaram infalivelmente sobre ela, sem uma partícula de surpresa em suas profundezas. Ele se curvou, e ela se abaixou em uma reverência educada.

"Você pode querer vir também, Srta. Radclyffe", disse Lorde Avendon, empurrando o livro de volta para o lugar. "Acredito que seu pai esteja procurando por você."

"Obrigada, meu senhor."

Ele se afastou, claramente esperando que ela passasse. Quando ela se nivelou com ele, seus olhos dispararam para os lados para ver qual livro poderia ter sido, mas ela não conseguia dizer. Todos pareciam iguais. Ela continuou em frente e sentiu uma semente de frustração surgir. A curiosidade deve sempre ser satisfeita, não importa o custo. Seus pés plantaram no exuberante carpete Aubusson, e ela se virou com a pergunta em seus lábios, pronta para ser feita.

Ela engasgou. Ele estava mais perto do que ela pensava. Mais alto também. Mais alto do que ela. Uma raridade. Seu olhar se ergueu para encontrar o dele, e ela limpou a garganta. "Posso perguntar qual título você estava examinando?"

Um olhar confuso cruzou suas feições, e ele parecia ter sua idade. Alguns anos mais velho que ela. Não mais do que isso. Ele não parecia um futuro duque. Ele estendeu a mão, deslizou o livro para fora e limpou a garganta. "*Emile*, ou *On Education*, de Jean-Jacques Rousseau [1], ao que parece." Ele virou o livro nas mãos algumas vezes, como se para testar seu peso, e encontrou o olhar dela, sua cabeça inclinada para o lado.

____

1. Emile, ou On Education é um tratado sobre a natureza da educação e a natureza do homem escrito por Jean-Jacques Rousseau1. É considerada uma de suas obras mais importantes12. O livro combina um romance com um ensaio didático e explora a filosofia e a prática da educação

Um sorriso em seu rosto. *"Emile* é o texto fundamental da minha escola e da Lucy, a Escola Progressista para Moças e a Educação de Suas Mentes. Claro", ela acrescentou, "aplicado a mulheres em vez de homens."

Os olhos dele se escureceram, e o sorriso dela sumiu. Ele empurrou o livro de volta para o lugar, e seu ar habitual de... *Duque*... Retornou. "Honestamente, Srta. Radclyffe", ele respondeu em uma voz que cheirava a desinteresse, "eu o peguei aleatoriamente. Não dou a mínima para isso."

Diante de um comentário tão provocativo, a curiosidade de Mina afugentou sua autoconsciência. "Mas por quê?" ela perguntou. Uma possibilidade ocorreu a ela. "Você sabe ler? Ouvi dizer que alguns membros da nobreza inglesa acham muito cansativo aprender a ler."

Uma risada surpresa assustou Lorde Avendon. "Claro, que eu sei ler."

"Então por que você não se importaria com esse livro? Você o segurou, sentiu o peso dele em suas mãos. Sem mencionar o fato de que é um dos livros mais influentes de seu tempo. Nada lhe interessa?"

Lorde Avendon se empertigou em sua altura mais nobre e completa. "Estou interessado em tudo que é apropriado para um cavalheiro da minha idade e posição."

"Apropriado?" Mina perguntou perplexa. "Mas não é assim que a curiosidade funciona. Não tem nada a ver com adequação. Ou a pessoa está interessada no mundo, ou não está. É uma verdadeira medida de sua inteligência."

As sobrancelhas de Lorde Avendon se juntaram em uma expressão que só poderia ser caracterizada como total perplexidade chocada. "Srta. Radclyffe, você está me chamando de simplório?"

As pontas das orelhas de Mina queimaram em repentina mortificação, e seu coração se tornou um martelo em seu peito. Ela tinha sido muito ousada, ido longe demais. Por que ela estava falando dessa maneira com esse jovem, entre todas as pessoas? Ela não tinha a menor ideia, mas agora que tinha começado, ela não conseguia parar. "Eu não diria que te chamei diretamente de simplório, mas nas minhas escolhas de palavras, eu posso ter insinuado isso. Em minha experiência, alguém que se interessa por pouco é de pouco interesse."

A boca de Lorde Avendon se abriu por um instante antes que ele se recuperasse. "Srta. Radclyffe, eu nunca conheci ninguém como você."

"Isso é porque você só se associa com sua espécie."

"Minha espécie?"

Ela assentiu. "Você pode tentar ampliar um pouco mais sua rede social, por assim dizer."

Lorde Avendon abriu a boca para responder quando as portas francesas externas se abriram e Lady Olivia Montfort, a mãe de Lucy, entrou. Ela era uma visão em marfim e ouro, o epítome da dama inglesa. O tipo de dama que Mina nunca seria.

Nunca *poderia* ser.

Os olhos de Lady Olivia dispararam entre Mina e Lorde Avendon. "Eu interrompi alguma coisa?"

"De jeito nenhum", Lorde Avendon disse suavemente. Ele parecia ter se recuperado. "A Srta. Radclyffe estava apenas me educando sobre alguns dos pontos mais sutis da sociedade e questionando minha inteligência."

Mais uma vez, o constrangimento explodiu dentro de Mina, e algo mais também. O peso de seu lugar na sociedade, ou a falta dele, a pressionava, e ela se perguntou pela primeira vez se conseguiria suportar. Não era apenas seu exterior que a marcava como diferente da *alta sociedade*, era seu interior também. Lorde Avendon sentia isso, ela podia dizer pela maneira como ele a observava, com um brilho especulativo nos olhos. De fato, ele era um jovem que mostrava sua classe nobre. Alguém que se esforçava ativamente para não ser curioso e ficar ocioso, alguém que não apenas não a entendia, mas que era alguém que ela não conseguia entender.

"Meisje."

Todos os três pares de olhos se voltaram para a voz, e a sala ficou completamente silenciosa. Alívio tomou conta de Mina ao ver seu pai, mas algo a impediu de ir até ele. De uma forma que parecia nova e estranha, ela sentiu que essa estranha tensão entre ela e Lorde Avendon era algo que só eles tinham que resolver.

"Somos necessários no salão de baile," disse o pai. Preocupação irradiava sobre ele, e um olhar poderia ter passado entre ele e Lady Olivia. Havia algo naquele olhar que poderia ter despertado a curiosidade de Mina em outra ocasião. Agora mesmo, as portas francesas externas a chamavam. Além delas, havia um jardim tranquilo e um céu noturno aberto.

"Preciso de uma lufada de ar fresco primeiro," Mina disse, seus pés já se movendo em direção à liberdade. "Se me derem licença."

Com isso, Mina saiu pela porta e desapareceu na noite cinzenta. Olivia voltou sua atenção para os dois homens que ainda ocupavam a sala com ela, nenhum dos quais ela esperava encontrar quando entrou há menos de cinco minutos. Incapaz de olhar um homem nos olhos, ela começou com o outro. "Hugh, você tem algo que gostaria de dizer?"

"Eu acredito que o duque gostaria que você se juntasse a todos no salão de baile também."

Olivia reprimiu um gemido. "Por favor, informe ao duque que o verei mais tarde." Ela não tinha coragem de encarar aquele salão de baile da nobreza novamente esta noite. O duque entenderia. Ele sempre entendia. "Antes de ir, Hugh, o que ocorreu entre você e a Srta. Radclyffe?"

Antes que Hugh pudesse responder, Jake interrompeu, um

olhar furioso escurecendo sua expressão. "O que você quer dizer com *o que ocorreu* entre ele e Mina?"

Hugh notou que as mãos de Jake estavam cerradas em punhos ao lado do corpo? Provavelmente não, pois Hugh soltou um suspiro desinteressado. "Nada ocorreu", ele falou lentamente. "Eu vim encontrar Lulu para o duque, e a Srta. Radclyffe me chamou de simplório. Esse é o resumo básico."

As mãos de Jake se soltaram, e uma risada rouca escapou dele. "Acredito que vou cuidar da minha filha agora."

Sem pensar, Olivia levantou um dedo para ficar, parando Jake em seu caminho. "Deixe-me ir."

Seus olhos se encontraram com os dela e se fixaram por um momento. Era um momento que poderia durar até o fim dos tempos. Era um momento que não poderia terminar tão cedo.

Ele assentiu, e Olivia se virou, suas saias balançando sedosamente sobre seus sapatos enquanto ela entrava no jardim do duque pela segunda vez esta noite, cheia de alívio e desespero por ter deixado Jake para trás — pela segunda vez esta noite. Mas ela não pensaria nisso agora. Ela precisava cuidar de Mina. Não demorou muito para encontrar a garota sentada em um banco de mármore brilhante na seção informal do jardim, um pequeno telescópio de latão colocado em seu olho.

"Uma noite brilhante para observar as estrelas", disse Olivia.

Mina se assustou e imediatamente abaixou seu telescópio como se tivesse sido castigada.

"Você se importa se eu descansar um momento ao seu lado?"

Mina se moveu e abriu espaço. Olivia gesticulou em direção ao telescópio agora apoiado em seu colo. "Que telescópio pequeno e adorável."

A garota corou. "Obrigada."

A sobrancelha de Olivia se ergueu em uma pergunta silenciosa, provocando um sorriso tímido de Mina. "Eu o construí."

"De fato?" Olivia perguntou e estendeu a mão. "Posso?"

Um silêncio amigável caiu ao redor delas enquanto Olivia olhava pela lente, o universo maravilhoso um pouco mais perto.

"Este telescópio não é poderoso o suficiente para ver tão longe no cosmos", disse Mina, sua voz em partes iguais de prazer e orgulho. "Mas as constelações mais brilhantes e as estrelas cadentes não estão fora de seu alcance."

"De lá de cima, todos nós devemos parecer iguais", disse Olivia, sua voz distante, até mesmo para seus próprios ouvidos.

"É só aqui embaixo que as diferenças importam."

Olivia abaixou o telescópio e olhou para Mina. "Você gostaria de ser igual a todos os outros?"

Os dedos da garota roçaram a seda de suas saias, um gesto que falava de desconforto. "Poderia ser um bom experimento."

"Talvez", Olivia começou e parou, esperando que as palavras certas lhe ocorressem. "Talvez você possa tentar ver o assunto de cima, longe do seu lugar aqui embaixo. Pode ser possível que ser diferente de uma maneira óbvia lhe dê a liberdade de ser verdadeiramente você mesma? Às vezes, quando uma pessoa se parece com todo mundo, a sociedade forma certas expectativas sobre quem essa pessoa deveria ser, em vez de quem ela realmente é. Você, Srta. Radclyffe, é jovem, bonita, extremamente inteligente e talentosa, com um futuro magnífico diante de você. Você pode ser exatamente quem você é, e não deixe ninguém lhe dizer o contrário. Eu sei que esse é o futuro que seu pai quer para você."

Ao lado dela, Mina ficou parada, claramente considerando as palavras de Olivia, antes de assentir uma vez, e a respiração que Olivia não tinha percebido que estava prendendo, foi liberada.

"Expectativas e superfícies não importam para mim", disse Mina. "É o funcionamento abaixo das superfícies que me interessa. Mas observei que os ingleses são totalmente diferentes. Eles ficariam contentes em construir uma sociedade composta *inteiramente* de superfícies. Eles não parecem se importar com a substância por trás delas."

Olivia devolveu o telescópio de Mina para ela. "Não seja tão rápida em pintar todos nós com o mesmo pincel. Algum de nós possa surpreendê-la."

Um sorriso surgiu nos lábios de Mina, e o alívio fluiu por Olivia. "Por mais que você e Lucy sejam muito diferentes, ela também é muito parecida com você", disse Mina enquanto se levantava. "Lady Olivia, obrigada por se juntar a mim aqui. Gostei muito da nossa conversa, mas devo me juntar ao meu pai no salão de baile. Espero que tenhamos o prazer de conversar novamente em breve."

Enquanto observava Mina correr em direção ao salão de baile, Olivia se levantou e seguiu lentamente no encalço de Mina. Ela gostou da garota e viu como ela poderia facilmente formar um apego maternal por ela. Mina se sairia bem, Jake garantiria isso. E ele encontraria exatamente a madrasta certa para ajudá-lo também.

Uma pequena voz a lembrou de que ele *a* havia pedido em casamento. Ele a havia pedido para ser essa madrasta. E ela disse *não*. Uma estranha dormência que a isolava da devastação de sua proposta e sua recusa a enchia das profundezas de sua alma até a superfície de sua pele, todo o seu ser insensível ao próprio ar ao seu redor.

Do outro lado da extensão verde do gramado, que se tornava cinza-ardósia por causa da lua, estava à mansão do duque, com sua música, luz e alegria geral. As estrelas diminuíram seu brilho coletivo, superadas por tanta glória ducal.

Ela tocou as pontas dos dedos no pedaço tenso de pele entre as sobrancelhas e aplicou pressão. O início de uma dor de cabeça se agitou quando seus pés a levaram para o terraço externo além da borda da luz.

Dentro do salão de baile, o quarteto parou no meio do caminho, e a multidão se aquietou em um silêncio monótono ao som de um objeto de metal batendo propositalmente no vidro. *Ding-ding-ding*. Haveria um brinde.

De seu ponto de vista, ela quase conseguia ver um arrepio de excitação ondular pelo chão do salão de baile. O duque e a viúva estavam no topo da grande escadaria. Abaixo deles, dispostos nos degraus como uma cachoeira descendente de privilégios, lindos e aristocráticos, estavam todas as suas duas famílias. Ela localizou Lucy. Mina também. Ela conhecia cada rosto brilhando na multidão reunida, todos reafirmando exemplos para a sociedade da retidão de um mundo onde eles faziam suas regras. Se ela fosse colocar essa cena na tela, sua paleta de cores mal se estenderia além de brancos e amarelos dourados, tão brilhante era sua glória combinada.

Ela não dava muito crédito ao *Direito Divino de Governar*, mas muitos dos que enfeitavam a escadaria davam. Veja por exemplo o herdeiro do duque, Lord Michael Bretagne, o Marquês de Exeter. Como irmão mais velho de Percy e único outro filho sobrevivente do duque, ela teve tempo de sobra para observá-lo, e ele definitivamente acreditava no direito divino. À esquerda de Exeter estava seu herdeiro, Lord Avendon. Lucy o chamava pelo seu apelido, Huey, mas suspeitava que somente Lucy pudesse garantir esse direito específico a um jovem sério como Hugh. O que ela havia interrompido entre ele e Mina? Ela realmente o havia chamado de simplório?

Seu olhar percorreu a escadaria. Ambas as famílias reivindicavam descendência do reinado de Guilherme, o Conquistador, e todos se divertiam nessa ocasião alegre, mas seu lugar no mundo era um assunto sério, e nenhum deles pararia por nada para mantê-lo seguro. De certa forma, ela se identificava com este sentimento. Foi esse sentimento em particular, a necessidade de segurança, que uniu sua vida na última década e a impediu de desmoronar. Era a mesma necessidade que havia predeterminado o resultado dessa noite.

Ela não podia abrir mão da segurança da vida que havia construído ao seu redor pela incerteza de uma vida com Jake. A troca era muito carregada de instabilidade. Um momento de tristeza agora não era nada comparado ao luto de uma vida inteira caso seu experimento falhasse.

O estrondo imponente da voz do duque cortou a noite silenciosa. "Gostaria de agradecer a todos por se reunirem aqui esta noite para celebrar esta ocasião tão especial." A mão do duque se estendeu em direção à viúva, que bruscamente enxugou as lágrimas que ousaram cair de seus olhos. "Por favor, levantem suas taças em um brinde à Duquesa Viúva de Dalrymple, que em breve será Sua Graça Lucretia Bretagne, Duquesa de Arundel."

Um pequeno grito de "hurra!" de excitação soou da escada, provocando risadinhas de prazer por toda a parte. O olhar de Olivia encontrou uma Lucy corada, e um sorriso de gratidão pelo momento de leviandade enrugou os cantos de seus olhos.

"Parabéns, hurra!" a multidão gritou em coro enquanto o quarteto tocava uma animada canção country.

O duque, majestoso e seguro, conduziu sua futura duquesa escada abaixo até o centro do salão de baile. Eles imediatamente entraram no ritmo da música que tinha sido popular em sua juventude. A nobreza reunida perdeu toda a consciência de seus ares aristocráticos e se uniu para bater palmas ao ritmo da música, relembrando raízes que nenhum aristocrata da cidade jamais deixou completamente para trás. A terra estava no sangue de todo nobre inglês. Eles não eram nada sem ela.

Enquanto seus olhos percorriam as duas famílias que logo se tornariam uma, Olivia finalmente se permitiu decidir sobre a única cabeça que ela vinha evitando com mais cuidado. Além de Lucy, ele era o mais brilhante de todos, com seu olhar sério percorrendo a multidão como se estivesse procurando por alguém.

Uma pontada de dor atravessou Olivia. Ele estava procurando por ela.

Ele poderia amá-la.

Sua respiração ficou presa em seu peito.

Ele mentiu para ela. Ele a seguiu. Ele traiu sua confiança.

Ela jurou anos atrás nunca mais se colocar na posição em que um homem poderia traí-la. E, ainda assim, ela o fez.

Ele a pediu em casamento.

E se houver um bebê?

Um bebê era a menor das suas preocupações. Ela nunca se casaria sem amor.

E se eu te amasse?

Ela nunca se casaria por amor.

Olivia, você é o prêmio.

Ela balançou a cabeça e forçou sua respiração a se soltar. Ela devia seguir sozinha. Como estava fazendo por tantos anos. Certamente outra década não seria um problema.

A felicidade pode ser mantida à distância, mas o mesmo acontece com o desgosto. Ela estaria a salvo da inevitável traição do casamento dentro da torre de mármore da prisão que ela havia construído para si mesma com tanto cuidado e atenção.

29

Visto em Mayfair
Um retiro discreto para dois?
Fofoca: quem é o sortudo?

"**B**obagem, esses haicais do *London Diary* estão se tornando realmente atrozes", Lucy exclamou. Com nojo, ela deixou o papel cair na mesa do café da manhã. "A quem eles estão se referindo? Eu pensei que era o pai de Mina, mas do que se trata a 'Uma casa para sua rainha'?"

Uma casa para Lady Olivia Montfort na Queen Street, Olivia não contou à sua filha muito astuta.

Acidez encheu seu estômago, e ela empurrou seu croissant para longe. Era assim que se sentia sendo ridicularizada. Claro, os escritores do *London Diary* não tinham ideia de que estavam zombando dela. Eles achavam que a estavam provocando.

Bem, não demoraria muito para que percebessem o quão errados estavam. Hoje marcava o aniversário da primeira semana dela e de Lucy em sua nova casa em Mayfair. O assunto havia sido resolvido no discreto escritório do Sr. Tobias Dilbey, Esquire, advogado de Jake. O dinheiro havia trocado de banco com eficiência e assinaturas solenemente assinadas nas escrituras.

Num impulso, Olivia estendeu a mão sobre a mesa para apertar a mão do Sr. Dilbey. Ele gaguejou um pouco antes de hesitar e estender a mão e tocar a palma da mão dela com as pontas dos dedos.

A vida tinha uma maneira implacável de seguir em frente. Com ou sem a permissão de alguém.

Um movimento no canto do olho a tirou de reflexões filosóficas fadadas a não chegar a um bom fim. Lucy abriu *A Noiva de Lammermoor* [1]. "Como foi seu dia, Lulu?"

Lucy parou no meio da mastigação e suas sobrancelhas se juntaram em consternação. Se Olivia estava lendo a expressão da filha corretamente, ela estava olhando para ela como se ela tivesse criado chifres. "O dia mal começou, mãe", ela disse com a comida na boca. "Eu diria que os nós saíram do meu cabelo sem muita dificuldade, e foi uma surpresa agradável descobrir que este vestido ainda serve. Parece que meu corpo decidiu crescer *externamente* ultimamente." Sua cabeça inclinou-se interrogativamente para o lado. "Devo pedir mais café? Você pode precisar de outra xícara. Ou três."

Olivia se aqueceu sob a acuidade do olhar da filha.

"Sério, mãe, você deve estar precisando de férias."

"Férias?" Olivia perguntou com toda a sinceridade. Ela se convenceu de que havia escondido seu estado de espírito sombrio muito bem. Afinal, ela estava mais ocupada do que nunca.

"Como estão suas aulas de arte?" Lucy perguntou em uma tentativa óbvia de mudar de assunto.

---

1. O romance A Noiva de Lammermoor, escrito por Walter Scott, conta a trágica história de amor entre a jovem Lucie Ashton e o inimigo de sua família, Edgar Ravenswood.

"Esplêndidas," Olivia respondeu brilhantemente, brilhantemente demais, ganhando um olhar penetrante de sua filha.

Era uma mentira. Ela não via Jiro... *Kai* desde que ele praticamente lhe dissera para não se meter em seus assuntos. Era muito cedo. Além disso, ela estava ocupada com sua nova vida. Kai poderia ser parte de uma vida antiga que seria melhor abandonar e deixar para trás.

"E, claro, eu tenho estado muito ocupada com a mudança."

"Hmm," Lucy começou, sua voz um zumbido cheio de descrença. "Mãe, é como se você estivesse em todos os lugares e em lugar nenhum ao mesmo tempo." Ela deu um tapinha na pequena missiva retangular à esquerda do prato e suas sobrancelhas se juntaram. "Suponho que você saiba sobre as cartas que Lorde Percival tem me enviado."

"Eu já havia notado."

"Me diga uma coisa."

"Qualquer coisa."

"Por que você se casou com ele?"

A pergunta pegou Olivia de surpresa, mas ela não daria a Lucy nenhuma resposta além da verdade. Ela merecia isso. "Simplesmente, dei uma olhada nele e soube que deveria fazê-lo, que eu morreria de amor não correspondido se não o fizesse. Não havia outro homem no mundo como ele. Eu era muito jovem."

"Ele partiu seu coração," Lucy declarou as palavras sem emoção.

"Ele partiu."

"Você não se arrepende dele?"

"Nunca."

"Por que não?"

"Ele me deu você."

Uma pequena careta apertou a boca de Lucy e ela disse. "Isso é algo que você precisa dizer, não é?"

"Posso falar livremente?"

"É a única maneira de falar", Lucy disse com sua certeza característica.

Olivia sorriu pela primeira vez em dias. "Agora, isso é algo que o Lorde Percival que eu conheci teria dito. De certa forma, você é muito parecida com ele."

Lucy balançou a cabeça, protesto em seus olhos. "Eu não quero ser como ele."

"Seu pai tinha algumas qualidades ruins, mas também tinha algumas boas", Olivia continuou. "Ele era aberto. Ele falava o que pensava. Ele amava rir." Ela estendeu a mão sobre a mesa e apertou a mão de Lucy. "Você tem permissão para gostar dele. Você não vai me trair, Lulu. É sua escolha abrir ou não a carta, perdoar ou não, mas, às vezes, a pessoa que está negando o perdão é a mais prejudicada. Isso pode se transformar em um tipo de ódio que corrói uma pessoa."

"Você o perdoou?"

"Sim", Olivia disse surpresa por ela ter dito isso com cada fibra de seu ser.

Lucy virou a carta em suas mãos algumas vezes antes de colocá-la dentro de seu livro. Uma alegria agridoce surgiu dentro de Olivia, mesmo com um fio de apreensão passando por ela. Percy tinha que provar ser digno dela.

Um movimento do lado de fora da janela da frente chamou a atenção de Lucy. "Drummond chegou."

"Estarei aqui quando você voltar para casa."

Um mês atrás, Olivia tinha parado de buscar Lucy na escola. Ela simplesmente não tinha sido capaz de enfrentá-lo, não desde que Jake estava lá de manhã e à tarde. Além disso, era difícil não notar o aumento constante no número de mães, todas impecavelmente arrumadas, pessoalmente acompanhando suas filhas para a escola e lotando os corredores. A preocupação maternal com a passagem segura de suas filhas estava em alta na Escola Progressista para Moças e a Educação de Suas Mentes.

Certamente, não tinha nada a ver com a família Radclyffe recentemente admitida.

Ha. Uma mãe tinha batido de frente em um batente de porta enquanto esticava o pescoço para vê-lo. As mães simplesmente não conseguiam tirar os olhos dele.

"Oh, mãe", Lucy gritou da porta, trazendo Olivia de volta ao presente, "posso convidar a Srta. Radclyffe para uma visita esta noite?"

O coração de Olivia bateu com força em seu peito, mesmo quando ela desejou que o resto do corpo permanecesse muito, muito quieto. "Vocês têm um projeto juntos?"

"Oh, nada a ver com a escola." Lucy fez uma cara de desgosto. "Eu contei a ela sobre o nosso jardim no terraço, e ela gostaria de observar o céu de lá esta noite."

O suor escorria pela palma da mão de Olivia. Outra resposta que ela não conseguia controlar. Ela podia, no entanto, continuar a se manter muito, muito quieta. "Claro."

"Excelente." Lucy lhe lançou um sorriso rápido e saiu correndo em direção ao seu dia, gritando por cima do ombro: "E, por favor, peça à cozinheira para fazer uma fornada de seus deliciosos biscoitos amanteigados."

A porta da frente bateu e Olivia afundou na cadeira. Aquele nome, *Radclyffe*, era como uma espada longa e afiada que a perfurava até o cabo toda vez que ela o ouvia. Com o tempo, talvez sua lâmina ficasse cega e encurtasse para um estado mais manejável. Uma adaga curta poderia ser manuseada. E então, talvez, um dia ela não sentiria nada quando ouvisse o nome Radclyffe.

Seu estômago se revirou. Esse dia ainda não havia chegado. Se suas vidas continuassem interligadas pela amizade de suas filhas, isso inevitavelmente aconteceria, correto?

Claro que aconteceria. Deveria.

Ela cerrou os punhos ao lado do corpo e permitiu que as unhas cravassem fundo. Um tipo de dor poderia substituir outra e atraí-la mais completamente para o presente. Lucy não estava errada. Ultimamente, ela estava em todos os lugares e em lugar nenhum ao mesmo tempo.

Desde o dia seguinte ao baile do duque, ela preenchia cada momento de cada dia com uma tarefa recém-concluída, e outra tarefa a ser concluída. Ela não conseguia se lembrar de uma época em sua vida em que estivesse mais ocupada, tanto física quanto mentalmente. Afinal, ela tinha uma nova casa e uma nova vida. Uma vida que ela havia se esforçado com unhas e dentes para alcançar. Uma vida que lhe oferecia liberdade, independência, segurança, previsibilidade. Tudo o que ela queria, ela havia conquistado. Ela havia garantido o ciclo de vida previsível de uma rosa inglesa.

E se, na calada da noite, quando a casa ficava em silêncio e apenas o sussurro de sua respiração rompia a quietude, sua mente protestava que essa vida parecia vazia e solitária, que ela nunca havia se sentido tão vazia e tão solitária, ela rolava para o lado e começava a fazer listas mentais para as tarefas do dia seguinte.

"Minha senhora", ela ouviu como se estivesse muito longe. Ela olhou para cima e viu seu mordomo, Wilkins, parado na porta a menos de três metros de distância. "Sua Graça, o Duque de Arundel, chegou."

O ânimo de Olivia melhorou imediatamente, e ela se afastou da mesa. Com um pouco de energia renovada em seus passos, ela correu para o saguão e encontrou o duque observando a sala.

"Esta casa combina com você, minha querida." Seus olhos seguiram a escada em espiral até a claraboia, brilhante e alegre, mesmo em um dia cinzento e úmido como hoje. "Eu posso ver por que você a escolheu."

Ela deu um rápido beijo de boas-vindas em sua bochecha. "Estou feliz que você tenha gostado."

Ele pegou as mãos dela e deu um passo para trás, avaliando-a. "Você está com uma aparência... *boa*."

Ela parecia pálida, na melhor das hipóteses, e ambos sabiam disso. O duque notava tudo.

"Lulu foi para a escola?"

"Acredito que você só sentiu falta dela."

“Bom”, ele falou, provocando um sobressalto de surpresa em Olivia. “Agora, mostre-me este magnífico jardim no terraço de que todos estão falando.”

“Será um prazer”, ela respondeu suavemente, mesmo com o medo florescendo em seu estômago. Ele quase havia declarado que desejava falar com ela em particular, e ela não conseguia deixar de sentir que não gostaria do que ele tinha a lhe dizer.

Com o duque em seus calcanhares, ela colocou uma mão no corrimão e alguns minutos depois, eles chegaram ao terraço. Apesar da manhã londrina opressiva com nuvens encharcadas, ela sentiu a mesma onda de amor por esse oásis que havia sentido desde o início. Ao contrário de seu estado de espírito sombrio e invernal, esse terraço, com suas tulipas coloridas de hortelã-pimenta e forsítias [2] de calêndula, ilustrava a capacidade da vida de avançar para a primavera, brilhante e resplandecente.

Ela não conseguia suportar a glória e olhou para um céu indistinto e confuso com uma névoa algodoada.

Indistinto... Confuso...

As palavras se aninhavam dentro dela com uma familiaridade desconcertante. Ultimamente, nada era nítido. Como as nuvens que pairavam acima de sua cabeça, tão próximas que ela poderia alcançá-las e tocá-las, ela se tornara indistinta nas bordas, como um borrão ambulante. Será que algum dia ela voltaria a ser perspicaz?

"Quando meus advogados me informaram pela primeira vez sobre sua intenção de comprar uma casa em Mayfair—"

---

2. A forsítia é um tipo de arbusto altamente reconhecível, mesmo para pessoas inexperientes em jardinagem. O seu valor ornamentais caracterizado pelas suas impressionantes flores amarelas faz desta planta uma excelente alternativa às espécies mais comuns

"Seus advogados?" ela perguntou, as palavras dele a tiraram de sua nuvem.

"Claro, minha querida. Você achou que eles esconderiam sua correspondência de mim? Eles entendem quem dá a manteiga para o pão deles." Ele estendeu o braço para ela, e eles começaram a caminhar pela trilha de granito. "Meu primeiro pensamento foi que esse seria um encerramento adequado para esses últimos meses de coragem."

"Não tenho certeza se corajosa é a palavra que eu usaria para me descrever."

"Eu concordo, minha querida. Você acabou se tornando uma covarde, não é?"

Seu corpo se enrijeceu e ela abriu a boca para falar, mas apenas um coaxar áspero e sem forma saiu. Quando ela começou a puxar a mão do braço do duque, ele sutilmente apertou seu braço. Parecia que ele estava apenas começando. "Eu pensei que você finalmente tivesse se dado a oportunidade de seguir em frente com sua vida, de se livrar totalmente dos fantasmas do seu passado."

"Sim," ela disse, sua voz ainda como um arranhão na garganta, mas, pelo menos, ela agora conseguia formar palavras, mesmo que apenas monossilábicas.

"Percy era um garoto," o duque começou, "um garoto que eu amava de todo meu coração, mas um garoto mimado, eu admito. Ele era a cara da mãe dele, e eu não conseguia deixar de mimá-lo. Uma criança obstinada pode ser encantadora, não? Um homem obstinado, por outro lado, pode ser decididamente menos."

"Eu sei exatamente o tipo de homem que Percy era... é," ela retrucou. Ela não tinha nenhum desejo de falar sobre Percy.

"Sim, temo que sim." Ele hesitou. "Eu não queria que vocês dois se casassem. Ele te contou?"

"Eu não tinha ideia." Traição e mágoa correram por Olivia, sentimentos que se tornaram muito familiares ultimamente.

Lágrimas brotaram de seus olhos, e ela não ousou piscar para que elas não escorressem por suas bochechas.

O duque apertou sua mão. "Oh, minha querida, não é assim. A onda de seu amor jovem foi tão repentina e completa que aconselhei Percy a estender o noivado, para dar tempo de vocês se conhecerem. Acho que meu conselho teve o efeito oposto, pois vocês estavam casados no final da temporada." Ele balançou a cabeça, confuso. "Percy queria o que queria, e encontrou uma maneira de tê-lo. Ele queria você, e teve você."

"Até que ele não queria mais." Ela odiou o tom amargo que soou.

"Não vou defendê-lo, mas direi isto. Percy era como qualquer outro jovem rico, popular e de posição em Londres. Mas você, minha querida, não era como qualquer outra jovem. Vi desde o começo que você iria querer mais do seu casamento do que ele. Percy queria um casamento que fosse algo superficial. Você queria algo mais profundo. Mas depois que você se casou, eu não tinha poder para fazer nada a respeito. Então Percy fugiu para o Continente e foi explodido em pedaços." Ele a prendeu no lugar com seu olhar penetrante. Ele queria que ela soubesse que ele estava olhando fixamente para ela. "Você sabe o que eu vi através da névoa escura da minha dor por ele?"

Ela balançou a cabeça, incapaz de falar.

"Eu vi um raio de luz para você. Você estava livre do meu filho voluntarioso e mimado, e minha culpa foi dissipada."

"Culpa?"

"Eu poderia ter impedido seu casamento. Eu poderia tê-la poupado de todo esse sofrimento."

"Nós teríamos encontrado um jeito. Percy não era a única criança voluntariosa e mimada em nosso relacionamento."

"Ao longo dos anos, eu vi você crescer e florescer em uma mulher realizada, uma mulher que eu continuo orgulhoso de chamar de filha. Então Percy ressuscitou dos mortos, e eu nunca fui tão grato a Deus em minha vida."

"Claro."

"Mas quando você me contou a notícia, eu ouvi o pânico em sua voz, vi o tremor em suas mãos. Diante de mim estava uma mulher com medo, mas determinada, a definir seu próprio curso. Imediatamente, eu soube que moveria céus e terras para vê-la livre para seguir a vida que você queria, e não aquela imposta a você por um casamento infeliz."

"Mesmo que isso significasse me ajudar a me divorciar de seu filho."

"Percy era... é meu filho, mas você, minha querida, *é* minha filha."

O vento cortante com os últimos resquícios do inverno soprava pelo telhado, e Olivia fechou os olhos, permitindo que as palavras do duque a envolvessem em calor e amor. Como recém-casada, ela entrou na casa dele, e ele a aceitou como uma filha a muito perdida.

O sentimento, no entanto, durou pouco quando ele limpou a garganta e disse: "Agora, voltando àquela palavra irritante, *coragem*."

Seus olhos se abriram e ela se preparou.

"É preciso uma boa dose de coragem para buscar uma vida livre e feliz. Achei que você entendesse isso."

Um rubor quente e envergonhado surgiu em sua pele, com pequenas gotas de suor subindo à superfície.

"Posso ser ousado?"

"Por favor", ela respondeu, se preparando para a areia movediça dessa conversa.

"St. Alban não é Percy. Percy era um garoto, não era ainda um homem. De fato, não tenho a menor ideia de que tipo de Percy um dia voltará para Londres. Mas St. Alban é um homem em quem se pode confiar. O tipo de homem que será um excelente visconde e um marido ainda melhor. De acordo com Lucretia, algumas garotas já se interessaram por ele."

"Tenho certeza que sim. Talvez uma até convença Jake a se apaixonar por ela."

"*Amor?*" o duque zombou. "Quantas uniões da nossa classe não têm nada a ver com amor? *Jake* conhece sua responsabilidade e não vai fugir dela. Ele se casará por outros motivos que não o amor, se for preciso."

"Não tenho certeza do quanto você conseguiu saber sobre minhas relações com *Lorde St. Alban*." Olivia considerou a possibilidade de que ele tivesse conseguido bastante. "Mas um futuro entre nós é impossível. A filha dele precisa de uma madrasta de reputação e posição social impecáveis."

"E você acha que não pode ser essa madrasta?"

"Eu sei que eu não posso."

"Bem, eu concordo com você nesse aspecto, mas acho que você está vendo o assunto do ângulo errado," o duque disse. "Eu conheci a jovem em questão ontem na mansão de Lucretia. Ela é uma garota notável, mas uma garota não convencional, você não concorda?"

"Definitivamente."

Sua mente viajou de volta para a noite do baile do duque. Do jeito que ela encontrou Mina no escritório com Hugh, depois que ela o chamou de simplório. Como Olivia desejava ter visto o impacto daquela palavra em seu rosto.

"Então, que tipo de madrasta a Srta. Radclyffe precisa?" o duque continuou. "Uma que a tornaria uma cópia não original de mil outras jovens?"

Olivia permaneceu em silêncio, mesmo quando borboletas começaram a voar em seu estômago. O que ele queria dizer?

"Ela ficaria feliz com a vida que uma madrasta convencional imporia a ela?"

"Eu... eu", Olivia gaguejou, "não consigo imaginar."

"O que a Srta. Radclyffe precisa é de uma madrasta que nutra e reforce a jovem notável que ela é. Uma que não tenha medo do não convencional e extraordinário. Visto por esse ângulo, a madrasta que a Srta. Radclyffe precisa é—"

Olivia interrompeu o duque sem um único pensamento persistente. "Sou eu."

30

"**E**u sou a madrasta certa para Mina", disse Olivia, a ideia ganhando força a cada palavra que ela dizia. O forte sentimento maternal que ela tinha pela garota não foi um acaso. Ela era exatamente a madrasta certa para Mina. O conceito foi absorvido com o peso descomplicado da verdade.

O duque sorriu. "Eu acredito que você é."

Músculos longos e sem uso esticaram-se no rosto de Olivia. Ela estava sorrindo, possivelmente como uma lunática, mas sorrindo mesmo assim. E agora que as palavras começaram a fluir, ela não conseguia contê-las. Havia verdades que veriam a luz. "O que significa que sou a esposa certa para Jake. Meus sentimentos por ele não estavam errados. Uma mulher poderia se entregar completamente a um homem como ele sem medo. Na verdade, ela seria uma tola se não o fizesse."

Outra verdade seria dita.

"Eu fui uma tola."

"Ele terá uma viscondessa antes do fim do ano, marque minhas palavras", previu o duque. "Agora pergunte a si mesma: você realmente aproveitou a oportunidade de seguir em frente?"

Seu sorriso cresceu duro e determinado. "Ninguém mais o terá."

"Ninguém mais?" o duque perguntou, um brilho astuto nos olhos. Ela tinha caído nas mãos dele.

"Ninguém mais," ela quase rosnou. Ela nunca se sentiu tão feroz.

"Agora, o que você vai *fazer* sobre isso?" ele perguntou, e a pergunta era o empurrãozinho que ela precisava.

A forte dormência que a atormentava desde a noite do baile do duque se dissipou. Ela era um ser arejado e flutuante, sem amarras no mundo físico. Era inteiramente possível que ela pudesse subir e flutuar daquele telhado.

Essa era sua chance de *realmente viver,* e essa chance de felicidade superava em muito o risco. Ela precisava *aproveitá-la* naquele exato instante. Qual era a alternativa? Que ela viveria uma vida de incerteza e infelicidade?

Essa era a vida que ela estava vivendo agora.

Sua torre de prisão, que não dependia de nada nem de ninguém para se sustentar, inclinou-se para o lado e, finalmente, tombou, desintegrando-se em pó.

A única vida que vale a pena ser vivida é aquela que depende de outra pessoa. Uma pessoa digna de confiança e amor.

Jake.

Sua visão passou de limitada e confinada para ilimitada e totalmente aberta até as estrelas.

Ah, as estrelas...

Ele estava certo sobre elas também.

Seu coração acelerou, e ela se livrou dos últimos vestígios da névoa que a envolvia no último mês. Ela estava viva, *realmente viva.* Ela recuou, e o duque soltou sua mão. "Como posso lhe agradecer?"

Um sorriso perspicaz enrugou os cantos de seus olhos. "Se seu pai ainda estiver fora do país, deixe-me acompanhá-la até o altar?"

Ela acenou com a cabeça uma vez antes de atravessar o jardim e descer as escadas, com seus pés rápidos e leves. Um pé se movia mais rápido que o outro, seu ritmo e determinação aumentando a cada degrau. Ela alcançou a fechadura da porta da frente e a abriu com um puxão impaciente. Ela disparou pela porta sem nem olhar para trás.

E sem considerar sobretudo, gorro, guarda-chuva, botas ou bolsa. Vestida com nada mais do que um vestido matinal de musselina e sapatos finos como papel, seus pés atingiram a calçada quase correndo. O fato de que a carruagem do duque estava esperando e poderia estar à sua disposição não lhe passou pela cabeça.

Ela correu para o final da fileira de casas geminadas, ziguezagueando pelos poucos pedestres desafiando a umidade de Londres, os olhos atentos a uma carruagem de aluguel onde sua rua tranquila cruzava com Curzon Street. Sua mão disparou em direção ao céu e começou a acenar, com os dedos balançando, sem se importar com a possibilidade de estar atraindo atenção indesejada.

O que ela se importava com o que estranhos pensavam? Ou conhecidos, nesse caso? Ela só se importava com a opinião de um homem.

Justo quando ela pensou que todos as carruagens de aluguel de Londres estavam conspirando contra ela, uma apareceu. Ela deu um assobio curto e agudo, e sua mão aumentou sua tentativa frenética de atraí-lo para seu caminho. O cocheiro cruzou uma pista e parou seu cavalo solitário na frente dela.

"Onde posso levá-la?" ele gritou enquanto levantava a gola do sobretudo contra o vento fora de época.

"Cleveland Row, por favor."

"E, se não se importa que eu pergunte como você vai me pagar?"

Ela olhou para baixo e viu que suas mãos estavam vazias sem sua bolsa ou qualquer forma de moeda para pagamento. "Oh", foi sua resposta antes de desviar para a direita e colocar os pés em movimento em um ritmo apressado e decididamente desrespeitável.

Se ela estivesse prestando atenção, ela poderia ter ouvido o cocheiro murmurar uma crítica descontente contra, "esse bando que se acha melhor ou mais importante que outras pessoas e espera sempre tirar vantagem do povo trabalhador."

Olivia, no entanto, não tinha intenção de ficar pensando quando ela poderia estar indo em direção a Jake. Um segundo sem ele era um segundo desperdiçado. Seus sapatos tinham se tornado uma bagunça encharcada, e a musselina leve de seu vestido podia estar transparente devido à chuva que agora caía em gotas mais pesadas do que uma leve garoa. Não importava. Se ela mantivesse o foco, ela poderia estar na varanda dele em vinte minutos.

Ela cortou rapidamente para a direita através do Shepherd's Market, seu ritmo se desenvolvendo em uma corrida constante. Quando chegou ao Green Park, ela estava muito tentada a tirar os sapatos que estavam começando a fazer bolhas em seus calcanhares. Ela baniu essa ideia. Ela não podia chegar à porta dele descalça. Isso seria demais.

Ela estava dobrando uma esquina coberta de mato quando, logo à frente no caminho, ela avistou a Srta. Fox caminhando em sua direção, de braços dados com um homem...

Um homem alto e forte.

Sem pensar, Olivia se abaixou atrás do arbusto mais próximo, seu coração acelerado e ameaçando se partir. Ela fechou os olhos e esperou e tentou não pensar em quem aquele homem alto e forte poderia ser, ou no profundo poço de desespero que se abriu dentro dela ao vê-lo.

Sua boca se abriu educadamente, e seus olhos se arregalaram. Diante dela estava a Srta. Fox com...

Não era Jake.

Seus pulmões se liberaram. Ela podia respirar novamente. Seu coração poderia permanecer intacto.

"Lady Olivia?" a Srta. Fox perguntou, preocupação genuína em seus olhos. "Você está bem?"

"Oh, sim, estou bem", disse Olivia, suas palavras uma corrida ofegante. "Estou inspecionando esta groselha." Ela gesticulou em direção ao arbusto que deveria ter feito seu trabalho e a protegido.

"Na verdade, esta groselha e eu nos conhecemos muito bem. Mas quem sou eu para lhe contar?"

A Srta. Fox apontou para as saias de Olivia, atraindo seu olhar. Pra o inferno com isso. A maldita groselha a havia enredado em seu aperto diabólico.

Enquanto ela silenciosamente tentava arrancar a delicada musselina do arbusto tenaz, o companheiro da Srta. Fox perguntou: "Você não vai me apresentar à sua bela amiga?"

Ele pronunciou a palavra *bela* como *beia* e se colocou decididamente fora da classe social dela e da Srta. Fox, um fato que Olivia teria achado curioso em qualquer outro momento.

A Srta. Fox hesitou antes de ceder: "Lady Olivia, posso apresentá-la —"

"Pronto!" Olivia exclamou após uma última torção da musselina fina. O rasgo não era mais largo do que quatro, talvez seis polegadas. Não importava. Ela estava livre. "Srta. Fox, estou perdida. Poderia me apontar à direção de..." Ela parou de repente, o bom senso a impedindo de terminar a frase.

A Srta. Fox terminou para ela. "Queen Street?"

O bom senso a impediria de alcançar Jake se ela não terminasse a frase para si mesma. "Cleveland Row."

A sobrancelha da Srta. Fox se ergueu, mesmo enquanto ela silenciosamente apontava o caminho.

Sem se importar com a etiqueta adequada, os pés de Olivia começaram a andar rapidamente, aumentando para sua antiga corrida, seu peito arfando, gotas de suor escorrendo pelas laterais do rosto, a groselha em sua roupa, e os olhos curiosos da Srta. Fox esquecidos. Ela tinha assuntos mais importantes em mente. Como não pisar no rasgo de seu vestido.

Depois do que pareceram quarenta dias e quarenta noites, a mansão de Jake em Cleveland Row surgiu, e em poucos instantes seus pés estavam subindo os degraus da frente, dois de cada vez. Que se dane a etiqueta. Ela tinha um futuro para começar.

No topo, ela parou, apenas um suspiro para se recompor e tentar domar seu coração acelerado. Ela penteou mechas de cabelo molhado do rosto úmido e certamente corado e as alisou o máximo que pôde. Gotas grossas de chuva se acumulavam sobre todo o seu corpo como diamantes brilhantes.

Que metáfora ridiculamente glamorosa para a bagunça que ela devia parecer.

Não importava. Ela se ergueu até sua altura máxima e estendeu a mão antes que seus nervos falhassem. Uma, duas vezes, ela bateu na aldrava e esperou.

Ela contou os segundos que se seguiram, com o dedo indicador batendo na coxa, e chegou a trinta antes que a porta se abrisse. O criado de Jake, Payne, colocou a cabeça para fora da abertura. "Posso ajudar?" Ele parou no meio da frase, reconhecimento iluminando seus olhos. "É *você*."

Para seu crédito, o homem não fechou a porta na cara dela.

"Por favor, anuncie minha chegada a Lorde St. Alban," ela entoou em sua voz mais arrogante, evocando gerações de antepassados aristocráticos que de forma alguma jamais se assemelharam ao seu atual estado de desleixo.

"Sua senhoria está esperando você?"

"Não," ela não teve escolha a não ser responder.

O homem provavelmente devia ter que atender todos os tipos de mulheres perturbadas que batiam na porta da frente de seu patrão. Mesmo aquelas vestindo nada além de um par de sapatos destruídos e um vestido de musselina arruinado da cor e consistência de um pano de prato bem usado.

"Sua senhoria não está. Bom dia," o homem disse respeitosamente, mas inflexivelmente.

Para o horror de Olivia, a porta começou a fechar. Ela tinha chegado longe demais para permitir que isso acontecesse. Seu pé chutou a porta, e ela tentou não estremecer quando ele ficou preso entre a porta sólida e o batente implacável.

Ela fixou seu olhar teimoso no homem, lembrando-o sutilmente que ela o superava, mesmo com uma mecha molhada de cabelo presa em seu olho direito. "Ele não *está*? Ou ele *saiu*?"

Havia uma diferença, e ambos sabiam disso. Se Jake *estivesse fora*, então ele não estava aqui. Se ele *não estava*, então ele poderia estar aqui e havia instruído seu mordomo a não admiti-la.

A primeira opção era um pequeno revés, a segunda uma derrota destruidora de almas.

"Minha senhora, por favor..." O homem dirigiu um olhar penetrante para seu pé que obstruía a porta.

Ela o removeu, e a porta se fechou com um estalo firme.

Jake não *estava*?

Arrasada, ela ficou olhando para a porta fechada por um tempo indeterminado, toda a energia e a vida que a trouxeram até aqui se esvaindo dela. Por fim, ela apontou os pés para casa. E pisou no rasgo de seu vestido. Claro.

Ela se abaixou e terminou o que seu pé havia começado, arrancando os vinte centímetros inferiores de musselina. Ela devia estar perfeita para Bedlam [1].

Sem Jake, talvez ela estivesse.

---

1. Bethlem Royal Hospital, também conhecido como Bedlam, é um hospital psiquiátrico em Bromley, Londres. Sua famosa história inspirou vários livros de terror, filmes e séries de televisão. Fundado em 1247, o hospital estava originalmente localizado fora dos muros da cidade. A palavra "bedlam", que significa tumulto e confusão, é derivada do apelido do hospital. Embora tenha se tornado um hospital psiquiátrico moderno, historicamente foi representativo dos piores excessos de hospitais psiquiátricos.

31

J ake balançou para frente nas pontas dos pés antes de se acomodar de volta nos calcanhares, seus pés tão inquietos e irritados quanto o resto dele. Palmas suadas agarravam o pacote que ele trouxera para Olivia. Ele se recusou a pensar no pacote como um presente.

Payne quase ficou apoplético quando ele saiu da mansão carregando o pacote com a intenção de entregá-lo ele mesmo. Viscondes não entregavam pacotes. Eles os mandavam pelo correio ou eram entregues por criados.

Sua intenção era entregar o pacote ao mordomo de Olivia, se virar e ir embora. Tinha sido um bom plano. Exceto que ele não seguiu o plano. Em vez disso, ele entrou no saguão e disse: "Por favor, informe a Lady Olivia que Lorde St. Alban está aqui para vê-la?"

Essas foram suas exatas palavras não planejadas. Agora ele estava parado no saguão dela enquanto a equipe da casa a procurava. Parecia que eles tinham perdido a dona da casa.

Na verdade, ele não tinha obrigação de ficar ali esperando por ela. Ele deveria colocar o pacote na mesa de recepção e ir embora, poupando aos dois do constrangimento de sua presença. Era o que ela queria. Ela deixou isso bem claro.

Ele não precisava vê-la desatar o barbante e separar o papel vegetal. Ele não precisava ver o rosto dela se iluminar com o que havia dentro.

Aceitando racionalmente o que não precisava ver, ele colocou o pacote na mesa. "Certo."

Atrás de si, ele ouviu um clique abafado e o suave rangido de uma dobradiça. Sua cabeça girou rapidamente, e seu corpo acompanhou sua cabeça. A porta da frente estava aberta, com a silhueta de Olivia emoldurada em sua abertura. Ela se assemelhava a um anjo, leve e ágil, ilusória.

Exceto que, quando os detalhes começaram a entrar em foco, sua primeira impressão foi substituída por uma realidade diferente. Cabelo em um ângulo estranho... Tecido do vestido estranhamente pesado e desarrumado...

Ela estava... *Desgrenhada.*

Jake deu um passo alarmado para frente. Olivia não estava apenas desgrenhada. Ela estava nada menos que uma completa bagunça. Cabelo solto caindo pelo rosto, metade para cima, metade para baixo. Os pés descalços sobre os azulejos frios de mármore, com a água da chuva acumulada embaixo dela. O vestido rasgado em pedaços e translúcido de umidade e grudado em seu corpo de uma forma que tirava todos os pensamentos decentes da mente de qualquer homem sedento que a encontrasse, que por acaso era ele no momento.

Ela fechou a porta e descansou a testa contra o carvalho. Sua linguagem corporal falava de derrota. Outra onda de preocupação surgiu dentro dele.

Ele limpou a garganta, e o corpo dela ficou rígido, mas ela permaneceu de costas para ele. "Olivia, você está *bem*?" Era tudo o que ele podia fazer para não se lançar pelo saguão e pegá-la em seus braços.

Ela se virou ao som de sua voz e congelou no lugar. Olhos

azuis assustados encontraram os dele, e um involuntário "Oh!" passou por seus lábios entreabertos. Toda a sua pessoa estava tão pálida da cabeça aos pés que ela quase se misturava com as paredes brancas atrás dela.

Eles ficaram assim, com os olhos fixos, corações acelerados, por um piscar de olhos — pelo momento mais longo da história.

"Você sofreu um acidente?" Suas mãos se fecharam em punhos, prontas para lutar contra o mundo. "Ou foi atacada?"

Suas sobrancelhas se juntaram em perplexidade. "Claro que não. Mas Jake", ela continuou, "eu pensei um pouco nas estrelas."

Ele deu um passo preocupado para frente. "Você gostaria de se sentar? Para descansar um momento?"

"Por quê? Estou perfeitamente bem. Quero dizer, olhe para mim, sou uma bagunça perfeita, mas estou bem." Ela abriu bem os braços e pareceu um pouco maluca para ele.

"Talvez você esteja com febre?"

Ela balançou a cabeça, fazendo as gotas de chuva voarem. "Não estou com febre. Voltando às estrelas, você disse que elas eram organizadas."

"E você disse que elas eram caóticas", ele rebateu. "Devo encontrar uma toalha para você, pelo menos?"

"Eu não preciso de uma toalha, Jake. Preciso te contar uma coisa."

Ela respirou fundo, e ele se certificou de que seu olhar não se desviasse para o peito dela, pois tinha quase certeza de que havia detectado o contorno escuro de um mamilo através da musselina encharcada.

"A verdade poderia estar localizada em algum lugar no meio?" ela perguntou ofegante e apressada. "Dentro das estrelas existe uma capacidade de ordem *e* caos. Elas nos observam silenciosamente de cima até que, um dia, decidem disparar pelo céu em um clarão abrasador de luz até que não reste mais nada."

"Talvez", ele disse lentamente.

"Talvez", ela disse igualmente lentamente, "as pessoas sejam como estrelas nesse sentido. Talvez dentro de nós existam os mesmos ingredientes para a ordem e o caos. Exceto, e se esse clarão de luz escaldante não for caos? E se houver um catalisador ordenado que faça com que uma estrela comece a voar pelo céu?"

"Tenho quase certeza de que Mina poderia lhe dar respostas científicas para suas perguntas."

"Não estou falando de ciência. Você não consegue ver?"

"Não tenho certeza se consigo", ele admitiu.

A cabeça dela se inclinou para o lado e sua testa franziu. "O que você está fazendo na minha casa?"

Aquilo era espanto na voz dela? Provavelmente uma invenção da imaginação dele, evocada por seus próprios desejos.

"Achei que você estivesse em sua casa", ela continuou.

"Não estou", ele disse. "Estou fora. Estou aqui." Sobre o que exatamente eles estavam falando? Ele gesticulou em direção à mesa de recepção ao seu lado. "Trouxe um pacote." Não um presente. "Para você... para sua casa."

"Ah?" Ela deu um passo em direção ao pacote, em direção a ele. "O que é?"

Conforme ela se aproximava dele, seu corpo antecipou um contato passageiro. Ele poderia se afastar, sair do caminho dela e permitir que ela seguisse uma linha mais reta até seu objetivo. Mas uma parte dele queria que ela tivesse que se curvar ao redor dele para que ele pudesse respirá-la. O ombro dela passou a apenas uma polegada de distância dele, e ele inalou.

Lá estava: seu cheiro de lavanda e sândalo, sim, mas também Olivia, feminina, enigmática, um cheiro que ele quase conseguia sentir na língua. Exceto que ele também detectou o cheiro distinto das ruas de Londres. Mais uma vez, o alarme soou em sua cabeça, e foi tudo o que ele conseguiu fazer para manter as mãos ao lado do corpo e não segurá-la. "Olivia, o que aconteceu com você?"

"Eu estava, hum, dando uma volta e fui pega pela chuva", ela murmurou e evitou seu olhar.

Ela estava mentindo. Estava chovendo há uma semana, sem fim à vista. As senhoras não *passeavam* com esse tempo, mesmo mulheres tão pouco convencionais quanto Olivia. Ele nunca tinha visto a fria e controlada Lady Olivia Montfort tão descontrolada quanto parecia agora.

"Você está doente?" ele perguntou novamente.

Singularmente focada no pacote, ela dispensou sua preocupação com um movimento de seu pulso delicado. Ela pegou o pacote e o virou em suas mãos algumas vezes. Pontas leves e reverentes de dedos acariciavam sua superfície lisa como se ela estivesse saboreando e prolongando o momento. O coração dele se elevou em uma nota de esperança.

Sua língua começou a incomodar a ponta de seu único dente torto, e a luxúria, vil e indigna, disparou através dele. Ele estava sempre flutuando entre luxúria e amor com esta mulher. Ambos deveriam cessar. Ele não poderia ter um sem o outro. Não com Olivia. Não funcionava assim com ela.

Seus olhos captaram os dele e se iluminaram. "Parece quase insubstancial, de tão leve que é."

"Um mero adorno. Talvez caiba em algum lugar da casa", ele disse em um ímpeto nervoso, como as palavras confusas de um jovem. A febre de energia inquieta dela também o havia infectado.

"Oh?" Seus dedos começaram a soltar o barbante.

Ele precisava sair daquele lugar antes que ela abrisse o pacote. "Já estou indo. Bom dia."

Ele fez uma reverência superficial na direção dela e deu um passo em direção à porta, determinado a deixar aquele lugar, e Olivia, no passado. Ela não o queria em seu presente.

"Jake", ele ouviu atrás dele, "fique."

Ele parou, por causa das palavras dela, pelo nó fervoroso em que estavam pendurados entre eles. Mas isso não significava que ele tinha que observá-la como um miserável apaixonado. Seu olhar fixou-se nos detalhes de ferro de uma arandela de parede bastante comum.

Atrás dele soou um suspiro, seguido por outro fraco, "Oh!"

Seu corpo ficou tenso. Este era o momento. Como a maldita esposa de Lot, ele não conseguiu resistir a um único e último olhar. Se isso o transformasse em uma estátua de sal, que assim fosse. Ele precisava ver o rosto dela.

Era exatamente como ele havia imaginado: arrebatado e voraz em sua exploração da pequena pintura. Sua cabeça se levantou e olhos luminosos encontraram os dele. "É primoroso."

Essas palavras e a expressão alegre que floresceu em seu rosto o atraíram de volta para a sala, de volta para perto dela. Sua determinação de deixá-la desapareceu. Sua boca começou a se mover, as palavras saindo por conta própria. "Não é o original. Não estava à venda." De acordo com o governo holandês, este Vanmour não tinha preço, e ele não teve tempo suficiente para descobrir se isso era verdade.

Um brilho astuto e especulativo apareceu em seus olhos. "Você não encontrou por acaso uma reprodução de *Whirling Dervishes in Mevlevihane in Pera*."

"Kai conhece um artista que poderia reproduzi-lo. Pensei que talvez você pudesse pendurá-lo—"

OLIVIA LEVANTOU UMA MÃO SILENCIOSA, enquanto a outra segurava a pintura com força contra o peito, contra o coração. Foi o presente mais sensível que ela já havia recebido. Ela apontou para um pedaço específico da parede, o mesmo pedaço que ela mencionou semanas atrás. "Bem ali."

De repente, ela se sentiu sobrecarregada pelo gesto e um pouco tímida com esse homem. Esta pintura representava tudo o que ela admirava nele.

Não. Nada tão frio e distante quanto admiração. Esta pintura era uma expressão pura de amor, ousada e verdadeira, sem expectativas. Ela praticamente segurava o coração dele em suas mãos. Depois de ter seu coração esmagado sob os pés no baile do duque, ele se arriscou ao trazer esta pintura para ela. Agora, era a vez dela se arriscar.

Ela colocou a pintura na mesa de recepção e deu um passo em direção a ele, seu passo lento e cuidadoso desmentindo a urgência de suas emoções. Enquanto ela avançava, ele a observava por baixo de uma sobrancelha especulativa. Ele pensou que ela tinha enlouquecido.

Talvez ela tivesse. Louca por ele.

Ela parou, o seu corpo perto do dele, estendeu a mão e pegou suas mãos lindas e capazes nas suas frias e molhadas. Suas mãos estavam quentes, secas e seguras. Um arrepio percorreu seu corpo, uma vértebra de cada vez. "Sobre aquelas estrelas", ela começou.

"Olivia, talvez você tenha caído e batido a cabeça. Muitas vezes, não nos lembramos de tal ocorrência. Um dos meus tripulantes uma vez quebrou o crânio—"

Ela tocou a ponta do dedo em seus lábios, imediatamente o acalmando. "Shh, me escute. Você não me pediu para casar com você porque eu poderia carregar seu bebê. Ou porque você precisa de uma madrasta para Mina. Você não me pediu para casar com você porque você *poderia* me amar." Ela deliberadamente inalou e deliberadamente exalou, uma, duas vezes. "E se o catalisador para nossas estrelas for o amor? Ele nos tira de nossas existências ordenadas e mundanas e torna possível que vivamos de verdade." Ao mesmo tempo tímida e ousada, ela continuou: "Sem você, eu sou uma estrela ordenada sem a capacidade de ganhar vida. Você é a chama que me acende."

Oh, a maneira como seus olhos sérios a observavam. Como ela poderia ter pensado que não poderia confiar em si mesma no amor quando um homem como Jake a queria?

Ela caiu de joelhos diante dele, suas mãos entrelaçadas nas

dela. Sua intensidade apenas fortaleceu sua determinação de seguir esse caminho. De tê-lo como seu. "Eu achava que o amor precisava ser perfeito para ser real, mas agora vejo que é um tipo de amor frágil. Não pode durar." Ela se moveu para trás e acomodou seu traseiro em seus pés, seus joelhos não conseguiam mais sustentá-la, tremendo como estavam. "Eu não quero perfeição. Eu quero você."

Seus lábios se curvaram para o lado. "Lisonjeiro."

"O amor verdadeiro é resistente e bagunçado. Quero passar o resto da minha vida fazendo uma perfeita e pequena bagunça com você. Você consideraria abrir uma exceção a cada regra que diz como uma esposa deve ser e me aceitar como sua?"

Ele caiu de joelhos para que se encarassem em um plano igual, seu olhar sério não revelando nada. Um tremor de apreensão a percorreu, e uma possibilidade surgiu. E se ele não a quisesse mais? E se ela tivesse interpretado essa situação de forma errada?

"E quanto à sua liberdade, Olivia? Sua liberdade de ser uma dama solteira de posses. Sua liberdade de seguir a vida que escolher. Você desafiou a sociedade para consegui-la." Ele hesitou, pesando suas próximas palavras. "Não posso deixar você ficar ressentida comigo por tirar algo tão precioso de você."

O medo criou garras e afundou nela. Ela poderia perdê-lo. Ela precisava encontrar as palavras certas. "Você me disse que nenhuma esposa sua jamais estaria sujeita a um casamento desigual." Ela pegou o rosto dele entre as mãos. "Eu *acredito* em você. Eu *confio* em você. Eu te *amo*. A liberdade não precisa ser um esforço solitário. Quando compartilhada com a pessoa certa, com *você*, é muito mais libertadora. Vamos ser livres juntos."

Ele estendeu a mão, dedos calejados acariciaram gentilmente o lado do rosto dela, e o medo se liberou de seu corpo. Seus olhos se fecharam, e ela se rendeu ao momento. O estrondo granular de sua voz soou em seu ouvido. "Sim, Olivia. Você me modificou." Seus lábios tocaram seu pescoço, e ela pensou que poderia se derreter pelo chão.

Quando sua boca, finalmente, encontrou a dela, ela caiu de cabeça em seu beijo, e seu coração se expandiu até que ela sentiu que deveria explodir de alegria. Seus braços envolveram sua cintura, trazendo seu corpo para o dela, certamente encharcando suas roupas até sua pele. Ela não tinha percebido o quão fria estava até agora, o calor dele se infiltrando no corpo dela em nível celular. A química entre eles era inegável. Sempre foi. O amor que agora compartilhavam abertamente a intensificou.

Uma impaciência para descobrir que novos patamares de paixão eles poderiam alcançar a dominou, e suas mãos gananciosas encontraram o nó de sua gravata e puxaram. Ele afastou a boca da dela, um lampejo de desejo escurecendo seus olhos até quase pretos. "Os criados", ele entoou em um murmúrio baixo.

A realidade a atingiu, e seus dedos congelaram. Ela estava prestes a fazer amor com Jake no saguão de sua nova casa em plena luz do dia.

Ele se levantou, levantando-a com ele. "Que tal abrirmos uma exceção a outra regra?" ele sussurrou, suas palavras uma tentação quente e aveludada que serpenteou pelo corpo dela, causando arrepios, endurecendo os mamilos, acariciando-a até seu centro.

"E que regra seria essa?" ela perguntou, com a pergunta sendo uma expulsão de palavras sem fôlego.

"Parece que me lembro de uma sobre não antecipar a noite de núpcias..."

Um sorriso malicioso curvou seus lábios. "Não consigo pensar em uma exceção que eu preferiria fazer."

EPÍLOGO

UM MÊS DEPOIS

"Eu certamente nunca fiz *isso* em uma das viagens da família Montfort para Skye", Olivia exclamou enquanto se recostava em plumas de ganso e seda. Ela fechou os olhos com força e inalou uma respiração deliciosa.

"Bem, você é um Radclyffe agora", Jake disse com uma risada. Como ela amava o som de alegria em seus lábios.

Ela rolou para o lado, encaixou seu corpo no dele esticado ao lado dela e permitiu que o balanço suave do barco a embalasse.

"Você sabe o lugar que Mina e Lucy estão explorando?" ele perguntou, com o ronco baixo de sua voz fazendo com que ela quisesse fazer *isso* de novo.

Mas até mesmo seu marido viril precisava de um descanso, então ela respondeu. "Eu conheço bem o Vale das Fadas de Uig. O vale foi forjado quando uma enorme geleira caiu aqui há milhares de anos, deixando para trás uma estranha variedade de pináculos irregulares e montanhas em miniatura. Os moradores acreditam que fadas vivem lá, então eles ficam longe, mas eu acho que é mágico."

Ela se aninhou mais profundamente em travesseiros, cobertores e Jake.

"A duquesa certamente levantou uma sobrancelha quando a informamos que as meninas viriam conosco em nossa lua de mel, e isso depois de negar a ela o grande casamento da sociedade que ela queria para nós."

"Eu já coloquei em ação um plano para compensá-la. Kai concordou em pintar uma cena de casamento dela e das próximas núpcias do duque. Quanto a levar as meninas, eu não suportaria a ideia de que elas perderiam a magia de Skye." O coração de Olivia começou a acelerar com antecipação. Agora era a hora de contar a ele. "Além disso, não havia sentido em deixá-las para trás."

Jake se afastou antes de rolar para o lado e encará-la, seus olhos brilhando de curiosidade. "Eu poderia pensar em alguns pontos." Talvez para ilustrar um desses pontos, ele passou a ponta do dedo pela curva do quadril dela.

Ela balançou a cabeça. "Não. Não há sentido em deixá-las quando já estamos trazendo um de nossos filhos, possivelmente dois."

Ela observou encantada, enquanto as sobrancelhas dele se uniam em perplexidade antes de se soltarem, os olhos arregalados de compreensão. Os dedos dele continuaram seu progresso do quadril dela até a curva sutil de sua barriga. "Um... possivelmente *dois*?"

O espanto e a excitação dele foram transferidos para ela, e seu rosto se abriu num sorriso que ela não conseguia mais conter. "Oh, muito possivelmente."

Ele pegou os quadris dela em suas mãos e a rolou para cima dele, os olhos azuis intensos fixos nela. "Eu te amo, Lady St. Alban."

"E eu te amo, Jake." Ele era Jake para ela, agora e para sempre.

Isso era o que era viver de verdade.

Acontece que o ciclo de vida de uma rosa inglesa não combinava com Olivia nem um pouco.

SOBRE A AUTORA

A paixão da premiada autora de best-sellers Sofie Darling por romance histórico começou no ensino médio, no momento em que ela abriu *O Morro Dos Ventos Uivantes* (Wuthering Heights) de Emily Bronte. Um caso de amor instantâneo e duradouro nasceu.

Sofie passou grande parte dos seus vinte anos criando dois meninos e lendo todos os romances que conseguia colocar as mãos. Quando percebeu que simplesmente precisava escrever os livros que amava, terminou seu curso de inglês e começou a escrever. (Ticonderoga #2 é seu lápis preferido).

Quando não está escrevendo heróis que a fazem desmaiar, Sofie gosta de fazer uma boa caminhada no fim de semana, visitar um castelo medieval em ruínas sempre que tem oportunidade e ter um relacionamento ligeiramente codependente com seu beagle, Bosco. Visite seu site